朱天文作品集 1

傳說

小說集 1972–1981

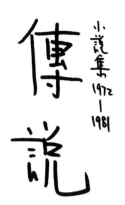

目次

上卷 1972-1977 喬太守新記

傳說

下卷 1977-1981

喬太守新記

上卷 1972-1977

《喬太守新記》舊版代序

仙枝

天文：

陽明山的櫻花一落盡，轉眼滿樹蔥綠，密密層層的見不著初冒的櫻花子，想春日漫到這時節眞叫人無奈，儘管杜鵑再紅煞去，也懶怠多瞧一眼。春氣如水，浸透每一根細草、每一寸土兒，聞得出大地已熟濫得無邊無際，我卻只愛初春的隱約綿邈，草兒半溼半乾的，像潑到天邊涯角餘剩得的半盆春水；「春意爛漫，只向桃花開二分」是嘉儀的句子，我就想不完這「二分」，近日裡不想散步看花，也爲的春已不止二分了。

昨傍晚古儀上山來，我領他四處走走，路過人家後院一棵櫻花樹，櫻子纍纍，茂密得不可思議，我攀手即摘，高處搆不到的請古儀跳著摘；摘來的幾束捧在手心裡，就只想全部帶給你，因爲你就像這櫻子的爛漫無禁忌。

一路拎著花兒走，話裡也不住的叫起你名，好似你就在我手心裡，你就是那紅豔豔的櫻花子。古儀也說起你來，我更是想著你看了這果兒會如何驚喜，我又請他一定帶到你手上，不可分給他人去，他說我偏心，我還想整棵櫻花都搬到你跟前，要你也看看春這番奢侈的潑灑。

有預感你會來信，果真在這歇筆處來了你信，又是那麼小小方方的水藍信封，裡邊幾句話又曾是我想你或者會這麼寫的，好像我真道盡你的心思了。我自己摘了三顆櫻花子留著玩，時而比比衣前當胸花，你便是那三顆櫻子的與我這般近。

你長長的髮，長長的身子，也似你長長的思路所浣出來的不盡的文章；你的眼睛時而腫起包包，我每按著你眼就摸得出那顆小小的粒子來，那隱隱的顆粒也如這櫻子的楚楚可憐。

清明那天偕你去看牛，兩排牛媽媽蹲下身子來有城牆高，我們在夾道間餵牧草，日色傾得一地斑斑駁駁，牧草的野羶味湮著滿屋子都清明粗獷起來；見你閃閃跳跳躲著牛媽媽的長舌舔你裙角，我便假想我們是走在李白的「蜀道」中，而牛媽媽們嘩啦嘩啦的黃泉瀑布，我又想像是三峽的江水滾滾東向流，流出了圓觀和尚的「三生石上舊精魂，賞月吟風不要論，慚愧情人遠相訪，此身雖異性長存」故事來。聽你亮著大眼睛對牛說「牛啊，牛、牛牛」我忽然奇怪自己竟從來都不曾叫過牠們。你每次和單單說著「天語」，我就會覺得單單真不是狗了，牠聽懂你話，你又和牠有那麼多話可說，至少單單來世不再會是狗了。

古儀帶給你櫻花子時，猜你一定先剝下一顆吃吃，對不？我那三顆今晨發覺有一顆被蟲子咬了一大口，我想那蟲兒一定酸透牙床，幾天要吃不進東西了。

隨筆草草

慧娥丁巳年四月十三日

《喬太守新記》新版自序

忽然有許多讀者寫信來在找《喬太守新記》，於是皇冠決定重印這本書。八年前的書，收集了十六歲到二十歲之間寫的九篇小說，現在再來翻讀，雖然不至於到想要把它滅跡的地步，亦處處教我心驚肉跳，往往竟不能讀完一篇，趕快扔下了。

年輕的時候，自憐自負各種的幼稚，只因爲年輕，似乎就都可以被人原諒。然而我不免感到歲月流逝之歎，就像今天早晨給花換水，荷蘭玫瑰嬌婉的粉紅色，讓我愀然發現一個千古不變的眞理，原來，花是會凋謝的，人也要老。我是怎麼也絕無可能再寫出那些青澀可笑的文章了。目睹個人成長的痕跡，想著千千萬萬多少在生活的人，他們的平凡與眞實，是連你想要來爲他們記錄作傳，也嫌多餘。我寧願自己身在其中，而不是什麼小說作家。

民國七十四年五月景美

仍然在殷勤地閃耀著

那天，李調換到我後頭時，天氣很冷，一興奮就抖個不停。很清楚地聽見牙齒咔咔地打顫，聲音好響，心虛地自覺四周的同學都聽得到。我兩手插進黑外套的口袋裡，攥著毛絨絨的襯裡，強制著自己停止不要發抖；但只有抖得更厲害，還帶著一陣陣的痙攣。

「不要抖嘛，桌子一直搖嗳。」語氣好煩躁，她倒輕鬆地以爲我只是抖腿的壞習慣吧。而我竟然拙得不知怎麼搭腔，甚至連聲對不起也說不出，只把椅子往前挪了挪。馬上我後悔起來這個舉動，不是很顯明地跟她賭氣樣嗎？這豈不砸了？我冷了半截，幾乎要衝動地轉過頭去，和她講些話，企圖挽救一下。但我沒有這麼做，笨拙地呆坐在那裡，愣愣地瞪著鉛筆盒上的圖案，心沉著。

「橡皮借一下。」我似乎聽到了，但還愣著。

「借一下，好不好？」

「什麼？」觸電似地，惶恐地轉過去。

「橡皮。」

「喔，橡皮，橡皮……我來拿。」顫抖地打開鉛筆盒，沒有橡皮，這是我預料的，只有一盒子沒帽子的光禿禿的原子筆——裡面沒有兩枝可用的——我翻來翻去，其實我知道根本找不出半塊橡皮，也不知道爲什麼要多此一舉。趕緊變通一下，向前面的同學借了塊橡皮，誠惶誠恐地遞到後面，希望還來得及挽回一些甚麼。

「謝了，已經有了。」要命！但總算她還道了聲謝，不然大概我會哭出來。

上學期，李坐在放清掃用具的那個角落，原是最冷落的位置，給她一坐到那裡，全班的重心就偏到了那個角落。新生報到那天，全一年級都穿上白衣、黑裙、黑皮鞋，只有她還糊里糊塗地穿了件花洋裝、白色涼鞋，起先以爲她是我們的導師，好年輕的導師。她倒坦蕩蕩地，並不在意，後來看苗頭實在不對了，才趕快打電話回家，家裡坐著計程車趕著送來了制服。還沒正式開學，全班甚至全校就都認得她了。而我一直是遠遠地注意她、佩服她，充滿著崇拜英雄的童心愛慕她。

李的頭髮經常是超出耳垂兩三公分。白襯衫不紮進裙子裡，紮著的時候，皮帶環的校徽也老是歪到一邊去，她竟還明目張膽地愛在訓導處的走廊晃來晃去，看壁報。教官把她列入問題學生的行列，犯什麼校規，都比較寬容她。課餘時間，還常和她個別談話，私底下哄著勸著地糾正她。她頂多維持兩三天，又照樣了，但我們的老教官很自信她那一套「愛的教育」，雖然只能見效幾天，可是凡事都得慢慢來的啊。

我常常有意無意地學她。不去剪頭髮、不擦皮鞋、衣服不整整齊齊地塞進裙子裡，但我卻要虛心地繞過訓導處，躲著教官，只要被教官警告了一次，便嚇得第二天就跑去複查去了。我還曾冒險地學著她，下定決心，數學課要遲到五分鐘。到福利社要了碗滾熱的肉羹湯，那是打上課鈴的時候，但才吃了一點，便沉不住氣了，想像著數學老頭氣勢逼人地走進教室，起立、坐下，目光銳利地掃過全班，「二十六號呢？」他包定認得我的，我的數學成績那麼爛……一緊張，肚子就脹痛起來，我的毛病。畢竟沒有那個膽量，剩下大半碗冒烟的肉湯，還是趕快跑回教室。眞氣惱我竟是如此窩囊。

一早，我們都靜靜地自習。還沒見李的人，聲音就先聽到了，「鼓得莫寧，喀拉斯。」前面的都笑著轉過頭來。她不把書包掛在肩上，卻提在手裡，踦呀踦地走到位子上，書包還沒掛好，就擺出一副說書狀，提高嗓子：「嘿，你們都過來，過來過來，我今天在車上，有件拙事……」反正，她天天都有拙事，天天都新鮮得很。總有一些無心看書的人要圍過去，手裡拿著書本，僞裝用的。

「嘿，來了，來了。」靠著走廊的那一排，有人嚷起來。

像半夜裡開燈的那一瞬間的一群蟑螂，立刻亂竄起來，來不及回到原位的，只好就地掩蔽，裝著在討論問題。她嘛，拿著筆，在紙上塗畫著，煞有其事的講解狀，眼睛卻斜瞪著窗外的教務主任，唸唸有詞地詛咒：「哼！死老太公，什麼東西嘛，自己兒子讀的什麼學校，管都不管好，還配管到我們頭上。呸！什麼玩意兒！」

她的嘴那麼滑，但始終沒辦法把「兒」和前面的字合起來發音。其實我知道，她這種詛咒沒什麼惡意，恐怕連她自己也不知道她說的什麼，只是嘴巴不能一刻停止罷了。碰到準備月考、競試時，沒有人圍過去聽她蓋，她就自說自話過癮。

「Let's go, 上 number two 去。」她常不知從哪裡冒出來，沒輕沒重地打你一下背，嚇人一跳。她也不徵求你的意見——向來就是這樣，即使你正吃著便當，她也一樣地把便當蓋子拍地蓋上，拖住了你去福利社。

去就去罷，拿她沒辦法的。外面的光線很強，突然的變化還不能適應，本能地用手擋著陽光，眼睛瞇著。我側過臉去看她，她這半邊臉正浸在陽光裡，青白的臉色中，泛著微微的紅暈。眼睛很窪，避著強光的關係，瞇成一條線。睫毛長長的，鼻子又直又挺。唇上淡淡的一些髭，側面才看得出來，嘴角很尖很銳。臉頰十分清癯，有幾點雀斑。很漂亮，很突出的臉孔，但沒有絲毫使人覺得是張女孩子的臉，嘴巴緊緊地閉著，固執堅毅的神態，好像素描課寫生用的希臘武士的石膏像。

我常莫名奇妙的激動起來，貼近她，緊緊地勾住她的臂膀。

「幹嗎啦？打什麼主意，這麼親熱。」她不明白地看了我一眼，轉過臉去，搖搖頭笑笑，眼角下笑出一條細紋。大概她覺得我這突來的舉動很愚蠢，我也不管她怎麼感覺，貼緊著她，全身洋溢著幸福和溫暖。

福利社擠得一塌糊塗，門口都是捧著碗，站著吃的同學，個個滿臉大汗。

擠了半天，好不容易擠到櫃台前，又被別人擠開了。我無助地望望四周，都是一張張擠得通紅的臉，忽然看見她老遠的手裡拿了兩瓶汽水，向這邊高舉著招呼。她的生存能力強，而她總是不忘記幫我一把的，我好感動。

擠出福利社，她邊走就邊啣著瓶口喝，麥管拿在手裡也不用。看看她，看看四周沒有教官，我趕快低下頭吸了一口，偏過頭去，朝她做了個鬼臉笑笑。

下午第二節家事課，是不點名的。我們都到縫紉教室上課，李沒去，又不知跑到哪兒了。就算老師問起她，全班都有一種默契，會共同包庇她。我找了她很久，還幫她佔了一架縫紉機。叫人又生氣，又難過，我和李那麼好，她到什麼地方去也不讓我知道一下，可見她並不是很在意我的。一節課，我就這樣懊喪著，搞得失魂落魄的，布也剪錯了。回到教室，她在黑板前鬼畫，畫得滿黑板娃娃臉。很多人圍過去，問她翹課到哪兒去了。我故意不去找她，一個人無趣地立在窗前，耳朵卻又不放過她說的每一個字。

「別荣了，我才不會像你們，老老實實地做什麼A字裙B字裙的，縫縫拆拆，布都拆爛了，還不如去買一條來打分數，省錢、省時、又省力，你們賬是怎麼算的嘛……什麼？喔，我啊，我出去吃蜜豆冰了。」大家騷動起來，驚奇地問她怎麼溜出校門的。

「Take easy take easy……」她倒學以致用，把才學的片語用上了。我忍不住地斜眼瞄著她。她站在講台上，一副雄辯家的派頭，兩手示意大家靜下來，挺端得住。

「……老師宿舍後面的圍牆，不是破了一個洞嗎，就是這樣——」她弓著背，屈著膝，做了一個鑽洞的姿勢。一陣驚嘆，大家湧上去，有的拍打她，有的搖著她肩膀要她再說一遍。李就在人堆裡還擊這個一下，抓弄那個一把，好樂！像凱旋歸來的戰士。

我替她捏一把冷汗。這個傢伙！學校抓到的話，準一個大過，李是不能再記大過了，不然開除是逃不掉的。我幾乎要衝過去，抱緊她，慶幸她沒有給抓到；但看到她嘻嘻哈哈地和別人追打著，笑彎了腰，我就憤恨起來，用力地咬著指甲瞪著她。她對全班每一個人，都開玩笑，你追我打地來來去去，我分不清有誰在她心裡的分量稍重一些。有時我會很肯定地說，那當然是我，這是在李靜靜地和我談心時——還不曾看過她對別人這樣；而這種機會是太少太少了。大部分時間她活躍在全班每一個角落，大家喜歡她、容忍她、原諒她，每逢這時，我便完全喪失了自信，只有遠遠地、暗地裡惱恨她，發誓不再理她了。但一碰到面，她又是笑嘻嘻地、親熱地拍打我，摟著我的肩膀，不知有多要好。先前的恨意和發誓全都崩潰了，又心甘情願地跟著她上上下下去瘋。

「哈，怎麼一個人躲在這裡！」遠遠地，李戲劇性地張開手臂，迎了過來。

我趕緊背過身去，看著窗外。李一手摟住我的肩膀，做著鬼臉逗人：「乖乖，幹嗎啦？不要這麼兇巴巴的啦。下午我們去吃蜜豆冰啊，裡面放了十五種東西呢，才三塊錢……」李看著我沒反應，停了一下，忽然呵起我的癢，這是我最怕的，笑了出來，擋著她。一笑就不好再板起臉，實在也氣不起來了，只好一個勁兒地咒著：「討厭，討厭死了。」李看把我逗笑了，很高興地做著十分誇張的手勢，裝著還要膈肢人。我巧妙地躲著、閃著，抽空打她一下，逃跑開，李追上。我亢奮著，開心極了。

今天輪到我們這一排掃地，李在窗外等我去吃冰，掃到她的位子，習慣地打開她的抽屜，把那些拉拉雜雜的酸梅殼啦、橄欖核啦、冰棒棍啦、包春捲的紙啦、塗滿娃娃臉的廢紙啦，甚至於會有一根臭爛掉的香蕉，全部清除出來。翻出五個空汽水瓶，可以換兩塊五的。把滿是泥巴的運動鞋包好，免得筆記簿搞得髒兮兮的。試卷放一邊，本子放一邊，這不是清爽得很嗎。像她這樣亂法，怪不得每次傳交作業簿，總等她一個人。嘿，還有呢，好幾部塑膠製的小卡車、吉甫車、坦克車，工很粗糙，用白色細線串了起來。我笑了，一種很溫馨的感覺湧上來。上次幫小弟弟整理牀舖時，也發現了這些玩意兒。她那麼大了，還玩這個！我抬起頭，透過玻璃窗笑著看她。李靠在欄杆上，又在和別人辯著什麼。聽不見她的聲音，因此覺得她本就戲劇性的動作，越發地誇張了。

從我的角度看去，射進教室的一道飛揚著好多灰塵的陽光，正好擋住李下半部臉，看來似乎從鼻子那裡，上下兩半沒有銜接上。我忽然有一種異樣的感受，臉頰微微發熱，腦子很亂，愣了一會兒，趕緊繼續掃地，竟迷迷糊糊地屢次把灰土掃到一起掃地的一位同學鞋子上。

「走了吧。」從教室出來，我把她的書包遞給她。

「我的嘴唇是櫻桃樹上才找得到的……」李又在亂蓋了，也沒理我。

「哈，那是葉子、葉子。」另一位同學邊說邊拉著架子準備跑開。

「去你的！」她跺跺腳，應付地追了那個同學幾步，停住，兩手插在腰上，好一會兒才轉過來，臉上的笑容還沒退去。

「眞絕！眞絕……」一直到了樓梯口，她才眞正地留意到我，滿眼笑意地看著我：「怎麼掃這麼慢。」我笑笑，挽住她的手，沒說什麼，不想告訴她每次都是我幫她掃她那一份的。

操場上的陽光已經被體育館遮住了一大半，夕陽餘暉把我們的影子拉得長長地。一個球從我們前面滾過去，李掙開我的手，去追。大家停下來看她，她拿到球，不傳給練習的球員，把它放在腳前，瞄準了，蹦地踢出去，好漂亮的一道拋物線，我們都爲她高興地拍手。李瀟洒地敬了個舉手禮，自己也跟著鼓掌。

我側著頭看她，避著強光。有幾絲鬢髮掉下來，拂著臉頰。我覺得這種姿態很優美，便不願動一下地保持著。李走來，挺著平平的胸脯，外八字腳，男孩子氣地踱著步子走。我覺得沐浴在無邊的幸福裡，媚了她一眼。但我愣了一下，很驚異自己居然這個樣子。還好她似乎不曾發覺。我有些心虛，便沒再挽她的手臂。

出了校門，一到轉角口，她把書包放下，將裙腰往上摺了幾疊，本來就不很合學校規定的齊膝裙子，更短了十幾公分。她抬起頭，朝著仍見得到的行政大樓的一角，撇撇嘴，惡意地笑笑。我也學她把裙子摺了一點，只有一點點。又學她提著書包踱著走，只是感覺十分不自在，還是老老實實掛回肩上了。

「怎麼樣？明天晚上電子琴發表會，捧捧場吧？」李咔嚓咔嚓地嚼著碎冰塊說。還徵求我的意見哩，她明知我會去的。

「眞的，一定要去喲。我爸媽他們從來不去看的，後天競試，也不會有人去……一定呵。

來，打個勾勾。」李少有這種口氣，我著實大大的受寵若驚，感染了她那份快樂，孩子氣地用力點著頭，覺得很新鮮，很有趣地伸出小拇指，和她的勾結在一起，互相注視著、笑著。

台子很寬敞，收拾得乾乾淨淨，上面擺了三架電子琴，一架鋼琴，不知李上了台，是什麼樣子。

拿出節目單來看，三十個人演奏，食指沿著姓氏劃下來，找姓李的。李——不是。李——也不是。哈，這裡，在這裡，赫赫顯耀的三個字，我眞興奮，好像是我的名字登在上頭。但怎抽的，十三號。

單子上的曲子，我只認得〈雨點打在我的頭上〉，最熱門的歌，放在國中的時候，再熱門對我來說，仍是陌生的。剛進高中，一起聊天總離不開熱門音樂，也是熱門音樂做的媒介，大家才混熟了的。那時，我什麼都不知道，只會唱些「魚兒、魚兒水中游」之類的童謠，再就是早過時的「Say yes, my boy. 米媽媽賣菠蘿……」。大夥兒興高采烈地談著，我只有愣在一旁的份兒，好不同易插進了一句「湯姆瓊斯……」「不是這樣說法啦，要唸Tom, Jones。」有人糾正我，把我羞得滿面通紅，誰不知道這樣撇腔拉調呢，但我一直對說話時夾著英文單字，十分反感，沒什麼原因的。地理老師從不老老實實地說芝加哥，偏要撇成「曲咖扣」，自己也覺得怪怪地，甚不自然。難道舊金山就要撇成了「九坑扇」嗎。反感歸反感，但仍是要入境隨俗的，何況李也這麼唸法。

才第四個人，已經好長的時間了嘛，按照這樣推算下去，還有九個才輪到她，那我要熬到何年何月啊。實在我也不懂電子琴，也不喜歡聽，只覺得有一種太空幻境的虛無感，聯想到影片裡惡形惡狀的外星人，很是恐怖。一陣掌聲，我也跟著鼓掌。黑暗裡，仍可以看得清鄰座的人，很凝神地聽著，我暗暗發笑，別人看我，不也是一樣專注的神態，誰曉得誰眞正聽得懂，恐怕半場的人都是跟著別人鼓掌的。

第十個，十一個，越來越緊張，大概「近鄉情怯」就是這樣。第十二個。這個傢伙怎麼彈這麼久，好幾個地方，我以爲要完了，正要拍手，卻又彈下去，眞正結束時，反而叫人猶豫起來，四周爆起掌聲，我才趕緊和了上去。拍得好響，慶祝他滾下去了，更加緊張興奮地歡迎李上來。

她從幕後出來了，這是人類第一次踏上月球的時刻。她的每一個步伐，都緊緊地扣著我的心弦。我擔心她下一步不要突然跌跤了，突然中風倒下去了，而立刻又冷冷地嘲笑自己如此莫名奇妙。

盼得太久，一旦來臨了，反不是臆想中的那段光景——想像中是什麼樣子，實在也不知道。李走到第三號電子琴前，坐下了。搬動幾個按鈕，用旁邊的一條毛巾，擦擦琴鍵。調整了一下姿勢，手拿起來，擺在琴鍵上——我的心提到胸口，等著那第一聲，四周寂靜地猶如地球上只剩下我這麼一個人。我清楚地聽著心臟撲通撲通地撞擊著，來自地心的深處。忽然她又站起來——我閉起眼睛，幾乎要氣塞了——轉過身，哐啷一聲幾乎把椅子碰倒，行了個禮，轉身坐下。場子裡微微騷動著，空氣裡似乎充滿了笑意，我則深深地噓了一口氣——冷不防的一聲，驚得我一顫，好像我就是被她按下去的那個琴鍵……

她的手靈活地在鍵子上飛來舞去，身子跟著節奏前後左右地抖動，翹起來的髮梢也不停地擺動著。我沒有聽她彈些什麼，她是那樣有韻律地抖動——肚皮舞女郎的抖動，狂野地抖著。眼前盡是一片○○七裡夜總會的那種妖冶的豔藍、豔紅，燈光曖昧不明，鼓聲咚咚地急打著，女郎的臀部搖得人心旋搖曳。紅、綠、藍、燈光、鼓聲、女郎、女郎披散的亂髮、女郎的臀部……一切捲入了漩渦，但丁、地獄，赤裸在熔漿裡掙扎呼救的魂靈。瘋狂、沉沒、墜落……熱烈的掌聲。台上依舊是明亮的、寬敞的。她鞠了躬，轉身回後台去。我一身汗，手冷冰冰的，像做了一場惡夢。

我離開位子，到後台找李。一出去，一股熱氣逼上來。剛才在裡頭，先一陣還覺得臂膀冷颼颼地。

我仍很慌亂，衣服又汗濕透了，貼在身上。見李還沒出來，便站在走廊邊的窗前等她。外面的夜景很熱鬧，霓虹燈比賽著閃耀。一陣晚風吹來，好涼快。我攏了攏汗黏在額頭上的頭髮，心漸漸平靜下來。

「嗨！」李神采奕奕地走過來，夾著琴譜。

「彈得很棒吧？」她親熱地摟著我，下著樓。

「很棒。」我不敢正視她，垂著眼笑著說。

「很棒？才不棒呢，我彈錯了一個音，反正你也聽不懂……我還笑了一下。不過，你來就好。Please——」她誇張地學著紳士模樣，瀟洒恭敬地推開玻璃門，讓我出去，我溫柔地對她笑笑，在梯階上，等她下來，挽起她的手臂。

「剛才山葉的主任跟黃老師講，我很有潛力，要特別指導我。哈，說不定他會送我到日本深造——深造嘜……」走在紅磚路上，李很興奮地跳著格子走。踢一腳路邊的垃圾筒，哐一聲。我轉到她這邊，也踢上一腳，悶悶的一響，我穿的是布鞋。

「那我可以不去上學了。教官問我怎麼缺席，她去日本了。去日本？那麼小小年紀就出國，我活這麼大還沒出過國呢。哈哈，好驢！有一天我回來了，報紙上會登著旅日電子琴家李某某深造回國……哎呀，這不是我高中的同學嗎？她還和我吵過架呢……」圍牆裡伸出來的樹枝，她跳了一下，抓下幾片葉子。我又繞到她那一邊，頗費力地跳起來，也抓了一把葉子。

「嘿，你可以跟你的孩子蓋，我陪過她去表演，只有我一個人，又跟她一起回家，走在紅磚路上。什麼？不相信，哪，這裡的葉子可以證明。」我們大笑起來，笑得東倒西歪，兩個醉漢。我緊緊貼擠著她，笑著笑著，竟想哭出來，是一種很酸苦的幸福。

瘋到車站，等車的人已很少了。

立在站牌前，李一直沒有說話，顯得很疲倦地望著遠遠的前面——是街尾的一片漆黑。有兩次，突然笑了一聲，我錯愕地望過去，一張輪廓很立體，很美的側影，嘴角還帶著笑意。我想問她笑什麼，但覺得這時問了她，她也不會說，便轉過頭來。一股涼意爬上我的臂膀，起了一層雞皮疙瘩，心冷冷地，很寂寞。

她的車先來，我碰了碰她，叫她上車，她才知道。「拜拜」，她跳上了車，我點點頭表示再見。車子開走，一會兒就消失在街盡頭的黑暗裡。

我很疲累，打了一個呵欠，打出一臉的淚水，霓虹燈的光，都成了花花地。我也不想擦掉，讓它乾在臉上，黏黏的，冰冰的。

車子怎麼還不來。明天的英文競試，唉！明天一早，李的大嗓門：「鼓得莫寧，喀拉斯。」惡意地把發音歪曲著。我摸到口袋裡有張紙片，想了半天，不知怎麼來的，好奇地拿出來看，是電子琴發表會的戲票根子，很索然地把它揉成一團，扔了。抬起頭來，黑松汽水的霓虹燈廣告，仍然在殷勤地閃耀著……

民國六一、八、二、內湖紫陽

強說的愁

沒有一絲風，靜靜地坐著也會熱出一身汗來。天空豔麗得給人一種不實在的感覺，幾塊雪白的雲朵剪的似地貼在上面，樹濃綠得很突兀——整個就是一幅小學低年級學生的圖畫，天老是畫得純藍的，樹老是畫得純綠的，對於色彩，還只能用單純直接的眼光去看，以至黑白分割得如此明白，從不揉和一點別的顏色。

在今天這種天氣裡，沒有哪個人能專心聽課的；而可憐的我們卻被逼迫著坐在這裡，尤其糟糕的是下午這一堂老太太的國文課。

我支著腮，眼睛無神地看著老太太沒有什麼款式的旗袍。其實意識在這半眞空狀態裡，視覺盡是某種形狀的一堆藏青色，腦子裡卻不曾想到它是什麼。這時候，我迷迷糊糊想像著腮頰在我的支托下，眼梢吊起來了，嘴巴歪斜到一邊了，一張臉不知扭曲成何等樣子。很想把手放下來，改變一下這可厭的姿勢，而且我知道必然有個同學會偶然看到我這副面孔，就如同有時不經意看到某個同學挖鼻孔的醜態一樣，可是實在我又慵懶無聊地怎麼也不願意動了。

這樣呆呆地盯著老太太好一段時間，忽然發覺不知什麼時候，老太太縮小得好小好精緻，像擺設的玻璃小狗小鹿，連同黑板、講桌也按著一定的比例縮小了；雖然縮小了，而且拉遠了，卻越發顯得清晰精緻。當意識沉浮在某個很深的虛幻裡，往往會發生這種幻景。我不知道爲什麼這樣，但我心裡還很清楚這又是一種幻覺——難得的一種幻覺，充滿了童年時代常夢見七巧板的鮮麗炫耀的童話色彩——明白這一點，眼睛便不敢眨一下，生怕失去了這種幻景。我從沒覺得老太太像現在這般可愛過，鑲黑邊的小眼鏡、藏青色的小旗袍、小手裡拿了一本小書，小小的頭很俏皮地傾斜著，簡直有一股衝動，要把她放在手掌上……鬧鐘裡跳芭蕾的小人，不就是這樣，〈少女的祈禱〉叮叮叮地旋轉出來，小人也乖巧地、規律地旋轉起來。也不怕頭暈，賣力地旋轉著，偶爾還機械地把左右手對調一下高低幅度，表示盡盡義務——我的眼睛好久不曾眨一下，已開始澀澀發疼了，也因爲專注的厲害，自覺有些鬥雞眼起來。但我著實不甘心眨眨眼睛，支撐著、執著地要抓住最後一瞬的幻覺……

耳邊猝然劃過一陣低悶的聲音，因它來得太突然，又只是短暫的一劃過去，來不及辨別什麼聲音，屬於反射作用地驚了一下，但意識還不能立刻從剛才那種幻境裡拉到這個現實，在這未曾銜接上的中間，腦子就頓時空白了一剎那，然而仍然本能地、錯愕地望了過去——

一隻黃蜂不知怎麼搞的竟誤飛到兩扇重疊的玻璃之間，正在那裡上上下下慌忙地撲打著、掙扎著。眞窩囊，偌大個天地，什麼地方不能活動，偏偏就要飛到這麼狹窄的縫隙裡，大概是或然率的作用吧——不是一對癡呆的雙親，也偶爾會生出一個天才來嗎？百般無聊地，絕不是出於什麼仁慈心腸地，我開始一點點推動窗戶，要把黃蜂放出去。我很專心努力地挪動著窗子，唯恐出一絲絲聲音，全班四十九張臉孔，就要集中望過來了。這樣猝著勁、憋著氣地努力，弄得一身大汗，連自己也莊嚴地以爲在進行某件艱鉅的任務，便越發嚴肅凜然起來了。窗子挪動到很大的幅度，感覺上黃蜂啞喇一聲，跌跌撞撞地飛了出去。從我的角度看來，牠正衝著太陽飛撞去。在陽光裡，翅膀顯得特別透明、特別稀薄，還鑲了一圈金邊。光線太強，難受地眨眨眼，想再看清楚些時，已不見黃蜂了，一眨眼就像讓太陽熔掉了似的。再把視線移回教室時，眼前頓時一片漆黑，這驟然的變化，覺得腦子甚至發暈起來，好一會才恢復過來。

在過分緊張專注後，有一種很虛脫的頹喪感，全身軟軟的，提不起半點勁兒來；而老太太還絮絮不休地說些什麼，聲音嗡嗡地，不知來自多遠的一角。我盯著她，拚命地再想捕捉剛才那個可愛的小人國的幻覺，然而徒然只看到一個過了更年期的不胖但顯得很臃腫的身體。一股莫名的憎惡湧上來，泛起一陣冷汗，幾乎要嘔吐出來，喪氣極了。

「四十七號——」嚇了一跳，還好，不是我，哪個傢伙這麼倒霉？

全班出奇的靜默了一下，然後一陣騷動，很多張臉紛紛地往這裡望了過來。近視的關係，只感到一張張白糊糊的臉向著我這兒，慌亂起來，腦子一片空白。沒錯嘛，我是十七號呀，四十七，四十七……十七。啊，老太太一定是叫十七號，完蛋了，站起來吧——在我差不多要站起來的同時，我才忽然明白了，四十七號，我前面的同學，張淑華，幾天前給卡車撞死了的。

等到老太太也搞清楚是張淑華後，很尷尬地，一時不知要怎麼說，吞吞吐吐地、重複了幾遍地告誡我們過馬路要當心什麼的。我們根本不聽她的，已經因時間而漸漸平息下去激動的情緒又掀起來，而且苦捱了這樣悶長的大半節課，好不容易撿到一個解救的機會，就越加激動著、亢奮著、喧譁著，好久、才感覺到老太太很不悅地在咚咚咚地敲著黑板，這才從前面開始，逐漸地靜止了下來，老太太竟忘記要同學回答問題了，平靜地繼續她的課程。

很久了，激動的餘波仍拂盪著我。偏過頭來，看看旁邊的幾個同學，都低著頭、垂著眼睛，無精打采地看著課本，臉上木木地沒有一點表情。剛才她們還大幅度地比手劃腳講著張淑華的事呢，才一下子就成了另一副樣子，眞個不能把這兩種極端重合而爲同一個人。我很驚異，也有些惱起來，覺得剛剛那樣喧鬧，很對不起張淑華；實在每個人心裡都十分明白，方才激動的情緒裡是摻不進一絲悲痛哀傷的。從消息一傳來的時候就是這樣——大概在中午休息時間，不知哪個同學從訓導處得到的消息，衝進教室，岔著嗓子叫著：「張淑華死了！」全班轟動起來，「誰，誰？誰是張淑華？」「怎麼死的？」一片混亂喧叫……

是眞的，她的人就跟她的名字一樣平庸、不搭眼。一張沒有鬆緊帶的闊嘴，總是嘟得老長，跟誰生氣似地，很不得人緣的受氣相；扁鼻子上架的一副深度近視眼鏡，更顯明了她的缺點；眼鏡可能嫌大了點，常掛在鼻梁的一半。說話時，已經習慣的時常要把眼鏡推高些，眼睛還愛眨巴眨巴的，給人覺得她心不在焉，沒在聽你講話。而且你問一句，她規規矩矩地答一句，從不多說一點，到後來人家也就知趣的不和她說話了。她倒也安於她閉鎖的天地，畏縮而本分的生活著。本來第一行的坐位就是偏僻的位置，她又坐在倒數第三個位子，於是大家差不多便把她遺忘了。

就是坐在她後面的我，高一這下半學期快完了，我也沒和她講過幾句話。頂多在從後向前傳作業簿、試卷的時候，我還在和旁的同學癡心地談著賽門．鄧普勒，她才將身體轉個四十五度，沒有抑揚頓錯的說「你的簿子。」「你的考卷。」我有時莫名其妙地生氣起來，裝著沒聽見，她就把聲音一次次地提高，直到我重重地把簿子幾乎是扔給她時，才木木地轉過去。

第三次月考，那節地理考試，繳卷後，我很洩氣地靠著走廊的欄杆，沒有勇氣去查對地理課本，一切是灰暗無力的——

「考得怎樣？」我轉過臉去，竟是張淑華。我們的臉靠的如此近，差不多鼻尖碰到一起了，以至於在這短短的一瞬，她的臉看來特別誇張地扁大起來——不知我是不是也讓她這樣覺得——嘴巴出奇地厚大，鼻子扁得厲害。眼鏡在夕陽的照射下，反光成一片灰白，看不到她的眼睛。光油油的額頭上，好幾顆油亮飽滿的青春痘。發燒時惡夢裡幻象的臉孔就是這樣歪曲誇大的。我驚愣地退了一步，一時不知道說什麼，一會兒才答非所問的：「你呢？」她沒有說話，聳聳肩，把臉轉向別處，既不堅持要我回答她的話，也不回答我問她的話，然後繼續翻著手裡的課本對答案。大概是她從不主動講過話，我竟有點受寵若驚的惶恐起來。始終不明白她這反常的舉動；倒是每次想到她，總是記不起她本來的樣子，只有這張誇大起來的扁闊的臉的印象。

我們知道她被壓死的時候，震驚極了，簡直不能相信我的同學——在同一個屋頂下的同學，死掉了，甚至對死亡的定義有些模糊了。平時我們常說：「那個人死了……」平靜淡漠地講著，觀念裡「那個人死了」跟一隻蟲子死了的價值與分量是沒什麼分別的；我們學生一個學校、一個家庭就足夠我們繁忙操心的了，最多在禮拜天和男校的男孩子們郊遊，拋拋媚眼、嗲聲嗲氣地鬥鬥嘴，回家之後，有一段時間恍恍惚惚地愛夢想著什麼，課業一忙，也就淡了、忘了。報紙上的社會新聞，兇殺啦、車禍啦、走私啦……那根本是另一個世界，遠不可及的世界，我們太恬靜、太平實，這些與我們有何相干。

而張淑華的死打破了這一層隔膜。事情來得這麼突然，我們從沉睡安詳中驚醒，除了震驚、人心惶惶和不知怎麼回事，找不出別的情緒，何況平時誰也不曾意識到她這個人的存在，現在不但她是我的同學，而且是已死掉的，這，這根本是一件莫名其妙的事嘛。

確是，我的一個同學被卡車壓死了，血流得一馬路都是；但每一個人的心裡都激不起絲毫的哀痛。我們很奇怪、很驚異自己居然會這個樣子的冷漠，在傳統的教育下，我們眞自覺是大逆不道，所以就拚命要使自己覺得悲痛哀傷；可是在我們心裡的很深處卻都慌亂極了——那是誰都不願表白出來的隱私之處。難道我眞的這麼冷酷嗎？每個人私私地懷疑著、揣測著、否定著，還偷偷地觀察別人是不是也這樣，心中是十分希望別人也和自己一樣，那麼就可覺得減低很多罪惡感了。因爲自己是如此惻隱不起來，跟著很快地發覺別人同時也在暗地裡觀察你，惱羞起來（忘了你自己和別人一樣的），又緊張、又心虛，便趕快設法防衛自己，築起一層層的堡壘，越嚴密越能保障心裡的惶恐不被人看出，於是——

「唉！好可憐，怎麼這樣呢？」深深地長嘆一口氣，一臉的沉痛使眉毛、眼睛、鼻子、嘴巴都皺縮在一起，頭微微地抬起，眼睛望著很遠很遠的前面，電視劇裡慨嘆時千篇一律的表情，只差沒有把兩手背到後頭。

「眞嚇死人！要是一部車子從我身上壓過去——嗾嗾……眞是！」無可奈何地搖搖頭，天命哪！

「憋死那個鬼司機，也是這樣草管（菅）人命的啊。」憤怒地握緊拳頭，惡狠狠咬著牙齒，正義磅礴的氣概，眞叫你相信他說得到做得到。

「……」

你一句我一句，很傷感似地數說著，實在誰也沒聽誰的。看著對方做著種種表情，比劃著各種手勢，雖也附和地跟著皺眉嘆息，心裡卻很卑視那種做假（沒有想到你自己也在做假），暗暗地思忖著怎麼樣接上話去，應該說些什麼，才更能表示自己的傷痛之情勝過別人的。

坐在她周圍的我們幾個，自然馬上成了談話中心，權威發言人。這並不意味著我們幾個比別的同學多清楚她什麼，只是我們生前和她在地理上最接近的，死後，我們無形中就被認爲獲得了她的青睞般地尊貴起來。——天知道，怎樣定義的「接近」？我簡直心寒了，形體間的距離是靠近的，但心靈的距離和別人一樣遠，良知上來說這跟別人有什麼分別呢？但我羞於承認而更不敢說出來，強迫把自己鑄造成大家意想中的模型，所以我把凡是關於張淑華和我的連芝麻大事都不如的瑣瑣碎碎，添綴上少許我所能想到的情感、形容詞，重新改裝了一下，販賣出去。因爲沒有眞正的感情，又缺乏豐富的想像力，說來編去總是反覆著那幾件，連自己也心虛厭煩了。很想扯去這個自己也厭惡已極的虛假，心裡的深處可感覺到一股浪潮在衝激著，吶喊著，「撕去它，撕去它！」但防衛的牆已築起，同時把自己封閉住了，一方面厭惡這個虛假，一方面又仍在一層層地築砌著堡壘，而這個不自覺的衝突矛盾的結果，只有使自己的良心更不安，還沒有人有足夠的勇氣去突破那一層。

短短的這一段時間裡，該說的都說了，該表演的都表演了，在貧乏而做假的哀傷裡，想不出還能如何表現對死者的悲悼，而這麼短暫的時間又無法使強烈的自責心減少一些。開始的激情消退了，漸漸平息下去後的安頓之情還沒有來臨，在這兩端的過渡之間，全班就陷入了一陣非常低氣壓、非常沉悶的漩渦裡，只要有人不經意說了個俏皮話，稍稍笑了一下，馬上可感覺到四周指責的眼光就掃了過來——而且因爲自己明白自己的虛假不實，卻又還不能擺脫它，看到人家眞實了，充塞在心裡的那份矛盾、厭惡、煩悶，全都藉著眼睛發洩出來，非常惡意的目光。老天，要把我憋死了。

後來，康樂股長突然想出一個點子，提議捐款以示哀悼。怎麼早先沒想到這個，這無疑是發現了新大陸，全班從沉悶低氣壓的暴風眼裡掙脫出來，熱烈地展開了捐款活動。我們討論捐款的方式，起先是保守地、細聲細氣地討論，多少還帶點哀愁地、無力地，談著、談著，束縛漸漸解脫……

「你先停一下，我們不用那樣嘛，先可以買張大壁報紙，對嘛，當然是白色的。然後叫學藝股長寫上東西貼在校門口的佈告欄，下面再放一個箱子……」

「要鐵的，還要買一把鎖……」

「廢話。嗨、嗨，箱子在你家買，打八折。」

「字找五十四號寫比較好，書法比賽第一的。」

「我家有壁報紙，明天……」

大家忘了原來的目的是什麼，興高采烈地議論著，好像要準備教室佈置比賽了。

偶爾很短的一瞬，我們會想到死了的同學和一下子意識到自己的態度，一陣心虛愧疚會忽然帶來一陣子沉寂，非常難堪地；但馬上有人另起一個話頭，於是又再度喧騰起來。

捐款的時候，我們都大把大把地慷慨著零用錢，所以這幾天的垃圾筒特別「空閒」。滿滿一箱子的錢等於是一箱子我們的愧疚、自責之心。藉著這個，熱熱鬧鬧地一場過去，兩三天的時間也差不多沖淡了我們激動的情緒，錢自然捐了很多很多，自覺對得起張淑華了，於是這件事開始冷了下來。也許後天、也許明天，我們就會把她忘得乾乾淨淨了……

而現在，已經沒有人記得她，同學們都昏昏沉沉地快睡著了。

我愣愣地瞪著前面的空位子，一直沒有習慣過來。只要一抬起頭來，總以爲前面還有人在，但黑頭髮白上衣的影像跳前了一個位置——小時候晚上跟著媽媽和她的老同學逛街，我已睏倦得要死，閉著眼睛牽著母親的手，腳下一高一低地走著、轉著，迷迷糊糊，水泥地上一個小階梯，踏了個空，往前一衝，感覺上身體陡地往下墜了好幾千丈，碰到了底，驚醒過來，滿眼花花綠綠耀眼的燈光，不知怎麼回事，嚇哭了。現在不習慣的感覺就是小時候留下的這種深刻的感受。

記得她的背很厚實，略略有點拱，相書上說是主富的。制服恰恰好合身，在趴著的時候，上衣就緊緊地綳在身上了，因此我可以很清楚地看到她穿的胸罩。胸罩上再重合了白色制服，都是白色的，但劃分得很明顯。她眞大膽、眞前進，我還不敢穿那種式樣的呢。出汗的時候，正好印出一架弔橋的形狀，有一次還印出一塊撒隆巴斯膠布。胸罩以外，制服成了半透明狀態，這時就能看到她頸子和背相接的地方，有一顆大黑痣，像一個小肉瘤，我老有一股衝動要摳掉它。平劇裡頭母子失散，夫婦分離，常常就是靠著耳垂上的硃砂痣啦，腳板底的白斑啦而團圓的——做太太的知道丈夫腳板底有塊白斑，顯然是幫丈夫洗過腳。以古時傳統保守的禮教，如此唱出來，也不知害不害臊。每次，我要偷看故事書，趕作業或打瞌睡時，總是把左邊堆上很多書本和參考書，厚厚高高的一大疊，前面有她寬大的背作了擋箭牌，我只消把身體往下縮一點，準可萬無一失的。

瞪著瞪著那空位，忽然心酸起來，狗屁的什麼主富主貴的，唉！我深深地吐了一口氣，甩甩頭，把這些都甩掉吧。這時隔壁那所小學放學了，擴音機正播著交通安全歌，一大群一大群學生湧出校門，不知怎麼今天沒有老師站在校門口，小孩子們得到了釋放似地追打著，互相扔帽子，亂成一團。從二樓看下去，他們都是頭大身小的滑稽樣，頭上戴著很像修理電線的工人戴的黃色圓頂帽子，是一堆香菇。哇啦哇啦的喧鬧和腳踏車的煞車聲，從下面傳上來，吵成一片。我轉過頭來，看看隔壁的同學，她笑了笑，我也回報地笑笑；不用看錶，我們知道再十分鐘我們也要放學。很多同學已沉不住氣，紛紛地在收拾書包，嘈嘈雜雜。老太太有些浮躁起來，不停地擦汗，講課的速度快了點，但老是結巴。

交通安全歌忽然斷了，後面拖了一截荒腔走板的尾音，然後停止了，剩下越顯得單調的叫嚷，漸漸遠去。關抽屜、硬幣掉到地板上、桌椅挪動的響聲，都離我很遠。我想起那顆大黑痣，莫名地聯想到密密麻麻的蜜蜂窩，泛起一陣又麻又癢的噁心，手指狠狠地掐進手心裡，一股錐心的刺痛，但覺得很痛快，也把這股噁心燙平了下去。一種麻木的安詳平靜包裹著我，沒有任何知覺跟慾念，只等著鈴聲響起。

民國六一、八、一、內湖紫陽

怎一個愁字了得

「姊姊，姊姊吃橘橘……」小敏不倒翁似地跑過來。穿了件雪白雪白的圍兜，叫人想到做麵包的大師傅。

橘子比小敏的手大很多，笨拙地抓在手裡，隨時會掉下來，好在橘子不是玻璃，也就不使人心驚肉跳了。

「來來，乖……給姊姊，噯！給姊姊吃噢，好乖。」慧蘭接過橘子，誇張地高興著，卻一時又不知怎樣把話接下去，只好無限慈愛地望著小敏搖搖晃晃地跑回老師那裡。

「爸爸抱。」孩子表演得這樣成功，小心眼裡也懂得正在被人注意，害羞起來，賴著爬上了老師的膝上，百般無聊，很不屑地玩起老師的褲腰帶。

「好可愛喲，」她仍是溫柔地笑著，兩腮覺得有點發痠。「上次來的時候，他還喊不出姊姊呢，眞快。」

「鬼精靈一個。」老師刮著小敏的鼻子。

「嗨，那本娃娃書呢——小敏能認得好多東西哩。」師母本來在收拾著什麼，看寶貝兒子表演看得捨不得走了，索性放下手裡的東西，找起娃娃書來。

師母順手拖了兩張椅墊擺在地板上，小敏中間坐著，兩個大人兩邊跪著，時代眞是不同了。

這個呢？蛋蛋。麵麵。象象………

「好妙，小敏都知道啊。」慧蘭是一臉的讚賞。見鬼，我妹妹照樣行。

「都知道喲，還有哪——」師母仰起臉來，竟像個孩子似地，興奮地眨著眼睛。

慧蘭坐在沙發上，這一個小家族就在她的腳前。她彎腰參加他們的熱鬧，她可以不用彎下腰去，但這樣顯得殷勤些。師母剛才那一仰臉，幾乎碰到了她的鼻子，這樣的靠近，害她吃了一驚地臉紅起來。

忽然她想到今天穿了雙破洞襪子，馬上警覺地把腳縮進沙發底下。一面懊惱自己警覺得這麼遲，包定讓老師看到了；一面又生氣那樣愚蠢地還把腳縮進去，給人曉得自己意識到了破洞。這一羞慚，臉就更發熱起來。

「虎虎。牛牛。羊羊——」

「嗨，狗狗啦。嗳，狗狗………」

爲什麼小孩說話老是兩個字兩個字地重複？一陣陣腦油味衝上來，慧蘭發覺老師的好幾根白頭髮。不知道多久沒洗頭了哪，她像發現了不應知道的祕密，於是越加感到羞慚了。

「狗狗，貓貓……」慧蘭望著小敏專心地思索著。很少見到小孩如此專心的，她覺得什麼都虛無起來。

這個小東西怎麼會是老師身體出來的呢？是什麼時候的事了，似乎有幾個世紀之久，幾個世紀有多長啊，她是一點概念都沒有。是一天的幾百倍罷，幾百倍又該多久遠呢，好像可以久遠到恐龍時代，又好像才是前兩天。想起以前的事，總是隔著櫥窗看擺設，閃亮的耳環、戒指、昂貴的皮大衣，當然這些可以是你的；但不管如何的流連，也只是「唉，能有這個多好！」它只是擺設，被玻璃隔開的另一個世界，永不會覺得這當然可能是你的；然後突然看見自己魂魄幽幽地反映在櫥窗上，也嵌進了這另一個世界，震了一下，趕緊走開了。

是什麼時候的事了……哇！老師生了男孩……去你的，師母啦……吃紅蛋，有紅蛋吃囉……同學們不知爲誰興奮的，沒有目的地瘋成一團。她叫得最兇，掩飾著什麼的，呱啦呱啦地計劃要買東西送老師。有一股隱隱的酸楚和疑惑，連自己都覺得震驚、羞恥，也就不願講給阿胖聽。

成績單是赫赫的第一名。恭喜囉，嘿，有何祕訣啊，傳授傳授。一群笨鴨子！

走在石子路上，慧蘭覺得什麼都失去了。屁個誨人不倦，連發成績都找蚱蜢臉代替了，眞他媽的弄璋弄瓦，王八蛋訓導主任，叫人噁心的一副蚱蜢臉。愛民如子！一有了兒子，五十四個學生也不管了。鐵是嘛，學生哪能跟寶貝兒子比！半載寒窗，只盼著這麼一天……「謝慧蘭，又是你第一！」從最後的位置快步走到前面，該是蘇珊海華的那種氣勢逼人；一學期、一學期固定的儀式……老師笑著，深深地看一眼。克拉克蓋博的笑眼。成績單上的評語會是什麼。品學兼優，好學生，都是這個，太俗了；有思想，有見解，或者才高志大，或者更好的……然而，空白一片，半個字都沒有。從此君王不早朝，但怎麼可以呢！別人可以忘記，可以不評，謝慧蘭怎麼能夠呢。梅妃，淒淒慘慘的梅妃。

路旁的一排七里香，冷冷清清，怯怯地開著小白花，她恨起來，狠狠地抓下一把，走過橋那邊，摔進黑龍江裡。有一瓣黏在指縫間，簡直是殘湯裡飄著的一根牙籤，叫她噁心得一刻也受不了。甩了好幾下也甩不掉，發起痲來，幾乎是發了瘋地把花瓣往橋上抹著、揉著，要把她自己的、她所有的、整個世界揉碎……小白花飄在烏黑發亮的池水上，耀眼得出奇。池水是滯住的，白點子緩緩地打著轉，幽怨著什麼，淒涼著什麼。慧蘭伏在欄杆上哭了，隱隱聞到花王洗髮精的淡香。今天特別洗的頭髮，想像今天跑出來領成績單，頭髮飄揚起的玲梳效果，於是她哭得越加傷心了——

「哈哈，傻瓜，手套套嘛。哈……」慧蘭震了一下，不知道他們笑些什麼，所以跟著笑得特別大聲，又自覺慢了幾拍，沒跟上節奏，實在失面子得很，臉又不爭氣地火辣辣起來。

「我們小敏哪，前兩天叫我和師母嚇了一跳，在那裡玩積木，忽然冒出一句，『爸爸、爸爸我、要、上、台北。』我們從沒教過他，是啊，精得很。」

「眞精。」慧蘭又和上一句。眞去他媽的，這個也值得大驚小怪。要是說出我兩歲的名句，「星星多麼美麗的滾下來啊」，那才把你們嚇倒呢。

「小敏才好玩哩，從來不知道跟人家爭什麼。別家的孩子，還好小——啊，糟糕，水開了多久……」師母跪得一時站不起來，掙扎了一會，抱歉著，笑著，瘸著腳跑去後面。腿大概還痲痲的。徐露唱三堂會審眞要點功夫。

「你師母！」老師搖頭笑。

「上次別家的孩子推小敏一把，自己摔倒了，小敏還過去把他扶起來……」

慧蘭很悲傷，這已不是她心眼裡的老師，從師母生了小敏，就不是了。

老師怎麼會生孩子呢？艷陽天，羅美雪妮黛和亞蘭德倫接吻、擁抱。把老師的臉換成亞蘭德倫的，老師也要做那些事！同學們四周亂叫亂嚷，她也語無倫次地叫著；但是，紅蛋怎麼會跟老師扯上關係呢？老師該是穿著總顯得大一點的香港衫，在黑板上寫俊挺的字，領著她們參觀故宮博物院。

「嘿，蘇東坡的〈赤壁賦〉。來來，上次抄給你們的，誰會背？」

「謝慧蘭，謝慧蘭會背。」同學們起哄。柔和的燈光，肅靜的大理石廳堂，老師把大夥帶進了五千年的時光隧道裡。

哈，把老師想做了什麼，蘇格拉底。孔子。但是，蘇格拉底和孔子也是人啊；蘇格拉底的太太是出名的母夜叉，孔子也休過妻，爲什麼老師不能生孩子？可是，可是就是不對勁。不管怎麼樣，至少老師有了兒子，連我們都不管了。黑龍江上的白花。

對，都是小敏，小敏應該流產掉的。一開始，慧蘭就跟小敏敵對起來，和同學們結伴去看老師，一進門，濃濃的一股屬於嬰兒的特有的奶味；滿沙發的大毛巾、尿布，桌上的作文簿不知堆到哪兒去了，散著奶粉罐、奶瓶。她直覺得小敏重重地擊了一下她的心窩，這一下擊得太重了。

「姊姊，虎——」

「噯，老虎。」慧蘭說。

「牛牛。」

「噯，牛——」

「斗斗，斗斗——」

「狗狗，噯，小狗——」她把每一個字的尾音都挑得好高，還轉一個彎。在家裡逗哈巴狗就是這種嗓子，但這麼一拿來逗小孩，就叫人起雞皮疙瘩。

慧蘭著實沒料到自己有如此大的潛力，一面能三千寵愛在一身地疼愛著小敏，一面又能在心裡敵視小敏。她很震驚自己是這樣，又惱恨小敏什麼都不懂，還姊姊長姊姊短個不停。用閩南語罵山東佬，罵了半天，只有越加火上加油地恨自己枉費工夫而百般的無奈。這種翻騰在心裡的衝突，幾乎使她有一股衝動，一把推開小敏；然而老師正笑著看他們，強制著壓住火山口，堆起更多的溫柔。來，哈巴狗來。手套套、蘋果、蕉蕉……

「小敏，洗澡——」師母裡面叫著。嘩啦嘩啦的水聲。

「爸爸，爸爸洗——澡。」

「小敏洗澡。把毛巾拿給媽媽，拿好——」

小敏像個老阿太，纏了小腳似地踮到裡面去。有一次送阿太到門口，望著阿太遠去，沙地上留下兩排小小的腳印，漸漸遠去，那種深刻的印象一直還記得。如果地板是沙地，也會留下兩行怯怯的小腳印罷。

老師坐在籐椅上，轉過半個身子，滿臉疼愛地看著小敏跩去後頭，遲遲地忘掉轉回來。慧蘭尷尬地端坐在沙發上，注意老師的側面。脖子暴出好幾根青筋，動脈、靜脈。若是把腦袋九十度地轉過去，腦勺向著這邊，不知是副什麼樣子。

老師忽然轉過身來，正好碰上她的凝注，害她窘得趕快望到別處。

「小敏最喜歡洗澡了。」老師幫她解圍，下面卻是難堪的一段沉默。裡面傳來盆子撞擊聲，小敏和師母的笑聲，意外的響，夜深閒私語的那份訝異。

「怎樣？近來的功課？」

——怎麼樣，過得還好嚒？戰火中離亂的戀人，幾十年後，偶爾相遇在某個巷口，恩恩怨怨的愛恨全都沒了，只眞心地希望對方結了婚，過得不錯，淡淡地問候一聲。就只這一聲問候，慧蘭竟心酸得要哭了。

「馬馬虎虎，還是保持前五名。」

「在那樣的學校，算很好了。其實拚第一名幹嗎，第一名懂什麼。多利用時間看看課外書籍才是。」慧蘭但願老師是因爲她沒得第一名才這樣說，不然國中保持的衛冕紀錄等於白費了。

「老師還是教三年級嗎？」

「沒有，三年級太苦了。教一年級小男生，又兼了兩班歷史——」

「眞的啊，給老師教歷史眞有福。我們歷史老師——我是說現在的老師，根本就是照著課本唸。爛死了。」

「是，歷史哪能那樣教——」裡面猛地爆出一串笑聲，老師停下話來，對慧蘭擠擠眼睛，笑著轉過身去，這動作叫她很錯愕。

「幹嗎呀？那麼開心。」慧蘭不得不迎合著老師的興致。

「小敏一洗澡就樂成這個樣。來看看我們小敏洗澡。」天，又不是華清池，楊貴妃洗凝脂，有什麼看頭。但慧蘭還是一副興致勃勃地跟去後面。

慧蘭倚在浴室門口，附和著他們，有時笑得幾乎要斷了氣。眞他媽的笑個什麼啊。隔了一會兒，她忽然發現老師他們三個玩成一團，根本就把她忘了，枉費她笑得如此賣力。這種難堪把她凍結住了，她羞惱得想馬上衝回家；但她仍倚在門口，微笑著，很不自然的笑。一點點地收起笑容，還覺得兩腮疼得厲害。

是什麼樣的阻隔呢，叫謝慧蘭在老師面前這樣難做人，都是小敏。可是小敏什麼都不知情，而什麼都在破壞，恨就恨在這裡。

小敏，這個魔鬼……一二年級都放學了，只剩下三年級留下來晚自習。四周是沒頭沒腦的陰沉，儘管學校不惜都亮了日光燈，就是幾千幾萬瓦的吧，還是無法照亮一天的疲累和汗臭積壓下來的陰沉。

筆下哆哆哆地飛舞著大括弧、小括弧。每畫一個括弧就緊張地以爲老師要走了。從眼角瞄上去，灰色的褲管，於是心定下來。才不到一下下，又突然一陣痙攣，猛地抬起頭來。無聊，無聊透頂，老師在，你又能怎樣。終於老師站起來，把椅子放進講桌，走出教室……整個人、整個意識全都繫在老師的腳上，走出教室，經過走廊——看不見了。轉個彎去，又出現在那邊斜對面班級的走廊上，然後眞的看不見了，自己也他媽的不要再想回到括弧上。

哈，家裡有寶貝兒子等著，連這幾十分鐘也耐不住了，誨人不倦！不是小敏，老師永遠是我們的老師，不會遲到，不會早退；鈴響的時候，不會忘記走到謝慧蘭的位子，笑著向謝慧蘭借枝筆，在教室日誌上簽個名。現在拿著教室日誌找老師都找不到。老師為什麼要生孩子，生了孩子，可憐我們都沒有老師了。一張計算紙，狠狠地劃破了好幾個洞，負四減負七還是算不出來。想到的、看到的，都是老師抱著孩子，寶寶乖，寶寶睡地哄啊、搖啊。可憐謝慧蘭只是個沒人要的瘦狗，淒涼地走在黃昏的街道上。

這個人，怎麼會叫謝慧蘭傾整個生命地發生震動。慧蘭倚在門框上，奇怪地望著蹲在她前面的老師。那些笑聲、盆子鏜鎯鎯的撞擊，全都隱去得很遠，很模糊。那是一幅布景，只看到老師一下下抄水，肩膀一高一低地聳動。這是何許人也，慧蘭感到迷糊而奇異，什麼都顯得很不實在。

那時候，不很熱，但叫她們從一樓搬桌椅到三樓，就熱得眞像是三四個太陽當頭曬著。

「諾，拿去。」她煩躁地叫住一個校工，要他把桌子搬上去。老天，哪裡是什麼校工，是我們導師！在介紹新老師的時候，慧蘭大覺情勢不妙。糗了，眞他媽的糗大！他是教什麼的？快點啦，他教什麼啦？什麼？數學！不是？國文。還好，謝謝天！

上他的第一堂課。整整一節課沒命地埋頭抄筆記，其實抄他個鬼。「諾，拿去。」在耳邊響著。回想起來那種語氣，似乎可以作多種解釋呢——一下子是「他媽的，快點搬上去。」不至如此兇惡吧；好像是「快點搬上去，好不好？」又該是「可以快點搬上去嗎？」……聲音像一根細絲在風裡游離著，一會彷彿很能確定，但馬上又飄離了。唉，管他去的。她這樣安慰自己，反正國文有把握，就是讓他扣分也不至不及格。

這一見面就叫她震驚，便注定了叫她震驚下去。一度流行的瓊瑤小說、鴛鴦蝴蝶派什麼的，擺脫了一見鐘情的俗套，卻又落入另一種格式，總是先來一個轟轟烈烈的吵架開頭，然後有情人終成眷屬的大團圓。

窗外，那是阿胖說的。哈，怎麼可能嘛，你歪想到哪去了嘛！她是這樣氣憤地怪怨著阿胖，心裡卻興奮著，一股抗逆的熱情澎湃洶湧著，彷彿一大卷可歌可泣的愛情故事就要展開了。

她常和阿胖到圖書館前的走廊看書。看看，就厭煩了，靠在冰涼的大柱子上，很舒服。在四樓的走廊，可以看得好遠好遠。稻田伸展到盡頭的地平線，常常見到一縷縷的黑煙升上來，漸漸淡上去，終於和天色一樣了；只要不去想到那是大煙囪吐出的污染物，總是很美的。

老師現在在幹什麼呢？慧蘭眞希望老師也看到黑煙淡淡地消失。老師怎麼那樣瘦？一年到頭只穿著香港衫，風吹過來，鼓得好大。太瘦了，買不到合身的。怎麼不訂做呢？那師母是幹什麼的？我是師母，就不會讓老師這樣。老師大概好窮吧？是不是每天都吃青菜豆腐啊？粽子節不要忘記送粽子給老師。希望師母要好好待老師。會不會陪老師改作文改到好晚？要我就會，還要放一杯濃茶……

浸在陽光裡，她雅興地靠著柱子。風吹過來，幾絲鬢髮拂著臉頰，癢唆唆地；髮絲映著太陽的七彩，從眼角看去，異常鮮麗，華德狄斯耐的色彩。她想像著自己浴在陽光裡，皮膚變成了晶瑩剔透的玉色，希臘女神側臉的輪廓，美得凄涼；凄艷的，不該屬於塵世間的，該是地平線上一縷縷的煙，羽化了。深深地嘆一口氣，慧蘭眞願現在爲老師作任何的犧牲。

「做麼啦？」阿胖問她。

「老師喜歡的東西我都喜歡。」她覺得整個人要騰空飛揚了，說出的語調卻又是有氣無力、軟軟地。

「少雞婆了啦。老師喜歡辣椒，你喜歡？」

「喜歡。」

「抽菸？」

「喜歡。」

「那師母呢？」

「喜歡。」

「下節考試，還不快點唸。」阿胖聳聳肩，喃喃地繼續背著什麼。

多無聊啊，一個考試完了又一個。考試做什麼呢？

天空乾淨得找不出一絲雲屑子。純摯的愛之昇華是愛你愛人所愛的一切。她記得哪本鴛鴦蝴蝶派的小說上有這麼個意思。

但是，如果師母是在老師教她們之後，才和老師相愛而結婚的話，自己是不是如同傷心老師爲什麼會生孩子一樣，又要震驚老師爲什麼要結婚？又如果小敏是在老師教她們之前就有的話，那自己是不是還會仇視小敏？誰曉得呢，這些因果。

「哈，你看，小敏放了一個水雷。好響哪。你看……」師母和老師叫著，互相拍打著。老師這才想到慧蘭還在旁邊，轉過臉來笑，從下往上看的緣故，眼睛暴得突突的。

「好意思，當著姊姊放。」老師輕輕地搥了小敏一下。

慧蘭尷尬地笑笑，臉脹得發熱，莫名地感到厭惡、羞恥。如同第一次來看小敏，小敏拉尿拉在老師身上，同學們都有點不好意思，格格地發笑。慧蘭一點也笑不出來，羞辱得很，好像尿是自己拉的。

「哇，這麼不爭氣！看看你的兒子……」老師抱起小敏，一路滴滴嗒嗒地跑進裡面。慧蘭眞痛心看到這副狼狽樣。很生氣老師竟然就這樣地侍奉兒女像侍奉皇帝老子。如果不是他媽的你們這些婦孺佞臣，老師會成爲一位好老師、教育家，不是斤斤於這種瑣碎裡的homeman。婦孺佞臣！

唉，爲什麼要介入老師的生活？爲什麼老師要生小敏？不然，老師在印象裡永遠是美好的、完整的。

那次，偏偏在街上看見老師提著魚，抱著一袋橘子走過來。她覺得腦袋被敲了一記，差不多是反射作用的閃進另一條巷子。啊，老師還去買菜！老師怎麼還買菜？她從沒有覺得買菜會跟老師關聯上。甚至觀念裡老師跟食衣住行都沾不到邊，只有青菜豆腐才是適合老師的，只有寬鬆的香港衫、低矮簡陋的小屋子、幾張硬板凳、竹牀這些才跟老師有關係。難道青菜豆腐不也是吃進肚子裡的嗎？可是，就是不同，青菜豆腐是另一個境界的東西。她心眼裡的偶像是建築在清苦、貧寒、高風亮節上的，而只有青菜、豆腐才是寒士的、高風亮節。

慧蘭是懷著這樣的觀念和同學去拜訪老師的。結果老師住在公寓，有一套漂亮的沙發和彈簧牀，比謝慧蘭家的還好，又拿柳丁招待他們。這就像家庭計劃的口號剛提出時一樣，叫人覺得怪誕、滑稽，她的腦子顛顛倒倒，分不清什麼是對，什麼是錯。她責備自己愚昧得很可以了，這樣死心眼不就跟小時候，吃驚地問媽媽「是不是老師他們也要屙巴巴」，同樣的愚蠢癡呆嗎。拚命地替老師找理由，但仍是很久以後才適應了過來。

適應一件事多難啊——

老師困難地站起來，「腳麻住了。」嘀咕了一聲。慧蘭拿不穩是不是對她解釋，就不便說什麼。

「坐，坐吧。」老師甩甩水，把捲到胳膊上的袖子放下來，手邊一時抓不到手巾，就往褲子上擦了兩下。

慧蘭巴不得老師這句話，右腿支撐著身體好一會兒了，已經有點發僵。但她還是站了一下，有點留戀的樣子。

「小敏乖乖，洗乾淨了姊姊喜歡。」又揑起嗓子逗了一句，這才隨著老師回到客廳來。

「這半年，長高了不少吧？」

「三公分，以前是一六〇。」慧蘭知道老師正打量著她，於是很淑女地坐下，兩腿緊併在一起，斜斜地倚著。

「小敏好喜歡洗澡喲。」她有點窘，隨意揀了一句話。

「就是。那天才幫他洗過澡，衣服都穿好了，一個沒留意，嘿，又爬回盆子裡去，只好再重新換衣服。」

「天，眞頑皮。」她笑著，搖著頭，彷彿小敏是這般聰明可愛得無可救藥。

「小敏像他媽媽。」不知怎麼，老師突然冒出這一句，好像慧蘭從沒見過小敏。

「男孩像媽媽才有福氣。」她接得很快，但馬上又爲如此交際化的應對感到臉紅。

「他外公還說他跟他舅舅一個樣。」老師像是沉思著，大概在想像，如何設法把一個大人縮短下去，除去皺紋和成年的老相，而穿上開襠褲。

慧蘭搜索不出男孩像舅舅會怎樣的辭句，只好沉默著笑著。模糊中，好像有什麼幾代不離舅家門……弄不清是兩代還是三代。

「嘿，把剩下的橘子吃完，還有呢。」老師忽然從沉思裡醒來，沒話找話講。

「不用了，脹得很，眞地不用了。」慧蘭忙著阻止老師去拿橘子。

「看看，還多得很呢。」拿來的都是打過荷爾蒙的大橘子。

「哇，老師要把我灌成水桶了。」

「慢慢吃嘛。這種橘子甜得很。」

慧蘭慢條斯理地撕著橘瓣上一絲絲白白纖維，眞的很文靜地吃起來。

一時沒有話題了，沉靜得厲害。她假裝專心著牆上的一幅風景畫；老師也東張西望地看著屋裡的擺設。

快點啊，你不是有很多話要說嗎？慧蘭每次來老師家，總是看了好幾本世界名著，準備了一大堆創造啦、生命啦、生命的意義啦這些話題。看世界名著是爲老師看的，誰說不是呢。國文成績居全校之冠，也是爲老師讀的；抄下來的〈赤壁賦〉、陸游的詩、莎士比亞的名言，這些全都背熟了。其實哪個說要背的，只爲著等到有一天，「死去原知萬事空，下一句是什麼啦？」「但悲不見九州同」，只有謝慧蘭答得上去。那就快點啊，《傲慢與偏見》厚厚的一本，不要枉費了幾天的工夫。

「老師，我覺得——」句子中間她喜歡頓一頓，歪歪腦袋，把深深的雙眼皮大眼睛翻一下，捏著橘子瓣的手，還刻意地翹起小拇指。

「嗯——」老師注意地聽著。

「嘟嘟嘟，小王子吹喇叭。看哪個來了——」師母遷就地彎著腰，領著小敏出來，一隻手幫助小敏支持著玩具喇叭。

小敏還是穿著剛才的圍兜，上面繡了兩隻狗打棒球；稀稀的頭髮清楚地分一道線，整齊地抿在兩邊，希特勒似地，只差唇上的一撮小鬍子。

「喲，那麼漂亮！嘿，像奶粉罐上的娃娃。」慧蘭又是誇大地嚷著。

「小敏敏，姊姊說小敏敏是奶粉罐上的胖娃娃。」師母笑成一張滿月臉，疼愛地親了孩子一下。

「嗯，怎麼？」老師把小敏拖過來，替他提提褲子，但眼睛一隻看著慧蘭。

「我覺得——」慧蘭很感動老師這樣尊重她。

「橘橘。」小敏掙開老師，跑過來。

「小敏要吃橘子啊，來……」她剝下一瓣，塞給小敏。

「嗨，不行不行，現在不能吃。」師母那邊叫著。

「不能吃啊，」慧蘭很不好意思。「我們不吃噢，媽媽說不吃，不吃噢……」她哄著要把那一片要回來。小敏執拗著不肯，敵視著她，嘴角撇著，隨時都要使出殺手鐧的樣子。

慧蘭一看到小孩這樣，就氣得發昏。以爲只要一哭，誰都沒轍嗎，見你媽的鬼。偏就是不給你吃。她自己也不可理喻地執著起來。橘子被捏得稀爛，金黃的汁流得一圍兜，很令人痛惜那麼潔白的圍兜。有幾滴也濺到她的腿上，黏黏地、緊緊地扒著皮膚。

孩子忽然放棄了這邊的爭奪，抓住了茶几上的橘子皮往嘴裡塞。慧蘭瞧著幾乎要一巴掌摔過去——

「曖曖，怎麼可以。」老師忙著抓住小敏的手，掰開，硬把橘子皮奪下來。把他抱回師母那裡。

老師才又坐下，小敏跑過來黏纏。

「還是把這些收了好，反正我也吃不下。」

「沒關係，趕快把剩下的吃了。」老師半拖半拉著小敏，被孩子嗚呀呀地纏得焦頭爛額。

慧蘭一口口幹著橘子，實在氣得很。奉兒女之命！劈哩叭啦摑兩下屁股就沒事了。慣壞了。老師能把我們帶得那麼好，對付一個孩子就狼狽成這樣。

小敏眼睜睜地看她吃，覺得眞地沒指望了，索性大哭起來。

「好啦好啦，給他一片吃吃，眞是沒辦法。」

「怎麼行啦，拉肚子還給他吃！」師母趕緊跑來，兩手濕漉漉的。哄著把小敏手上還抓著的半片扔掉，小敏又馬上哇地大哭了。

「給他吃一片沒關係啦。」老師在旁邊，無可奈何地、軟軟地說。

師母一面掏著小敏嘴裡的東西，「沒關係啦！」轉過半個身子看老師一眼。慧蘭看不到師母的眼色，但猜想得到。她感到很難堪。

師母把哭鬧著的小敏抱去後面，剩下慧蘭和老師尷尬地坐在客廳裡。

怎麼會弄到這般田地！老師這樣不是跟平常人一樣嗎？她看到的是一個大天才，終於被婦孺佞臣拖垮了，埋沒了。代之而起的是氣憤，氣憤老師爲什麼不擺脫，不反抗，難道就甘心被抹殺了嗎。這個使她呆不下去，不知所云地扯了些什麼，就起來告辭了。

「回去了?還早嘛，怎麼不聊聊，坐坐。」老師抱歉地說。

抱歉什麼呢，你不需要抱歉什麼。「家裡有事，要早點回去。」慧蘭仍然堅持。

「這樣啊。謝慧蘭要走了……」老師沒再挽留她，轉過身，向後頭招呼著。

「要走了？那麼快就走。」師母抱著小敏出來，也是很抱歉地。小敏還是眼淚婆娑地抽咽著。

「家裡有事。」慧蘭冷冷地看了小敏一眼。

「眞是對不起，吵成這個樣，你們也沒好好聊，實在——」師母陪著笑說，還象徵地揍了小敏一下屁股。

「沒關係。反正離得近，可以常來。眞地沒關係。」慧蘭見師母客氣得很，又很過意不去剛才冷冷的那一句。

慢慢走啊，路滑。不送了啊……常來玩啊，近得很。實在抱歉……小敏來，跟姐姐再見。再見，小敏再見……

出了公寓，慧蘭像害了一場大病，昏昏沉沉，虛弱得飄飄地。

外面飄著毛毛雨，手拿著傘也沒有力氣撐起來。打傘幹嗎呢，感冒就感冒吧，大不了一死。死了算了，活著眞吃力。

身邊的行人匆忙地穿來穿去。一張張黃蒼蒼的臉，淒苦得很，像是全人類興亡之責都沉重地擔在他一個人身上。做什麼呢，這些人，奔喪似地。有幾個人擦身過去，撞了她，她是沒有半點力氣發脾氣了，只緩緩地轉過身去，瞪著撞她的人。有一個把破報紙頂在頭上，只顧跑去；有一個轉過臉來，邊走邊蝦腰答禮「對不起，小姐，對不起。」她知道他要撞上柱子了，可是使不出一點勁來警告只本能地抬抬手，看著他咚一下。這些人，幹什麼呢。跑得快不是一樣要淋雨？爲什麼要說對不起呢。咚一聲，可不輕哪。

一部卡車嘩一聲過去，濺了她一身泥水。她低下頭，靜靜地看著自己的腳被濺得斑斑點點，一陣委屈，忍不住眼淚就湧出來了。

爲什麼老師要生孩子呢？爲什麼不是別人當她的國文老師？謝慧蘭爲什麼偏他媽的生在這個時候呢？她任淚水流得一臉，顧不得擦去，只覺得委屈得想立刻死掉。

風沒來由地一陣吹起來，半空裡揚起一波波的煙霧。

她的頭髮濕濕的，都結成條地掛在臉上，身子也潮潮黏黏地，像棉花糖沾了滿頭滿臉。一陣眼淚過去，哭得什麼都沒有了，只剩下一顆心冷冷地冰凍著，眼睛澀澀地。她瞇起眼，深呼吸一口，沒目標地漫空張望一下。一波煙霧迎著過來，撲得滿臉癢癢地。

唉，這些事情跟謝慧蘭有什麼關係呢。謝慧蘭算什麼，憑什麼老師要爲你而天才，而大教育家，你又不是總統，又不是上帝。

她不由得想起從前要引起注意，就故意常常遲到，沒什麼重要的小考，就故意考不及格或是交白卷，或是課堂上在下面玩著別的什麼。

記得老師說過，不能因爲愛因斯坦的不願意和人握手，就否定了他的一切。她記住了這一句話，利用這個製造謝慧蘭的與眾不同。可笑的老師眞地覺得她是特殊的，同學們也是。

還有，老師說過，那些珠啊、花啊、芳啊、蘭啊之類的名字實在土。那以後，老師叫她的名字，她就覺得刺耳。一度還著了魔似地，瘋狂地打聽改名字的手續。

眞可笑，這些事情。在老師面前做人老是如此地艱難，何必呢。你謝慧蘭不是什麼，老師更不是什麼，小敏又跟你有什麼關係。大家都是平凡的人，誰幹嗎要爲誰吃力地活著，如此而已。何必呢——

一陣大風捲來，夾著豆大的雨點，慧蘭終於把傘撐起來了。

唉，什麼事情都由不得你，於是她寬厚地原諒了一切。雖然如此，她仍是感到淒涼與悵惘，失去了一件東西；雖然謝慧蘭也不能說出她失去了什麼。

民國六二、一、十六、景美

緣

老K，你拿咱（ㄗㄚ）家沒轍兒時，就說：「黑心鬼！」所幸咱家看你態度之間還透著些許憐愛的意思，便不與你計較。如今咱家不合地，被右腿坑了，臥病在牀，於是有一機會讓咱家深思深思。細想起來，咱家並非沒有淑女的一面，只是每每有一股柔情自心底升起，待要形之於外時，內心便突然一種聲音嘲笑咱家：「去！嚕嗦！」是以溫柔之觸角尚未伸出，已經深深縮回殼兒中了。咱家，無可奈何地啊。

譬若這當兒，咱家思念得你厲害，頗想尋枝筆、尋張紙，訴訴相思之苦，可是你聽，心裡那個鬼又來了：「去！嚕嗦。」這——如何怪得了咱家黑心啊。

今晨二寶送來一枝玫瑰，來自他醫生老爹的寶貝玫瑰園，此刻正插在几頭的空汽水瓶裡。咱家思念之情無處傾訴，屋裡啥東西又老早看得乾之又乾，擠不出丁點兒水泡泡；牆壁上一個蒼蠅拍印子，咱家都知道縱的槓二十條，橫的槓二十四條，第六橫槓跟第七橫槓的空隙是個變種，還可再排進一條橫槓。屋裡就算這枝玫瑰新鮮的了，咱家只有跟玫瑰花兒發愣起來。

玫瑰花兒開了一半，瓣上沾了兩顆露珠——應該說兩顆冰開水珠，是二寶喝剩了就便澆上去的。咱家想，爲什麼偏是這枝玫瑰花兒插在這隻黑松汽水瓶裡。咱家若非倒霉被嫂嫂抓差，看顧那臭姪子，便不會因翻個觔斗逗那小子，而至右腳打破窗戶，而至縫了十三針。若非給這右腳坑住，二寶便不會送花來慰問。若二寶折的是黃玫瑰，咱家這裡便非艷紅色者。若他爹種的並非玫瑰花，而乃蘋果樹，咱家這兒便有個大蘋果。若昨晚阿娘問咱家喝汽水，抑喝果樂，咱家若非指定汽水，這兒便是榮冠果樂瓶。若今晨二寶插花的當兒，打破了汽水瓶，這一枝玫瑰花兒又不知插在甚麼瓶子裡……卻如何這些偏偏湊到一塊兒，乃有咱家半臥著，右腿蹺在牀杆上，跟這花兒、這瓶兒，相對無言之情景。

嘿，從這朵花兒咱家格致出一層道理。你，先別擺出那副每逢咱家侃侃而談時的神情——輕蔑嘲諷裡頭帶一點好意、憐愛跟欣賞。你以爲咱家不明白心裡笑著：「傻蛋，眞是可愛的傻蛋一個。」當然，你也知道，咱家是格致不出天人之際的大道。說老實話，不能說是「道理」什麼的，絕非也。一些咱們間的東西，只能說「東西」。「東西」，你知道罷。

你，跟咱家——你生於基隆碼頭，咱家生於鳳山，陸軍官校的芳鄰旁邊。如此天南地北，如何的相見，而後相好如是。咱倆一個自高雄，一個自基隆，開始走咱們的……就算是咱們的人生旅程好了。思及你眼睛與嘴角掛著的笑意，咱家這「人生」二字竟難於出口。

於是走啊走地，走啊走地，兩個個體走向那個交會之點。

或是某一年，某一天，某一時刻，咱家於阿娘懷裡吃奶，正是你拉了一泡稀於你外公身上，大家忙成一堆；又或者另一天，另一時刻，咱家跌了交，額頭腫一塊瘤出來，哇哇大哭，又正是你吃飽了奶，眾人逗得你好開心。當時刻咱們各自生長，毫無相干；並且，眾生芸芸，誰管你拉了泡稀，抑是腫了塊瘤。然而這些之於咱們，就不同地。那是你的，明白？你身上的！乃因為若沒有過去十幾年，如此點點滴滴之堆砌，怎地有得了你這人。不定有句話麼：羅馬不是一日造成的。於這一點一滴咱家如何能不疼愛、不視為珍寶、不視為咱家自個兒身上的——去！嚕嗦。你瞧，又來了。

走啊走，兩個個體走向交會之點；有一個時候咱們走得之接近，居然都在基隆。不定咱家還吃過你爹捕上的魚呢。惜哉！卻是為何當時不曾洩漏一星星蛛絲馬跡，顯示咱們日後相識相好的預兆。此刻，咱家便十分懊惱起那個——稱之為什麼，姑且稱之為命運之神。咱家的命是自個兒的——所謂自個兒的，便是有權知道，有權管理。譬若咱家幫阿娘刷碗，攢的工錢買了本《茶花女》，這是咱家自個兒的東西，愛怎樣便怎樣，於是，先翻至後頭看結尾，見女主角終於香消玉殞而又那般悽慘，只好送上書架冷凍去。命是自個兒的，橫豎可以跳過幾章，先讓咱家知道你與咱家有朝一日相識；或者甚至讓咱們提早自基隆起，便認識，便青梅竹馬。你穿開襠褲的模樣，一旦被咱家瞧見，想你今日必也嘲笑不起咱家來……這並非很好，倘使翻過一頁，不合地竟是個死亡，豈非連與你相識都不清。啊，這並不好的……阿彌陀佛，世上如若眞有命運之神，咱家上面的話都不算數兒。這——也不太對，咱家不是好好的活著？命不是自個兒的嗎……啊——且不去管他，言歸正傳，正是。

然後咱們失之交臂了。走著、走著，怎麼的你從基隆走至蘇澳，再怎麼的，你又從蘇澳走至內湖；咱家麼，也從基隆走至內湖。

咱們住家之近，步行不過十來分鐘，可是於那裡七年多，前兩年咱倆依舊毫不相干，開始第一句話，開始認識，也是第五年的事。你總以爲咱家粗枝大葉，不甚有心眼麼，這些事咱家從不糊塗的。

五年級，某次兩個國校躲避球友誼賽，咱們算是頭一次相干起來——那時節尚不知就是。

咱們是敵對雙方。敵人呢——咱們！之有趣。對咱家砸出局的那球，準是你出手的，唯你才可能出如此之辣手，摧殘如咱家這品等標緻的女孩兒。你知道於那瞬間，是一隻好孟浪的球，朝咱家腦門砸將過來，咱家心裡慌得直喊：「球兒、球兒、別砸呀！」果然，引起公憤。你聽到沒有，有個人叫將起來：「你們還來眞的啊——幹！」滿場嚷著「內湖——加油！」「碧湖——加油！」之有趣的，咱們開頭就是這麼一場特洛伊之戰。

再走下去，該是咱家聽到你的芳名之時，於小學聯合畢業典禮上。市長獎、服務熱心獎、全勤獎、畢業生代表贈紀念品、畢業生代表領畢業證書……你風頭之健，與咱家不相上下。當時曾經計算上台次數，竟比咱家多出兩次。好恨！——然而，咱家代表畢業生致答詞，可以抵你多上兩次而足足有餘。但爾後聽得你說，你對咱家印象，唯有兩條紮著蝴蝶結的小辮兒。咱家失望得很。

趕上第一屆國中生，咱們順理成章的成了同學。就說現在，但凡將你介紹與人，也是一派理直氣壯；同學。說得乾淨，少得人家胡猜。

走下去，乃咱們的大名時時並排出現於佈告欄，總之絕非懲戒、記過之類的壞事便是。咱們可是天地間，靈秀之氣孕育而生的呢，本就該並列一塊兒，方不辜負造化之恩。

然而，咱們還未曾相識。你說，知道名字便是認識麼，那咱家認識的人頭可多了：尼克森、季辛吉、賈桂琳、歐納西斯……呢。

於是，再走罷。走啊，走啊。於某年、某月、某日、某時、某分、某秒，咱倆終於走到了零東車站，一切皆於那時刻湊巧到一塊兒。

咱家要是先看你，啥也沒的發生；你若是先看到咱家麼，啥也發生不了。恰恰好，咱們同時看到——不對，並非如此，因爲咱家從對街登上天橋的當兒，便見你懶懶的倚於站牌之上。上得橋來，於銀灰色的橋杆間隔中，窺得你不知於何時，已將個身子挺得筆直，腦袋向吉美西點店那邊方向偏著，直至咱家走下第一個梯階時，你仍一逕地望著那邊。零東又非那方向來，分明是你瞧見咱家了，故作未見狀。故而，所謂「看到」者，乃不知怎地，咱家一抬頭，你一轉頭，咱家的眼睛不偏不倚，恰好跟你的眼睛碰個正著。你的，別廢話，也與咱家碰個正著；然而——「然而」於此特須重視，若非這一「然而」，咱倆太可能沒有今日這等風光——若只止於此，換言之，若咱家按牌理出牌，照女孩兒本能，則必羞人答答地眼簾一垂，頭兒一低；或者，你照高中男孩兒的樣式，慌亂的將腦袋轉向別處，好吧，下面便沒戲唱了。那末，這段豔遇，不過於眾高中男女孩兒的日記裡，橫豎塡了它半頁罷了。

然而，咱家不是說過嗎，咱家乃靈秀之氣所生，不來那一套。於是，那——暫且說，於那電光石火相擊的瞬息之間，咱們的頭，不知怎地，好似裝了顆按鈕，按下去，同時地點了一下；嘴角的肌肉，也好似被牽了根線，拉上去。二者同一刻進行之結果，呈現於路人的畫面，便是兩個看來相當上等的高中學生——雖然那女的有些邋里邋遢狀——頗有禮貌的點頭、微笑、招呼了一聲「好」，這好字並無發音出來，只是一張口形。

咱家這時不由思及那個——命運之神。因咱家百般深思，深覺當時之點頭、微笑、招呼，絕非出於自個兒意志。絕非。似乎有人暗中操縱；而這，咱家要喝采，操縱得好！你也知道，這種眼睛遇上眼睛的刹那，只可一次；再來一次麼，一則尚須綜合多少天時、地利、人和，方能湊成這個刹那。咱家敢說，或然率是鴨蛋，二則果眞不幸突破了鴨蛋，再碰一次，那也定無電光石火相擊的味道，沒啥意思。咱們非但碰上這分秒間，且又莫名其妙地利用了這相擊的一瞬。你說，命運之神這稱謂，縱然無有，又如何能不浮現於咱家面前。不過咱家不大樂意歸功於它，至少，一條脊椎骨、一個腦袋、一張嘴巴，還是自己的。

好戲正演著。若說此刻「地不利」的話，乃零東不即時來到的話，那末，鐵定「人不和」了。記得吧，作揖拱手之後，一時間沒話說，之尷尬，不期然皆偏過頭去，探看零東是否來了。正——是。趁著上車一堆亂，僵局於是打開。此處，咱家不由得假設，倘使零東遲遲未來，歷史將又作何分解。跟你說，當時咱家右耳垂上腫了一個大膿包，平日尚可以髮梢遮掩，湊巧當天服裝檢查，又湊巧咱家乃複檢，特別嚴格，髮長耳垂上一公分，僅遮擋一小部分，是故偏過頭去探看車子，只能一下下，否則豈不將那膿包，暴露與你；咱家勢必要趕緊轉回頭來正視前方，好將你逼得也正視前方；而前方，對街一幅特大、醒目的半裸體女人廣告畫。前、後、左、右，已去其二，往後看麼，沒這道理；往右看麼，嘿——咱家老早窺得，你左眼也腫了個紅包……然而，感謝命運，咱們沒這些倒楣事兒。上得車去，咱們很自然地選擇了有利於各自的位置，各自將那無瑕的半面呈現於對方。

正是，走將下去，你寄信給咱家，居然內心那個「去——嚕嘛」，並沒打消得了咱家熱心地回信，甚至還冠冕堂皇地大談人生，大談哲學。如此魚雁往返，日久之後，你曾頗感興趣地探問咱家，為何信上不再談從前那些道理，而只是公事公辦的一些事務文章。咱家口直心快地回答：「廢話，那是奠基階段！」你搖著頭笑：「黑心鬼。」

咱們走將至今，似乎繞了個大圈圈，又回到原先的出發點，咱家喬遷基隆，你則從軍報國於鳳山陸官，又一次南北睽隔。咱家出生之地，將孕育你爾後的戎馬半生，挺戲劇性地。哪位先生不也說過，人生似舞台。別笑，別笑，咱家不賣弄這點墨水就是。

明白你素來對軍事懷有濃厚趣味，但你於咱家跟前不甚談及這些，咱家正好樂得不管。只是偶爾道聽塗說得來一點軍事常識，也樂意現買現賣販與你。在下之意乃表示咱家並非等閒之「可愛的傻蛋」，你先是微微吃驚，隨後逕自笑去。想濃厚之趣味麼，約是如咱家一般，好容易攢兩個子兒，買買熱門音樂唱片之類的；非始料所及，一日你忽與咱家聲稱放棄聯考，報考陸軍官校。咱家不懂從軍、報國、理想、奮鬥啥東西，只知道此去鳳山多年，千重山、萬重水，咱們沒的見面了。要末，也是來去匆匆，聚少離多。軍人，少不得槍槍砲砲，咱家——更是無望的了。

故而有那一回潑婦狀，以示你若從你的軍，咱們之間便告完蛋。是日不歡而散。

待歸得家門，越思越想越覺傷心。你若不上軍校，咱們便同是大學府的青矜，同弦同歌，豈不一絕！此去經年，應是良辰徒設，芳華虛度，楊柳岸，曉風殘月……忽地，那嘲弄又來了：「去，嚕嘛！這般地娘娘腔，不像咱家平日行徑啊。」一番天人交戰，終於馳書於你，宣佈前約誓言一概作廢。

總而言之，自咱們開始旅程，而繞了一大圈圈回至出發之處，已有十來年光景，此處之於咱們，乃終點，抑另一個起點，於此時思之，已不甚重要。你瞧，咱家現在只須動動手指，將瓶中的玫瑰花兒掐掉，或者將汽水瓶摔碎，這裡便沒有黑松汽水瓶中插了一枝玫瑰花兒的景象。而可能是一朵沒莖的、豔紅的玫瑰花落於地板，以及滿地的玻璃碎片和那一灘停滯的東流水。

那日，火車進站時，你握住咱家的手，眼睛狠狠地盯著咱家，沒笑意、沒嘲弄、沒憐愛、沒欣賞，恍惚間陌如路人，咱家不認得你了，只好垂下眼來凝視。見你手背上幾條淡青色血管，跟一些細細軟軟汗毛，忽然一陣鼻酸，即刻摔手開來，口裡竟粗暴地叱出：「去——嚕嘛啦！——」

而你笑笑，拍拍咱家肩膀，上車了。咱家趕緊轉身離開，淚水不停落下，又想你必在車上目送咱家背影，便是連走路都不會了。心裡不禁直嗔：「嚕嘛、嚕嘛，恁地娘娘腔，沒出息！嚕嘛！」直到走出站來，咱家始終不甘心動用手絹，任淚水縱流滿面。

不是麼，芸芸眾生，就連漢唐那等盛世，於咱們口上，也只是茶餘酒後一點助興，哪有誰管得了這些個兒哭哭啼啼。終點？起點？任你去罷。去——嚕嘛。

咱家與這花「相對」了半個上午，半邊身子也都麻了，得須換個姿勢。信麼，還是要寫的。當然，老K，你也知道，咱家的信是那個樣兒的，公事公辦，無非訴訴這右腳如何地坑了咱家。至於思念之苦——去，嚕囌。

民國六三、八、三〇、景美

女之甦

剛才阿欽又打電話來，約小藍到公園見面。

小藍心裡有數，約莫是爲了那等事。

前兩天，他們並排躺在草地上，阿欽拐彎抹角地想套她一點體己事。她不經意地跟他問過來一句，答過去一句。忽然她明白了阿欽想的什麼事，跳起來，掀起手提袋，劈里叭啦地打下去，又笑又叫：「蓋鬼，怎麼可能！」

他只顧擋著：「嗳，嗳，我的小姐，客氣點，你知道我啥意思？」

「啥——意——思?你怎想到——」阿欽翻過身來強吻她，把她的話堵住了。

她木然地瞪著鏡子裡的自己，手裡的牙膏逕自擠著。瞪瞪地久了，想到一個鬼故事：一位老兄對鏡子刷了半天牙，突然發現那是扇沒有玻璃的窗戶而非鏡子。她背脊一陣冷颼颼，趕緊避開去。「噢——My God!」洗臉池上被她擠了一堆牙膏，把水龍頭一開，開到極限，嘩嘩啦啦沖掉了。

她任水龍頭開著，也不去關。一次，二弟叫：「喲，阿藍每次出去都刷牙呢。」聽得她心驚肉跳。

牙刷上爬著一截短短胖胖的白條條。她把牙刷湊近了些看，聞一聞，又伸遠了，瞇起眼睛偏著頭瞧，像是鑑賞什麼藝術品。

從她跟阿欽接過吻之後，每次見面，她都刷牙。兩人原有默契，不去道破它，只當對方不知道自己刷過牙。有一次，接吻的當兒，阿欽忽然問起她的牙膏是什麼牌子，她覺得像是一個見不得人的瘡疤被人揭開了，羞惱得要死，悶著氣不作答。

他說：「你看，你用的牙膏是國貨，我用的是美國貨，咱們是東西文化交流。」她厭煩起和他的一切，冷笑一聲，很索然地把牙刷摔回牙刷架子上，將水也關了。

上樓換了運動衫，下邊一條牛仔褲。她的身架仍是完全孩子的；又加上剛大專聯考完就把頭髮打薄了，看來像個小男孩兒，但是她一抬眉毛，一動眼睛，卻十足妖媚味道。由來已久，惹得從幼稚園開始，便老是招些男生糾纏。

她抓起痱子粉，猛朝頸子撤了一陣，她家沒有香水，只好拿痱子粉當代用品。在這暑熱天氣裡，滿身是汗，痱子粉一跟汗水混合，竟成了話梅的味道。小藍驚訝得很，開心地直笑。粉抹得太多，教頸子和臉的膚色差了一截，她順手拿起被單又是撣，又是擦，調和了好久，又把地板上落的粉滅跡好了，方才滿意。叭叭叭地連衝帶跳下樓去。

「跟你講幾千遍了，下樓——」她媽媽話還沒完，小藍已經放輕腳步了。做母親的很識相地不再說下去，免得小藍那張利嘴就會頂上來「哪，這不是輕了嗎，輕了嗎。」

「Mother，去何燕燕家。」她一面穿著涼鞋，心想阿欽什麼都還罩得住，就是身高稍矮了些。男的假如沒能高過女的一個頭，眞是沒啥意思。

「這時間去？人家不都吃晚飯了。」

「我會找她老爹不在的時候去啊，少阿呆了。咱們幾個同學看準了燕子家沒人，才鬧著去搞一頓自助餐。」

「早點回來啊，別要你爸又開大聲。」

「好啦，好啦，一頓自助餐還能弄多久。又不是生孩子。」

她媽媽在廚房裡切菜，切切頓住了，菜刀懸著，等小藍衝出紗門時「砰」的那一聲……

「還沒走啊？阿藍——」母親好奇地伸出頭去看。

「拜——Mother。」正好小藍的聲音在馬路上響起，仍然童音足足的。

「今天倒沒砰。」她媽媽竟然覺得尷尬，乍乍地十分不慣，放下刀子，去把紗門扣上了。

她彎過唐家小店時，想到剛才沒刷牙，折回來買了包芝蘭。

怎麼和阿欽好起來的，她都沒印象了。只記得第一次見面是在螺子家。一個黏黏的下午，像洗澡水燉得不冷不燙，溫不幾幾的沒啥個性。和螺子他們一群死黨K橋牌，那年頭高中生挺時興這些玩意兒，會兩招才算罩得住，否則休想在死黨裡混個名堂出來。

死黨跟她最好。吃東西、逛操場、躺草地、上一號，都要擁簇得七八個人一塊去。他們背地裡互相說壞話，誰又欠了誰十塊錢厚著面皮不還；誰又數學小考時作弊；誰又在家事課做咖哩飯時，只吃不做的……傳來傳去，傳到自己時，又氣又恨，罵死黨眞是沒良心，不夠意思。待這話傳回去，又惹得一番風雨。可是大夥見了面，還是眞心眞意的要好著，不計較那些過節。

那種下午，玩什麼都不是玩，殺時間而已。耍嘴皮子的一些俏皮話也是乾巴巴兒的。

阿欽窩在角角裡看雜誌，並不參與他們。頭頂上正好掛了幅很大的月曆，那一頁是個鐵灰色的鼎，襯底顏色很淡，約是奶黃色，跟牆壁的彩度幾乎一樣。小藍每次一抬頭，就會錯以爲他頭上頂了個盒子。

螺子把阿欽介紹給他們。原來他是螺子的老鄰居，搬了家，還不時來往就是。死黨有幾個跟他蠻熟的。

「噢——阿欽哥哥就是你啊。」小藍一雙眼睛睜得好大，亂誇張地。人都看得出她在賣小，然而卻叫人很喜歡。「就是那個——嗯，那個跟禿頭教授拍桌子對罵的。是不是啊——螺子？」她有這種本事，只要提過一次的人，便能把他祖宗八代的事都記得出來。初見面的人不曉得，當她對自個兒多青睞呢。

「死小孩，什麼時候跟你說過？」

「我就等著看阿欽哥哥的廬山眞面目呢。」

「那，阿欽過來點呀，讓小藍看個清楚，人家近視五千度。」

「不玩了。」她將手裡的牌一摔，盈盈地瞄阿欽一個笑眼，頭一揚，扭身碎步跳到後面去了。

阿欽接替她打。依稀間，他聞到小藍那一捽頭留下的餘味，一縷洗髮粉的幽香，淡淡的，若隱若現的，擾得他生出一絲躁熱來。

「螺子，叫阿荷替我玩。OK？」半天，她細細的童音從洗手間傳出。

她坐在馬桶上，從水箱上隨手抽了一本藍帶。螺子跟她一樣，老是堆得水箱上一大堆書。

她看著一篇四角戀愛的小說，邊看邊罵，一下子便把阿欽拋到腦後了。

往後阿欽找過她幾次。每次叫門，阿欽總是看她先把門開一條縫，瞇著眼往外瞧，一副把人家當作都是來盜她家東西的樣子。一見是他，眼睛睜個老大，嘴巴也張開大大的：「是你啊——阿欽哥哥。」卻不把門打開，叫人覺得彷彿她不怎麼在意你，你卻大老遠地跑來看她，難怪她要吃驚。很難堪。都是阿欽輕輕地推著門示意，她才忽然想起來似地，把門打開。

然後老是重複著呢喃：「阿欽哥哥，是你啊。好好玩，怎麼會是你呢？哪裡的時間來呢？南勢角到這亂遠地耶。眞好玩。」坐定了，也談了好一會了，她還喜不自勝地望著他：「眞驢，你現在坐在這裡。」像是他們親膩得了不得，沒有言語來表達她的高興。

她喜歡翻出一大堆吃的，左一聲右一聲吳儂軟語地說：「阿欽哥哥，吃呀！快吃呀。」他常常只顧蓋他的鮮事，不甚去吃，多是她吃光的。往往談話的興頭中，小藍會很吃驚地張大眼睛叫起來：「噯呀！」

「幹嘛？」他很緊張，發生了什麼大事。

「沒了！」

「什麼沒了？」

「花生糖。」

他哈哈大笑起來，搖著頭，又是訝異、又是嘲弄。小藍就一副很無辜的模樣說：「本來就是嘛。」

阿欽也看出來她老要誇張，尤其是誇張她的天眞無邪，但是誇張得很好，叫人無可奈何。阿欽來找她時，她是毫無保留的開心。她要每個男孩喜歡她、追她。每當她有意無意孩子氣的時候，看到男生自以爲是很男子漢，對她愛憐而且嘲笑的樣子，她就特別開心，感到很滿足。送走阿欽後，就根本忘掉他了。

她家裡的人看不出她好在那兒，姐姐叫她「洗衣板」，媽媽也愛說「我們家那個瘦乾乾的阿藍啊」。他們不明白她爲什麼會招惹一群要死要活的阿呆。其實也是，她壞的一面都在家裡，霸得要命，一會姐姐的內衣褲不見，一會弟弟妹妹的鋼筆不見，巧克力又給偷吃了；衣櫥的門永遠用一張椅子抵著，打開來，裡面的衣物像山洪暴發地傾盆倒下；冬天裡可以一禮拜不洗澡。

親戚們都說姐姐長得比小藍好，又懂得修飾。但不知道什麼道理始終遜小藍一籌。她的電話和信件滿天飛，這裡頭眞是恩恩怨怨地糾纏不清。她手裡有好幾根釣絲，每一根釣著一個羅密歐，時不時給他們一點希望，隨著又把它拿回來，總是這樣藕斷絲連地鰾住一群阿傻。她的交際這多的，顯得姐姐便冷冷清清起來。姐姐心裡發毛，覺得小藍這些行徑簡直是向她挑戰，不給她留面子。平日說話裡，就有一搭沒一搭地專找小藍在女孩子方面的缺點，可是說的時候，親親切切，旁人聽來以爲大姐眞好，一手帶引妹妹。只有小藍感到這之間的對立。

姐姐說：「阿藍細竹竿個子，不能穿洋裝，穿了沒款式。拿我那件牛仔褲去穿好了。可惜又沒玻璃，穿了撐不起來，塌塌的實在難看。人太瘦了眞不好。」小藍聽著不舒服，每每特意地標榜起奧黛麗赫本。姐姐一提到赫本就搖頭，說她一張臉刮刮的只見一口大嘴，鎖骨凹得可以盛兩碗水。可是大家都迷赫本，她知道姐姐難受，暗自得意，口上不說就是了。

她在家裡看來是橫行霸道，其實沒什麼地位。商議事情向來不給她知道，不聲不響把她的存款提出來充公，氣得她不要命，什麼惡毒話都罵出來。家人當她是家裡的一個紅人兒，可都不重視她。

只有在死黨之間，她才感到存在的價値。

每次和男校郊遊回來，死黨都會跟她鬧得不愉快。郊遊的第二天，教室裡最不安靜，這一堆那一堆的聊天。她這當兒最紅了，看她一人貧嘴巴。

「昨天那兩枚小男生亂阿土的，上坡時候爭著拉我，竟然打翻小醋瓶兒了，眞秀（受）不了咱們小女子——」

大家出奇地沉默。

半天，冰棒開口說：「那你還一天跟他們鰾在一起！」

「不是這樣啦，噢，God！不是——噯呀，你們怎麼搞的嘛——」

「好啦好啦，是沒什麼嘛，阿塞阿塞的，我們，繼續吧。」螺子出來轉圜。然而氣氛終於很不對，快快地散去了。

這情形要維持好幾天，死黨故意冷落她，她後來曉得她們是妒忌，因爲某種意識裡她是勝利者，於是更加能夠卑躬屈膝地去熱絡他們。好在一陣比鬥過去，大家又跟從前一樣要好——可能還要更好些。

阿欽找她很頻繁的那陣子，死黨又有意地跟她疏遠、杯葛。她先是莫名其妙，越加親密地周旋；慢慢地隱約感到爲的是阿欽，她在裡頭暗笑，不甚以爲意，表現得更加忠於死黨，動輒掛在嘴邊：「阿欽那枚小呆瓜，不會在咱們這撈到玩意兒的。」

可是一次螺子突然聲音抖抖地說：「你怎麼可以這樣損人！」

「啊，糟糕，小女子忘了阿欽是你老哥。」她確是感到對螺子抱歉。「死黨就是不能讓別人插手進來。不過阿欽那——」

「好了，好了。死小孩，陪我上一號。」阿荷拖住小藍走開。

「螺子幹嘛啦？刺蝟一樣。」

阿荷一副漠然，不理不睬地。

「今天大家眞吃錯了藥，亂七八糟。」

「亂七八糟！誰亂啊——都不曉得。」

「死阿荷，蓋什麼鬼？」

「蓋你的鬼，阿欽是人家的耶——」

「人家的？」

阿荷手插在外套口袋裡，東看西看。

「你們怎麼醬子（這樣子）——我的老爹！是誰找誰啊！阿欽找到門上來，我還關上門轟他出去啊——」

「又沒人要你轟他。」

「可是你們怎麼能醬子冤枉人！那枚阿呆我會看上他——別笑掉玻璃了。他要喜歡我，我還拿刀子逼他不要喜歡我！蓋鬼，也沒醬子不合理的事。」

「是啊，誰要你殺人！可是至少不該——不該——」

「不該什麼？」

「不該——就是那樣嘛。」阿荷將手一無是處地撩一下，做了個賣弄風情的動作。「反正，你自己該知道。」

「知道什麼！死黨怎麼醬子冤枉人……」

「其實也沒事啦。就是蝶子——菜菜的，有什麼好吃味的嘛。走啦走啦，沒事，沒事。」

小藍沒有再說什麼，覺得很孤單，很無助。

放學她也不等死黨，逕自一個人走了。林蔭道上，舉目一望，半片天都被夕陽染紅了，她停下來，癡癡地向空中呆望著。高高低低的建築物，路旁一架電線桿高聳入天，電線上停了一串小鳥；在黃昏的襯托下，這些是一幅剪影。忽然小鳥嘩啦一聲飛開了，有幾隻迎著夕陽飛飛撞撞地，一眨眼就不見了，像被那一片血紅吞食下去。她心裡一驚，走開了。她想，回去打個電話給阿欽看看。

這以後見到他，覺得他脫胎換骨了似的，從前不以爲什麼的地方，現在都明亮起來。看著他靠著欄杆抽菸，咬著菸蒂講話，尖銳的嘴角一扯一扯地；襯衫扣子永遠只扣下面兩個，隱約露出裡面結實的肌肉，她心底便開出花朵來，高興地說：「嗨，亂花的。」她不叫他阿欽哥哥了，又不知喊他什麼，就用「嗨」代替。

「花？」

「噯，亂花的——罩得住。」

他將菸蒂擯到地上，哈哈大笑。

小藍見他那種自以爲征服了什麼的狂妄不馴，越發感覺快感。

死黨想跟她好回去，她覺得心冷了，還是其他什麼，不太清楚，反正不能同以前一般好，也就顯得可有可無的親密；倒是她們拚命要靠攏，久了，見她冷冷淡淡，便惱羞成怒，當眞漸漸疏遠了。

想起阿欽第一次親她，竟然在吉甫車裡。

那天，他們倆都翹課出去玩了一天，那大半天天氣好好的，不知怎麼傍晚忽然落起雨來，他們下意識裡期待著事情的發生；也不確知期待什麼，總之有件事沒做的樣子，所以不可能搭車回家；許是玩得太高興，索性豁出去了。

他說找個冰果店躲雨。

她瞇起眼東張西望，心頭很煩，哪有這種鮮人，老遠出來坐冰果店。她瞄到那個小籃球場的角落裡有輛吉甫車。車身向著一片稻田。她知道他正看著自己，因此在吉甫車上多看了一刻。

「嗳──菜蛋。有現成的吉甫車。」阿欽指著那邊。

「蓋鬼！」

「他媽的爲什麼不行。」

「嗳呀，爲不麼不行。嗳呀，眞好玩，亂驢的。」她拍著手蹦跳，一副天眞未鑿，像是眞把吉甫車當作僅僅一個躲雨的地方。

「Let's ㄍㄧㄚˋ（go）。檜克利特。」他愛把英文誇張地扭曲來唸。

「好鮮，小女子竟然攀上了吉甫車。嗨，這有辦法的耶。」阿欽摟著她的腰跑。她誇大地雀躍著，眞是無邪得很。

他從車子外面伸手進去摳鈎子，喘著粗氣。

小藍無所事事地立在一邊，很尷尬，貧嘴個不停。半天，看他還沒弄開，低下頭去問，「好了。」他正好抬起頭來，崩一聲兩個頭碰個正著，紅得他們臉沒處放，本該笑一場的，結果反而十分靜默，似乎這樁事並不曾發生過。

他先服侍她進去。她一拱進吉甫車裡，感到像是頭上罩下一塊黑幕，而她在裡面吃便當；就是上課時候，偷著老師轉過背去，偷扒一口飯的那種調調。

兩人安頓好了，話不知怎麼那麼多，搶著說，可都有點無語倫次。

「這是什麼？」

「劃特？」他故意把What 分開來唸。

「這個。」

「煞車的。」

「噢。那，這呢？」

「這，換檔的。」

「喲，高竿的哩。這呢？」

「看速度的，免得——就是那個，嗯，你該宰羊的啊。」

「噢——免得超速被罰郎頭？」她的眉毛皺在一塊，右邊的還挑得好高，眞眞求知欲很強的樣子。

「是啦是啦。」

「那，這個呢？」

「喇叭。」

嗶、嗶——她按了兩下。

「哈——亂鮮的。不要把我驢死了，哈哈……」其實並不怎麼好笑，她爲的掩飾什麼，狂笑不已。阿欽也趁著這機會亂笑一陣。

「噯喲，噯喲，笑ㄅㄧˇㄚ（癟）小女子——噓，Stop，看！」她的臉抖的一變，眼睛睜得好大，嘴巴也是，兩顆大門牙微微的露出來。

他心臟一緊，笑容凍結在臉上，順著她的目光看出去，一片迷迷濛濛的田野而已，什麼也沒有啊。

「鷺鷥。」

「鷺鷥？」他再一看，果然一隻停在田裡，一隻正悠悠然從空中降下，他大笑起來，上氣接不了下氣地，摟過她來，揉著她的頭：「小藍啊，你眞是——」

她掙脫開，眼睛眨巴眨巴，很委屈地說：「是醬子嘛，本來就是醬子嘛。」

她不理阿欽，只顧專注地看著外面，眉頭皺得好緊，眨一下眼，淺淺的酒窩就深下去一點。

他掏出菸來抽，蹺起二郎腿，噴雲吐霧。

她看看，視線模糊了，便伸出手去塗抹擋風玻璃，發現不是裡面的問題，是外面雨點濺的，又從眼角餘光裡明白阿欽正看著她，很窘，臉紅了起來。他見著，朝她臉上噴一口菸。

她掉過頭來，嘟著嘴咕噥：「給我抽一口菸罷，一ㄇㄧㄚㄇㄧㄚ就好。」那就是小孩子要糖的模樣。

他將菸遞到她嘴邊，在她腮上擰了一下，她飛了他一個白眼。

小藍將手臂倚在椅背上，傾斜著身子，把菸拿在唇邊也不抽。他看她有意做出風塵女子的老練，都快笑破肚子了。忍不住又捏捏她的腮幫。

忽然她也意識到自己的行爲，有點不好意思地把菸還給他。

「餓嗎？」阿欽問。

她把個頭搖得像撥浪鼓，根本沒這必要，是罷；不過她就是這樣。「你呢？」

「餓？」他彈一下菸灰：「你就是我的晚點，秀色——可餐。」

「秀你個頭。」她又把眼睛睜得老大，這次倒眞是吃了驚。然後假裝生氣著……

「唉——小女子要開始莊重了。醬子下去，鐵盪掉的。明天起，不遲到——是不早退，做個小乖生。你啊你也是！放下屠刀，立地成佛。」

「我還沒宰人呢，放什麼屠刀。」他咬著菸蒂，笑瞇瞇地說。

她原先沒聽出什麼，看著他笑得邪門，明白了，臉紅到脖子根，搥他，狠著牙齒罵：「鰾（不要）鼻子的，這種貨，就是一張臭狗嘴！」

「狗嘴專門就愛找狗嘴。」他把菸蒂往外一扔，抓住她搥他的手，順勢俯過身來親她。

先由不得她作主，只感到一嘴的唾沫，吐不出來，嚥不下去，背後一塊尖尖的什麼戳得她幾乎要叫出來，阿欽的半個身子壓住她，喘著大氣，這些完全不是她意料中的，又羞、又委屈，她拚命地推他、拒絕他，掙扎中，誰壓到喇叭，居然「嗶」了一聲，他終於放開。

兩個人都很狼狽。

小藍一輩子沒有如此委屈過，她死命地叫自己發怒，臭罵阿欽一頓，偏偏又發不起怒來。

阿欽的嘴唇被咬破了：「你眞把我給逗翹了。」他捺著破皮的地方說。

「你，你——醬子說話！」她摀著臉哭出來。

「我的媽媽。Sorry，Sorry，小藍，Sorry嘛。風吹得我頭都昏了，剛才的話不算數，好罷——對不起，小藍——」他去拉她手下來，她一把摔開。

「我要回家。」

走在路上，她故意一腳一腳踏著水窪窪，水濕透了花格子布鞋，褲管也濕淋淋的，冰涼地貼著腿，也冰涼了到心。

她覺得一切很注定，注定她該是阿欽的了。

他摟著她，用嬉皮袋替她擋雨，又要遷就地隨她這拐那拐地走，眞是一副顚沛困頓的倉皇。但是這以後，她卻非常順從他，不順的時候，也是有意撩撥撩撥，不曾頂眞過。兩個人眞的親密得不得了。

阿欽始終對她不厭倦，一見面就暱她，從額頭、眼睛、鼻子、嘴唇、頸子、胸脯一路親下來；她笑著附和，心中卻膩煩得很。每次吻胸脯時，想到姐姐說的「洗衣板」，心中百般疙瘩，非常的不合作，阿欽那塞瓜也許以爲她還不好意思，顯得更加有興趣。

公車轉過公園路，來到西門鬧區，天還沒黑，霓虹燈已經到處閃耀著。一陣夏風從窗口吹進來，搧起她身上痱子粉的清香，話梅的味道已經沒有了，她有些失望，不過這樣更好。

坐在包廂的位子，她興致很高地看著司機弄七弄八地操縱。

「那是什麼？」趁著紅燈亮的空間，她擺出一臉稚氣地問。

司機顯得很詫異，遲疑一下，還是說了：「換檔的。」又想到一個小女孩必然不懂這些，很抱歉地笑了笑。

「好鮮，阿欽哥哥竟然猜對了。謝謝你。」

司機有點上不是，下不是。只有越加認眞地開起車來，還誇大地扭著身軀動方向盤。

這枚阿呆實在碰不得，一碰就雞犬升天的，小藍替他不好意思，偏過頭去看外面的街景。這邊正好一輛光華巴士緊挨著她的公車開，靠窗有個男生向她做鬼臉，她白他一眼，那男生趕緊叫醒旁邊另一個呆瓜，兩個一起擠眉弄眼。她故作生氣地把窗戶一關，很矜持地向前頭望著；從眼角看到他們正吹口哨送飛吻什麼的，忍不住笑了。這時，她的車子一加速領先過去了。

她很開心，想這個世界仍是不算爛的。待會見到阿欽那小子，別忘了捧他兩句對車子鑾在行的嘛。

「嗨。」

「小藍——」他照顧她過旋轉門，嗅著她的頸項：「好香。」

「眞的呀，我都沒聞到。」

「你當然聞不到。什麼蘭花、鮑魚那些的——」

「還蘭花！久入芝蘭之室不聞其香啦。」她媚阿欽一眼。

「那兒走？」

「那邊。」她指向音樂台。「比較亮。」其實那邊人最多。

「今天不走那，我們這兒走。」他心不在焉地。

她知道他大概有話要說，沒有執著，任他摟著走，只是腳步故意放得不情不願。

那裡幾棵大榕樹長得很猖獗，把天給遮蔽住。他們跨過半圓圈的矮圍欄進去，頓時像進了電影院，黑沉沉的。找了一棵樹，有張石凳，兩人坐下了。

牆外汽車噪音和人聲很喧譁，但這似乎不在他們的世界中。阿欽抽菸，小藍東看看西看看，許多瑣瑣碎碎的念頭在她腦子裡像跑馬燈似地轉著，轉很快了，燈上的圖案看不見，只見一片暈黃；她正是這樣，一片空白。偶爾一聲尖銳的煞車才把他們拉回現實來。

「什麼時候註冊？」阿欽把菸熄了，他才抽幾口而已。

「什麼時候！」她譴責地瞪他。

「噢，二號，對了，二號。四號開學。嗯，四號……」

沒來由地，樹葉落下好幾片。

她拿手絹趕著蚊子，忽然停住，瞇起眼睛勾頭勾腦地朝外望：「唉，那邊走過去一串人，裡頭有枚呆子，認識的。是——建夜的，沒錯。」

「小藍——嗯，那個還沒來？」

「什麼『那個』？」她明知故問，眼睛睜得大大的。

「我是說，你上上禮拜該來的。」

「來什麼啊？你指的什麼嘛？」她硬著頭皮撐出一副無知無邪狀。

「……」他注視著她。

「噢，我宰羊啦，你說『那個』啊。嗳呀，你怎麼醬子──」前兩天，他旁敲側擊地套出她的體己事。她那時一下警覺到他在懷疑什麼，覺得又好玩、又荒謬，掀起當枕頭的手提袋揍他。

現在他果然又要提起了。

「眞的，是不是還沒來？」他握起她的手問。

她掙脫開，「嗳──呀，我怎麼曉得。」

她點個頭就好了，但不知爲什麼點不下去。也許是開始的態度不對，後來更難於表示。

「天老爺，你問這做什麼嘛。」

「小藍，不要管，只要說──」

「不要動。」她一掌打在阿欽的脖子上，打死一隻蚊子。

他摸著脖子，再問一遍。

「來了來了來了，夠了罷你！」

「眞的？」

「煮的咧。」她笑得亂欒地，好像騙倒了什麼大人物。

他倉促地笑兩下，振作起來又問：「到底怎樣嘛！小藍──」

她笑容猛的沒了，惱羞地站起來，要走的樣子。「你怎麼搞的！我不是說了騙你的。」

「好，好，是我阿呆。智商十六。」

「好，現在坐好。」他沒必要的清清嗓子，說：「是這樣的，嗯，這樣的——」他握著她的手，握緊、放開、握緊、放開。「我覺得要帶你去檢查一下。」

「檢查？」她故作驚訝。

「檢查。檢查——你用用腦子好不好。」

「用我什麼腦子。」她見阿欽很困擾的樣子，更覺興致高昂，推搡著他問：「你說啦，檢查什麼嘛？I'm so well.」後一句洋話她挑得又尖又高。

「小藍啊，有時候你眞是個小女孩子。」

她就愛聽人家說她小。雖然她明白阿欽知道她知道，但就想逼他親口說出來。

「你看，我已經跟乾媽騙了一千塊，同學那裡又借了五百，應該夠了。」

「可是，I'm so well.」

「是啊，沒人說你不好啊，我——」

「那還檢查what？」

「檢查，看你——有了沒。」他語焉不詳地終於說出來，登時兩人狼狽不堪。

小藍誇張地笑起來：「鰾笑昏小女子了。有什——麼？還懷——」

「小聲點。他媽的這裡不是只有我們。」

「嗳喲，呆死了。你幾時想的這枚餿主意。老爹爹。亂呆的。」

「是啊。可是，問題是你那個沒來。」他也低聲下氣地說。

「以前還不是也常常醬子。」

「什麼?常常怎麼?」

「沒啦沒啦。討厭死了。反正阿鮮得要命——誰會有什麼嘛。」

「當然，沒有最好。我還希望有啊?」

「那就沒有嘛。」

「可是萬一呢?」

「沒有萬一。」

「乖小藍，你聽我說好不好。你知道的，預官我沒考上，得服三年兵役。如果你懷孕了，我們就要結婚——我爸爸會宰了我。不結婚——你說——噯喲，上帝，這件事一定先要辦好。知不知道?你!」

「可是我們又沒怎樣，我是說——」

阿欽不說話，看著她苦笑。撿起一根樹枝，一片片葉子的撕。

道路上一對夫婦牽著小孩過去。小孩叫：「我要吃ㄅㄨㄅㄨ。」男的彎下腰來說：「好的，我們帶弟弟去公園號吃吃。」女的忙著斥責她先生：「那家有大腸菌的!別家去!」走遠了，孩子的奶腔偶爾一兩聲高起來，盪漾在昏暗的公園裡。

他們像兩條平行線，各唱各的戲。除非叫她現在肚子就大出來，她是很不容易了解懷了孕的嚴重性，僅僅感到很好玩；也感到抓到了某種實在的滿足，因為阿欽到底是誠心愛她的。

「亂煩的。都是你，都是你啦，討厭死了。」

「是嘛。所以要去檢查。如果沒有，那一切OK。有的話，除去檢查費一百塊——大概不要那麼多罷。算它兩百好了，那我們還有一千三，也許再向狗腿借一點，夠一次手術了。」

「老爹，你是說要打掉！」她其實並不這麼吃驚。

「咦，不然你檢查作啥？錢多了！」

「你是說，我要躺在一個，一種那種檯子上？」

「那要看檢查了你有了沒。」

她眼睛翻一翻，彷彿在想像的樣子。「咦——鑾驢的耶。」

「驢？」

「眞的耶，很好玩哩。」

阿欽似乎沒心情欣賞她的天眞，隨便摟摟她，坐正了又說：「現在就是說，檢查很簡單，而且我一人去就好。不過，要一點點小便就是。」

「什麼？」她不是沒聽見。

「小便。」他說的很輕。

「蓋鬼。才鰾！鮮死人了。」她開始覺得很傷自尊心了。

「不蓋你的嘛。」「說不定我們可以馬上來找罐頭或瓶子之類的，你找個地方去，等會再把它給我。」

她簡直不能想像那種光景，羞恥極了，大笑起來。

「上帝！又怎麼了？」

「老爹，阿欽哥哥提著一枚尿罐上ㄍㄞ（街）。」

他很難堪，勉強咧一咧嘴巴表示笑。小藍笑得淚水直流，模糊中，看他極力振作嚴肅。

「小藍，拜託拜託，別瘋了。」

她索性站起來，捧著肚子，蹣跚地跌靠在樹幹上笑。

「不是蓋的，眞地好好聽我的……」

「小女子的腸兒要斷了——好呆喲！」

「小藍——」他的語氣不那麼好了。

「老爹，一個尿罐……」

「什麼？這是誰的事，何必我管！今天還有像我這等菜瓜？到底是誰的事？」他跳起來，對她咆哮。

小藍越發笑得不可收拾，笑著笑著，成了低低的啜泣，她掩著臉嗚咽：「我要回家。」

「操！」他手裡撕著樹葉，憤憤地摔掉。

公園裡的路燈不知什麼時候已經亮起來，水銀燈照得路面泛著燐青。他們的地方算很隱蔽，外面看不見這裡，這裡看外面卻十分清楚。

賣茶葉蛋的小販亮起小燈，蹲在路邊。

他終於還是轉回身，拿過小藍的手帕替她擦眼淚。她越哭越大聲，一點也止不住。他把她摟到懷裡，一下一下地熨貼著她的背脊。

她想，事情根本不是阿欽說的那麼簡單，說打掉就打掉。過去一些不曾留心的聽聞，記憶湧上來。要找醫生，聯絡、接洽、掛號、排隊等候；又不知是不是公立的醫生，說不定還要夫妻證明，不然也一定要家長陪同的。那她老爹總會知道的，一定會的，媽媽姊姊也都會曉得……這些是事實。

她剛才還是隔著玻璃看水箱裡的熱帶魚，現在她自己是熱帶魚了。

她眞地恨起阿欽來。

「明天好了。」她拭乾眼淚，整好衣服，昂昂頭，坐回石凳上。

「明天？」

「檢查。」

阿欽一把摟緊她，吻她的頭髮，她的臉頰。

「你眞是——我不是一直告訴你的！」他扳過她的頭來，吻她。

即使是這樣，她仍舊覺得阿欽不能替代她一點什麼，一切完全得由她自己獨力撐起。她感到孤獨而凄涼；然而帶著一種孤傲的矜持，像一位披著長髮，穿著白色長袍的少女，走向一面祭壇。

他突然放開她，神采奕奕地說：「噯——笨蛋，我們還沒檢查呢。鐵定OK的。」

「也許鐵定罷。」她很疲倦，眼睛澀澀地。抬起頭來張望，一片漆黑，只有前面那裡，稍稍沾到路邊水銀燈的照射，淒淒慘慘的暗藍。

「鐵定的。I believe.」

「我們最好走了。晚上公園裡亂邪的。」

他並沒要走的意思，像再要擁抱她。

「嗨，想起一件事，你說的換檔的，講ㄉㄧㄡ（對）咧。」

「劃特？」

「沒事啦——我是說你對車子很行。」

阿欽很訝異，嘴角扯一下，不知是不是笑，然後俯下身來親她。

小藍沒有摟抱他，只是不自覺地將兩手輕輕地搽在肚子上，眼睛張著。

黑暗裡，有一片樹葉落下來。

民國六四、一、三〇、景美

儷人行

早自修，尤可玉趕著抄數學答案，一本王思文夾在兩膝之間，用手撩著頁碼，眼睛滴溜溜的忙著找答案，又要嚴密注意老師的動靜；老師最恨他們抄參考書。

冷不防誰個竄到她身邊來，驚得她砰一聲將王思文彈進抽屜裡。

「別緊張。」原來是丹鳳不知怎麼潛行了來，拿本書做掩護，兩人佯裝討論功課。「有沒興趣？」

「又來了？」

「十張，二十面。」

「眞有他的。超重了罷，這下子。」

「老地方。我先出去，你再來——阿碧等會再告訴她。」丹鳳一臉凝重的回到位子上，虛晃著畫畫弄弄了一下，發現老師兀自改他的週記，並無注意，彷彿嘲笑自己在自作多情，她誇張的整整裙腰，特意走前門出去了。

可玉一一看在眼內，心中不知多喜歡。她知道丹鳳是最自我中心的傢伙，素來當主角慣了，做任何事都以爲人家在看她，動作之間就帶著演戲的調調。丹鳳瘦得像個男孩子，沒有腰身，往往裙子繫在腰上，皮帶卻落到胯上；她又愛把雙手插在皮帶和襯衫之間，腆著肚皮在教室裡搖來晃去。這些都叫她好心折，可是她從不顯露出一丁點喜愛的顏色；越是心儀丹鳳，她越是矜持。

實驗室和圍牆之間有段窄窄的空隙，可玉喜歡兩人擠在裡面的感覺，這兒她能肯定她們之間的關係。側身一擠進去，丹鳳就叫：「這個老鼠頭make me sick!我都不知道要不要給你看了啦——」

「別猶抱琵琶，快點拿來。」她展著信故作隨意的問：「也要給蔣碧凝看嗎？」

丹鳳曉得可玉這方面就是小氣，心中暗覺有趣，口上卻叫：「還看，口頭上講講我也要不好意思。」

那信上開頭便稱呼我的小鳳鳳，可玉笑：「眞是越來越不成樣，想幾星期前還稱明同學呢。」

「曖耶，第七行才會嚇死老百姓……」丹鳳一邊貧嘴個沒完，不時斜睨可玉的表情，沉不住氣了勾過頭來瞧，又是一番譏嘲。信裡長篇大論，她不甚有耐心，總是揀著誇讚她的地方看，一再看，又高興，又不屑。在這事上因她有弱點，便一直伺候著可玉的臉色，有點窩囊氣；只是她一人實在承擔不起那些太過火的字眼，必須找人來分擔。

丹鳳一直聲明她只把那姓陳的當朋友，回他的信上不知表明了幾次「咱們是朋友，過去如此，現在如此，將來如此。」但是可玉見丹鳳把信上的內容弄得爛熟的，一會叫「嘖——第五頁好恐。」一會叫「完了完了，你最好別看第八頁。」覺得好像是被出賣了，生出火氣來。

看完信，她淡淡的將信遞回去，丹鳳並不看她，低著頭一心一意折疊信紙，想笑又不便笑，等待什麼又害怕等到了什麼，一張臉顯得很難堪。可玉瞧在眼裡，覺得自己勝利了，倒不忍心責問，施捨的說道：「這陳國儒向來文采不錯，字也寫得龍虎生風。但我總覺得搞校刊編輯的都愛少年強說愁，像黃瑞花不也是這類，一群蒼白少年，沒什麼啦。」

丹鳳也給自己找台階，一本原來的爽快：「就——是，什麼idea，不idea，還不是好高嗯，騖遠——又一天到晚文學藝術啥玩意，本宮偏是那麼一個大文盲，哈！白費墨水一大堆。」

其實可玉眞是看中他一些見識，偏是吝惜不說。「反正啊，現在大家碰到了，你談沙特嘛，我就談卡繆；你談卡夫卡嘛，我就談齊克果。清談誤國——就是這樣。」昂頭挺胸，從從容容邁著步子走，她行路一向是如此，貴婦們的自持。

陳國儒與她們認識是在一次郊遊裡。可玉從來不願參加男校邀請的郊遊什麼，那會損她的格調；卻又不甘看到盡是丹鳳在男生群裡出風頭，就這樣尷尷尬尬的去了。她自始至終堅持她的正派和含蓄，和女同學在一起特意的落落大方，可是只要男生一找她說話，便沉默下來。夢幻湖回來，黃昏的小徑上，大部分男女生已是成雙成對的，她知道眞正好的人是根本不參加郊遊，既然加入了，就已經承認你是怎麼樣的格調，哪還有什麼超然不超然。她心上一陣熱，一陣辣，只有沿路上摘著野花野草，哼著小歌，做出一副自得其樂。

陳跟丹鳳熟了以後，說那次郊遊，他第一眼看上的是尤可玉，很特別，叫人可望不可即。因著這個，丹鳳潛意識裡老覺得在可玉面前矮一截，好像自己是被挑剩下的。

可玉後來聽了，一方面感激他的知遇，竟不覺也期待看他給丹鳳的信；一方面更嘲笑他，因爲沒有看透自己，以爲她眞的是超然，所以感激也只成了滿足自尊心而已。

浸在早晨的陽光裡，丹鳳瞇著眼，並沒有開口唱國歌。鬢角有一束撩出來的髮絲，讓朝陽映得七彩繽紛，那是驚豔，陳國儒信中說的，她不覺溫柔的垂下頸項，感到嬌弱不勝。

這兩天升國旗的是高一小孩子，手底下沒數，起先猛個的快拉，後來盡量的慢，還是在唱第一回「青天白日滿地紅」的時候升到了頂，旗幟顯得格外殷勤的飄舞著。

可玉一直想著陳國儒說的「小鳳子不能拿一般的標準衡量，要用她那個世界的標準去看。」好漂亮的恭維，可惜沒有人來如此讚她，她覺得自己更配得上這種不凡。列隊在丹鳳的斜後頭，她冷冷的瞄她，震了一下，沒見過她這麼女孩味過，頸子還留著痱子粉的痕跡，雪白的襯衫彷彿仍然可以聞到曝曬過日光的餘香，可玉又愛又妬，心情異常鬱悶。

國儒和丹鳳坐在小美聊天。學生情侶多是來小美，兩客霜淇淋十二塊錢可以泡上一二小時，非常平民化。

丹鳳沒有一刻正經過，吃霜淇淋吃得滿桌水汁，她就地用可可色的汁液寫起字來：You are a pig。塗掉再寫：I am a queen。又拿麥管吹玻璃杯裡的水玩，吹得咕嚕咕嚕一杯子泡沫。

他試著把話題拉到正道上，她偏是故意東扯西扯。

「噯，陳啊，眞的不是好姓耶，姓陳姓李都要人想到枯乾黑瘦的餓鬼，姓林跟姓王是胖胖的，可是嘛胖得不好，是那種總經理啊董事長的胖，有銅臭氣；姓胡的也是胖，還帶了羶味；孫姓嘛就胖得有福氣。姓白的很美，狐仙味道。蕭最淒豔，再配上湘，哪，這個三點水的湘，蕭湘，看，棒罷——我都要「分」倒了。明也是好姓。諸葛跟歐陽司馬什麼的，你會想到：嘿——我乃天山龍鳳劍是也。」

「哪裡來的邏輯？」他笑起來，倒是第一次聽說。

「感覺。譬如你這名字，『國』就太沉，像作八股文，『儒』麼更完蛋，拘泥成一團，國儒加在一起都墜到底，再配上陳，我看你眞不要活了。像白凌風、方詩晴、蕭吟霜，多好呢。」

「文藝腔得要命好不好。還不如賽金花、小鳳仙這些直爽的好。」

「哈！妓女氣。我看你格調並不高嘛。」

「反正取名字是你爹的事，也由不得你。就如同一個人的出生由不得自己，你沒有權利選擇生或不生，更沒辦法選擇貧窮或富貴，人，天生下來就注定了不平等。這正是全人類最原始的悲劇。」他越說越激動，聲音也發抖著。

「喲——別緊張，別緊張。嚇死老百姓。不是本來就這樣的嘛，從北京人開始就這樣的嘛，但我們也照樣好好的活了幾萬年。悲劇？哈，哪有緊張到這地步。你們啊，搞編輯的就愛少年強說愁。我們班上的阿灰——那個黃瑞花，也是一天到晚愛上層樓，愛上層樓，她要再大點，down都來不及呢。唉，一——那呀——群——啊蒼白少年。」末了一句她瘋得用平劇腔調唱出來。

國儒沉默下來，臉色很壞，丹鳳倒起了幾分害怕，變了一副小女孩的模樣，扎著一雙黏搭搭的手：「你看——好黏。」他也不看她。「我要洗手去了，OK？OK。」

他一直以爲自己是個鑑賞高手，而丹鳳是一塊未經琢磨的璞玉。和氏璧這樣的稀世之玉，就只有卞和才可以成全它。他不覺要用帶領的態度來愛她，可是一點由不得他。

第一次邀她單獨出來玩，駕著摩托車老遠駛去，見她已候在巷口，大概等得不耐煩，做著小幅度的柔軟操自娛，看到他的車子，似乎過分高興的亂揮著手帕。他有意不減速，開到面前，猛一煞車，停掉馬達，卻因耍得太漂亮，倒顯出了意圖來，一時不好正眼瞧她。

丹鳳端一副架勢，作樣的一看手錶，揚頭一笑：「無罪。on time。」

女孩子向來要人等，她卻不一樣，每每先到，他不願意叫她等，也搶著先來，結果兩人的約會時間總要比預定的早個十分鐘。

她穿了草綠色的牛仔褲，褲管刮成穗穗，猩紅色的舊襯衫，這樣子配色，好像眞是隨意到閉了眼抓上一套來穿的。他自己著一身雪白色風衣，就顯得太認眞這個約會，不知爲辯護或者爲什麼，竟順口撒謊：「這套，嘿，我老哥的。」所以一開始他的立足點便不高了。

故宮博物院的草坪上，國儒執著她手說：「你像不像一朵玫瑰花，我就是園丁呢。」

她抽回手來：「喇叭花比較好。」

「好，喇叭花。」

「不好，雞冠花好。」

「……」

「我才不要吃虧呢，怎麼你不當雞冠花，我當園丁？」

後來又當他面說：「看，不穿高跟鞋都比你高，害我也不好和你出來玩。」

他起先與自己交涉，丹鳳就是這麼木膚膚，無心機得可愛，不是說她的世界要用一副尺度來看。但後來發現她其實心竅剔透得很，像一般女孩一樣，要男生都來喜歡她，可又不願被任何一個定下來，別人大都拿矜持來防衛，她是胡亂跟你一通，看似容易親密，卻很難打進內心，除非眞的愛上你了，否則永遠只是個不成熟的小孩。所以他更相信丹鳳是他的玫瑰花，有一天終於會發芽、抽葉、開花的。

一會工夫她回來了，濕濕的手朝他彈水。主動談起編校刊的事，她知道他最得意那份刊物。

他不自禁將她手掌合在手裡抓牢，定睛凝視，好像怕她突然從地球上消失。丹鳳凜凜的感到恐懼，他是認眞的，是認眞的。她抽了兩三下才把手抽回來，故意做出很醜的樣子，又著兩腿懶得癱在椅子上，拍打肚皮，粗魯的憋出兩聲很滿足的氣嗝。

燠熱的中午，蟬聲要把世界喧騰得倒過來似的。教室裡這一堆、那一堆，投合的同學湊在一起吃便當。

新教室給人美國的感覺，新是新，卻是暴發戶的新。連片蜘蛛網都找不到，來這裡人情也要淡下去，好像永遠有幾百盞水銀燈亮著，處處是鐵灰色的保險櫃。

一隻大頭蒼蠅很囂張，屋裡頭俯衝來俯衝去。

碧凝推推眼鏡說：「其實陳懂得蠻多。你看每封信用上幾十面，講什麼我都糊裡糊塗。」

可玉總嫌她庸俗，不配她們這一小集團，可是丹鳳照樣待她，有時候阿碧，有時後阿凝的混著亂喊。可玉向來不願誰對姓陳的慷慨些，現在又知道碧凝也有看信的權利，就分外嚴厲起來：「那要看你懂什麼，像螞蟻把多少東西整個的搬來，原封不動，也是懂嗎？」

「是呀，是呀。他就是讀得太多，想得太多，連過個地下道也會含著淚水過，說怎麼能讓機械從人類的頭上毫無忌憚的來去。你看看，你看看……」

「文人最愛把用在詩裡的感情誇大到平常生活，難怪一天到晚就覺得全世界欠了他一分債。可是上流的文人才不是這樣，要能投入，更要能跳出——」可玉還想再說，又鄙夷碧凝沒慧根，不說了。

「是呀，不跳出來怎麼行，活得太吃力不好的。不過他倒底有點與眾不同，情書三天兩頭一封，這麼熱情，你看拜倫——」

「人家拜倫可從來不認爲自己是拜倫。」可玉莫名其妙的激動起來。

「反正小鳳也不領他的情，白費熱心。」

「我看小鳳蠻欣賞他呢。不然連回信都不該回，還回那樣多封，不是釣著人家是什麼。」

「可是不是耶，小鳳明明只把他當朋友，誰叫他的一廂情願。活該！」

「我們心裡是明亮，人家男生可只看你態度。若是他纏著你不放，除非是你態度曖昧，還怪不到男生頭上呢。」她曉得女生的本性就是要男生追，然因爲自己做得絕，從不給男生機會，於是對這事特別嫉惡如仇。

「也許是罷，但她確是把他當朋友，我保證。」

可玉暗自識笑碧凝。

丹鳳捧了便當，四處打游擊。吃到講台上，從講桌下翻出一些破爛雜誌報章，邊看邊吃。

「喲——唷，這有個徵文比賽。第一名one thousand，新台幣。第二名五百，第三名三百，各一名；另有佳作數名一百元，並發獎章紀念。阿灰啊，尤可玉你們可以報名哩。良機莫失。」

黃瑞花角落裡叫起來：「什麼報紙？」阿灰是阿花的閩南語發音。

「嘿，尤可玉，參不參加？」丹鳳問。

可玉埋頭吃飯，笑吟吟的，並不睬她。

「快嘛，什麼報紙？」

「××晚報。」

「曖喲——還貶了我身價呢。」瑞花捏起嗓門叫。「題目題目？」

「聽好啦——家庭版徵文，妻子眼中的好丈夫。」

大家哄然一笑。她更是開心，把台子踏得碰碰響。

隨後她問：「好了，誰要帶吃的？money先收。」

下面嚷嚷一片：汽水、甜筒、夾心冰棒、筍豆………

她收了一把錢，唸唸有詞背著，動作很誇大：「曖，這個汽水一瓶、甜筒兩粒、花生冰棒兩枝、夾心冰棒五枝，喲，五枝？沒有怎麼辦？噢，隨便。好，筍豆一包——」

「還有酸梅。」

「好，還有酸梅。走，阿灰，一起蹓躂蹓躂罷。」她蹀呀蹀的出去了。

後面又追了一個人叫：「筍豆換成夾心冰棒！」

「OK——」

一大片蟬聲喧嘩。

這時候，可玉眞喜歡她，喜歡的十分純淨。

碧凝笑著：「她要結了婚一定很驢。不知怎樣的男生才罩得了，總之不會是陳國儒，首先他就比小鳳矮。雖然他看很多書，懂很多——哼，他還狂到居然說『請看將來之域中，竟是何人之天下』，人有傲骨可以，卻不可以有傲氣，你說是不是？」

她實在瞧不起阿碧說話常常不知所云，現在竟說出傲骨傲氣鬱等樣的字眼，覺得很滑稽，故意不回答，歪來歪去講些哲理。

「噯呀，我不曉得啦，眞是——噯，我看你們想得都比別人多。」碧凝感嘆。

可玉聽「你們」聽得刺耳，顯然把她跟姓陳的列在一類裡，這她就不能罷休。「我是不像陳國儒啃書的。學術這些不過是不斷造一些新的專有名詞，把它們堆砌起來罷了。假如沒有你親身經驗跟它貼合，看了也只有一堆堂皇的名詞，可以去唬唬人。天下道理只有一個，什麼這流那派的，都是老酒新裝！」越講聲音越高，她惱自己不能平心靜氣，緩了口氣，淡淡的說：「學苟知本，六經皆我註腳，倒不如看看路邊的一草一花啊，天上的雲塊塊兒啊。」

「是呀，我每天清晨來學校，公車上的同學都抱了書K呀K的，我還喜歡看看窗外的風景呢。我覺得一草一木就是活生生的，我看了也精神充沛。」

她聽著生氣，蔣碧凝口口聲聲「我我我」，倒像她原先就這麼想；而且自己素來引以爲傲的思想，到她口上一說，竟變得不值一文錢，全不是那回事，剛才還白頂眞了一陣。滿肚子委屈，她望向窗外去，沉默下來。

兩人顧著講話，那隻大頭蒼蠅停在便當裡，惡狠狠的扒住一塊肥肉，待她發現，眞叫噁心，連飯也不願吃了。

「才驢哩，有次小鳳客老鼠頭親手調的冰蜂蜜，他吃在嘴巴裡喀崩喀崩響，起先以爲喝的草莓汁，是草莓種子，後來一看，哈，半杯螞蟻，他不敢吃，放在那，小鳳說，男生還這樣斤斤計較，沒氣魄，就自己喝掉了。」

許多瑣碎事，丹鳳只會跟碧凝說，可玉又不在意這個，反而訝異丹鳳有這份巧思，明白自己是哪一類格調，該聽哪一類言語。

國儒學校裡舉行班際合唱比賽，打算找女生來伴奏，一來激勵軍心，二來騙騙評審老頭們的分數，這是他提議的，自有私心在。丹鳳從小學鋼琴，半路跳槽到電子琴，說是電子琴可以彈出蛇吱吱叫的聲音，鋼琴卻不能。

她很興奮，想了一下午，怎麼才能給他同學們一次驚鴻，建青主編的女朋友，誰不伸長頸子觀望；不是爲他爭什麼面子，主要還是滿足自我中心的虛榮感。放學時買了一包染過色素的橄欖，吃得嘴唇鮮紅鮮紅。又找了阿灰來幫忙翻樂譜，其實是陪著壯勢，也只有阿灰才會興沖沖的跑去，伺候一旁，看不懂譜，一聽「翻！」才翻。

來到音樂教室，男生已經排成弧形隊伍練唱著，沉厚的「漁陽鼓、動地來……」一聲是一聲。要面對這麼多大男生，卡其制服林立森森，刀光劍影，兩人都膽寒了。瑞花氣竭，想臨陣脫逃，拉扯之間，指揮已經出來招呼她們。

丹鳳倒吸一口氣，大步跨進門檻，直向鋼琴邁去，站定了，掃全班一眼，把一百多道目光一下子反彈回去。指揮簡單的介紹了一下，便繼續排練，舉起雙臂示意，丹鳳試了試音，指揮的手腕揮個漂亮的花招，表示不行，指揮點點頭——「漁陽鼓、動地來……」

國儒沒有參加合唱，坐在一邊看，暗自喝采丹鳳的氣度，叫他想到納粹軍官。她一端起門面來，每個人像是也上了舞台，小左從沒有今天這樣指揮得龍鳳飛舞，他們把她當成了現場，不在練習，而在表演了。

一場配合下來，大家很覺痛快，臉都嘻笑著。丹鳳這時才注意到老鼠頭沒列在隊伍中，蹺著二郎腿一邊笑迷迷的。她覺得很親切，好像一對銀海夫妻，太太演戲，丈夫當導演。

練唱完畢，沒人來理她們，各自拾了書包散去，丹鳳認得一些郊遊時玩得蠻投興的男生也沒來打哈哈。幾個同學圍住老鼠頭談談笑笑，只有指揮過來商討了一下細節，又趕緊歸入那一夥男生。她眞是那陳小子的禁臠麼，人人唯恐沾上嫌疑似的。她明白了不該來替他們伴奏的，造成客觀事實，以後想要脫身也由不得你，這老鼠頭原來是有陰謀的，丹鳳覺得栽了個跟斗，一肚子窩囊。收拾好琴譜，不能呆坐傻等，只好把它再散亂開來，很忙碌的樣子折折疊疊著。

瑞花倚在鋼琴旁，眼睛瞟來瞟去，她近視四百度，但因生來一對很深的雙眼皮，平日裡總捨不得戴眼鏡。右分的斜劉海從不用髮夾，披散下來遮住半隻眼和半邊臉，看東西的時候只有歪了個臉斜睨。忽然她嗔起來：「喂——你們一群男生，以爲我不知道你們說我什麼壞話嗎？」

那些男生一驚，紛紛回過頭來，隨即笑成一堆。其中一個大個子，戴金邊眼鏡，卡其上衣一邊紮進褲腰，一邊拉在外面，回應說：「聽到啥傢伙，黃瑞花，講來咱們聽聽好是不好呀。」

「哼，你們別以爲我不知道！」

「哪敢哪敢……」

「你們說我的腿毛很長是不是？哼！」她跺一跺腳，扭身到鋼琴後面：「我們走啊，還呆這裡受欺負！」

男生們絕沒料到她會抖出這話，都震住了，很難堪。

國儒趕上前來，招呼小左陪著，一起護送出來，就在校門口一家冰店坐下。

瑞花像是沒事，叫了布丁不要，親自跑去告訴小妹換成檸檬汁，又嚕囌著糖少放些，冰塊多些，來回都是跑著碎步子。卻是丹鳳一路沉了臉不吭聲，也不點吃的，還是國儒替她照習慣要了仙草冰，叮囑老闆娘不加糖水，加牛奶。

丹鳳氣阿灰瘋就瘋，但不能失了原則，把格調貶到什麼程度，還嗤啦嗤啦的咬著冰塊說：

「你們男人呀，女生面前賣乖賣得龜孫似的，翻過臉去亂七八糟的鬼話都說。就是一番賤根性，當然也是不傷什麼大雅的啦，女人應該看得開才對。」這樣大方，是要表示她那股前進女性的開明嗎？倒讓人家笑話當事人都不在意了，自己生哪門子乾氣來的。

小左識趣，看看氣氛實在越弄越僵，邀了瑞花先離開。

店中只一架電扇送著疲乏的熱風。牆壁上貼滿了電影海報，貼了又貼，重得好幾層，參差不齊。有一幅赫本《窈窕淑女》的正面特寫，白色的大緞帽，高高的絲綢翻領，都鑲綴著富麗的花邊，頸子之下卻是一隻金剛猿人的身子，如此吻合，一定是有人故意佈置。看了不覺得滑稽，反而太文明與太原始的強烈對比，叫人感到怪異得恐怖。

電扇轉動著，海報沒黏牢的部份，紛紛吹將起來，又息將下去，劈劈啪啪，像夏威夷的熱帶風光，花環、花襯衫，錦簇一團。兩人雖然久久沉默，並不覺冷清，各懷心情，和小小屋一般熱鬧，嫌沒有空白。

「黃瑞花鐵不在意，要在意就不會說出來。」他第一次領教丹鳳擺臉色，有點心寒寒的，但是看她竟然有認眞的時候，一雙自來笑的眼睛便在生氣時也是笑的，像年輕女老師上他們的課，臉皮掛不住，爲了防衛，老氣橫秋的鎖著眉，一臉稚氣的憤懣。他感到無名的高興，格外心疼。

「我們別爲這事生氣好不好。我同學都說你有味道，開麥拉 face——」

「哈，可正中你陰謀！反正也不是我好，不是陳某某的女朋友好嗎？」

「曖——怎麼這麼說……」

「我最恨仗權勢爬上天的，當個編輯就是特殊階級了！每個人都唱，偏你不唱。」

他愣住，沒想到怎算到這賬上來，他以爲當然不是如此歪曲事實的，卻又無從辯解，不是理所應該的？陳國儒就是該不參與的嘛。

「喂，我們乾脆來攤牌——」丹鳳停住話頭，一時很狼狽，攤什麼牌呢，也說不出所以然，同這麼嚴重的口氣，演鬧劇似的。「我從前不是就跟你講過只把你當朋友，現在正式告訴你，我們之間，除了朋友，其他一切impossible！」說完，又覺說得軟當當的，一點搔不著癢處，十分懊惱，詫笑了一聲，見老鼠頭也破顏開笑，更惱火，起身將椅子嘩啦一推，抓了書包轉身走。

國儒啼笑不得，只喜歡她喜歡得心折，匆忙付了四個人的帳，後面追上來。

紅磚路稍有些斜度，趕上了她，並沒大意，選了高坡的那邊走。

丹鳳惡意的繞他身後出來，走到高的那一邊，突然狂笑起來，比了老鼠頭較她矮，感到報復了的痛快。跳下紅磚道正過馬路，紅燈亮了，國儒一個沒攔著，她笑顫顫的闖下去，驚得他渾身冷汗。過了馬路，她也嚇倒，呆呆的站定，旁邊一個老頭子劃著手勢罵。隔條馬路，車輛一部追一部流竄過去，兩人都感到恍如隔世。

下了3路，送至巷口，丹鳳一直沉靜的跟著他身邊行。他緩緩的說：「小鳳子，愛人是一種能力，無法愛人是天下最可憐的無能。我喜歡你，無所爲，不求報償，不求結果，這是最純淨的愛。不管你如何對我，我仍然要照著我的本性行。你有權利把我當朋友看，卻沒有權利叫我喪失自我。」他爲自己的語調好感動。

這些巨大的詞彙，應是紙上的言語，當面講出來，叫人想到連續劇，荒謬的可愛。她本來就不太動情感，碰到可玉，迷上她那種對事情冷漠的超然，有意無意之中學她，凡是溫情和莊嚴的事物一概嘲笑。

「那隨便你，反正我聲明在先，沒咱們的事了。」她輕鬆的蹦跳兩下，又開始不正經。「奇怪，我到底好在哪裡，叫你這樣？」

他聽著難過，便分手了。

夕陽落在大街尾，兩排水銀燈剛剛亮起，越遠越小，在街的盡頭，與黃昏下的高樓大廈，蒼茫成一片。他的心和落日一樣下沉，沉到地球另一邊。

其實丹鳳並不討厭國儒，好歹他讀了許多書，是建青編輯，沒有天才也有鬼才，做個朋友不是蠻好嗎！是他活該，偏要鑽牛角尖。她想釋然起來，但總覺得對這事要負部份責任，又不知道自己哪裡不對，一團胡塗，心裡煩悶得很。

晚上，丹鳳從姊姊手裡接過電話，那邊半天不說話，知道是他，她也鰾著不吭聲，久久，那頭掛斷了。她看了整晚上的電視，國歌完畢，昏睡在沙發上。一早睡麻了起來，愣坐好久，還弄不清怎麼睡在這裡，李伯一夢醒來二十年，親人都作古。她忽覺恐怖，衝到樓梯口，見大大小小的拖鞋散亂一堆很親切，然而，又是一天的開始……

接連幾天，國儒每日來信，有時一日幾封。她並不關心他的心緒，看作盡是一個人的喃喃自語，草草得了個晦暗枯澀的印象，就扔給可玉她們去讀，說：「這個老鼠頭瘋掉似的，昨天一封超重害我罰了六塊。你們出個 idea 如何？」

可玉細細把信看完，心想若能得到一個人這樣全部的情感，眞是奢侈，但是丹鳳的迷迷糊糊，如孩子過年裝了滿滿口袋的糖果，舔兩口扔掉，舔兩口扔掉，棄得一地糖果紙。可玉感到不甘，爲陳國儒，爲自己。「你心裡究竟對他怎麼樣，省得爲你操半天心，到頭來反而遭人嫌。」

「我當然把那傢伙當──friend……」不知爲什麼，她在可玉面前很羞於說當朋友看，像說乾哥乾姊沾親帶故似的不乾淨，沒出息，所以用了英文字。她就是這樣子，一輩子說不出「謝謝」、「對不起」這些話，碰到非說不可時，就用英文，像隔了一層不至太難堪。

「你就是當朋友當壞了！女孩子的立場不一樣，非要態度分明不行，弄到現在，濕手插進麵缸裡，脫不了，還不能怪男孩子。」可玉有意加重她的罪惡感，內心才舒坦些。

「噯──呀，絕交罷了，一了百了。」丹鳳一煩，嗓門也高了起來。

瑞花在別處吃飯，聽到一點尾巴，捧著便當過來。「絕交？和誰？」

丹鳳遲疑了一下，把幾封信遞過去。

瑞花一看完，拉了張椅子坐下，壓低聲音：「老鼠頭根本不是眞心愛你，他只在發洩自己而已，你碰巧倒楣是個對象──」

碧凝截住她話，一口飯還沒嚥下去，含糊不清的說：「不是哪，我覺得不是耶，他是眞心的耶──」

「我告訴你，男人啊，對於越得不到手的越發癡。他才不是愛小鳳，可是他使自己相信是多愛小鳳的，對不對，你們說。」

幾個人聽著扎耳，不知她「愛」字怎麼那麼容易出口。丹鳳心裡更不是滋味。

「男女之間什麼是純淨的愛，鬼打架！到了最後還不是扯上sex。」瑞花說說話，就要揚一下腦袋，把披頭摔到後面去，令人很不舒服，「所以我告訴你們，婚姻根本就是互相利用，彼此滿足sex。」

「我不贊成！」阿碧激動的反對。

「不贊成？人的本性不是這樣嗎？冰山下面的十分之九，那個本我不是這樣嗎？大家心中誰不這樣想，只是我敢於承認而已！你們說對不對？」

可玉從來便討厭瑞花，後來曉得她愛弄點文墨，班上竟把她們列在一塊，更是不能忍受，這時冷冷的搭腔：「你的論調要是從書本上來的倒還不傷什麼，就怕自己果眞這樣想。」說完，收了便當離開。

「OK，OK，小事件不值得大爺們勞神，上number two去。」丹鳳拉了一夥人去福利社，路上一直耍寶以緩和氣氛。

隔一天，一位高一小女生送來厚厚的封套，說是路上一個男生託她轉交。原來是那本建青，其中一本題了字，並勾勾畫畫的，又約她放學後小美見。

可玉力主丹鳳不該去，既要絕交，前後步子應該一致，丹鳳也以爲不去好。到了下午，一夥人校門外違章建築裡吃蜜豆冰，嘩啦嘩啦鬧哄哄的，外面青天白日，幾道陽光舞著塵埃，搶進低矮陰暗的房子來。丹鳳覺得快樂，像在漢唐太平盛世一般，事事物物都是理直氣壯，沒有什麼應該與不應該，於是便去了。可玉心中氣，外表開玩笑：「扶不起的阿斗，這個明丹鳳！」碧凝沒這麼不樂意，她反而喜歡他們好起來。

坐在小美裡，國儒問她那篇「謫仙」看了有什麼感覺。丹鳳說：「我其實沒這麼好，眞不懂你看上哪一點，捧得雞犬升天，還指名道姓，小鳳鳳，小鳳子。」

「感想呢？」他對這篇很自信，用了他一生的感情。

「沒人敢要我了。」她是有一點壓力，寧可文章上寫她好處只寫三分，留七分待別人驚豔，現在寫了十五分，再好都只有見面不如聞名。

「就這樣？」

「還有，太感傷主義。這種完全寫自己情緒的文章，認識的人看了覺得沒必要這樣要死要活的，不認識的人看了一定跳頁過去。」這話卻是可玉所講，她說著心虛，疙疙瘩瘩，再加上自己的意見：「本來嘛，我看阿灰的文章，草呀、花呀、星星、月亮、蘆荻楓葉全上場了。什麼滿階丹楓，我連半個都沒看過，只好一直跳行看。」

他一聽就知道不是丹鳳說的話，也不拆穿，辯了一番，說瑞花的固是無病呻吟，絕不能跟眞正感情撒了滿紙的混成一談。

丹鳳聽了不服，引可玉的思想說文人要投入，更要能跳出，但平日裡不怎麼思考這些，說來含含糊糊，又落下話柄被老鼠頭攻擊，弄得她很吃力，轉了話題到血型上。

他卻不放過，又問她那首詩如何。丹鳳從來不懂現代詩：「有一句罷，我一腳踢進了月亮，你猜什麼，詩人說他把門踢開，月亮照了進來，誰曉得嘛——」

「噯——這你就大錯啦，西方有句成語：詩人向他自己說話，被世人偷聽去了——」

「什麼呀？」她提高八度音，很不以爲然的樣子。

他分析了一堆理論，丹鳳說：「他們呆，怎麼你也跟著呆？」

國儒苦笑，女孩子是不跟你來邏輯的。

「你們這封面，一棵大松樹，天光灰灰藍藍，看了像黑松汽水廣告，設計得眞爛。」

他們兩人，一個演歌仔戲，一個奏交響樂，各自拉唱。

後來丹鳳一句話惹惱了他：「現在幾個學校的編輯碰到一起，只在爭著發表自己的才學，所以讀書變成十九世紀西洋貴婦們學畫、學鋼琴一樣，虛僞！學苟知本，六經皆我註腳。」

「你別盡學尤可玉，爲什麼不說你自己的話！你告訴她，她讀了多少書，敢說這種話。知本不是說就不要讀書了啊，何況她知不知本，大有問題。有本事她來當編輯。動不動就拿『爲賦新詞』一下把人打發走！以後在我跟前，不要再用她的話！」

丹鳳聽著，臉有點熱，但也不覺得什麼慚愧。若是有人要糗她，她往往先糗自己，叫人家糗不得，就勝利了。「OK，OK，我說自己的話。那末，拜拜。」

國儒能站得起來的是靠他的刊物，一本第一流校刊抓在手上，翹課、死當、留長髮、記警告都可以被大家原諒，他也原諒自己。校刊最大毛病是不能照日期出版，一拖再拖，把眾人的期待拖垮，一旦印出便覺得理所當然，不再有喜悅。他立起刊物的骨氣，拚死也得依期發出；又變了傳統的二十四開爲十六開；開卷第一頁斗大的黑字「建中人」，挑起自我優越感，叫大家陶醉爲「北大人」，甚至更優越到牛津、劍橋。果然一發行，全校轟動，也波及把兄弟的各學校，然而他發現自己原來是遲遲不願出版的，校刊一成，他就等於失業了。當然天才還在，不怕沒施展，但群眾很殘酷，你若不時時提醒他們，只有鞠躬下台。沒有了刊物，他什麼都跟著沒有了，才分也不能安慰他，在丹鳳面前越加不能從容，變得更頂眞，更小氣。

月考完，考卷發下，丹鳳有幾科不及格，連公民和地理都沒有派司過去，她自己也好笑。大家責備她交朋友交壞了，現在是個警惕，斬斷情絲，沉下心來ＫＫ。她不認爲這是老鼠頭影響到功課，反正功課向來沒好過，一直木木的，也不放在心上，現在，同學們爲她急，叫這樣，叫那樣，再不好不振作了。

那頭一樣的，很久沒消息，突然一陣天天來信，來電話，然後又斷掉，大概在自拔中。一天寄了封白紙，攤開來，有書桌面一般大小，只在紙角簽名，沒有署日期，她看著，毛骨悚然，很兇煞的感覺。帶到學校給同學猜，有人說是不是失戀自殺，來個最後通牒。說到自殺這樣嚴重的字眼，她們仍舊嘻嘻哈哈的。

可玉一下就明白怎麼回事，那姓陳的對丹鳳究竟沒有變，情感的酸甜苦辣個中滋味太多，說也說不完，乾脆不說了，一張白紙是無限的，由你去想像他的情愛有多深。她爲自己如此知心陳國儒，好震撼，看別人東猜西猜，亂開起玩笑來，感到非常委屈，本來想私底下解給丹鳳聽的，又於心不甘。所以丹鳳討主意時，她問：「你到底要斷，還是怎麼樣？」

丹鳳看她一臉凝注的神色，曉得她必定內有城府，雖然並不想斷——也不是不想斷，嘴上卻說：「當然斷。」

「好，那你就把紙撕成兩半寄回去。」

「爲什麼？如果不斷呢？」

「不斷，紙角角上你也簽上名，再寄回去。」

丹鳳不喜歡眞的絕交什麼，太嚴正決絕的事情總叫她不舒服，可是一直拖拉著沒了結，也是不舒服。她弄不清可玉耍什麼噱頭，不過很相信她，後來覺得把紙撕成兩半比較刺激，就照做了。然而撕了之後心裡毛扎扎地，說不上來是什麼滋味。

幾個人期待著會收到怎麼樣的反應，卻很久音信杳茫，令人悵悵然，很失望。

下雨的晚上，國儒來電話，要丹鳳出來一下，他就在外面。丹鳳從四樓張望下去，看到他正好走出電話亭，人僅僅一點小，雨落著，馬路泛一層黑晶晶的光，她有點緊張，考慮著要不要出去的時候，已經抓了把傘，三步併一步跑下樓。下了一半又意識地放慢了步子，覺得這樣認眞很沒面子。

國儒一下把她逼到電線桿下，惡氣沖沖地：「我告訴你那一黨內閣，少管我們的事！」

「什麼嘛，你這幹什麼嘛？嚇死老百姓。」

「那封信——尤可玉叫你撕的吧！」

「我撕的。」她竟然說得正氣十足。

「騙鬼！」

「就是我撕的！」

他一步逼到傘底下，兩人鼻子幾乎碰到，「我警告你們，明丹鳳……」那副惡相，丹鳳以為會朝她潑硫酸，背緊抵著電桿，人直往上掙，他卻忽然踮起身子，猛地貼上她的唇。掙了一會，她逃脫掉，一路奔回家，傘拉著風，拖累在後面，好像要拖她飛起來；登上四樓，才發現傘還撐著沒收。

她伏在牀上，愣著，想他剛才沒穿雨衣，一件夾克，一頂小帽子，扎人的短髭。不是驚惶，不是憤慨，也沒有淒涼，她悶頭大睡了一場。

第二天到學校，把這事過濾了一部份，當起笑話說。「昨晚啊，咱的小命差點要吹燈。」她們聽丹鳳講得輕鬆，笑了一陣，抓住老鼠頭的怨責作起文章，個個很嘩然，嫌丹鳳立場不夠分明，害人背黑鍋。只有可玉感到痛快，陳國儒畢竟看出來她的主意。

接著國儒來了封限時專送，要求最後談判，無論如何給他一個解釋的機會。丹鳳感到訝異，她對他的一切行徑從不認為是錯的，為什麼他反倒自個兒要認錯呢，後來同學們建議由阿灰代替去談判，她也就無可無不可隨她們安排去。

坐在陳國儒對面，瑞花兩隻眼睛定定地勾著他，造作地持著小湯匙，抿一口冰淇淋，說一句話。「你以為你是愛明丹鳳嗎，你只是有一天月色朦朧，星光閃爍，一個女孩走過你的窗前，你就以為這是愛情。」「只是迷戀罷了。」「愛情是兩方面的事，不體諒對方是不是能接受，造成她多大的壓力，你這就是愛她？」「我看你只在幻想自己是個大情聖而已。」

他抽香菸，冷冷地看著，根本瞧不起她，她自以爲可以代替小鳳，眉來眼去地，也許還認爲一番話可以直中他要害，由感知而移情都說不定的。

瑞花講了很久，確在不自覺地表現自己。見他始終不言語，隔著煙霧，悠哉地靠在椅背上斜睨她，瑞花忽然很膽寒，彷彿赤身露體供在人前觀賞，恨起來，她說：「你知道明丹鳳在我們班上怎麼叫你——老鼠頭！」

他輕佻地噴她一口煙，熄了菸蒂，從容地站起來：「好了?你要說的就這些？」說著，殷勤服侍她離開坐位，送至車站，將書包替她掛上，親狎地和她耳語：「黃瑞花，你大可不必這樣。拜了。」他沒有回家，到小左宿舍，鼻涕眼淚的大哭，把丹鳳給他的信都燒了，正要燒日記，被小左奪下，國儒是把這些交給他保管的。

半夜起來，枕頭濕了一片，又讓菸蒂燒個大洞，看小左睡得香甜，心一陣酸，點上燈，他想好好寫最後一封信給小鳳，才提筆，淚水又掉下來，久久，伏在桌上睡著了。睏一覺醒來，窗外的夾竹桃襯在天光裡，剪影一樣，天要亮了，他終於平心靜氣地寫好信，告訴丹鳳他們仍是朋友。

瑞花回到班上，大事喧騰，狠狠報復一通，眾人也覺得出了口氣。可是講到最高潮「我說，我們叫你老鼠頭……」大家遲疑住，你看我，我看你，不太相信：「阿灰，你眞說了啊？」

「耶——我就這樣說了。」

丹鳳卻領頭笑起來：「說得好，說得好。」其實她心裡眞有點難過。瑞花越吹越帶勁：「嘿，我偏故意叫了二十五塊的香蕉船，他呢，慘癟癟地不敢叫，喝白開水，後來還是我添了兩塊錢才把賬補足。」

她們這時反而同情起陳國儒，怪瑞花做得太過分，背地裡都責備她，她知道了，當眾酸酸地說：「做人不能太熱心，一心一意幫人家做事，落得眾口誅伐，亂沒意思。」

收到國儒一封和和氣氣的信，願意摒棄前嫌，純粹交個好朋友，丹鳳感激得很：「就是嘛，就這樣不是很好嘛。」一高興，因爲虧欠瑞花做的惡作劇，親自認眞寫了一封長信做補償。不過，她不敢再驚動大家，怕對瑞花也交代不過去，只跟可玉說。可玉笑笑：「你眞有把握他能把你當朋友？」

「一定啦，我想他已經冷卻凡心，反璞歸眞了呢，哈。你看他這信寫得多平靜。」

可玉恨丹鳳不成鋼，反反覆覆沒有了結，不願再管他們了。「能有把握就好，隨便你怎麼啦。」

丹鳳遭到一頭冷水，靜心回照一下，也覺得心虛，名不正言不順的，不曉得這樣下去會變成什麼局面，然而還是把心一橫，努力排除這種煩人的想法，「管他，反正不至於嫁給他就是。」於是一心一意當他朋友來交往。

兩人經過這一番，正正經經交起朋友，都謙遜多了，也能溝通，有時談起以前的比鬥，像白頭宮女話當年，再火辣的事都成了無比的柔和。愉快的時候，國儒會突然嘆氣，看著她笑，丹鳳說：「你怎麼不去追尤可玉，她比我好多了。」他搖搖頭：「我一輩子只追你。」有幾分眞幾分假，他們都不在意，自不去追究什麼。

丹鳳一陣子看了很多討論血型的書，見面就呱啦沒完。問她理論根據，又說不出所以然，抱歉的淺笑一下：「譬如說戒菸，A型人抽了菸就根本不會想去戒菸，O型人說戒菸立刻就可以戒掉，AB型是外頭說戒了、戒了，裡頭私自抽起來，B型是一下發起狠，把打火機、香菸全部扔掉，隔天忍不住了，再買菸來抽。很好玩吧。」

他本來很看不起這些碎嘴子話，現在也懂得它們的好處，不太搬出長篇大論。「你有沒收好我信啊？」

「怎麼？」

「最好把它們整理好好存起來，將來我成了大文豪，你那些信就值錢了。」

「噢——原來你寫信不是寫給明丹鳳，你早就預備好是不是？」她說著，做出生氣的樣子。

「我常常想，每個人寫日記，一定有他的假想讀者，也許他自己，也許全世界的人，這心理眞的很妙，又要隱祕，又要公開。」

「所以還好，沒把日記燒掉，不然你一定要後悔——也許可以補一本，假造一番，拿深淺不同的筆來寫，人家才信是眞的。不過那也沒多大意思了。」

偶爾他們也談談功課，每次總顯得尷尬，因兩人成績都不好，「math，這次，如何？」「十七分。」「哈，我比你更爛，湊個整數十五分剛好。」

這暑假一完，就是高三了，國儒忽地鬱結起來，他手上什麼也沒有抓住。母親將他制服拿去店裡繡字，回來時口袋上增添了一橫藍槓，他簡直不能忍受，彷彿昨天才是一條槓的，今天怎麼就三條槓了。

電影院裡，他自管猛地抽菸，丹鳳跟他說幾次話，都挨著軟釘子。他抽菸的德性像一個被慣壞的孩子，人人都得讓個幾分，弄得她十分光火。影片上男歡女愛，不少太過分的鏡頭，國儒一胸腔煩躁，出了屋子沒好氣：「上。」也不等丹鳳坐穩，嗯嚕一聲發動引擎，把摩托車開走。霓虹燈四處耀亮著。

車子從大街上岔入別一條路，她驚叫：「你開到那裡去！」他故意不說話，一加速度，直衝去，感到要把自己撕裂了的瘋狂的痛快。丹鳳的手扒住他腰帶，緊都不曾緊一下，他載過不少女生，沒有一個不是雞貓子喊叫，好，我們來蹩一通，倒看你有多大膽子。衝進隧道他身子一弓，將車子擦著路面打起S型。丹鳳的頭髮吹得根根倒豎，要把頭皮掀起來似地。國儒夾克沒扣，正好劈哩叭啦打得她一頭一臉，悶在汗酸油酢味裡。她覺得人是被裝在鐵筒中，混著破銅爛鐵什物，嘩啦嘩啦一直搖滾。

後來連路燈都沒有了，狂風裡的黑暗如浪潮一般，他享受車子的高速度，迎抗著一波一波濃濃的沉黑。忽然前面半片白亮直逼頭上來，一輛卡車唰——地擦過去。他開了有好久，浪峰浪谷的縱橫一氣，只累得不能動彈，慢慢沿路邊停下。

他長噓口氣，筋骨疲軟得舒服。「下來吧……」

見後面沒動靜，回臉看看，黝黑裡丹鳳滿面蓬亂，眼睛亮大亮大的，憤怒而固執，倒駭住了他。「快，下來呀——」他惶惶地一逕傾斜車身，不知爲什麼非要她下車，堅持中，丹鳳的腳踝碰到滾燙的馬達，她再也受不了，跳下車，大哭起來。那個下雨的晚上，傘頂之下——她不懂那時怎麼會沒一點感覺，竟容忍他到今天。

他慌張了，忙來伺候，丹鳳蹦地彈開，又哭又嘶叫：「你敢，你敢碰我一下……」

國儒不明白何以弄成這樣場面，他根本沒有算計要這樣，絕對沒有，小鳳卻驚嚇成那樣，淒厲的哭喊，眞叫人羞恥。

回去的路上，車駛得很慢，手腳冰冷，身上悠悠然出著汗。她手沒擺在他腰上，不知攀在哪裡。零星的車輛滑過他們旁邊，車燈忽遠忽近閃爍著。國儒想總該有點情感才是啊，不管是怎樣的；可是他連小鳳子就坐在後面這點，也感覺不到什麼了。

她跑進街廊時，丟下一句話：「你以後不要再來找我了，我也不會理你。」

他記得丹鳳這天穿一件白迷你裙，看著她登上樓去，白色在昏暗裡，耀眼的招呀招的……

一天可玉正等公車，一抬頭，車上下來一個卡其服，藍夾克，兩下子愣住，呆看半天，還是那個男生先笑：「嗨！尤可玉。」

「嗨……」

他們雖然只在一次郊遊裡見過面，卻因著丹鳳，已經不知多熟悉，話說半句都嫌多餘。

一部欣欣開來，站牌前煞車，揚起很大灰塵，他體貼可玉，稍稍護一護，兩人退到騎樓下。

她翹著蘭花指，從容的理理鬢髮，像平劇中的花旦。皮膚蒼白，泛著淡青色。

馬路上人來人去，都不在他們眼裡。國儒終於耐不住，開口問：「明丹——」

她快了一拍接上去：「噢，上星期她已經收到你的泰戈爾詩集——」

「嘿，生日禮物，」他自顧笑笑，搖著頭。「大概很少有人四年過一次生日罷——二月二十九。」

「是啊，你比她自己還清楚，信上說她十八歲。」她頓一頓，慢聲慢氣的：「丹鳳不喜歡十八歲，說十八胖胖的，十七歲就好，很高，很瘦，很俏；唇邊又有一顆美人痣。」

他們開心地笑了，彼此很親切。

國儒生成一頭捲髮，可玉聽過丹鳳說：「還不是去燙的，我才不信他老鼠頭會有自然捲。」她驚訝地發現，自己原來是一直把陳國儒放在心上的，只是自己更心喜丹鳳。想像過多少次，和陳的碰面，必有一番大比鬥，丹鳳亂用她的思想，也有澄清的時候，始終期待著這一幕戲劇性的一面，不意眞正見面了，那些都變成無關緊要，所剩的竟是好意跟無限的溫和。

街對面的大廈蒼茫古老，一棟樓幾十排窗玻璃，陽光反射成一片銀灰。其實那棟建築才新建的，是因地層下陷什麼，標不出去，就廢在那裡，房主傾家蕩產，又自殺未遂。也許有這麼一段辛酸，太陽到了這邊也都要顯得柔弱淒涼。

「你——」沉默了很久，突然兩人同時開口，像他們一直想的一件事，頻率節奏也跳動得一致，分外令人相親。可玉笑笑：「你先說。」

「你曉得我玩橋牌是個高竿，到手是滿貫，可是碰上明丹鳳，她從不管你牌理不牌理——」

「我知道，本來你們優勝比該是九十九比一，就她胡亂出牌，反而變成五十比五十。」

國儒想掩飾什麼，勾頭看看車來了沒，笑問：「你呢？剛才要說什麼？」

「沒有，不重要的。」她淺淺笑一笑，抿著嘴唇。

「她跟你說過沒，A型和B型碰在一起是拆夥的。」

「說過——」可玉一聽談起血型來，很高興：「丹鳳還說過A型和B型趕路，走了五十里，B型大叫，哇，我們已走了五十里呢。A型人卻說，唉，我們還有五十里沒走——」

「對，對，她講過的。」

兩人很開心，迷迷笑著。

零東來了，道聲拜拜，國儒看她上車，雪白的襪子，黑亮的小皮鞋。

可玉絕沒有料到他們的見面是如此平淡，不免有些悵然，也許這一緣再早些就不是這樣情形了。

民國六四、八、一〇、景美

陌上花

下午的陽光西曬進來，小屋內如在煙裡水裡，大何這票哥兒們吵鬧了一陣，漸漸沉澱下來；沉澱在午後的陽光裡，每個人都變得面目模糊，一幅一幅的淡墨水彩。

大何癱坐在喇叭椅上，光是兩條長腿，已經橫得一屋都是，嘉寶就在那上面跨來跨去的忙家事。她齊頸的捲髮湊合著結了兩個小辮子，一張嘴老是半開著，隱隱約約露出兩顆大門牙，神情像小學生作算術題；即使收拾個尿布碗筷，她也是這副愼重認眞的模樣。

小笠剛才沒有和他們鬧，一直埋在角落的書報堆裡，這時把手上看著的書，捲一捲成了個火箭形狀，瞄準對面的垃圾筒，一射：「哈，空心！」

「哪個作家霉了你，也別太囂張好不好。」芳美一邊抗議起來。

「本世紀以來最完蛋的，建築系那個鍾老教授。」

阿予立時跟著義憤：「他媽的這就是最完蛋！這樣一本破東西叫這樣一個大紅人寫了，你不讀還他媽的眞的不行。」

「所以——」大何瞄如星一眼，如星卻不看他，低頭佯看報紙，披肩的耶穌頭中分下來，把臉頰遮掩一半，剩下中間小小尖尖的臉，越顯得一張小臉青白。「這種書可以把它分類到『必要讀，必不可買』。」

大夥笑起來。嘉寶最開心，笑得鼻梁上生出一道道皺摺，像北京狗。她正捧一個藍色塑膠盆去廚房，便踢踢大何的腳：「客氣點啊……」大何慢慢的縮回腿來，待嘉寶過去，又照樣打橫裡伸著。

如星起身也跟到後面，正要跨過那兩隻長腿，大何又急忙把腿縮回，交錯之間，差點絆了一跤。「Sorry——」大何抱歉一聲；如星並不理會，逕自走進去。

廚房裡長年不見天日，僅僅一盞燈泡始終亮著，地面永遠是濕漉漉的泛著黃光。廚房比客廳大得多，兼了盥洗室。地上一個洗澡盆，裡面泡著尿片，如星幾次來，總是見著它，不知小孩的屎尿怎麼如此頻繁。誰來到這裡都是要蒼老的，只有嘉寶不老，一邊哼歌，一邊洗衣、煮飯，燒得出七八人份的一餐。

如星緊緊的並攏著腿站立，像跳足尖舞，在這樣的地方她簡直無立錐之地，連手都不敢擺動一下，交叉著背在身後。

嘉寶一會才發現她立在那裡，笑說：「你眞是輕，一定腳下長了肉墊，不像我動一動，就唏哩嘩啦的——大何說你是肉鬆花。」

「嗳，他說過。我要是蒲公英，你就是風，我還要靠你傳播呢。」如星說著，有點訝異自己的文藝腔。

「碗櫥裡有蓮霧，挑白一點的好吃，昨天才從鄉下帶回來的。」她也不等如星說吃不吃，忽然想起什麼事情，眼睛睜得亮大：「對了——早上出去倒水，後面的肉鬆花都爆開了，爆開了，昨天還是一個一個的苞苞。來，去看看。」嘉寶扔下洗了一半的尿片，興沖沖的去開紗門。

如星揀著步子，躡手躡腳的跟過去，彷彿遍地佈了地雷。尿布帶著雪白的肥皂泡沫搭在洗衣板上，像刮鬍子時嘴巴四周的堆著肥皂泡沫，總叫她想起倒黑松汽水，嘩一下湧上來，溢出杯口。

「呀——起風了……」嘉寶高興的叫，一手拉著紗門，等如星出來。「看，像銀子……」

漫山的樹葉小草和風滾動，葉片都教吹翻了背來，一片白花花的亮麗。

嘉寶收著曬乾的衣服說：「看到柳樹上的紅盒子沒？上次你帶來的小美冰淇淋，吃完了，我叫大何把它綁在樹枝上，裡頭放了這麼一塊西瓜皮；大何說才沒有哪隻呆鳥會跑來吃，我也不管他，反正照樣每天換吃的。果然嘛，昨天才到家，就看到一隻黑鳥停在柳樹裡，全身賊黑賊黑，就是眼睛周圍一圈粉紅色，戴了眼鏡一樣，叫牠粉眼——」

「你的是鷹眼，看隻小鳥也看得這麼清楚。」如星幫忙抱衣服，曬乾的衣服有太陽的香氣。最上面的一件是大何的汗衫，她想知道是不是胸口滴了芒果汁洗不掉的那件，騰出一隻手來翻了翻，並不是。

嘉寶收了衣服進去，如星摘下一枚蒲公英，迎風吹它一口氣，灰白色的小絨毛便隨風飄去，有的一個追一個，飛到陽光裡就消失了；有的停在柳梢上，還有一個竟然卡在竹籬笆的削縫中。她想著自己是肉鬆花。

屋子裡頭忽又熱鬧起來。嘉寶叫：「我也要去——」

大何不耐煩的：「那小鬼怎麼辦？」

「用娃娃車推著去嘛。」

「隨便隨便。大家弄弄齊就走罷。」

阿予搥著廁所門喊：「誰在裡面？」

「老包啦。」

「大？小？」

半天，老包才黏嗒嗒的回說：「大的。」

「搞什麼東西嘛，姓包的，每次都是你！」

嘉寶客廳裡喊：「阿予，你到外面去上好了。」

大何穿過廚房，推開紗門，見著如星立在柳樹下仰頭看著什麼，緊身的黃襯衫，緊身的牛仔褲，可以放在手掌上跳舞。

如星知道是他，就不轉過頭來。

「小笠昨天渡船，把皮包忘在船上，我們陪他去拿，去不去？」大何倚著紗門間。

如星轉身走過來：「去嘛。」

大何卻將個門堵著，沒有讓開的意思，壓低嗓門：「前天爲什麼不來？」如星在他跟前低頭不語。他見她的頭髮中分兩邊披散下來，遮住大半部的臉，像隱現在珠簾重重裡；那一道中分線分得眞是直，透著象牙白的頭皮。

「那天我在鎮上蕩了一天，晚上龍山寺前聽阿魁拉胡琴……爲什麼不來？」他的聲音裡有著一分固執。

如星不得已，丟給他一句：「沒請外宿，蔡祖母不放人。」

「怎麼以前你都請得著，這次請不著了？」

「嘉寶他們都在等你，以後再說。」如星有點急了。大何仍然不動，看著她那樣小的身體推搡著要他讓開，像隻鬥牛。如星紅了臉，頭髮一甩，憤憤的仰起頭，乜眼橫他，她的髮質黑而且重，抿著額頭和腮幫筆直垂下，如京戲裡的貼片，便叫人要錯覺她生來是吊梢眼，原已挺拔的鼻子也就更襯托得高了起來，變成芭芭拉史翠珊的凸凸臉。大何不曾見過她這樣的橫，也是一種新鮮，不覺看呆，笑了笑，便閃過一邊讓她進來。

如星低著頭走在廚房裡，眼一抬，見客廳中嘉寶手裡收拾著孩子，一邊正望著他們。她疾步過來摟嘉寶的肩膀，臉朝著大何，笑說：「看看，你們家大何吃人家的豆腐。」

嘉寶倉促間看了大何一眼，笑容要綻開沒綻開，只顧招呼別的去了。

一票人呼嘯出來，行走在日光屋影的小街上。

嘉寶興興頭頭的推著娃娃車，一路遇見熟人打哈哈；孩子安靜的坐在紅白條相間的車子裡，陽光濾過車篷，在他的小臉上篩著碎影零亂，他與他母親都是年輕的。如星打一把洋傘，走起路來，長髮搧忽搧忽，大何說過那是大象的兩扇大耳。芳美也跟她倆一道走，她偏過頭來問：「你頭髮怎麼不紮起來，不熱癟才怪！」

如星照樣昂著頭走她的路，口裡頂回去：「我是要俏不要命的。」

嘉寶一旁插進來：「人家生來不出汗，天生的本錢留長頭髮，誰像你，老闆娘家的毛毛狗一樣。」

「就是呢，我的髮質又輕，又會分岔，一放下來，蓬得一頭，像燒了火，糗蛋得要命。」說著，跑到如星這邊來，共撐一把傘，說：「我這個人哪，簡直一兮兮淑女味都沒有，出來從不懂帶什麼洋傘呀，手帕呀——」

如星打斷她：「我們有淑女味都只能遠觀，不能親近，花瓶一樣的，有什麼好的。」

前面走著的阿予忽然飛跑起來，老包直追上去，扯開喉嚨叫：「殺你個賊頭歪鳥……」

阿予笑著跑，忽然木屐落了一隻，「青天包老爺，你師宗的拖板哪——」他停下來，要回頭撿，「他媽的老包你還追、還追——大何，拜託撿一下……」

「阿予，嘉寶幫你撿。」她格格的笑著喊。

老包一箭步上去，拾起木屐，便停下來，喘著氣，笑嘻嘻的說：「看你高竿的，去金雞獨立吧。」

大何跟小笠談著拍實驗電影，三個女孩走在他們後頭，有一陣子，嘉寶幾個十分靜默，只聽見娃娃車轂轆的滾動。如星和嘉寶都注意著大何的背影，他生得瘦高長大，有點駝背，走起路來八字步，晃盪晃盪的；著一件草綠色卡其料子襯衫，像衣架上晾了衣裳，掛在廊陰下因風擺動。嘉寶看看，笑了出來，自己跟著自己嗔道：「七爺一個。」

如星聽著，不覺心頭一緊，想這種憐惜的話是只有嘉寶才能說得的了。芳美勾過頭來問：「Who？」

嘉寶笑：「拜拜裡頭的七爺……」

「哦，你說大何呀——」芳美這就偏起頭來，刻意做出鑑賞的模樣。

如星勉強笑說：「像七爺不好，畸形的，倒像約翰韋恩走路。」

芳美馬上應和：「yeah、yeah，你們看他手垂的樣子，好像隨時要拔槍幹他一傢伙。」

「才——沒那麼神氣呢！」嘉寶撇著嘴巴，她有兩道很深的笑紋，這時一起墜得很長下來。

「沒這麼神氣，你會嫁他？」芳美賴著如星的手臂，彎過身來挑釁嘉寶，一下子娘兒們氣起來，聲音變得很中年的。

「嫁他有什麼好，朋友稀哩嘩啦一大堆——」

如星轉過頭去，驚訝的看她，嘉寶發現說錯了話，失聲叫幾個糟糕，急忙解釋：「大何的朋友那麼多，動不動就聊通宵，尤其是跟小笠。剛結婚的時候——」她轉臉看如星，沒想到如星的臉與她這樣接近，像緊貼著鏡子，鼻子碰鼻子的人都變形了，嘉寶駭一跳，朝路邊挪了兩步，見綠色洋傘下她的臉，罩在一層暗影浮動裡，如沉浸在水族箱內；她的一隻眉毛挑得很高，唇角似笑未笑，那是一張又酸刻又調侃的面孔，嘉寶忽覺荒荒然，一下變得十分正經，眼睛收回來，盯著前面的街道，電視劇中一副往事不堪回首的神態：「那時候，每次他聊通宵，我就鬧情緒，說他看小笠看得比我重要。他們那一夥啊，整天就弄實驗電影，我說乾脆跟他的電影結婚算了，要我幹嘛——」她說得腮幫氣鼓鼓的。

如星笑起來，心想要是她自己是嘉寶，怎麼都說不出這些話來的，可是今生她也永遠沒有這種可以講的機會。

「結婚以前，我是很浪的，很浪的耶——把愛情看得第一，那時候想只要有愛情，管他結婚同居都一樣，可是結一結婚，覺得好像不是這樣了……因爲跟他還有一點別的東西在——」嘉寶說到這，詫笑了一聲，彷彿不明白怎麼講起這麼嚴肅的題目，很滑稽似的，卻見如星非常專注的聽著，眉毛越挑越高。

「反正我也說不準那是什麼東西……以前我一個人在後面做菜，弄得烏七八黑的，他跟那一夥吃得好樂，也不來問問我吃了沒，我又累又氣，躲在廚房裡哭，想跟他去罷工算了——現在是不會和從前那樣好哭了，大概已經麻木不仁——」她說著，臉上有一份謙畏，好像很抱歉把氣氛帶得這樣沉重，便換個神色，笑說：「他還跟小笠他們講，我做的菜量大質不精，可以用豬槽來裝。」

「那我們就是一群小豬了。」如星抿著嘴笑。

「噯呀，糟糕……，糟糕……」嘉寶連連跺腳，這次她也不必再做解釋。

嘉寶並不知她自己年輕，興亡與滄桑在她身上都不落下痕跡，可是大何懂得，如星想想自個兒究竟是比不上她的，心中十分解不開，眼眶裡不覺一陣霧氣就上來了。

遠遠的老包守住轉彎口，阿予在一個水果攤旁與他對峙，單足立著。

小笠跟大何爭辯著什麼，只聽小笠聲音激亢的：「我就不服氣，他根本是玩弄觀眾，亂霸氣一把——」

「可是你要知道什麼是電影的生命，就得看它。」

小笠還在那手舞足蹈的要辯，如星跟在後面開了腔：「這片子是『必要看，必不可買』那一類的。」小笠愣了一會兒，待明白過來，一掌拍下去，叫：「大何眞爛，說了半天，還不如你這個警句棒喝人。」

大何半側過身來，兩手插在褲子口袋裡，拿眼睛來譏誚她，唇角有一個小窩窩陷得很深：「你知道哪部片子？」他明明曉得她知道的，這本是他們相通的地方。

「誰不曉得費里尼的《愛情神話》。」如星爲著投合人情世俗才應他，心想大何實在壞。

他們來到轉彎處，早已嗅見漫空的魚腥，迎面的一個高坡，下面便是河港。背後即一片天際空曠，街道似乎在那裡就斷了。此刻太陽停在旅館的招牌上，照得耀眼花白，見不著招牌的「蓬萊旅館」幾個字；這裡彷彿已是天地絕路。

大何很興頭，就地作態攝影：「咔，這個景好——嘿，這個也棒……」甚至歪倒在地上，將個身子蹩成一堆：「咔，咔……」芳美搶過如星的傘來，一連擺了好幾個妖冶的姿態，惹得他們男生猛吹口哨。

如星嘆口氣：「這裡是《大寂之劍》。」

「是啦，徐進良還巴巴的跑到阿爾卑斯山取景，凍死那兩個光屁股的。」阿予不知什麼時候加進來了，老包還是扣著他的拖板。

「大何，我們要吃叭卜……」嘉寶已經和路邊賣冰淇淋的交涉著，阿予幾個也湧上前，圍了一大圈，打起釘球來，與老闆比分數。嘉寶一旁攀著芳美的肩膀，腮幫繃得很緊，一對雙眼皮沉沉的開闔，釘球噹啷啷一聲，她就響亮的報出比數。

大何立在圈外，低頭搜著口袋找錢，額髮有的散落下來，他眼睛便在髮絲後面注意著如星。如星的側面教長髮掩住了，僅僅見得到腮幫的一抹弧線，和一顆小小的鼻尖。他一生喜愛兩種女孩，一種健康的，像嘉寶；一種聰明的，如星便是。如星當初跟他認識，曾經拿話來撩他：「我只壞這一次。」那時她是遊戲，女孩子都要證明自己的；誰曉得兩人果眞好起來了，她就要生出煩惱。他明白如星近來不開朗，而她終究是委屈的。

他掏出五十塊，交給小笠，換過娃娃車來，怪叫一聲，推車直衝上街坡去。嘉寶趕急脫身出來，後面追喊：「不行啦，小鬼沒綁帶子，你要摔他出來是不是！」大何並不理會，自顧推去。

如星迎光瞇起眼睛，見他們在塵埃揚揚的日光裡奔跑著，行人街影和車窗招牌都迷離在這一片耀眼的白熱下；他們越跑越滯重，到了坡頭，嘉寶正好趕上，一把奪過車子來，兩人罩在太陽的一環光圈中，彷彿紙箔剪成的人形。如星覺得那一刻是解脫了生老病死的，而他們到底是天底下的一對金童玉女。

兩人似爭執著什麼，大何先下去了，剩下嘉寶，向著他們這群人招手，娃娃車的金屬推手著上陽光反射，成一簇金箭閃耀。

大夥來至渡頭，河海相連處，一片粼光跳躍。老包一陣子興奮起來，衝到堤岸邊，喔喔喔的學泰山的吼叫，然後猛的旋過身來，擺一副投保齡球的姿態：「嘿，接住！」木屐便脫手橫飛出去；阿予來不及的反應，勉強在胸口接住，還是悶悶的挨了一擊，只是口中仍然逞強：「他媽的屎包子，朕恕你無罪。」

「領——旨。」老包一旦報了仇，這名份上也不大去計較。

小笠昨天搭的渡船，停在河上，離岸還有一段距離，商量著叫阿予游過去。嘉寶從娃娃車裡拿出大何的游泳褲，要他換上，如星很訝異嘉寶竟會照顧到這點小事。

堤岸上晾了一些小舟，舟身翻過來，上面有的曬著漁網，有的蘿蔔乾，蘿蔔乾的鹹濕帶一些臭烘烘的氣味，十分勾人味口；大何一屁股坐上船背去，揀了塊蘿蔔乾來嚼。

阿予老半天才選定一處下水的地方，幾人蹲在堤上擁簇著他，他試探試探的滑進水裡。小笠捏起嗓門吆喝：「神農號下水典禮——」老包跟芳美一旁胡奏起音樂。太陽炎炎的曬在他們背上。

如星並不參與他們，在大何身邊，看守娃娃車。她從來不懂得怎麼逗孩子，立在一旁，與四周的景物諸般不對，那樣一手撐傘，一手搭在車子的扶手上，像要拍攝廣告片，大何看著憐惜，說：「你以前不怕曬的嘛。」

「女孩子當然不怕曬，怕曬的就是女人了。」她這句話說得音調流麗，如波浪的一幅幅展開。

「要是有眞正的女人，every inch，我還眞的喜歡。」

「無聊，這種話。」她蹲下去看小孩，洋傘就擱在肩上，罩住她大半個人。「人家結了婚，還不是照樣可以是女孩子，像——嘉寶。你這種人啊，只有女孩子才要去跟你，哪個女人受得了你那一套。」

大何聽著，心頭一震，猛嚼蘿葡乾，嚼得格崩格崩脆響；在他聽來，格外的擴大，是空寂的寺院裡，樓鐘的迴盪共鳴起所有的鐘聲，交織成一片。

街棚底下，有兩個人嗤接嗤拉的將捕來的魚剷進籮筐內，冰塊和著魚一大灘，剷煤似的。柱子上貼著一張海報，又是林青霞的什麼片子，她的眼睛總是空空死死的盯住很遙遠的某一點；那張明星的臉，是與她周圍的一切不相干的。嘉寶幾個候在岸邊大呼小叫，阿予似乎正游轉回來。大何把嚼膩下的一小口纖維吐出，擲向傘蓋，自語著：「前天你爲什麼不來？嗯……」如星動也不動，他只好很無趣的胡亂說些話。「小笠跟我是亂有默契的……嘉寶最近也進步很多，進步很多——」

如星一聽很難受，嘉寶的習慣他，叫做進步麼？他是把嘉寶當成什麼了，這就難保她自己不會變成跟嘉寶一樣。「那你正好得其所哉是不是？」她剛出口，就悔恨起來，一時氣塞，臉脹得通紅。

大何想今天講話，怎麼老對不上口，也有點懊惱的。見如星的身子透過傘布，像糖果在口袋裡融化了，黏在衣上一大塌，他想到廚房裡隔成浴室的塑膠布，和布簾上已經熟悉了的身段；布簾只到大腿的長度，下面露出嘉寶健康的紅棕色，他愛看膝蓋至大腿間膚色從紅棕變成皮膚白，如竹筍的筍尖到筍尾。

那邊阿予連登帶爬的躍上堤岸來，渾身濕淋淋，水泥地面馬上漚了一汪水，人萎縮了一套，擠乾汁水的柳丁。「他媽的，退潮——直把人往外拖。沒望了，小笠……」嘉寶和方美幫他把肩上罩的海藻除去。

「Try？」大何懶懶的問，感到這個世界著實叫他疲倦。

「Try？」何予幾乎岔了聲，轉身指向河面：「那、那，他媽的一股暗流，看見沒，黃一點的那股，過——不去！」

眾人看看小笠，大何問他：「你那皮包，裡頭什麼寶貝玩意兒！」

「學生證、車票、幾個零錢……」

「怎麼樣，算了吧？」

「算了，反正再去申請一份就行。」小笠倒很乾脆。

大家一下子好像失了業，詫異怎麼事情這樣草草的就算結束了，閒站在一堆，搔頭的搔頭，搓肩膀的搓出一團團黑垢，再不無端的漫空裡張望張望，陽光好不扎人眼睛。

嘉寶走來看小孩：「喲，可憐，曬得臉上一個個紅疙瘩。」她是個蒸籠頭，鬢髮早叫汗水濡濕，貼在耳際，眼窩裡還淺了兩彎汗珠子，一張臉倒像才浸過水盆，也不曉得擦一擦。她從車後掏出一袋葡萄，剝下幾顆，其餘的分給他們去吃；一邊剝了皮，塞進孩子嘴裡。小孩的臉立時酸苦得皺成一堆，連連吐出葡萄來，嘉寶哄著又給它堵回去。

如星瞧著吃驚，她覺得小孩子都是嬌貴的水晶似的，捧在手中，唯恐碰破了，看來看去總不知拿他怎麼好。而他竟然跟著大人吃冰淇淋、吃葡萄，奔波在這暑熱的太陽下，並不哭鬧，照樣也養得大耳方腮。嘉寶爲孩子整頓好，又振作起來：「走，我們去吃蜜豆冰，叫大何請客。」她說得很頑皮，像唸童謠。

小笠領先走上坡去：「大何請客，我出錢。走吧，哥兒們。」

老包已被太陽曬成一糊發麵，拖著懶步走，撇起台語腔調：「唉，睏罷吃、吃罷睏……」阿予還是不放過他：「睏罷吃罷屙巴巴。」大家笑歪了一陣，見他兩個又開始撕扯不清，覺得這種下午眞是累人。

大何趕上如星，想和她講那天晚上龍山寺喝茶、嗑瓜子，聽阿魁拉胡琴，時間在胡琴裡，都是慢了拍子的。半途又有小秋哥出來唱〈望春風〉，唱歌的自唱自的，拉琴的也自顧拉著，兩條平行線，然而是可以相交的平行線。寺內那口大香爐，此時靜靜的，如星就是在它前面講：「我只壞這一次。」那當兒香煙靜逐，遊絲暗轉，而她實在是《聊齋》裡的狐仙，從壁上掛著的畫中輕步走出來。電影院演《金玉盟》，排隊買票的直排到他跟前，這年頭還那麼多人愛看這種老掉牙的古董。電影畫報上是卡萊葛倫向黛拉蔻兒求愛的鏡頭，他倆一向扮演紳士淑女，大家到底愛作戲。在這大學鎮上要出風頭，作戲是頂頂好的；圖書館前送花嚇壞女孩子，女生宿舍前大喊建築系某某人找某某某，向老禿子拍案對罵，二二不及格，勒令退學，然後跟懷孕四個月的女學生結婚。但是他要的是譙樓鼓定的太平盛世；不是禮拜六晚場電影的散場之後。那晚，他嗑了一地的瓜子殼。種種這些，他卻只說出：「我還是沒有回頭、沒回頭……」他說著，有一種連天地都要震動的悲烈，因此竟變得很幼稚，彷彿在唸台詞，他也要嘲笑自己。

如星把傘移到一邊，在傘底下轉臉看他，他有著一張孩子的臉，唇角的一顆漩渦，在太陽斜照的陰影裡，顯得很幽邃。她這樣側臉瞧著，忽然將長髮攏到耳後，垂在胸前，長髮被陽光映出七彩。他仍然是個浪蕩子，而她自己的當初爲要叛逆，弄到了現在，也是沒話說得。「今天本來不來的，來了，看到那個人，也算了。」她一個一個字，低低的吐出來。

大何見她從來掩住兩腮的垂髮，這時竟然露出整個腮幫和耳朵，越發是白得透明，依稀隱現著微血管的紅絲絲，耳緣上還佈著弱小的軟毛，水蜜桃的絨毛。他一下子糊塗了，這是如星嚒？這是這個世界嚒？

他向四面望去，渡頭不見什麼人，凌波的金光潑辣得處處都是，直濺到渡頭上來，一地的白日天光。前面嘉寶推著娃娃車，汗濕了襯衫，印出裡面的胸衣；車輪轂轆轂轆的響在石板路上。他想著是不是要跟嘉寶講這一段事。

民國六五、七、一五、景美

喬太守新記

觀音山下的潮水初漲，春風生兮潮水，乘著今年第一季的鹽濕，停在相思樹的新葉上。電腦擇友的海報，嘩地貼遍了校園的相思樹，在春風裡向行人招呼。

成宇和莎莎路過側門的海報欄，停下腳步；莎莎一手叉起腰，偏著頭，學起小學生唸書的腔調：「電腦擇友。電子計算機科學系主辦——My God，墜死人，當今電子，計算機之普遍，應用及受重視，已是不容置疑的——」

「得了得了，上咱們小乖的課去……」成宇拖住她走開。

莎莎一邊聽由他拉著走，一邊還平板直調地唸：「的事實，漸漸的，電腦可以說是與我們，孟不離焦，焦不離孟——」

「亂蓋。有這句？」

「編的——怎麼，不行啊？」莎莎將他手甩開，一副橫霸相。

「行，行，誰說不行了。」

莎莎索性在岔路口停住，嘟起嘴巴橫他，一頭蓬鬆的短髮。成宇反正知道她就是這樣，食指伸上前去，點在她唇上，眼裡給了她一個吻：「下完課，晚飯，等你一道。」說罷，轉身走了。

「鬼才跟你吃飯。」莎莎後面喊。成宇回過頭來揮揮手：「老地方。」

莎莎這邊要氣又不知氣些什麼好，見他跑去，一套牛仔褲、運動衫，緊緊的扒在身上，誇張著全身扭曲而結實的肌感；那運動衫一看就是地攤上五十塊錢三件的貨色，胸前印著猴子、河馬之類的圖案，眞是熱帶的草莽沼澤。她想著怎麼認識了這樣一個人，四肢發達的。

一束杜鵑花開出路邊來，莎莎心中一陣殺氣，手裡的皮包便直揮過去，把花朵劈落了下來。

傍晚，兩人在店裡吃鳳梨，成宇從褲袋內掏出一疊白紙，攤開來鋪在桌上，「電腦擇友。」莎莎一見很訝異，打他一個手背：「有我還不行啊？」

「別吵，有個idea——」成宇的鳳梨這時先吃完，叉子便越洋而來。「嗳，嗳，客氣點！」莎莎半途攔截，一施壓力，將叉子snapshot在桌子中間，進退不得。成宇倒是無可無不可的，聳聳肩，任它卡在那裡。「咱們來試它電腦靈不靈。」

莎莎聽著，叉子收了回來，一雙單眼皮牢牢地盯住他。

「這，對方資料欄，畫畫一二三就行。我填的條件都來符合你的，你的也符合我，看看咱們配不配到一起。怎樣？」

半天，莎莎沒有什麼反應，兩手托住下巴，嘴裡叭答叭答的嚼鳳梨，拿眼睛瞄著桌上的紙張。

成宇自嘲地笑了笑：「好玩嘛。」又分出一張交給她，「這——回去填一填，糗糗他們電算系。」

「我們班代早發了一張。」她將桌上的那份，懶懶地拿起來，隨意看看，兩肘照舊撐在桌面上。「這興趣嚒——我要看書、思考的。儀表，端莊。喜愛刊物，文藝，哲學也可以。髮型，捲髮。視力，近視而常戴眼鏡——你啊，沒半個是合我的條件。」她故意去刺成宇。

「討賤！要個近視眼兒。」

「像你，一點二，一點五。成天只會游泳、打藍球——」

「你呢？郊遊、烤肉、舞會，加上紫羅蘭什麼瑩窗小箋，咱們倒沒來痛你——」成宇說著，忽覺一個男人竟也撕扯這些，無趣得很，便斷了話，回身招小妹來付賬。

莎莎裝作沒懂他的意思，自顧說她的。分析著大學的情侶頂好是大一配大三，男的早兩年畢業，正是服兵役去，兵役一完，恰好兩人攜手創業，男女同進退，再理想沒有的。這麼一講，暗示出成宇和她的大二配大二，已是先天不足的了。

成宇見她大拇指跟食指那樣精緻的捏著叉子，還翹個蘭花指。叉子上有塊鳳梨，久久不吃，只在半空中比劃來比劃去，看著不像是莎莎，十分陌生；而她竟然這樣精明，成宇感到有些莫名的悲切。莎莎覺得他的沉默，一抬眼碰上他注視的眼神，驚了一下，自己很不好意思，整個人也就柔和下來。

步出店門，莎莎踮起腳跟，作個手勢和他比身高，笑說：「一八〇點五，絕對優勢。」

成宇知道她那些女同學都羨慕她，有一個一百八十公分的男朋友，足夠的本錢穿牛蹄鞋。他想著今後還是該多跑跑期刊室。

電子計算機，於是，乘著春風來，拂入莊敬館的羅幃夢裡。

莎莎的寢室一起六個人，除了她和阿嬌，每個仍都是單身女郎，這便一陣風地熱起來。幾個人洗完澡，有的臥在牀上，有的盤腿坐在塑膠地板上，填著單子。她們一邊畫格子，一邊十分刻薄地奚落著自己，藉來沖淡些什麼，像是大家只不過在遊戲罷了。

露絲一雙長腿蹺在牀欄上，說：「我這麻豆來的農家子弟——瞧瞧這省籍嚱，還是填台客有保險些。」跟著就學起台灣國語來：「喔，他拿眼睛白的地方給我看一下，我就很生氣，就拿石頭大力給他敲頭，於是喔，那血就流出來，後來，我就跑，跑，後來就跑給他追啦。」大家還沒笑完，毛蟲馬上也和上去：「要我嘛，填他個華僑。印尼華僑。先見面，我就說，李同學，我們來玩個急口令好嗎？吃葡萄不吐葡萄皮，不吃葡萄反吐葡萄皮。」

她們後來曉得了成宇出的點子，都來鼓勵阿嬌和她的小李子也參加，多一對證人更好。

莎莎一直和眾人嘻嘻鬧鬧，心中卻另有想頭，遲遲不畫下號碼，待大家散去後，將單子夾在筆記簿裡，獨自登上七樓陽台，選了有燈光的內曬衣場坐下，仔仔細細填起格子來。對方資料欄內，她填著：興趣，看書、思考；儀表，端莊；喜愛刊物，哲學；髮型，捲髮；視力，近視而常戴眼鏡；血型，她想都沒想，即刻選下O型；O型剛強、果斷，是個充滿男性氣魄的漢子。

填完之後，她細心把單子摺好，裝進信封裡；每一個摺，必拿指甲熨來熨去，直至峰脊銳利得都起了毛邊。外曬衣場上還有沒收的白被單，黑暗中臨細風擺動。漫天的星斗閃爍，墜落在夢裡都要笑她。莎莎拂拂額前的劉海，覺得這件事情是很正經的。

寢室內這一陣子，大家紛紛換下長袖的睡衣睡袍，短袖的，露肩低胸的，重又翻出皮箱來，整棟樓登時明亮了一度，處處彷彿聞得見香氣。

莎莎著一件泡泡紗長睡袍，白底紫色碎花，端坐在書桌前，手中捧本《悲劇的誕生》。剛沐浴過，手指一根根新潔而修長，輕輕地撩著書頁。小小的鉛字，蹲在紙上，一行一行，很安靜。阿波羅和戴奧尼索斯行伍裡，向她親切的打招呼，連那尼采也要嗅到資生堂的暗香。她又翻到末頁瞧瞧，一排橫飛的花體簽名，原子筆墨水湮入紙張的每一絲纖維，像柔韌的黃土上，雜了幾根鮮白的草根，深深的印著牛車的轍痕，叫人都聞得著土地。黛斯蕾．左，購於牧書園。她看著，覺得整個人靜靜地，靜到了底，便要凌風飛去。

「左莎莎在嗎？外找。」寢室門口探進一個頭，臨去前，俏皮的加上：「boy。」

「Thank you。」莎莎心上一震，又似早在預料之中，嫻靜地站起來，挪開椅子。這來者當然不是江成宇。

前幾天，她們收到電腦中心的回音，正是中午下課回來，一屋子鬧成一團。露絲嘶地扯開信封：「啊——王金土。沒戲唱了，沒戲唱了。化工三、王金土，斃了我……」毛蟲的華僑朋友叫D．H．吳，也被大家取笑了一番。莎莎懷一顆與她們不同的心情，不願當眾拆封招笑話，早先藉故去廁所，在廁所內抽出名片。李慕雲，她輕聲唸出，恰好隔壁一間按下抽水馬桶，嘩啦啦的一聲，莎莎不覺好笑：「喲，還應我呢。」阿嬌跟小李子原本湊湊熱鬧的，果眞配成了一塊，轟動一時，傳聞電腦中心還要來訪問他們。莎莎卻配個李慕雲，人家倒也不管，成宇那邊，她就騙說並不曾去參加。

成宇和她說，那個女孩叫陳子蓉，不知道是不是衣著，標新立異；喜愛刊物，通俗小說：興趣，電影、電視——還沒陳列完，莎莎便抗議起來：「噢，我就那麼爛呀！」成宇先是訝異，然後開心地摸她一頭的短髮：「爛？誰說你爛了。咱們小乖就這樣子最好。」莎莎滿肚子的不服氣，覺得成宇一點都不了解她。

毛蟲這就叫著：「boy？那位李慕雲罷。好呀，你現在要雙吃。」

「下去看看他長得什麼德行，八成是個江成宇第二。」

「江成宇第二！不得了，又來個一八〇公分的，怎麼都歸你了啊？」

「誰會要江成宇第二嘛。」她輕輕鬆鬆地換著衣裳，一張圓臉似有若無的笑意，她想自己實在很詐。

「不要就給你毛蟲老姊。」

「得了，妳還有D．H．吳呢——」

「D．H．吳？吐血！」

莎莎和她們貧嘴個沒完，以掩飾著心虛，一邊抓起梳子輕描淡寫兩下，鏡子前更不敢多留，嘻嘻笑笑中瀟灑地出了寢室。心中可老是惦記著鏡子裡的一瞥，單眼皮腫腫的，像才睡覺起來，皮膚也黃黃青青，雖然知道是日光燈不好，到底還是叫人十分不如意。

她一路步下樓梯，想著露絲昨天才被王金土約出去，劈頭王金土就說：「鄙人化工三，王金土。電腦擇偶的。」露絲好冤哪，直叫明明電腦擇友的，幾時叫他變成擇偶來。可是露絲仍是高興的，首先一百七十四公分，足足夠稱心了。這年頭，女生都要一百七十公分以上的，眞是供不應求。她這麼走著，一步踏一步，叫自己要非常柔和沉靜，如她所塡的本人資料，儀表，端莊；性格傾向，適中偏外向。玻璃門外面幾盞水銀燈，撒得走廊磨石子地上一片青白，好些男生歪歪斜斜的散佈在那裡，盡是來到女生宿舍前，不知如何處置自己。

莎莎小心走著伸展台的步子出門來，老早看準立在石欄邊一位瘦高個兒，她正遲疑該如何聯搭上，已經很輕脆地開了腔：「李慕雲是哪一位？」說完，她都驚喜自己的風采如此落落大派。

男生們望著她，那瘦高兒似乎動了動，卻又並無前來的意思。她有點難堪，便向那男孩：「李慕雲找——」她頓了頓，沒想到要說出自己的姓名竟是如此狼狽：「左莎莎的嗎？」

他走上梯階，一臉尷尬，使莎莎都很不自在，有點生氣起來。

「水利三——」

莎莎等著他報出名字，他卻沒有下文，祇見臉越發脹得通紅，左顧右盼，很不安的。「嗳，我曉得。」

「你呢？」

「史二。」莎莎想電腦回信上明白有的。

「史二。嘿，有位女孩，叫，叫什麼——」他忽然地故作輕鬆來，想把僵局打破。「楊——對了，楊華，我妹妹的同學，是不是在你們班上？」

「噯，她在A班，我是B班。」

兩人便談了好一會兒楊華，其實她原是個不相干的。

莊敬館的女生進進出出，莎莎和他立在那裡，像面櫥窗，眞是百般不對。男孩最後下了決心，倒吸一口氣說：「晚上沒事罷？」

莎莎笑吟吟的：「你要昨天來，我就沒空了。」

「嗯。去藍屋坐吧？」

走下石階，莎莎不覺抬頭望望五〇三，寢室窗口擠了兩個黑影，毛蟲的聲音喊：「good luck莎莎。」

他們假裝沒有聽見，避免想到電腦擇友那檔事。邂逅在曉得條件之先，最是純情的；本人資料、對方資料這些東西，該是老處男老處女去搞的玩意兒，因此著實要叫人羞慚。

慕雲穿一件雪白長袖襯衫，外罩背心，貼在身上非常熨當的，像綠茵茵的草坪上，英國紳士持著酒杯。莎莎偷望了一眼他黑暗中的側臉，架著副眼鏡，頭髮並不捲曲，可是很好。

藍屋裡面，音樂流瀉得一室，如七彩旋轉木馬的滑動，慕雲低聲吟誦：「我達達的馬碲是美麗的錯誤，我不是歸人，是個過客……」

莎莎也沒怎麼留意他唸些什麼，聽著他的嗓子，是屬於維也納少年合唱團男高音的那種，帶一些敏感的神經質，正好配他那副金邊眼鏡。她一直垂著眼微笑，靜靜地看馬克杯裡的咖啡，攪動著湯匙，久久才端起來喝一口，她那單眼皮有點吊梢，奶黃的薄綢襯衫在頸子前結了一個大蝴蝶結，擁簇得一張臉圓飽飽的，越發是京戲裡的番邦公主了。

慕雲談到存在的本質與回歸。她便很適當的將它轉到尼采和他的《悲劇的誕生》，阿波羅是理智的象徵，戴奧尼索斯則是感情的化身，理智與感情的如何平衡，乃成爲人類世世代代追尋的理想。她一字一句說著，不亢不卑，說罷，彷彿自覺越了身份似地，很抱歉地笑了笑：「我是亂講一通呢。」

小桌上一隻白色雕花的長頸花瓶，插著盛開的玫瑰，有暗香浮動。落地長窗一律垂下鏤空鈎花紗質窗簾，玻璃的黝黑深處，映著他們的剪影。

莎莎整個晚上只說了那麼一段話，差不多要付賬時，她卻突然生動起來，兩手扳住桌沿，身體整面前傾過去，帶著孩子氣的親狎說：「我有一個小小的要求，你先答應好不好？」

慕雲馬上歛容端坐：「要求？什麼要求？」

「你先答應。」

他考慮著，警覺而有趣地，然後故意誇張地，一拳擊在桌上：「答應了。」

「這樣，我們各付各的。」

慕雲顯然吃了一驚，又好笑又把她無可奈何，「嗳，你這，這……」

莎莎很貼心地加上一句：「你現在又還不會賺錢。」說著，頑皮地一笑。她想自己眞是個理想的女性，嫻靜大方中不失活潑。

藍屋出來，兩人又到望海亭上去倚欄杆。亭下一片山城燈火，對面觀音山下的河水，玉黑玉黑；山邊的路燈這頭至那頭，疏疏落落迤邐得一長串，掠影在水中，是銀河欲轉，漫天的碎星紛紛。

慕雲問：「知道偶然那首詩嗎？」

「徐志摩的？」莎莎很技巧地迴避了。

「嗯，我是天空裡的一片雲，偶爾投影在你的波心……」

於是，看哪！

天邊的一顆星，爲他們殞落了。

慕雲一聲嘆息：「啊，流星……」便轉頭看她，黑暗中的眼波流轉不定，叫莎莎不覺低下頭來。

「噯……」她淡淡笑著。剛洗過澡的頸項，是一弧優美淒豔的天鵝。

她害怕他要她來許願，可是他也怕。

於是，星星孤寂地沉到水裡，或是在觀音的夢中，激起一圈漣漪。

第二天，慕雲約她吃晚飯。平日她總是和成宇等齊一起吃的，今天還說了要去看電影，她也顧不得了，就推說明天有個小考要準備。

他們約好望海亭見面。老遠的，慕雲已經等在那兒，臂下夾了一個大牛皮紙袋，還是穿著那套背心，這種天氣可穿多可穿少，他大概知道自己穿背心很好看，莎莎第一次留心到，男生也有刻意這些的；而成宇就只是夏天運動衫，各天藍夾克。

他分明看到她了，卻不迎上來，反而假意望向別處，莎莎心中好笑，走過來，「嗨。」一聲。

「嗨。」他像是被驚嚇了似地，「我在看夕陽……」

邊走，慕雲邊說他常到江邊吃魚，看落日，踏著餘暉而歸，慨嘆這個時代實在太現實。莎莎注意到他拿牛皮紙袋，一會兒右手，一會兒左手，似乎很礙手腳。

吃自助餐，她想起初次和成宇吃飯，他點的又是雞腿、又是炒牛肉，原當他充派頭，哪曉得他飯錢從來都是起自十五塊。莎莎有她的算盤，挑一家菜湯實在的餐廳，一碗飯，兩樣菜。加上湯裡打撈來的滿滿的一碗青菜豆腐之類，合起來算三樣菜，不過十塊之內就解決了。有時打撈得一碗如同小山，連自己也看不過去，向成宇皺鼻子笑：「打撈公司。」成宇倒從不說她，一次還幫她撈起燉湯的大骨頭，兩人瘋著玩，老闆也拿他們沒辦法。今天，她只叫了半碗飯，顯得秀氣些。

慕雲堅持替她去盛湯，牛皮紙袋便彷彿隨意的往桌面一放，一行工整的字朝著她。

莎莎爲他擺好筷子，一眼瞥見紙袋上斗大的藍色簽字筆字「季慕雲同學啓」；她立時羞得滿面火熱，怎麼把個季姓的弄成李姓，虧他如此迂迴的設計相告。慕雲這兩碗湯也盛得特別久，端來，放好，把紙袋朝旁邊挪一挪。他們只顧埋頭吃飯，一句話都沒說。

湯上飄著兩片菜葉，莎莎揮不去昨晚她自以爲美的那副大派却把季叫成李，眞是一口一口的飯，難以嚥下。

晚飯後，他們坐在花廊底下談天。

慕雲似因完成了一件訂正工作，人也自在許多，繼續他的話題，說這個時代實在墮落得不堪了。一到假日，銅像前集合的男男女女，盡是郊遊、舞會的，不然抱著一捆捆木柴，去烤肉。教授程度不夠，學生成天又只知道分數上的蠅頭小利，沒有大志。圖書館平時無人問津，隔間的閱覽室變成情侶 kiss 的地方，一到考試，擠得為搶位子吵架。他越說越亢奮，那單薄的嗓子不斷岔聲，最後一句尖而銳：「大學生不知讀書報國，枉做了中國七十年代的知識份子！」句尾一收，破了，嗓聲如同裂帛。

莎莎一心懸掛著把他叫成李慕雲的糗事，又聽他這番義正辭嚴，句句都是在說她，驚懼得不得了，幾乎要哭了。

慕雲緩下氣來，換成低低的喟嘆，現在青年都不知理想何物，浪漫何物，《未央歌》的大學世界離我們太遠：「嘉陵江畔斜陽悠悠……沙坪壩……」他抬頭望向天際，很茫然，像是他是個蒼老的人，而他美好的時光，早已埋葬在那段青衫黑裙白襪的日子裡。

黃色的小花不著風吹，無緣無故地一陣一陣紛紛落下，一會便兜得滿裙都是；篷架上菱形的花朵一串串，依稀之間彷彿響著碎碎的鈴聲，叫人疑惑他的現在。莎莎十分敬畏慕雲，想他所說的這個可怕的時代，甚是憂愁。

次日，她到成宇那裡，帶了幾分抱歉，和一種莫名的沉重，哪裡曉得成宇仍是他那個一百八十公分的模樣，一套河馬圖案運動衫，打開門時還笑嘻嘻的，她便無端地要生氣起來。

成宇這兩天沒見她，很感寂寞，想膩她一膩，卻看她踏進門來，正眼不瞧一下，一路走到書桌前，手提包一摔，嘆口氣，氣焰十分昌盛。他便不講話，獨自坐在牀沿，隨意翻翻報紙。

半天，莎莎不見反應，有點下不了台了，抓起提包反身就要走，成宇一步攔在門口：「怎麼搞？」

「反正你也不歡迎我來。」

「亂講——來，坐過來。」他把莎莎拉到牀邊，兩人面對面坐，成宇盯住她看，眼角的魚尾紋藏著一抹笑意。

莎莎越是來氣，又不知怎麼收拾這種場面，索性嘟起嘴巴嗔道：「那你怎麼不問我考試考得怎樣。」

「砸鍋了？嗯？」

「好沒意思，我不提起，你就不問啊……」

成宇把她要拉進懷裡：「咱們小乖今天搞什麼鬼？」

莎莎掙脫開，憤憤地：「難道我們成天就是這樣！」

「怎樣？」

「醉生夢死！」她也覺得話重了，頓一會兒，換了口氣說：「你不覺得我們在一起，太……太……快樂了？」

成宇不說話，站起來，點了菸，反坐在書桌上，心中感到很不祥。

莎莎於是開始講回歸，講存在，語氣之間，表示與成宇已不是一類的了。她說二十世紀是被上帝遺棄了的；注意，遺棄了的，遺棄了的。她一再強調，不自覺學起慕雲加強語氣時，總愛一拳拳打在膝蓋上。成宇聽著，心頭一抹羞恥，因是在女性面前顯得這樣無知。

「這是個怎樣的時代了！我們怎麼還能一天到晚這樣、這樣——郊遊、打籃球。像你，從不知道去跑跑圖書館……」

成宇惱羞起來，想抱怨這個社會的話都聽多了。也不必她來此一番，如今竟又把自己給扯進去，他這兩天才去過期刊室的。「那你說說該怎樣？」他吐出一圈煙霧，鑾不在乎的神態。

「該——怎樣？」莎莎一時答不上來，便只好卑視他江成宇如何竟問出這種愚蠢的題目。

「想當然的話，誰都能說呀。苦悶、蒼白、什麼迷失的一代，過時幾百年了。」

莎莎被道著了弱點，又見他也說出幾個不俗的字眼兒，一氣，很惡毒地說：「我就沒聽你說過！」

「你他媽的那些東西哪理現販現賣來的——」成宇惱壞了，口出重言，加上羞愧，不敢正視莎莎，蹲下去在桌底掏出籃球，一行拍出走廊外去。

莎莎呆在那裡，好久才回過氣來，抓起筆，撕了一張紙，寫道：「江成宇，我以後不來找你了，你也休來找我。」最後的一撇一點，她狠得把紙張都給戳破。

自結識慕雲之後，莎莎變成一個不快樂的人，與室友不對，與同學不對。餃子會、湯圓會都不參加了，成日裡只和幕雲望海亭看觀音，花廊談天，藍屋花錢大不去了，換成圖書館隔間的閱覽室，閱覽室桌面上有慕雲寫的詩行：

悄悄的我走了，
正如我悄悄的來；
我揮一揮衣袖，
不帶走一片雲彩。

莎莎每每爲這幾句心折，走在路上，人也不同了，沉吟低迴地，彷彿披了一襲黑袍，拖得很長很長，裙襬拂到之處，花朵都要枯萎，人們嘆息道：「那是一位憂傷的少女啊。」慕雲更是有著不勝其多的憤憤不平。自助餐排隊領菜，有人插隊，他會憤怒；申請在學證明書，辦事員的臉色不好，他說這種官僚作風幾時才能肅清。種種這些，他總不難萬流歸宗的回到他人生哲學上，這是一個被上帝遺棄了的時代，而人類還必須在這樣的世界活著，多麼大的荒謬呀！然而——他愛在轉接詞的地方擊一下膝蓋，人之所以爲人，便是在最大的荒謬中，還能肯定自己的存在，從而提昇，超越，回歸。莎莎簡直被這一番龐大的名詞給勾魂了去，很快地便也會運用這些術語；寢室裡轉播給她們聽，屢次到了關節處，口齒不清，她便狡猾地停住不說，像是她們那一群是不可能理解這些的。露絲幾人背後說：「這下莎莎給勾上了，中毒日深呢……」

可是她和慕雲始終有著一層隔膜，兩人交往了許久，還是得拉扯上詩跟哲學來當電燈泡。露絲和她那位王金士，得空就在蘭亭小吃店下圍棋，棋什麼時候下完，麵什麼時候吃完。來往幾個禮拜，仍在下棋，毫無進展；又因多日裡祇拿棋子佐餐，人都消瘦了。電子計算機倒專是撮合一些談精神戀愛的。

好端端裡，她也不時念起成宇來。和慕雲上圖書館，遠遠望見籃球場，要直犯嘀咕；路上走著，害怕撞見了兩下裡難堪。她和成宇處在一起，少有香豔刺激，爬山、露營、打球之外，也是火雜雜的時候多，初次相識，莎莎在校外租屋子住，一日登登的上三樓二號房間，大吼：「請你把聲音關小一點好嗎？」誰知就在門口攀談起來，一扯兩小時。畢竟江成宇足足有一百八十公分高；偏是他要成月成季的穿那一套運動衫，實在不可以原諒。

從莊敬館門口錯喊以後，莎莎不曾叫過慕雲，有時別人當他們面喊季慕雲，兩人心中的那個疙瘩又會起來多事。

慕雲不是個爽快人，老是不能忘記他們是電腦擇友來的。他向來卑視機械文明，而自己竟還參與進來，又無法像成宇那些人，自嘲一番便撇開了，人就越發的孤傲。莎莎是個迷人的女子，可是她也來電腦擇友，慕雲就要瞧不起，對她似在意，似不在意，表現在小地方，便處處是尷尬。

莎莎還給他民謠錄音帶時，附了一張經意挑選的小書籤，原是撩他一撩；慕雲卻看都不看一下，隨意擱進上衣口袋裡。

兩人晚上下山看電影回來，落過雨，地上泥濘，天又黑，莎莎趁勢嬌呼一氣：「嗳呀，好難走的路……」慕雲一路熱心抒發他的電影觀後感，偶爾嚮導一下：「當心，這兒一個坑。朝這邊走，嗳、嗳，對了。」小道上擁擠，迎面來人，交錯間，簇擁得面牆而立。慕雲一心避免碰到她半根汗毛，整個人就肌肉緊縮，腳尖墊著，聳立得好高，像具殭屍。莎莎想要是成宇，便再自然不過地，把手臂圈住她的肩膀。

有時慕雲一陣興頭，也會想來打破這層隔膜。坐在草坪上聊聊天好好的，突然臥下，拍拍草坪對莎莎說：「嘿，躺下來，瞧瞧天空多藍。」

他這樣的瀟灑狀，只叫人覺得不對，像舞蹈的失去節奏感。莎莎正詫異著該不該躺下，那一遲疑問，再躺下的時候，兩人都覺失了身份，非常難堪。

莎莎記起一次和成宇，大熱天的下午，即興跑去海邊玩。沿海的人家四圍植著龍膽，乍看如鳳梨葉子；成宇說又叫野鳳梨，他家鄉種遍了鳳梨和甘蔗。講他小時候如何去偷甘蔗吃，「只要鑽進蔗田裡面的裡面，就由你吃，沒人瞧得見。哪，這樣，葉子撕掉，劈啪，頭尾一折，行了。告訴你，兩秒鐘就把它甘蔗田吃缺了一塊。」

小路上遍地的螺絲殼，踩在腳下嗜渣作響。成宇說村民海邊拾回來，敲掉螺絲尾巴，拿辣椒炒一炒，就是台北車站或是郵局前，一元一杓賣的螺絲，頂好吃。莎莎初中郊遊時，還買過車上吃，又鹹又辣，吃得嘴巴都腫起來；那殼前圓圓的鱗片就貼在唇角邊，說是美人痣。

他們躲在碉堡裡納涼，鞋子脫了，沙子冰涼，很爽人。從碉堡的方口望出去，海濱如畫框裡的一幅風景，天空和海水，乾脆的碧藍；沙灘遠處有個豔紅的小點，是位女孩。

碉堡內幾乎裝不下成宇那麼大的個子，他半臥在沙地上，看看莎莎說：「喂，你高中時候是不是就這麼俏？」

「比現在呀，要俏呢。」

「哇，那還得了……」

半天，成宇換了個姿勢，又說：「喂，我眞的要喜歡上你了，怎麼辦？」

「那就喜歡嘛。」

「你說，喜歡你什麼？」

莎莎倒被他弄得有點不好意思，只好不睬他，朝方口外望望。

「喜歡你的蓬蓬頭，好不好？」

「管你的。干我什麼事。」

太陽西落了一點，碉堡出來，赤腳在沙丘走。沙丘上縱橫交錯著小鳥腳印，總是很迷惑人，要猜它半天。

成宇臥倒在沙上，仰頭笑：「喂，躺下來。瞧瞧天空多藍！」

莎莎乘興俯下，趴在沙地，成宇也翻過來，兩人就那樣並排趴著，腮幫貼在沙子上，看沙丘的紋路。那沙丘紋路緩緩起伏，厚實而豐滿，眞是地母的龐大無限，傳千代萬代。

成宇不禁激嘆：「好豐滿的奶膀子！」

「它會生很多小孩。」

「你喜歡男孩，女孩？」成宇在莎莎臂上堆沙子。

「女孩。」

「爲什麼？」

「可以把她打扮得很漂亮。」莎莎轉過頭來，兩人眼望著眼，滿滿地是笑意。

慕雲的種種尷尬，莎莎因爲敬畏他，都變成好的了，像寬容一個天才一樣，她告訴自己：「反正他就是這樣的人嘛。」

然而莎莎是不快樂的，處處要迎合慕雲，伺候著他的臉色，他是那樣敏感和深沉，莎莎不得不時時維持自己的穩重端莊。得閒時，便捧本《苦悶的象徵》來讀，唯恐在慕雲前面暴露出無知來。這些吃力在莎莎卻是一種哀愁的喜悅，是「我揮一揮衣袖，不帶走一片雲彩。」

一日，她和慕雲圖書館出來，大道廣闊，兩旁的花壇還開著遲落的杜鵑。莎莎十分大學生地捧著書本，穿窄裙和細跟高跟鞋，卡卡卡地敲在柏油大道上，很神氣，像納粹的女祕書。

他們坐到花壇邊。花壇下面有座圓形看臺，一級一級下去，是溜冰場，四圍圈著紅漆的鐵欄杆，那一頭是籃球場。黃昏時分，場子上一片歡鬧，有鎭民牽了狗來此蹓躂。冰鞋的摩擦聲來回激盪，也不吵人，覺得是遊樂園中的雲霄飛車，旋轉木馬，和三節拍的圓舞曲。

慕雲心情很好，便又突來一陣令人不安的親切，他摘下一朵杜鵑，聞一聞，帶著小男孩的調皮說：「猜一猜什麼香味？」

莎莎翻翻眼白，誇張地搖搖頭：「不曉得。」

「猜一猜。」

她湊前來要聞，慕雲趕緊挪開：「不准投機。」

「猜不著嘛。」

「跟你說——沒香味……」他哈哈地笑開了。

莎莎沒料到竟是這樣的謎底，無法即刻符合慕雲和自己所要的反應，雖也跟上去笑，總是遲了一拍，不大對勁；兩人就出奇安靜地看人家花式溜冰。莎莎卻一邊有意沒意地，注意著籃球場。

模糊之間，她眼睛一亮，圖書館側門的草坪上，一男一女正走向籃球場去。男的著一件紅色運動衫，她可以想見胸口的是一隻褐色的大象，圖案下面一行英文字母：elephant，好像大家都愚蠢得不知那是一頭大象，還得英文來註明一番。

那女孩穿長褲，短髮。莎莎一眼看出她的上身長了一點，臀部也太大，拖在後頭。那大概就是陳子蓉罷。

莎莎也是糊塗，怎麼都沒有想到成宇當然會另外去找女孩子。她大大地震動，心中很難受。他們分明才從圖書館出來，這一點她更是不能忍受。

女的扎著手，一級一級步下看臺，成宇前面照顧她下去，從來莎莎跟成宇去球場，成宇前頭運球跑，她後面跟著快走，來到石階看臺，三步兩步就跳下去了。

球場上一群正在打半場玩，他們立在一邊看，待玩了一個段落，成宇將手裡的書交給女的拿著，走上前去，交涉了一下，半空接過球。球一到他手上，人登時明豔了起來，焦點都集在他一身。莎莎憶起和他一塊打球、游泳的日子。心中很痛。他先在發球線立穩，身體輕輕一踮，人像是和球一起拋去，遠遠一個投射，空心。跟著三步上籃，勾射。運球出來，反身，跳投。籃球這轉那轉，似與他生在一道，哪吒的風火輪，飛得滿場虎虎生風。

幾個花招一完，女的不禁拍手喝采，臂下夾著的書掉下來。場上的人揮手邀他加進來玩，成宇揚揚地敬了個舉手禮，轉身向女的拾過書本。莎莎第一次感到成宇的明亮，可是暗暗想，這江成宇怎麼還是那麼個淺薄人。

他們登上梯階，女的自動挽了成宇的手臂，兩人說說笑笑地步向銅像那邊，一轉彎，看不見了。

銅像君臨的大操場，四圍植了鳳凰木，鳳凰花未開，新葉枝枝展向天際，如東瀛摺扇上的圖畫。操場和天空臨際處，是晚霞沉澱下來的橘豔，蒸騰著暮靄，紅塵擾擾，越上來霞光越清淡，一抹玉紅，一抹磁藍，頂上天光雲影，又是清明的白日了。操場上有不少人在踢足球。

莎莎心痛那女的怎麼可以這樣，她自己跟慕雲到現在還從沒牽過手。

她為了慕雲喜愛女子素雅，成天穿裙子；可是她的上身短，臀小而十分飽滿，腿長，生來是穿牛仔褲、緊身襯衫而且紮進長褲裡。她忽覺得很委屈。

但是，她的季慕雲，穿襯衫背心的男孩，有著藝術家修長的手指，和一筆漂亮的鋼筆字；他總有一天，會爲她寫下不朽的詩行，印在燙金花邊的香箋上。

一個天氣很好的下午，莎莎提早下課回來。落過雨的馬路十分乾淨，大都乾透了，像洗白的夏布衫，漿得筆挺，還帶有陽光的新鮮味。她這樣走回來，想著周遭的事物，一份心情好難說。

阿嬌躺在牀上睡午覺，聽見動靜，仰起身來看看，又睡回去，夢囈似地：「毛蟲桌上有你的信……」

她過去翻一翻，一堆人信裡有封竟是慕雲的；這是他第一封信。莎莎畏怯起來，想他倆經常見面，也不知是什麼話要在紙上說的。迎窗望了望，僅僅一張薄薄的紙片。

她趕忙換過睡袍，資生堂蜂蜜香皀洗了臉，再梳好頭髮，便將信夾在筆記裡，登上七樓。她告訴自己，不要慌，不要慌；一路緩緩的哼著「One Day When We Were Young」。像一隻小鹿。

曬衣場上，天雲開闊，正是好風如水。

她沉住氣，小心的撕開，如同蠶食。

裡面的小紙，只寫著兩行字：

剪得斷風

剪不斷相思。

莎莎看了，原有的激情一下子沉得很底，只覺不是這樣子的。她站起來走動，反覆看著。那是片精緻的便條紙，粉紅色，印著暗花，是紗窗前花枝的搖動，無心落在案枱的紙絹上。正在困惱中，卻無端端地平地颳起大風，她的活頁筆記沒拿穩，嘩啦一聲散了一地，來不及的搶拾，一抬頭，見晴天大白日，飛雲疾走，滿場的衣物飛騰成繽紛一片。

她猛然想起螢窗小箋的第二篇，叫「給詩詩——」，開頭明明的就是這兩句。紫羅蘭的螢窗小箋，她早就揚棄了的呀，那是和郊遊、烤肉、舞會聯在一塊的記憶。

這一會工夫裡，莎莎似乎明白了一些什麼，心中只是很靜很靜地，任何念頭都沒有。慕雲自寫了這張紙片，人就忽然消失無蹤，不曾再來過莊敬館站崗。校園裡，莎莎曾瞥過他一眼，瘦高的身影，換上了奶黃色的毛巾衫，褐色長褲，還是那麼令人愉悅。慕雲似也看到她，兩人都有意閃開了，莎莎這時才懂得季慕雲，究竟也是個有限制的人。

梅雨季節開始了，春風電腦的一切都成爲草草。相思樹愈加地墨綠，樹幹上貼著的電腦海報早已褪色不堪，墨汁淋漓，紅紅綠綠模糊了一大灘。

春風歸兮海潮。潮水裡有著笑語的盈盈，朝夕向觀音說不盡那電子計算機的千古韻事。

成宇和莎莎撐著雨傘走來，路過海報欄，不覺停下腳步，在重重疊疊的海報裡，找到那張被遮去大半的電腦擇友資料單，兩人湊上去看。

□17 省籍：①本省②南方（外省）③北方（外省）④華僑……□□□

莎莎忽然發現單子最下角，還有一行字，以前不曾注意過，「噯，這是什麼？」

那裡印著，請注意：您在這次參加的同學裡並不一定能找到一位適——下面的被其他海報貼住了。

莎莎開心地笑，撩成宇說：「那個陳子蓉，適不適合你呀？」

成宇搓一搓莎莎的腦袋：「她還少你這個蓬蓬頭……」

塑膠的透明傘，白底紅點，雨點落在上面，跳著舞。成宇見傘底下莎莎的臉十分瑩亮燦爛，不禁拿食指點了她嘴唇一下，「走罷，吃水果去……」

民國六五、七、三一、景美

蝴蝶記

這一條長廊，完全是中國的。

廊下圓柱從這一端到那一端，淺淺的順著坡度下去，是正紅色。窗櫺用了黑棕色木料來格成幾個井字，那鑲著的玻璃彷彿就變成了印有暗花的糊紙，叫它四周的節拍都緩慢下來。

禮拜六的課排在四點至六點，有時候早下課，等校車的空檔，他便立在圓柱旁，跟學生聊一聊，看他們漸漸散去。現在的大學生比起他那時候，瞧著都是一副聰明相，又挺會跟老師說俏皮話，時時還要留意他們幾分的。

長廊像姑蘇台上的響屧廊。那裡應是南天下的繁華盡在裙襬下隱現著的一雙小木屐，叮叮叮直輕步移上金階。他覺得木屐是響著風鈴那樣一顆一顆碎碎的輕擊，每一聲都像對風的一個疑問。而且西施的眉心有顆痣，大概是從前看電影西施的印象。

留學回來這幾年，簡直是發高燒的回歸熱。這樣一座中國式建築，他有時講課當中，陽光濾過窗櫺，落在講桌上一寸寸遲遲疑疑的；教科書上的蟹形文字在一道陽光塵埃裡，會突然變得陌生不識，他便好像一下子來到了地老天荒。抬頭看看這一群青年，總是前大半排都教女生佔了，男生敬陪末座。那一張張年輕的面孔，見不出表情，也就單單是一張臉，沒有名目。他看看，無端的胸口要抽痛起來，想到余光中一句詩：「中國啊中國你要我說些什麼？」最近，他是偏偏愛說一些字眼「古老」、「滄桑」、「漢唐」、「河洛」；只要思及這些，心就脹得滿滿發痛，可是他甚至愛刻意去尋找這種懷古的感動。立在長廊圓柱邊，隨意一點姑蘇台的聯想，都要叫他感到是情意奢侈得無邊無際。

對於中國也便只是這一點單純的思慕了。

晚上，參加學生包餃子。學期剛開始，聯誼會雨後春筍的到處氾濫，今天一個餃子會，明天一個湯圓會，校園裡海報重海報貼得路燈桿子上也是。

喬治是這班班代，個字奇高，架子生得如螃蟹，渾身關節的骨感；走著路觸頭觸角，所過處像是一排磁碗磁碟都要稀哩嘩啦給掀翻下來。他就在桌子椅子間忙進忙出的招呼，叫人心上很有些壓迫。

有個留埃及豔后頭的女孩捏著餃子皮打皺，趁喬治經過身邊，手上還白撲撲的麵粉，一掌拍在他身上一塌白，聲音尖尖的：「拜——託！George。一邊坐下罷！」

四面馬上跟著應和要他快快別忙了，他在盛情難卻下乖乖的搬張椅子安頓妥當，各處張望了一下，覺得是一班的班頭，又將位子挪至唐老師身旁，特意伺候著老師。

「老師會包？」喬治找著他說話。

「早被三振出局了。」

那頭的一位是康樂股長罷，拎起一個不成形的餃子向喬治笑道：「哪哪哪，這就是三振出局的……」

他乾脆把自己糗到底：「等著下出來都是裸奔的。」

大家笑起來，一陣子互相挑剔，這粒那粒都該三振掉。

「修哪些學分？」他問問喬治。

喬治挺老實的一科一科報出來。

「打字還修？」他十分詫異。

「一年級必修，沒學分。二年級選修，一個選分——很多人修哩。」

這個外文系也是好玩，竟開出商業英文、新聞英文、英語教學法；英語會話也罷了，連打字還開課，學校倒要變成補習班。他開玩笑說：「你這修打字，該去YMCA才是。」見喬治似乎不明的樣子，便補上一句：「其實自己練練就行了。」以後講課中他提起應用英文這些東西原來簡單，哪裡要開課，市場上多的是參考書，翻一翻即刻會的。學生當他誇張，並不理會。

餃子端上來，虛讓一番，還是先孝敬他。喬治替他揀幾個造形好的，澆上作料，又道：「燙得很。筷子先戳一戳。」他直讓著：「自己來，自己來。」心想這年頭難得見這些禮數，又是個大男生，看著塊頭大，心倒是細；去美國幾年，他自己都是不怎麼這些了。結果吃在嘴裡，仍舊一口下去，辣辣的湯個正著，眼淚也燙出來。

他們叫做賽門的那個男生，常時穿一件牛仔褲，褲管刮成毛鬚鬚，膝頭貼兩塊大補釘，走路一副妖怠相。這時拿出吉他淙淙淙彈起熱門音樂，大家吃完餃子，筷子湯匙擊著碗盤打拍子。賽門彈彈唱起來，那張臉立時變得齜牙露齒很痛苦的樣子，因歌詞是說一個男孩失戀，想起往日的金髮姑娘，啊，什麼都不要，都不要，只要你那甜蜜的一吻。

賽門唱得熟極而流，難怪這傢伙的英文作文半票子，不跟你來主詞動詞的文法，卻又不能說他錯，原來是從熱門音樂學來的英文。

情緒唱到高潮，節奏猛然一變，「崩、恰，崩、恰，崩、恰」。裡頭便有人開始騷動：「傑西，吉力巴。」慫恿半天，推出一個瘦個兒，癆病鬼的瘦，下巴又短，藏進衣領去了；那一眼一嘴的不屑和憤懣。

賽門刷刷兩下弦，催他，慼出悶悶的低音：「Partner？」很無賴的。

總是那幾個又叫起來：「萱萱。萱，上呀——」

癆病鬼一句話不說，單是朝著誰揚揚頭，伸出根食指，像是不耐煩的招一招：「快來啊，你是！」

人群裡就跳出了個女孩，耶穌頭，緊身牛仔褲，寬皮帶，當中扣著古銅色大鐵環。她圓扁的小臉，頑皮的吐了吐舌頭。兩人便在場中跳起吉力巴。

看看他們，他是融不進這一團熱鬧。打了個飽嗝，滿口酸水，還帶點餃餡渣渣，味精放得太多了。

後來兩人換成探戈，吉他打著拍子，慢、慢、快快、下沉。每個旋轉下沉步，眾人就歡呼一聲。探戈是半推半就拉鋸戰，男子戴著大金耳環，女子濃眉赤紅嘴唇，南美洲叢林火光昧昧中的征服者與被征服者。外面早已是光亮亮文明世界了，他們還在眨眼的迷惑中，好容易睜定眼又已是落日黃昏，只剩得荒荒的茫然。

他這在恍惚中，耳邊一聲清亮的女音：「老師——」驚醒來，是華秀玉。

第一次上完大一英文，剛收拾好東西，咔的關上007要走，有人喊住他：「唐——老——師——」這個女孩就立在講桌前，小個子只有桌子齊，留濃濃的劉海。他隔著講桌親切的俯下身去，覺得她怎麼如此小不點兒，簡直是櫃台前踮著腳尖買糖的小孩。「老師有沒電話？」「有。有。」他轉身在黑板上寫了一行數字。女孩一邊抄一邊說：「老師今天上課講的，以前都沒人說過……」他聽了甚是訝異，連聲道：「Thank you。Thank you。」坐在校車上，外面的天空很低，雲朵就在那一片相思林上。他仔細想著課堂裡到底講了些什麼東西，大一英文還指望能談出大道理的麼？無非翻譯文章罷了——可是現在是大學教育呢！真是叫人羞慚。外文系的英文一科四學分，大家十分貴重，一個個埋頭苦幹在書上註得又藍又紅，還有黃色簽字筆一橫橫粗槓；學生與他都是這樣認真。那陽光煙塵裡一張張年輕的面孔，沒有名目，他自己也是和他們一般走過來的。唸莎士比亞，米爾頓，查閱不完的磚頭書。然而這整樁事情根本不對，連認真都只是浮花浪蕊。他坐在司機旁邊的包廂座，無意瞥見車身前面反光鏡，映出樹影扶疏中那座朱紅圓柱走廊，小巧精緻，該擺在西施的掌心上。車子繞過銅像一個轉彎，走廊即刻忽的消失了，他不甘心湊近前看，鏡裡一下出現一張鼻子嘴巴出奇擴大，上下拉長了的凸凹臉，在車身晃動中抖個不停。他喜歡女孩喊的那一聲「唐——老——師」有些猶豫，又有些調皮，捲舌音也過分了些。那圓柱的朱紅是他心上一顆硃砂痣。

「嗨。剛才沒見你？」他朝旁邊欠欠身。

「嗳，才來。」

喬治馬上把位子讓出來，一邊另尋了椅子坐。

「沒吃到餃子了——」

「吃了，吃了——吃了幾件衣服。」華秀玉抿著嘴笑嘻嘻的。

他哈哈笑起來，想裸奔的典故這麼快就傳開來。這女孩今天穿著打扮像小鳳仙，黑長褲、黑毛衣；對襟領子、喇叭袖和琵琶襟都鑲上吉祥紅色鈎花的寬邊，那一排劉海更是中國的流蘇了，一種東方的華麗纖巧。

華秀玉遞來一本書：「老師，《未央歌》……」

「你們現在，這本書，很popular，嗯？」

「嗳。」

他翻一翻，書中有些眉批圈點，似乎下過工夫讀的。他那一代讀詹姆斯跟福克納，誰都不屑看《未央歌》，去了西半球回來，學校竟然風行起這本書，連其他趣味也不同了，他倒是李伯一夢二十年，醒來見竿上都給易換成星條旗。華秀玉原要說些什麼的，似感到他眉色之間不大同意，一時噤住口，臉便有點訕紅著。

「銷好幾版了。」他只好把書再翻一翻。

「嗳……」

跳探戈的兩個下來，大家喝釆不停。癆病鬼竭力掩飾住興奮，將短下巴昂得半天高，像是很不甘心叫人佔了一場便宜；亞當蘋果在他細長頸子上咕嚕的一大塊，那唇角有笑意沒笑意，愈發顯得一派憤世疾俗。跟著幾人又在掌聲中囂叫起來：「棍兒——海誓山盟。」「我在夕、陽、下——」不知哪個男生學了一聲，下巴頦都要掉了，歌詞嗲得只聽見「也也噎、也、也」。眾人爆笑出來：「棍兒，棍兒——。卡緊啦……」

他重新坐正來，書還給華秀玉，笑道：「喜歡裡面的誰？」

「嗯——喜歡小童。」她這才被鼓勵了，又是那一分頑皮的腔調。

「我也是。」

「那——老師呀，那我們禮拜四晚上座談會，老師來參加好不好？我知道，查過老師禮拜四下午有課。晚飯我們請老師，好不好？」華秀玉這段話一氣呵，講完竟有些氣吁吁。

他聽了好笑，還在考慮當中，便先問：「Topic 呢？」

「《未央歌》帶給了我們什麼？」

這個女孩的劉海濃而且長，眼睛藏了一半在裡頭，好像煙柳重重中一對戲耍的燕子，咻地剪波而去，水面一幅幅漣漪湮開來。

叫棍兒的男生到底不肯唱，康樂股長出面調和僵局，玩起歌唱擂台，一班分成兩組，一組先開始唱：「綠油精，綠油精，爸爸愛用綠油精……」

他放大了喉嚨問清時間地方，約好在餐廳碰頭。兩人便靜靜聽著對面那組唱完「氣味芬芳綠油精」。

他告辭出來，喬治送至門口道了再見。校園裡的路燈已經燃起，一盞一盞照向天際；今晚的星星很多，明天會是個好日子。沿著石子路走，腳下沙沙響著，走遠了，還聽見他們一波波的聲浪：「白浪濤濤我不怕……嗨喲依喲依喲嗯嗨喲……」他心底無端的生出悲意來。

前些日吉米從紐約來信，傳聞哈萊斯還是被炒魷魚了。他難過也不是，隨便打發過三明治，出門壓了一晚馬路。霓虹燈襯著天鵝絨藍的黑天，閃耀中一大幅電影廣告畫報，「力爭上游」；課堂上問學生這部片子如何，彈吉他的賽門幾乎是半臥在位子裡，笑道：「嘿，嘿，我喜歡最後，那傢伙把成績單摺成飛機，射出去。」哈萊斯給他們成績，蘋果派一個A，蝴蝶風箏一個A，他自己三十頁的報告一個A。期末考試，單給一塊印記，圓環當中複複雜雜的什麼雕花，像是中古世紀的家族標記，就依這塊玩意兒由著人大蓋去罷。那次眞是要命！他旁邊的猶太鬼倒是筆底不停的，哆哆哆擾得人心惶惶。他的前幾屆，還沒有正式的文學訓練方法，大概正好他這一屆起，美國式一套文學批評進來了；他一路唸上來，研究所讀完出國，卻遇到哈萊斯這樣一個人物，挖哥倫比亞大學牆角的，生成一副倒扣齒，抽屜把子嘴，金嗓子；講課中比手劃腳，有一種演莎翁劇的誇誕。哈萊斯的自是反對學院派傳統不惜如此，然而畢竟也成爲過去。他是不會這樣，在堂堂大學府裡踢起足球來；雖然小林每次狠狠的擰息菸頭，一攤手：「OK，OK——反正，你他媽的就是徹頭徹腦無政府主義一個！」

華秀玉這一代讀《未央歌》又如何呢？沙特他們也要過去麼？他深深的倒吸一口氣，三月的夜間還凜凜有些寒意。一彎新月鈎在樹枒梢上，隨手可以掐下來似的。長廊在黑暗裡睡著了。

上回阿秋伯北上，家中要他春假無論如何南下一趟，介紹梅村李家大妹仔。阿秋伯巴巴遠拎著包袱來，帶了兩大瓶肉鬆，還有一罐筍乾酸菜，原是母親的意思。因路上顛簸不定，湯什污得布巾一大灘油漬；這塊包袱皮也是什麼都經歷過了，當年來北部聯考，靠它包的文具書本，還被時髦人嘲弄了一番。

家鄉每到過年，平日燒洗澡水的大鍋用來燉筍乾酸菜，那一鍋直至元宵也銷不完，一個月屋子滿滿是酸餿味。最後剩下的湯汁才是肥膘，年的精髓，下麵條和了吃，兄妹幾個都要搶。他第一筆薪水即刻替家裡裝換了煤氣爐，連同紅磚灶台：日式的格字窗櫺，暈暈糊糊一片白光。母親立在蒸氣暮靄裡，一件赭色碎花襖子彷彿褪得無色了，人亦變得沒有性別、沒有年齡，是一張年畫糊在大門口，對著過往來去熱鬧的塵世只是無言。門眉上貼著「禮義人家」；兩邊還有紅底金字春聯，「天增歲月人增壽，春滿乾坤福滿門」。廊簷掛的一串串臘腸、燻肉、鹹魚，小黃老是蹲在下頭，漫空劃鼻子，眨巴眨巴眼睛，垂著尾巴一旁走開了。今年沒回家過年，吃著捎來的筍乾，想起鄉下生活種種，心上可又是叨叨唸個沒完，漢唐太平歲月的悠長啊。

母親特要阿秋伯告訴他，人家李小姐也是位新派作風呢。母親這種人說出這種話，眞叫他感到抱歉，對老家、對社會都是。

在紐約住的學生公寓，後頭對後頭。對門樓下住三個女孩，門戶經常大開，什麼都給清清楚楚瞧在眼內。有個女生，成天日頭當中才起牀，披頭散髮，一條熱褲，懶著步子至走廊上，隨意做幾個柔軟體操。那張面孔許多雀斑，白皮膚變得淡黃色。一次偶然的抬頭與他眼睛碰個正著，也沒表情的，道聲「嗨。」便進屋子去了，他都還來不及回她一聲，覺得紐約這個地方實在可怕。與李家阿妹幼時玩得很好，大夥拜師兄師妹，在狗尾草漫膝的野地上殺刀；還帶劇情的，總是師妹遭了五爪紫毒，他做師兄的就要又氣又恨，發誓報仇，盜得了仙芝解藥。李阿妹每次扮壞蛋扮得頂頂認眞，一棍殺下來沒有輕重，大家都怕她幾分。陽光很強時候，李阿妹臉上平常顯不出的雀斑，一點一點淡褐色都出來了。那一夥小女生裡，只有她高中畢業，每日騎紅色單車加工廠上下班。

李阿妹的照片穿著牛仔褲，戴寬邊大草帽，陰影罩在臉上，也看不眞切。阿秋伯旁邊伺候他顏色，口中直念「人還要標緻些，嗳，標緻些，比起相片……」現代女子各國看著也差不多模樣，跟都市計劃一般，都統一化了。

大一那年，交上一位中文系女朋友，發神經說了什麼歪話：「你們中文系，天曉得，懂得文學！」便把人氣跑了。那時並不在意失戀這檔子事兒，心頭只有圖書館，圖書館前椰林大道，枝枝搖展得藍天白雲一年都是盛夏。盛夏的午後，讀莎士比亞瞌睡中醒來，蟬聲嘩嘩嘩的，閱覽室一角陰陰涼涼，他的志氣大得要直上青天。

老鄧眞是他們親愛的袍澤兄弟。

春天第一次的陽光初照，籃球場上擺著一座老籐椅，上頭鋪得大張舊棉被，幾件高凳矮凳佔了棉袍跟其他厚衣物，水泥地上散著舊黃書籍，一本一本攤開，像冬陽下曬暖老灰狗。他去圖書館，彎道過來，瞧瞧什麼寶貝東西，竟是老舍、郁達夫、朱自清一夥的，正在翻著，那邊忽來一聲鐘鼎之音：「喂——那位同學，有興趣嗯？」

他駭一跳，抬頭看，是圖書館主任老鄧。走在春陽下，滿面的紅潤發光，白色長髯映得銀白銀白，他都看呆住，還愣蹲在那兒，老鄧已好似泰山壓頂的過來。

他緩緩站起來，只有老鄧下巴高。「我，我……」

「要看？看，沒問題。哪，都是你的。」老鄧滿意的看看地面散著的書本，像是一群子弟兵。

「鄧先生——」

「老鄧，老鄧。沒的那些嚕嗦勁兒——喊老鄧就好，嗯？」一掌拍在他肩上，好結實，叫人踉蹌了一下，有點吃不住。

「這些，哪裡弄來的？」他問著還帶些膽怯。

「噯——沒關係。別這小模兒樣……」又拍拍他肩膀。「什麼來著？噢，哪裡弄來的？你問咱們哪裡弄來的，背包裡揹過台灣海峽來的……」

老鄧的中氣十足，後來混熟了，時常喝酒喝得高興，一踢開椅子，霍的站起來，直有天花板那麼高，永遠是那曲〈盜御馬〉。「將酒宴，擺至在分金廳——上——」「我與——那——眾賢弟，敘一敘——衷——腸——」唱到後面，越來越快、越來越快，氣都不換的，好像策馬而奔，眼看煞不住車了，卻猛然一勒繮，「飲罷了杯中——酒——換衣前——往——」屋當中垂下的一百燭光就在太陽穴邊，途中不意撞了一下，隨著節拍的激長直晃動，小屋內即飛奔在馬蹄上，逼得人透不過氣；現在也逐漸停蹄下來。老鄧唱得白髯賁張，大臉在燈光旁燒得愈發通紅，唱完，抓起一杯滿滿的，喝道：「乾！」

圖書館來新書，老鄧指揮著運書車進出，車輪轂轆轂轆的響在大廳裡。瞧見他們，一副大喉嚨又扯開來：「新書來囉，新書來囉。來來來，一人捎它個三本回去！」往後就索性將鑰匙交給他，那兩年，連宿舍也不回去了，晚上便睡在桌上，清晨起來開大門，老鄧籃球場上打太極拳。旭日東升，霧氣還沒有散盡。

有時夜裡一覺醒來，枕著手臂，一座大房脊十分黝黑，又高又深遠，四壁書架一排排列得整齊森嚴。那些精裝燙金的磚頭書已經泛黃了的，每本都可以叫出名字來，不看它們，也要天天巡迴一趟，閉著眼都能伸手摸來。外文系的本來就是high class，起碼一篇文章在手，三兩眼即可瞧出作者的意圖；這地方對比，那地方隱喻，朋斯「聖威里的祈禱」有名的反諷：

除此，我還要保證，

對麗姬的女孩，有三次——我想——

但是上帝，那星期五我酒醉著

當我接近她時；
否則，祢知道，祢忠實的僕人
是不打擾她的。——

甚至反諷的定義，他能毫無疑問背誦出來：嚴肅和詼諧或幻想和平凡之間的平衡……那個中文系小妞也算得登文學之堂？

高高的窗戶釘著鐵格子窗欄，一塊小小的方天就在那裡，夜間看著呈深藍色。平常，單單就是那顆星，透體的晶亮懸在窗口，近到他都深信有一天會叮鈴一聲落至腳前，拾起來，冰冰涼涼的。也許是伯利恆的星星——他們聽見王的話，就去了。在東方所看見的那星，忽然在他們前頭行，直行到小孩子的地方，就在上頭停住了。他們看見那星，就大大的歡喜。——他覺得一顆心一直脹大，大得同屋頂般高了，還要溢出去。有月亮的時候，月光瀉進來，在前方桌面撒下一片涼涼淨淨，他彷彿看見自己沿著那道清虛的素光飛上去了。太遙遠的未來是一團耀白的光網，風馳著，有多少宇宙星辰忽忽的滑過耳際，腳底下那望不盡，萬點浮沉的星雲越來越遠、越來越迷濛，想著天上到了，身子頓時脫去骨肉的輕起來，飄浮在完全靜止、完全和平的大光裡……「小唐，小唐，嘿——唏——」有誰叫他，來自雲霧的雲霧之外，卻只在這顧念之間眼前轟然一黑，再定睛一看，是盞日光燈。他驚彈起來，訝異怎麼在桌子上。「開門哪——太陽曬屁股啦——」大廳裡整個的陽光漫漫，對牆書架蒙上一片金粉，有些燙金字反射成一顆顆銀砂，那麼多古舊天的典籍，好像在此刻才是今天的。他去開了大門，老鄧赫赫的龐然大軀，剪影在晨曦、藍天和迎風招展的椰子樹下。老鄧又是一掌推得他倒退好幾步：「睡死啦，小子——咱們拳都打完了。」他還沒有明白過來，呆立著抓背，半天總抓不到癢處。

大學幾年沒交到朋友；那時他們的現代主義跟哲學系存在主義湊上了，人人都變得鼻歪嘴斜的眼中沒有旁人，他自己更是恃才傲物，從不參加什麼group。常年一套大學服，又舊又髒，奇軟奇軟的掛在身上；留兩撇小髭，獨來獨去。凡是一切溫情、浪漫或莊嚴的，他一概要來反諷一番。老鄧的與他的世界全然不同，卻不知為什麼，他永遠無法嘲諷。老鄧的一聲喝道，每每把他當下一震，震回到一個最簡單的人。

畢業典禮，母親說什麼也要親自北上一趟，「一生一次，合算也是該奔波點。」早一天便來了，歇在開裁縫店的大舅家，夜晚掛了好幾通電話才接到他，房東一家正在看電視劇。母親還不清楚電話的功能，線那頭，簡直是嗓門開到極限的聒噪著喊：「阿平啊，你是阿平啊……」

「是啦，是啦。阿母啊？阿母你是幾時來的？」

那邊嘰嘰咕咕笑好半天，才又說：「你現在做什麼？」

「現在？現在——剛剛洗過身……」他歉意的看看房東一家，電視正好廣告開始，房東太太過去息了音響。

「喂，喂，聽得見沒？喂——是。阿平啊，明日你舅舅舅母偕我同去——」

他急急搶道：「免啦，免啦。人家做生意忙死了，一個典禮而已，叫那麼多人幹嘛！阿母，同他們講千萬不要——」

母親果然回頭喊：「阿平說你們免去啦……」半天，那方嗤嗤喳喳只聽見許多雜音，有些旋律什麼的，隱約聽到一句：「擦傷、燙傷、蟲子咬傷——三馬軟膏。」這邊的螢幕上摔出一隻特寫拳頭，握著條細長盒子，一排大黑字「三馬軟膏」。即使已經登堂電視機了，仍舊街邊賣草藥的氣勢，沙啞的喉嚨大吼大叫。

「喂——阿平啊，你阿舅講一定要去呢。一輩子單單這一次嘛。這是祖先有靈保佑的咧，不熱鬧點怎麼可以。」

「阿母，你這真是……」

「喂，喂。晚上吃些什麼了啊？」

「吃麵線。」

「又是陽春麵，嗯？」母親聽他這頭沒吭氣，嘆了一聲說：「明日就同你阿舅一行人去啦。今夜好好睏一覺——別再弄到七晚八晚才睏！好，好——」咔嗒，叮——便掛斷了。

這通電話打得滿手心汗，腦子昏昏沉沉。母親只是想聽聽他的聲音；他知道母親此時必是身子直發熱，在舅舅眾人面前，心底藏著興奮和羞怯。

第二天母親等一行老早便來了。陽光塞得一屋子都是，汗熱熱的每件東西都像膨脹了一圈，到處撞著。

他早點還未吃過，母親解開包袱，一包透明塑膠袋裝著白煮蛋，要他抹細鹽吃了。

「吃不下。」他奇怪領帶怎麼找不著了。

「多少吃一些，不然等下空肚子要坐幾小時，怎麼受得了。」邊說完，剝好蛋殼，沾上鹽巴遞給他。

「吃不下，眞的吃不下……」他也不睬母親，「阿舅——」大舅趕緊從椅子上挪開半邊，領帶正在下面，對半壓個大縐摺。他便湊合著門邊一枚小圓鏡，打起領帶，汗水已經濕透了整件白襯衫。

舅媽旁邊說：「蛋恐怕很噎人，不是還有點心？」

母親在包袱裡捧出一盒義美點心：「這你舅母帶給你的，吃塊罷……」

他見舅媽沾著牀沿坐，墨綠色暗花旗袍剪裁得好合身，笑迷迷的望他，只好捏了塊壽司意思一下。

一出門，爛漫的陽光撒個滿懷，蟬聲遍地遍天鳴叫，叫得整條紅磚路熱燥起來。違章建築氾濫在路邊一排，搭的粗帆布棚子伸出一張張陰影，佔著路面，擺書攤、賣水煎包、牛肉麵、愛玉冰。腳踏車慢車道上，吱吱喲喲來去穿梭；有一輛騎到紅磚道來，把人直趕進棚子下，撞了吃豆漿的，濺得烏油油的桌面一灘白汁。登時一片紛亂。檳榔樹聳入高高的藍天裡，母親跟他立在樹下拍照，樹幹上貼有藍底白字標語「十年樹木，百年樹人」。那頂學士帽老叫撐著的陽傘碰到，才扶正又碰歪了。大舅逗著人笑：「笑一個，笑一個，呵呵呵嘿——行啦。」柏油馬路一蓬一蓬蒸散著熱氣，兩個女人走在前面談笑。陽傘下，母親長至腿肚子的旗袍，沒甚款式，平底鞋，很小很小的腳。他跟舅舅後頭走著，長長的路上沒有說話。椰林大道兩排插的國旗，因爲沒有風，都立得筆挺筆挺，一個一個小兵勇。

若不是母親他們，他是懶得湊這些熱鬧，還有資料要去找。大家在花廊下石凳上休息，蟬聲嗚——嗚——嗚——吱——就在頭頂上叫。他一旁坐著，母親撲撲的搖著蒲扇，兩人也就是無言。草坪上，太陽一地豔豔的。他起來去買了幾瓶汽水。

唸了四年的書，怎麼愈是與人不能相處。他實在膽怯回到南部老家。

家就在黃金金的稻田那頭，穿過很長的泥巴路，兩邊黑綠的灌木叢，蕪雜猖獗，賤生著橘紅色燈籠花，是亞熱帶那種慵懶漫長的午後。孩子們掐下花朵，去了萼跟瓣，剩下指尖大白嫩的花心，黏在鼻尖上：「我是俄國大鼻子。」也不知何處得來的印象，一時風行得很。廚房後面一片竹林果林，蓮霧落滿地，養得泥土黑沃沃的。黃昏時候，母親要他去林子裡拾蓮霧來餵雞，撿了半畚箕出來，倒把蚊子餵得飽飽。也去挖筍，那一鏟下去，探到了的剎那，像跟地母的血脈忽然相觸了，震得一麻。廊簷底下堆著新砍來的木柴，斧痕是牙黃色還潮濕的，一股淡淡的甜香。正廳裡一張八仙桌，靠牆兩邊擺著長板凳，常常是他爬到凳上撕日曆，一撕十幾頁，日子就在手指下忽忽地一下飛過去；有時候故意撕過頭，幾天便不知要望它多少回，一天一天覺得光陰再也沒有止盡。進出臥房隔著塊布簾，年歲久了，花花草草的圖案也都枯乾萎黃，叫不出顏色。姐妹幾個立在門邊講話，講著講著，便愛將布簾裹起腦袋來，露出兩隻眼；不然轉個圈包起身子，變成印度人，母親見著就罵：「作賤作死了，要把簾子墜壞才稱心啊！」供桌上置兩盞紅燈，夜裡兩朵血紅血紅，濺得祭案上那一片也是。

家鄉的一切叫他在反諷的世界中，忽然看見一個他原來的人，因此怯懦。寒假暑假也不願回去，留在北部工讀。今天母親來參加他的大日子，整日他都不對。

吃過中飯，送他們去車站，陽光如蜘蛛網纏得滿頭滿臉。母親臨去還非要買兩罐奶粉留下，「晚上愛晚睡的人，不加點營養，等瘦得像枝洋火棒，還唸什麼書！」

「吃了牙齒上火——」

「胡說！」母親與他爭得有些氣上來，兩頰泛著發高燒的那種紅暈，鼻頭都是汗珠珠。

公車久久不來，沒有風、沒有雲，蟬聲嘩嘩嘩的，直叫到藍藍的天頂上去。舅母打著陽傘，母親一起避在下頭，兩人說著話。很安靜的時候，母親才轉頭跟他講兩句，眼神很渙散，看著他又彷彿並不在看他，「閒時還是回來一趟罷……今年芒果生得很好……」

「好……」

賣冰棒的叮鈴叮鈴搖著鈴鐺，在這炎炎的午後，逕自是一條清閒的小溪水，淅瀝淅瀝流過低垂的樹蔭。

「吃上頭不要省啊……」

「嗯。」

「上火多吃一些楊桃。」

後來又來一位同班同學等車，他只好介紹一下：「這是我媽媽……嘿嘿……舅舅、舅母。」

好苦惱車子怎麼還不來呢。

待母親夾在人群裡，倉促中擠上車，開走了，他慢慢踱回住處，想著這世上母親才是他的親人。傍晚時分，炊煙升起了，母親忙過一陣，走出廚房，一身子柴火烟氣，與斜照進來的暮靄和成一團迷濛，蹲在門檻邊揀四季豆。可是這樣半天的見面，也就只是草草的過去；甚至巴不得快快送走母親的好。連揮手道聲再見也沒有。

去冰果店要了杯檸檬汁，收音機唱著：「我要爲你歌唱，唱出我心底的歡暢，只因你帶給我希望，帶給我希望……」今天是他的大學畢業，母親說的一生一次啊！但是也沒什麼分別的了，他已不曾再做過飛騰到天上的夢，雖然照樣要考托福或是研究所。老鄧後來到底因爲圖書館的書足足遺失了三分之一，離職前一天，又約他去宿舍吃小菜喝酒。他本來還爲之感傷氣憤的，老鄧卻並不怎樣，梨山有片農莊，打算跟朋友上去開墾。酒酣處依然那曲〈盜御馬〉：「將酒宴，擺至在分金廳——上——我與——那——眾賢弟，敘一敘——衷——腸——」「竇爾喇墩，在綠林——誰不尊仰——河間府爲寨主——坐地分臟——」英雄盜馬的不得已，這一晚也合是風蕭蕭兮易水寒，「乾？」杯裡亮晶晶的映著一百燭光，老鄧一張大面隔著玻璃杯、隔著酒變得小小的，在秋水平沙的那一岸。「乾！」

跟老鄧在一塊，總有那麼多過盛的情懷，叫他感到好奢侈。匆匆吸乾了冰水，剩的冰塊一仰杯滑進嘴裡，嗤啦嗤啦咬碎了，在心口化開來，透涼的。想起系辦公室還有些事情要辦，趕緊出門來，又是那撲撒得滿臉的太陽，他無端想著福克納。As I Lay Dying……As I Lay Dying……一輛腳踏車吱——呀及時煞住車，他跳上紅磚道，加快了步子。檳榔樹頂入天中，襯著一際的藍。

開完《未央歌》座談會出來，華秀玉給他介紹一些朋友，一夥人至草坪上嗑瓜子聊天。才安頓好，叫大個子的那個矮子遞給華秀玉一把瓜子：「十顆，來。比賽。」

「你還不服輸？」

「這次鐵贏，鐵贏……」

「諸位父老兄弟，幫小女子看好啊。」華秀玉撥一撥手心上的瓜子，故意讓大個子一子，然後很從容的一顆一顆齧起來。半邊臉映在微弱的光影裡，眼睛劉海後面牢牢盯住對面的大個子，沒一會兒工夫，「好了——」

他見著這樣神的嗑瓜子技巧，連鼓了幾聲掌，有人也叫：「你他媽的大個子，二十年後再來罷。」

華秀玉有些不好意思，勾身拾了個橘子來剝，分一半給他：「現在橘子過時了，很乾，鬚鬚又很多。」

「鬚鬚好像能醫治喉嚨——」

「嗳，化痰……」

他看出華秀玉等著什麼，便說：「你們今天座談會，很有趣。叫我很考慮一些問題。」

「考慮呀?」她似覺這兩個字用重了，受不住的樣子；倒不好再追問下去。

上課中他試著翻譯「Beyond Cultrue」裡一段「And, finally, a society is modern when its members are intellectually mature, by which Arnold means that they are willing to judge by reason, to observe facts in a critical spirit, and to search for the law of things。」「Lionel Trilling 那一脈下來代表的是 High brow-High brow，高級階層……嗯，也不是這麼說……yeah，高竿派。高竿派，就是這意思！」長廊前一行杜鵑花正開得豔盛，邊開邊落，滿地繽紛，陽光裡都是春天。他很訝異自己居然派了這麼個頭銜，無意中將崔林他們都諷刺了一番。哈萊斯這個在大學府挖牆角的傢伙，原是崔林的得意高足，後來竟成了高竿派的大叛徒。給學生成績，蘋果派一個A，蝴蝶風箏一個A，他三十頁的報告一個A。他想著老鄧，想著自己，那剎那間，他彷彿忽然明白了一些什麼，卻是多年來，他始終想不通說不清的。教室裡一遍春陽爛爛，學生的一張張臉，好像陽光底下一朵一朵開展的花，有無盡省思。這一群年輕的在此時此刻什麼都是的了，崔林又與他們何干。美國式一套文學訓練方法下，外文系至少不再出來創作人才。

老鄧今年夏天從山上寄來一簍蘋果梨，蘋果的面孔，梨子味道。信上要他放假上山避暑，備有好酒，好好幹他一傢伙。

他朝華秀玉笑說：「你們學校，Ph.D.少一點，反而好……」

華秀玉一時很迷惑樣，弄不懂《未央歌》怎麼跟這件事扯一起了，只是也跟著笑。

當座談會主席的顯然仍是談話中心，忽聽得一聲很高亢的女音挑釁道：「主席啊，我有個問題想向您請教。記得，您從前說過，今生今世是絕對、絕對，不結婚的。我想請教您，現在——如何呢？」

已經有人竊竊笑起來，主席深深的看了一眼身邊的太太，說：「那就——今生今世，絕對、絕對，不離婚的，好不好？」

眾人和太太都笑開了。主席卻故意端得面孔嚴板板的，愈發是逗笑，一會兒，抓了把瓜子過來，坐在他旁邊，正色道：「唐老師剛才說Ph.D.的事，很驢。」因爲背光緣故，主席的臉上全不見表情，只有鏡片後面兩道眼神，黑暗中閃爍不定。

「咦？你在那邊鬼蓋，怎麼這話也聽跑了去？」華秀玉好像救兵來到，登時活潑許多，橫眉插腰，還打主席一個手背。

「你還有專利的啊？」主席也回打一記，然後轉向他開玩笑：「唐老師，我是個有心人，所以——沒聽可是有到哩。」

主席是中文系畢業，穿著白色的功夫裝，胸前兩隻五爪黑龍，隔著一排盤扣，張牙舞爪，怒目相視。兩人便聊起來。

紐約是「高竿文化」的最典型，在哥倫比亞大學那兩年，簡直自卑死了。吉米是班上第一個來招呼他的同事。這傢伙麥芽糖似的，站著坐著都是歪歪黏黏，眞是使人精神很疲乏。眼泡有些浮腫，總是叫人以爲才睡醒。

吉米過來拍拍他肩膀，聲音頗怠慢的：「紐約，這地方啊，哎——不過，我想你們中國人，很快能夠適應的，很快的……博物館、歌劇院——」吉米聳聳肩，咬一口三明治：「可以多去跑跑，眞的，多去跑跑，假如有時間的話……」

他按下自動販賣機，盛了一杯牛奶，持著的手直顫抖，極力克制住，還是潑了些出來。他心底升起一股無名的憤怒。

「其實現在的外文系都不對，我是指應該分成英文系和文學系。」他剔乾淨一顆瓜子，將殼立穩在草坪上，儼然是一個岔著雙腿，頂天立地的小人兒。「文學系，當然是中文系來辦，可是中文系現在變成，變成，變成——怎麼說好？」他抱歉的望望主席，主席正埋頭嗑瓜子。

「變成，考據系了。」主席替他說出來，兩人連同華秀玉都笑了。

有人提議玩墩蘿蔔，接不上的罰唱歌。報完顏色，就開始了。「墩、墩，墩蘿蔔墩，紅蘿蔔墩完了綠蘿蔔墩。」掌聲和著唸詞打拍子，一起一落，在這安靜的晚上，遠遠的揚開去，像是古老部落的拜月祭典。大草原上，一輪血紅的圓從地平線上升起，一時竟分不清是月亮，是落日。鼓聲變成低低的呢喃，向著人的過去和未來不斷的疑問；也許單單只是對現在的肯定，人可以一直走到天邊，走進圓圓的紅裡，一張小人兒剪影。

「……黃蘿蔔墩完了藍蘿蔔墩。」華秀玉大概還在想著方才的談話，接上去的時候，已經慢了幾拍，便有人鬧開來：「唱歌，唱歌——」她也不管，慌忙的自顧擊掌唸下去：「藍蘿蔔墩完了，嗯，黑蘿蔔墩……」大家哄然大笑，「就是嘛，命該唱歌的，賴不掉啦。」

他見她抱著膝坐，臉埋在臂彎裡，由人家嚷嚷去，好久，氣氛開始僵了，才勸道：「你就隨便唱一條小歌，哥哥爸爸眞偉大也行啊。隨便一條，來，來。」

華秀玉這才很爲難的抬起頭，劉海蓬鬆著有些零亂，眼睛因爲手臂壓了一會兒，變得睡眼矇朧的，好像都能覺到腮邊泛著紅，有塊榻榻米的蓆子印印。「哎！唱〈繡荷包〉好了。」等眾人鼓掌罷，便唱道：「初一到十五，十五的月兒圓，那春風兒擺動，楊呀楊柳梢……」

華秀玉全不用中氣，只是直嗓子唱，薄薄的，細聲細調。他聽著不覺竟呆住。

母親庭前燈籠花灌木叢上曬蘿蔔乾，有時也哼起歌來。灌木叢外一片稻田，已經收割過，一束一束金字塔小草垛，秋天中午的陽光，溫暖而安靜。一群小雞在地上尋穀子吃。住不慣紐約，吃來吃去都是漢堡、三明治，饞蘿蔔乾跟酸菜筍乾，饞得夢裡回到老家，長頸瓶子裡蘿蔔乾塞得又緊又實，筷子伸進去摳出一串來，格崩一聲脆響。一顆一顆白白胖胖的米粒漫出大鍋，飯香已經飄得遍野都是。

終於飛離紐約了。機上他直在心底唸，上帝呀，這上頭有我這樣一個對國家誠心誠意的人，也該把我好好送到地上才是啊。飛機至台灣上空時，稍微顛簸了一下，他一驚，坐直了身子，望出窗外，機身正駛入一團白皓皓的濃雲上面，有大的強光互相輝映，一片光撻撻浩日天長。當下他連什麼思慮也沒有了，只是端端正正一個人。

一出機門，機場轟隆轟隆響，風很大，吹得頭髮、風衣翻飛。他一腳踏到水泥地上，深深的吐了口氣，放眼一望，秋日的天空遠遠長闊去，彷彿在跑道那頭相接了，有架飛機正緩緩升向天際。松山國際機場一橫大廳，頂上飄著國旗，風裡鼓得飽飽的。

華秀玉唱著：「繡一個荷包袋呀啊……」好像同他耳語一樣，餘音不絕。唱畢，大家都喝采叫好，大個子扔來一顆糖果：「嘿，鼓勵鼓勵。」卻扔到他腳前，他拾起來，交給華秀玉，發現她養著很長的指甲。

主席像是說了什麼還要創造一個比《未央歌》更理想的大學生活，然後建議大夥唱隻歌便解散回家。

他想想這一代的趣味到底不同了。草坪那一頭，什麼時候新來了一票人，也是大學生，翻出孩子時代的遊戲。「城門城門幾丈高？三十六丈高。騎白馬，帶把刀，走進城門滑一跤——」搭著拱門做城的兩人，一下圈住個經過的人，問道：「蘋果還是桃子？」「桃子。」三番兩次完了後，蘋果和桃子兩邊，便畫條線拔起河來。有個女生突然尖叫一聲：「媽呀！哪個王八蛋踩人家一腳，痛死了……」一片喧鬧嘻笑傳過來。

主席拍拍手道：「來，我們也不輸給人。一、二、三，唱！」「白浪滔滔我不怕，掌起舵兒向前划，撒網下水把魚打，捕條大魚笑哈哈。嗨喲依喲依喲嗯嗨喲……」

長廊頂著黑藍的天，漫空星星。一尊一尊圓柱在晚上看來很深沉，厚敦敦的，像是朝服縉帶已經冠戴妥當，眾公卿大夫伺候在金鑾殿外，待東方一道黎明初現，鼓擊三聲，咚——咚，咚，千百件朝服唏唏嗦嗦直移上金階，「萬歲，萬歲，萬萬歲。」朝氣晨曦漫漫，一派清明的風光。是一天開始。圓柱上面的廊簷飛翅卻很活潑，是女子雲髻上橫插的釵，墜著長長的流蘇碎碎。

他望著天上繁盛的星星，伯利恆的那一顆不知在哪裡，與他曾是相識已久的。也許回到那座圖書館，那張桌子，他的那顆星星已經在窗口問好了。

民國六六、二、二七、景美

傳說

下卷 1977-1981

《傳説》自序

小雅〈采薇〉一章講的是打玁狁的事，結語說：

昔我往矣、楊柳依依、今我來思、雨雪霏霏、行道遲遲、載渴載飢、我心傷悲、莫知我哀。

這時候是十月，秋天。去年此時最是灰涼寂寞了，蘭師寫完〈鳳凰鳴於岐山〉航空寄來，只一句說「我很知道你在想些什麼，如我知道溪山楓葉為什麼紅了」，已令我終生思及淚下。蘭師又會哄人，哄道今年秋天赴日本看紅葉，當時我有些賭氣，一面是覺得日子還長，年輕就是一切，我可以管自驕矜任性我是再也不去日本的了。七月二十五日蘭師仙逝，在青梅河邊的家裡。

我不能親至蘭師靈前哭拜，蘭師仙靈有知，不忘今秋的約定，謹以這本《傳說》奉上。所集的十一篇文章，有七篇是蘭師讀過批評了的，我承教銘記在心。今年我才二十五歲，以後我寫出來的一篇一篇的文章，蘭師是再也讀不到了，再也、讀不到了。

知音不在，提筆只覺眞是枉然啊。今我是以伯牙絕琴之心操琴，因為蘭師的文章是這樣最最中國本色的文章，因為我是從蘭師那裡才明白漢文章原來是這樣的。

民國七十年十月

《傳說》再版自序

此書再版時，窗前的兩棵桃花都開了。我和天心、丁亞民替華視連續劇寫的劇本也終於完成了。守著桃花修改劇本，改到一句女主角江離的台詞：「難道你打算一輩子就這樣怕下去？一輩子你打算把我放在哪裡？你根本沒想過是不是，還是沒有膽子往下想！」華視的當家花旦是余珊，我等不及看她如何來演這場戲。想起一篇極喜歡的小說題目：桃樹人家有事，簡直就是「傳說」這兩個字的註解。今天壬戌年初九是天公生日，星塵往事不敢去想。卻是李商隱的詩好不疼煞人也：「水仙已乘鯉魚去，一夜芙渠紅淚多。」佛去了也，惟有你在。而你在亦即是佛的意思在了，以後大事要靠你呢。你若是芙渠，你就在紅淚清露裡盛開吧！

民國七十一年元月

扶桑一枝

蕭家後院外一片荒地，栽著棵柳樹，當初搬來時就已在那裡的了。往後想在上頭種些東西總是不成，地就好像妝化了一半的擺著那兒。

蕭太太正在後院槽枱洗衣服，繫著么女家事課做的黃白大格子圍裙。腳踏車嘰呀地前門口停住，車鈴叮兒鈴、叮兒鈴猛響。「來啦。」蕭太太滿手還是肥皂泡沫，繞到前院去，水泥地上曬太陽的一群狗，蜂踴著跟過去。

「註冊完了啊？」蕭太太打開大門。

海平推車進來，狗兒們繞他前後的撲上撲下。一隻躺在門墊上的花貓遭毛毛狗踩了一腳，驚叫一聲，翻身竄上花架，叭——一盆闊葉海棠落到地上，正好破成兩半，裡面的泥土潮黑色的，還整整是個花盆形狀，「老爹要氣瘋了。」

蕭太太幫他把狗群攔開好推車，說：「還好，等下趕快找個花盆套進去。」

「媽，雙雙怎樣了？」

「還不是抽個不停，怕下午你要跟小妹再跑一趟狗醫院。」

車子挨挨擠擠推到後院轉角口，海平見隻火雞立在院中張望，脖子伸得奇長，兩條腿精光精光的，像是穿著短褲頭、短襪、大皮鞋。此雞滿面的狐疑，彷彿不明白這場混亂怎麼回事。

「咦？哪邊跑來的火雞？」

「麗秋阿姨才帶來的。又趕火車回去了，留吃飯也不要。」

「叫什麼名字？」

「還沒有呢。大家取取看。」

「雪兒嘛，那麼白，來，雪兒，擱勒擱勒，擱勒擱勒。」

蕭太太重新拾起衣裳要搓，柳樹枝枒上掛的那副殘缺的玻璃風鈴，這時忽然一陣急促的鈴鈴浪浪響起來，原來是小貓一邊攀住樹幹，一邊勾過身子，爪子拍著風鈴玩。「披——頭，又是你嗯！」披頭全身的白，聽見喊牠，收了爪子，朝蕭太太瞇一瞇眼睛。樹根旁蹲著牠妹妹，仰頭望著哥哥玩。「劉海多乖呢。」劉海也是白，不過額上的黑斑十分齊整，不似披頭那樣參差不齊，兩個倒眞是難分辨。

火雞繞院子踱方步，跟海平正打著交道，時不時拿眼睛對他瞄發。

「註冊註得怎麼樣？」蕭太太隨意揀話說。

「反正就是那樣嘛。不是做籬笆的今天要來？」

「今天，今天，幾個今天了！拖這麼久，還拿人錢這麼多。」

海芬在屋裡喊：「二哥，小雙吃了一瓢羹稀飯吔，快來看。」

海平拉開紗門進來，見雙雙臥在籐椅裡，海芬椅子前一張小板凳坐著，手中捧一碗碎豬肉拌稀飯。海平扔了夾克，說：「小雙好能幹，來，再吃一瓢——」

後院外一群小孩持棍拿竿的，嘻嘻哈哈追逐而過，蕭太太急得叫：「小朋友，踩死我們的花了——別處去玩好不好。」正叫著，一群小孩又追回來，長竿碰到玻璃風鈴叮叮響。有個小鬼跑著、轉臉看她一眼，小臉上烏烏的，掛兩條清水鼻涕，什麼表情也沒有。「再來，放狗出去咬你們了！」蕭太太回過身來，向屋裡孩子們怨著：「該死個做籬笆的還不來，才插的扶桑又給踩了一場糊塗，把人氣不氣死！」

〈少女的祈禱〉遠遠的來了。海平起身道：「媽，我去。」

蕭太太囑咐說：「樓上兩個也要倒。小妹把叮叮咚咚攔一攔。」

叮叮與咚咚是同胞兄弟，兩個都是一身白毛，小時候簡直分不清誰是誰，還是讓蕭太太發現了特徵，叮叮咚咚便又叫褐鼻子叮、黑鼻子咚。可是蕭先生的問題是始終弄不明白褐鼻子該是誰，黑鼻子又該是誰，便乾脆叫牠們「那對兒寶」。每次〈少女的祈禱〉一來，兩隻小狗以為喊牠們的名字罷，繞著客廳撒歡兒跑，長大了，兩隻就肩並肩端坐著，閉起眼，漫空狼號，謂之叮咚二重唱。

蕭先生在大學教藝術概論，也是畫壇上有成就的人，偏偏家裡養著這麼一窩土狗土貓，一點藝術氣息都沒有。大兒子海立唸的建築系，帶同學們來拜見老頭子，才出門，小王便一拳搥在海立肩上：「他媽的你家怎麼這副德性？簡直一點，一點經營也沒？」又嫌他們家玻璃櫃裡的擺設幼稚得很。海立回家來一一說了，一家人圍到櫥窗前仔細檢點起來，果然都不合於 class，連海芬一百米殿軍的獎牌也懸在那裡。海平說：「這就是老爸的藝術概論。」全家笑了一陣，也無可奈何。

蕭太太平時做家庭主婦，週日晚上參加合唱團練習，唱的是低音。三、五晚間教兩個洋太太中國話，有時也教怎麼做春捲、包水餃，一直熱心要做好國民外交。另外還照顧這一群眾生貓狗，卻什麼都幹得歡歡喜喜。女兒家事課裁的圍裙新穿上，煮飯洗衣操做著，覺得也沒有柴米油鹽煙火氣。

廚房裡抽油煙機呼呼打響著，蕭太太邊剁豬肉邊唱〈雙鷹進行曲〉。蕭先生勸菜時便打趣過：「家內做菜，還有音樂當調味品。像這一道，裡頭大概是——彌賽亞罷，各位好好品嘗品嘗。」

海平倒了垃圾進來問：「媽，雪兒男的女的？」

「麗秋阿姨說每天生一個蛋。」

「這才剛好配雪兒的名字。」海平十分滿意。

海芬執著一把蔥在院裡餵火雞，初春的陽光靜靜的，水泥地乾淨而白，透著陰濕的潮意。一隻黑底白花大貓，蹲在花牆上打盹，滿牆的葛藤已生出赭紅色嫩葉。海芬抬頭朝貓喊一聲：「烏雲。好愛睡的烏雲喲……」

蕭先生一進大門就叫：「哪個又打破花盆了？」

蕭太太先是聽見電鈴響，熄了抽油煙機，正好聽得這一句，轉身要找海平罵，海平卻是去應門鈴了。上前迎過蕭先生進門，背後就與海平嘀咕起來。

海平辯道：「剛才不是去倒垃圾嗎，一下怎麼來得及管那麼多。」

「那就趕快找個花盆裝去啊。」

「算了，算了。我自己來——等你們來都把花給整死。」蕭先生脫了風衣，交給太太掛去。

海平憤憤的登上樓去：「眞是奇了，烏雲打破的，怎麼變成我打的，倒楣透頂！」

蕭太太樓梯口喝道：「吃飯了，你還上去幹嘛！」

「噢——人家連上樓的自由都沒有啊……」

「海平！」蕭先生吼了一聲，才算將這事寧息下來。

「做籬笆的又沒來……」蕭太太邊盛了菜，邊咬牙切齒的把小鬼們踩壞花苗的惡行牢騷一遍。也許因爲先生回來了，蕭太太講話的聲調裡忽然有一份華麗。

海芬外面喊：「爸，來看雪兒吃葱。」

蕭太太這才想起居然忘記提火雞的事，催促先生快出去看。

蕭先生皺著眉頭，「就放在院子裡啊？到處拉得髒稀稀呢？」

海芬和蕭太太同時搶著說：「等籬笆圍好，關在外面就好了……」

「好，好。看著蠻白的。好，洗洗手吃飯罷。」蕭先生雖然不大同意，可是從來由不得他。

當初養狗貓，原只是海芬路見不平，救回家中養起來，生了小狗小貓，送不出去，只有自己養著。蕭先生就隨大家樂意去，能不犯到他的花草時候，倒都相安無事。

因爲看籃球實況轉播，中飯便移到茶几上來吃。

一隻白色小貓跳上沙發，像馬戲團走鋼絲的，四足併在細細的椅背橫木上平衡著站，向沙發上一圈人喵喵叫。

「哪個給牠畫的眉？」蕭先生驚訝道。

幾個轉過頭一看，都笑起來。海芬勾手去摸摸小白貓，笑說：「藍眼倒了眉囉。」

蕭太太一邊添了新湯，「昨晚海芬幫我染頭髮，剩的染料，海平就拿去給藍眼畫。瞧畫成這副冤枉像。」

「你們等下看豹子，戴眼鏡了咧。」嘔了半天氣的海平，這時也忍不住開腔了。

後院子的柵欄門稀里嘩啦一陣響，跟著紗門開了，擦擦擦走進來一隻紅棕色矮腿狗，像是穿著高跟鞋，昂頭挺胸的直至籐椅前。籐椅一張圓圓的，雙雙便蜷伏在上頭，也是渾身紅棕，卻還要更紅，近似鳳凰花的豔了。

蕭太太伸頭道：「阿單，娃娃生病好可憐……」

「下午誰帶去狗醫院看看。」這還是蕭先生頭次對貓狗關心的樣子，很教全家有些意外，幾隻盯著電視的眼睛，都轉向他。

其實蕭太太也曉得，先生就是偏心這對母女單單雙雙。一天上午正在洗衣裳，先生樓上醒來了，推開紗門至陽台上，大概看著盆栽罷，忽聽見說：「雙雙小姐，曬太陽啊。」蕭太太當下聽著，居然乍乍的不慣，待先生下樓來，替他張羅開水沖牛奶，進進出出忙著，臉上莫名其妙的直發熱。

海芬扒著飯，一抬眼見小白貓也正在看電視，怕驚動到的，壓低了嗓門說：「嘿，藍眼看籃球轉播！快看。」

果然藍眼沙發椅上正襟危坐著，磁藍色的眼珠跟著籃球跑，尖嘴猴腮的，一臉的專注和驚奇。籃球格登格登滾向前來，逼得藍眼拉長了脖子，直朝後一頓一頓的掙，以爲要劈面砸將而來。

蕭先生首先笑出來，「什麼東西嘛——」倒過筷子敲了牠一記腦袋，藍眼也沒覺得，倒是嫌礙了視線，從蕭先生手腕底下勾出頭去，盯著螢光幕。蕭先生索性張開手掌來，和藍眼玩起捉迷藏。

「我知道藍眼爲什麼會看電視，」海平賣了一會關子才說：「因爲牠有了兩道眉毛。」

一家正嘻笑當中，外頭轟隆隆開來一輛卡車，老遠便聽見閩南話七嘴八舌的吆喝著，駛近了，有個說：「就是這家，沒有錯啦。」

做籬笆的才停住車，將電晶體扭到極限，日本調子的閩南語歌曲，嘩啦嘩啦直湧出來。工人一起三個，兩個年輕的躍下車來，猛力解了鐵鍊，卡車的三面鋼板鏗鏘一聲落下，馬路傾斜的關係，好些竹筒子山洪爆發似的滾下卡車來，忙教工人截住，幾隻快的沒截到，軲轤軲轤一個滾一個進了路邊水溝。蕭家的狗群繞著工人吠叫，蕭先生怎麼也管制不住。豹子不知何處突然斜刺裡衝出來，紛亂中，見個小伙子掮著竹筒子，迎上去就迫著他腳跟吠，逼得他顧前顧不了後，海平正開門出來，險教竹筒子橫掃到。小伙子倒退著避開去，差點又沒摔進溝裡，「幹伊娘！」一腳狠踢出去，反被豹子虛咬了一口，便嚇得貼在花牆上動彈不得，口上直罵。一時間這條弄堂上，眞是沸沸騰天。

後來蕭太太急趕出來，使足中氣，大聲一喝：「豹子！」才算把形勢穩了下來。在這種急緊關頭，狗還是聽她的。

豹子的一張大面上，果然畫了一副眼鏡，那臉變得竟帶著詫異的神情，可是這時節也沒有人有工夫來笑牠。

對樓陽台上曬棉被的太太，朝底下直搖頭嘆息，蕭太太仰頭與她抱歉著，一邊心裡生出氣來，轉頭叫工人把電晶體收音機關小聲吧，偏又語言隔閡，對吼了半天，不得其所以。蕭先生自己到車前去，從窗口探手進去關了開關，四周的一切陡的安靜下來，歌聲和蕭太太的拌嘴，像唱片走音一樣，在空氣中劃了一刀過去，留下久久不散的餘音。一種很奇異的靜，彷彿影片放映中，突來的一張 stop。蕭先生回臉罵一聲：「叫你們不要養狗的！」

蕭太太很識相的，趕緊把狗群召集了來，一呼嘯帶到後面野地小丘上。火雞也雜在裡頭起鬨，跟著大夥直奔丘林去。

那個遭豹子攻擊的小伙子，額頭生得低而窄，眉骨又十分突出，很像出土的北京人。絞著粗鐵絲，認眞的問：「喂，你們養這麼多狗，做什麼喔？」

「做什麼啊——」蕭先生笑了笑，「賣給老廣做香肉呀。」

小伙子顯然吃了一驚，岔聲叫道：「黑白講！」

海平聽了也撇起閩南腔調侃著：「喔，那隻大狗，明天就要給他拿去賣囉。」

「騙人！」大概這些正說在小伙子的心上，詫笑道：「喔，唸書的人還騙人……」

後院小丘只是個黃禿禿的土堆，有一兩束野灌木叢。蕭太太立在丘地上唱歌，歌聲飄過來，聽得是唱〈嘉陵江上〉。四圍一群狗，坐的坐，站的站。藍色的天空低低的，兩朵剪貼似的雲，就在蕭太太身邊。蕭先生穿著米黃色套頭薄毛衣，春陽底下曬了會兒，竟覺得汗刺刺的有些熱意。春天的午後叫人感到是小康之家。

海平海芬帶雙雙去醫院看病，蕭太太找了塊泛舊的淡藍色條紋大毛巾，將雙雙裹好，由海芬抱著。到了院中，雙雙才微微張開眼睛，雙雙有著很分明的雙眼皮，跟單單一樣，又還有自來笑，病了這些日子，仍舊那麼清潔。雙雙呼出來的暖氣，一縷縷撲在海芬下巴頦上，海芬就哭了。

蕭太太也覺心酸，說：「雙寶寶打一針回來，就好囉。」

毛毛狗是蕭家的禮賓司長，專管送往迎來，照例又鑽擠出大門，隨著海平兄妹倆出來。今天卻直撲著海芬身上嗅雙雙，牽牽絆絆，害海芬差點摔了跤，給海平一腳踢開去，立在空蕩蕩的馬路中央，眨巴著眼睛。海芬倒又不忍心，回頭喊道：「毛克利，回家去哦……」

蕭先生整頓好海棠，過來看看籬笆，有些規模了。見竹片一根根卻是用鐵釘固定在兩條橫木上，不甚牢靠的樣子，因此說：「這中間應該再加條木頭。」

領班的工人道：「免啦。你們做矮籬笆不必啦。我給別人做高籬笆的時候，中間會給他加一條的啦。」

「怎麼現在用釘子？以前都是編的。」

「那是以前喔……」工頭黑糟糟的寬扁臉，露了露牙齒，大概是笑。

「編的牢啊。你這用鐵釘，一下銹了，裂了——」

「喔，鐵釘銹也要等兩年，等到那時候，籬笆先壞囉。」

蕭先生詫異他還有這樣的邏輯，「那你們做的東西只耐兩年啊！」

工頭將嗓門一下提高起來：「你這位先生喔——兩千塊兩年，夠你先生賺的多多囉。」

蕭先生拿他無可奈何，向院裡蕭太太道：「喂，聽見他說什麼沒。」

「聽見啦——」蕭太太收著竹竿上晾好的衣裳，「等兩年壞了，我們的扶桑正好長起來，當籬笆——天然籬笆呢。」

「這下可是品質保證，信用第一。」蕭先生現成的一句電視廣告便套用了來。

藍眼在花牆上爪子洗著臉，蕭太太順嘴喊道：「藍藍啊……」

藍眼停下來，望望他們，那兩道眉毛畫倒了，眞成了一副冤枉像。

「咦？怎麼一個眼睛大，一個眼睛小？」蕭太太說。

蕭先生注意了一下，對藍眼笑道：「老兄哦，少看點電視罷。」

因爲做籬笆，狗貓的中飯也就擱了。蕭太太分好狗飯，大大小小的搪磁碗擺得滿廚房槽枱，從東橫到西，儼然一排陣勢。

後院子廊簷下擺著的洗衣機，外罩一條格子花塑膠油布，上面壓塊橫板，就是小貓們的餐廳。有時候蕭太太洗衣裳，衣物脫水乾了，一件件拾起來曬，當中竟別着根魚刺骨，洗得玉白玉白，聞一聞，完全是藍寶清潔粉的冷香，捨不得丟棄，順手放在枱邊肥皂盒內，堆堆也有好幾個了。

「豹子——毛克利——回家吃飯啦。」蕭太太倚在柵欄門邊，金屬杓敲著搪磁盆。

豹子先從丘坡上露出一個大頭，兩隻耳朵豎得老尖，然後一箭俯衝下來，立地就在柳樹前。工人幾個早就嚇得閃到一邊，絆得竹片子刷啦啦一陣響，工具箱也翻了。見院中佈著大狗小狗吃飯，嘖嘖嘆息，「哇！你們家喔，要給牠們吃垮囉。」

「是呀，牠們吃得比人多呢。」

「會不會搶別條的吃？」

「不會，一個一碗，分好的——」蕭太太才說著，煤炭吃完了牠那一份，便要去跟叮叮湊吃，叫叮叮一呲牙齒，夾尾巴躲開了。「這隻，煤炭。長大了才來的，家教不大好。其他隻不會，眞的。」

蕭太太餵好狗，找出那口洗澡鍋，原是過年時用來燉萬年菜的，其大無比，簡直是燒洗澡水的。將狗魚倒了一半在裡頭，切些薑片，和了水煮，並不加鹽，因海芬從小報上看來的，說狗食鹽巴會大量掉毛。剩的半袋，分裝了好不容易才勉強擠進凍庫裡。待狗魚煮好，放在冰箱中變成魚凍，拌飯時候，挖一大塊出來就行了。

電話鈴響著，蕭先生過去接，還沒發話，便聽見說：「小雙死了……」是海芬，然後嗚嗚的哭起來。

原來雙雙出的痲疹，併發了肺炎，海平把話再重覆一遍：「要不要打安樂針呢？」

蕭先生又講了些話，掛下電話，道：「孩子們要抱回家埋。本來獸醫說可以幫忙焚化了。」

「焚化？焚化個鬼！還不是拿去解剖實驗……」蕭太太轉身憤憤的去了廚房。

單單在前院水泥地上平趴著，曬太陽，鼻子埋在兩隻爪子間。

蕭先生步出客廳來看盆栽。一盆蟹爪蘭懸空吊在玉蘭花枝枒上，像螃蟹足節的墨綠色葉片，從釉青的小花盆當中，四放出來，一條條垂下得很長，節足地方都開了西洋紅的花，鈴鐺形狀。靠牆一盆棠棣，滿枝叢生複瓣的小白花，搖著一樹春陽，白花花的十分明麗。蕭先生彎下腰，輕聲說：「阿單，小雙娃娃呢？」

蕭太太過來冰箱拿東西，偏偏聽見這一句，淚流滿面，見先生不知什麼時候踱到廚房來了。狼狽間，竟燦然一笑：「阿單中飯沒吃。」

「又哭又笑哦……」蕭先生羞了太太一下。隔著紗門望出去，已有大半圈竹籬笆，竹片的內面向著院子，呈象牙白色。「籬笆就做好了。雙雙埋在那個角落不錯。」

狗魚煮著，蒸騰出一股異味，卻是蕭先生嗜如命的鹹糟魚那種餿酸味。「嘿，給你一調教，那麼臭的都變香囉。」

「還香呢！」「哎呀，火雞忘了餵。」蕭太太怎麼突然想起來，「可憐哪，要餓慘了，上午還啄葱吃哩。」

一時沒有飼料，蕭太太只好刮了電鍋的飯底，也湊出小半碗。至柳樹底下，湯匙擊著碗，朝丘地上叫：「雪兒，吃飯啦。雪雪，擱勒擱勒……」

叫半天，不見影子。蕭先生疑心道：「恐怕跑掉了。雞不能當狗哦！」

蕭太太便一路敲上坡去，像個托缽僧。再下坡來的時候，遙遙已見火雞跟在後面，甩呀甩的走。蕭太太直喊：「雪兒生蛋了。很大一個呢，還溫的！」

工頭領先圍上來喊，「喔，很大咧。比雞生的大咧。」

另一個小伙子懶懶的勸道：「大喔，大有什麼用。火雞蛋又不能吃——太老啦。」

蕭太太也不理睬他，興沖沖的直入院中，要先生快來摸摸看。「剛才想它定跑到那邊農家去了。正在想跑了就跑了罷，省得往後殺的時候，還要難過一場。誰知道——」

「要殺？」蕭先生吃驚道。

「要啊。」

「不是海平你們還給牠取了名字？」

蕭太太說：「取了名字，還是雞啊。管它老不老，晚上照樣來煎一煎吃。」

柳樹上掛的風鈴，無端又叮叮叮響起來。這次是風吹的。

民國六六、青年節、淡江

青青子衿

秋風一起，車子轉過東城門的時候，便見那一片青葱的槭樹搖著漫樹漫天金光。槭樹葉子也是楓葉的形狀，可是到了秋天並不變色，依舊的翠綠如春夏，這就是回歸線南北了。

金風吹在行人的衣衫裡，吹在寄信人的信箋上，吹在香檳麵包店前露天搭的橘紅白色條紋帆布棚，吹在車窗裡碧娟的髮際上。吹得一頭鬆蓬蓬，好像要燒火了。

碧娟關了窗子，摘下髮卡，兩支馬賽克質料，乳黃色雞心形的夾子，扣在嘴裡，對著車窗理一理鬢髮。車窗中是一個透明的人影，稍一分神，就會看穿了影子，外面飛馳的槭樹和紅磚道。

才理好半邊，有人拉鈴要下車，司機已經擦著站牌過去了，一個緊急刹車，害得那人險些撞著腦袋，碧娟橫咬著髮夾，擰著眉頭給那人開門，加上半片披散的亂髮，很有些潑辣橫絕的樣子。車門一拉開，一陣風塵捲撲著乾落葉撲襲進來，趕忙要關上門，卻叫韋克力一拐杖攔住了，

碧娟吃一驚。

攙扶他登上車來，從前他還不讓她攙的，總是漲紅著臉，低聲說：「沒關係，沒關係，我自己可以……」

「今天——」碧娟一開口，髮夾掉下來，偏偏落到他的皮鞋上。褐色的皮鞋擦得很乾淨的，現在薄薄一層灰，襯著乳黃的雞心形髮卡，竟然這樣分明。

他待要彎下腰去，碧娟搶先拾了起來，狠狠的簪回頭上，心中懊惱著，忘了原先要說什麼。

他坐在車門邊的博愛座上，兩根支架並書包靠在一邊。因爲匆忙的登車費了些勁兒額上還有點汗氣騰騰。他轉臉向她笑說：「今天，我去郵局劃撥，所以這一站上……」

「怪——不——得！」碧娟勉強笑了笑。

這不似她平常，不笑則已，一笑就是毫沒有保留的開心。那樣定定的望著人笑，寬敞的天庭，亮潔的牙齒，就覺得遍地都是南方的天光雲影徘徊。可以躺在檳榔椰子沙灘上，躺一整個季節的潮漲潮落，頭髮都生綠苔了，長出酢漿草淡紫的小花，和三瓣心形的葉片。可是今天她的笑容裡沒有這些。韋克力忽然感到天空彷彿褪了一層顏色，只是呆望著車上貼的電影廣告出神。

廣告中有一張恬妞演的《純純的愛》，叫他們高中男生拿去一說，就成了「鈍鈍的愛」。片中恬妞有發胖的趨勢，「青春偶像」大概快要完蛋了。

碧娟想自己這樣失常，他一定對她覺得失望，心中很痛。把剪票鉗拿出，倒過來扣了扣，扣出一手心車票，一顆顆數起來，下一站又上來幾個學生，這一打岔，忘記數好了多少顆，重頭算起，數數仍舊不對，再來過一次。

國中畢業，碧娟考進了公車處當車掌小姐，她的養父家只是沒有錢讓她繼續讀書，養父背後告訴碧娟，若是她自己有辦法湊得出學費，養母那裡暫且可以不必管。碧娟當眞就咬緊了牙半工半讀，唸起商科夜校來。

爲此養母對她十分不滿，當面尙只給她幾句冷言冷語，轉身就向養父道：「白養這十幾年啊！你放伊去讀書——好，去讀！讀得伊棄嫌起旺仔來，讀！」

「有本事，旺仔就一樣賺錢唸書……」昏暗的燈光下，養父編著竹簍子。

養母一把奪過簍子，橫腰立在面前，道：「賺錢讀書——只有伊會！賺錢，讀書，怕旺仔不會啊，笑死人！伊去讀書，恐怕哦伊人就這樣溜溜去。你要做好人是啊，看你做好人的報應報到你旺仔身上！」

養父一面扯回簍子，「我不相信阿娟會這樣沒心肝。」一面瞄了碧娟一眼，然後將手掌迎著燈光檢查起來，是剛才養母奪竹簍的時候，一根竹刺扎到了。

第二天碧娟清旺倆人去竹林挖筍。清旺赤腳，揹著挖筍的工具。碧娟手裡拾一個籃筐，路上沒有講話，籃筐走一步打一次小腿肚，她也並不覺得。

梯田裡秧苗初青，只有寸來長，十分鮮潔，前夜方才落過雨，今晨大晴天，田埂上的青草濃濃，看是乾了，一踏一步還是泥水。沿路過去，盡是指頭大的小青蛙，撲通撲通紛紛跳入田裡，青草中有小蘭花，淺紫花瓣，深紫花心，花形像荷蘭帽，又像牡蠣。畦畔水淙淙細細流著，秧苗覆蔭下的綠萍移動，遲遲疑疑，將移處偶然落進天上的一片雲影。山邊乾地植著甘藍菜，正盛開著鵝黃色的花，雨後忽來一群小粉蝶，茶色的，白色的，漫空亂飛。

一對大些的白蝴蝶翻飛而來，撲撲撲擦過他們鬢髮邊。清旺一手飛去，險些打著，叫：「阿姊，蛾！」

碧娟轉身喝一聲：「打人家做甚！」望那對蝴蝶揚揚遠去。

田的另一邊是絲瓜棚，阿婆在架子上曬蘿蔔片，見到他們姊弟倆，轉臉招呼道：「打竹筍哪？」

「是啊。剛剛落過雨。」碧娟朗朗答道。

清旺看碧娟又是那樣嘻笑了，膽子也就放大起來，已經有點變聲的嗓子大聲喊：「我們要去打毛毛筍啦。」

「要分一點給阿婆吃噯？」

碧娟揮一揮籃筐，「最鮮最大的留給阿婆吃好噯。」

阿婆慢臉盈盈笑起來：「你這小女囡仔嘴這麼甜啊。明日阿婆給你找一個好夫婿好不？」

「我們這就來去了。回來再同阿婆講話。」碧娟一逕加快腳步走過去。

清旺後頭趕急著跟上去，赤腳踏得田埂叭叭響。

到了竹林，沙地黑潮潮的還有濕意。碧娟曳著鐵鏟巡視了一周，看好一株粗壯的竹子，竹節下方土堆上，有一道幾寸長的裂痕，沿著縫痕四圍試一試，探一探，屏足了氣，便一鏟下去，然後撥開沙土，一棵漂亮的毛毛筍，棕色殼，釉精精的，纖毛還扎人手。

清旺跟在後面揀拾。如此掘了幾棵，碧娟已經滿頭大汗，揭下斗笠扇熱。笠帽壓久了，齊額一圈印痕，好像印地安女子當額紮的髮帶。另有一綹鬢毛汗水濡濕了，墨黑墨黑，在腮邊畫一筆如意鉤。「幾枝？」

「九枝。」清旺一邊放了籃筐，來不及的就滿臂滿腿抓起來。「蚊子叮死了……」

「再打兩個就行啦。」

一道陽光穿過竹林照射進來。竹葉上還有水滴的，迎陽光反照，亮花花一團，有顆變成七彩珠，紅橙黃綠藍靛紫，在水珠裡奇快的旋轉、旋轉。竹葉經陽光一照，單薄透明的翠綠，帶著煙氣輕漾。

清旺就立在那裡。眼角底下兩個淺窩窩，看來總是睡眼惺忪的樣子。單眼皮的那隻眼睛，現在給蚊子咬得又紅又腫，看著更是要睡夢去了。

他還穿著學校制服，深藍短褲，白色短袖襯衫，口袋上方繡著寶藍的學號，姓名，楊清旺。那領子也是深藍的，與白色上衣一對比，非常明豔。碧娟想他還只是個國中小男生啊，過了夏天才要升三年級。

「打死這個臭蚊子！」清旺一巴掌打在脖子上，手心裡一隻黑糊糊的大蚊子。

「旺仔……」碧娟喃喃喊了一聲。

「唔？」清旺只顧著趕蚊子，「癢死了，癢死了——」

「你以後會想辦法讀高中，是不？」

「當然嘛。」

「假如阿爸沒有錢？」

清旺一掌又打死隻蚊子。「我也同你一樣去，一邊讀書，一邊做工。」

雖然清旺分在放牛班裡，卻也一直是班上第一名，這學期又當選了模範生，這點讀書上進的志氣是不怕沒有的。碧娟忽然抓住清旺的手臂，說：「旺仔，你要好好給阿姊爭一口氣！」

清旺一下子不習慣，掙脫開來，叫：「蚊子怎麼只叮我，不叮你。」

「旺仔，聽見沒，你要給阿姊爭一口氣——」

「有啦。」清旺索性趕起周圍的蚊子來。

碧娟重新戴好斗笠，望向天去，黑沉沉的竹林，薄弱的陽光，天是碎碎的碧藍。「你要好好聽阿姊話，用功讀書……旺仔會聽阿姊的話對不？」

「會。」

碧娟生得一副開展的額角眉宇，望著清旺笑了笑。

清旺喜歡看她的笑容，這樣坦白而乾淨，給他安穩的感覺。便又大膽的建議起來：「打好筍，去溪畔摸蝦仔好不？」

「蝦仔有什麼好摸！人家水底活得好好……」

「不摸蝦仔，採水芹也好嘛。」

碧娟不理他了，低頭挖筍。

水芹有鮮綠鮮綠的葉，玉白玉白的根，飄浮在清明見底的活泉中。那裡的水石是藕色，泉水一直涼到心頭。

養父的家在山窪裡，平日下山一趟，快也要一小時多。碧娟做事了，就在外面和人一塊租房子。

那屋子其實是人家屋頂搭的小閣樓，另開了一扇門通向陽台。屋脊的高度恰恰好把碧娟卡在那兒，其他地方來去走動都要駝著背。牀舖也只是個帆布擔架，鑲在牆角內，與閣樓頂正好成四十五度夾角，躺在那裡，鼻子就要碰到天花板了。夏天奇熱，冬天酷寒。

天花板貼了許多圖片，仰臉一幅竟然是十幾年前的月曆，吉永小百合半側面照，頭髮全部梳攏到半邊，蓬然飛翔，另外半邊蟬鬢薄薄，耳際簪了一朵牡丹花。清晨起來，便是她第一個朝人倩笑。其它畫片大都是日本風光，富士山前一枝櫻花梢頭，庭院裡的假山假石假池，連矮矮的松也像假的。再就是一個女子著和服的背影，打一把油紙傘，走在長胡同裡，兩邊人家，門口高挑著燈籠，時候是落雨的夜晚，路面澄澄泛著水光，有燈影、人影，亂紛紛的，女子走得很匆忙，不知趕往哪裡。圖片留白處，是些什麼機車行、材料行的廣告，商標，電話號碼，又有從前房客的信筆塗鴉，紅原子筆勾畫的眞平四郎，那房客大概是個愛看連環書的大男生。

和碧娟同住的月珠，在電子公司做工，沒有讀書，閒錢便都拿來買化妝品，每天睡前光是洗臉就不知多久，常常碧娟都迷糊過一陣了，還聽她用檸檬乳液拍面，拍得嗶嗶叭叭響，三天兩頭就見她平躺在舖上，扎著一雙油汪汪的手，擦了橄欖油，說是保養皮膚，眼睜睜一躺半個時辰，嘴裡反來覆去哼不完的那首流行歌：「……爲何不回頭來看看我？我想輕輕握你的手，相愛何必又要分手……」

月珠在化妝修飾上，這樣精緻到家，除此之外的一切，則是邋遢之極。月珠喜歡紅色，回到斗室來是翻不出花樣，出門上工必定全套打扮，粉紅的襯衫，朱紅的短裙，配著橘色手提袋。目前她的計劃是下一筆薪水，置雙紅鞋子。月珠睡前要刷頭髮三百下，側刷，正刷，反刷。一邊和昏睡中的碧娟說：「工頭今天問喔，那個全身紅色的誰啊……」

碧娟早晨趕去上班，仍是中學時候那樣頭髮中分，兩根夾子當額頂把前髮別到後面，抿得一絲不亂，蛾眉非常崢嶸。晚上追著車子趕上課，算盤在書包裡面刷拉刷拉亂響。

才做了半天車掌小姐，碧娟簡直是又興奮又疲倦，小時候和清旺玩遊戲，高椅矮凳龍門陣擺得一串，她獨佔排首的老籐椅，指揮著清旺：「我是車掌。你是旅客。台北到了，台北到了，要下車的旅客請趕快下車……」玩不厭的車掌旅客遊戲。這時上下班的擁擠時間已過，碧娟從容的吹了幾響哨子，拉車門關車門間，也感到一種運用裕如的慣力作用，正在沾沾自喜著這下可以輕鬆應付了，卻見他撐著鐵架，一蹶一蹶的拄到車牌前。車子已經發動馬達要開了，他也並無意要上這一班車的意思，偏偏碧娟看他是有殘疾的，不知怎麼就喊住司機：「停車，停車，有人要上——」

老萬轉身看她，牛眼瞪得圓大一個。

碧娟情急的大叫，連比著手勢：「有個人要上車——」

老萬撥出一隻手來比劃，要她拿起胸前掛著的哨子吹。

碧娟傻在那裡，全然不明白什麼事。

「吹。吹哨子是呀，你！鳥叫個啥用！車掌小姐是給你這樣叫的呀？」

登時碧娟羞得滿面熱紅。拉開了車門，見他還朝著站牌發呆。「喂……喂，快上車——」他轉過身來，愣了一下，才費力的登上車子來。

老萬這剩的半途上，就數說個她沒完。搖頭晃腦，誇大的轉著方向盤。

他向碧娟道聲謝謝，便端端正正坐好，兩眼平視著前方，十分穩靜安詳，彷彿司機的嘮叨全不在他的心上，他的腮幫剃得很乾淨，泛著青青的澀意。卡其布制服那樣妥貼合身，領邊洗得有些白了，好像夏季陣雨之後的水泥地，一洗如天，涼綠的，有著靜靜的陽光。那一刻開始，碧娟就覺得他跟別人是不一樣。

而今天清晨一起來，起了秋風。秋風吹得天邊的雲疾疾行走，碧娟忽然覺得想哭，不爲什麼，就只是這樣的一天想好好哭一場。

早上月珠還在賴牀，天氣轉涼，被單蓋著剛剛好，細軟溫涼。碧娟掀了她兩次被子，「不赴啊啦，月珠姐。」

「人家愛睏……」月珠把單子又蒙回去，伏在舖上一團，一邊蚊子聲哼哼的說：「阿娟，給我拿一下那個好不？晾外面……」

碧娟到樓底下梳洗完上來，幫她去收內衣。曬衣竿短短一截，一頭卡在屋瓦上，一頭架在水泥矮牆邊的雞籠上。籠子老早不養雞了，棚欄一根根生銹得厲害。上面堆了些木材，破碎的塑膠板，還有一個裂縫的葫蘆水瓢，生了綠苔，裡面長得一叢含羞草，有時候碧娟給它澆澆水，它也開過淡茄紫絨球球花。竹竿的露水未乾，落到腳背上涼人的心。碧娟朝屋裡叫：「衫沒有乾咧——昨晚怎麼沒收進來！」

「唔……」月珠在裡面像是翻了個身子，「沒關係啦，拿來給我就好。」

陽台上望去，高高低低的違章建築，遠遠一個煙筒聳立著，還能看見上面一行大黑字：南僑水晶肥皂。這裡天天都要聞到那股竄鼻的鹼味，聞多了，好像人的嗅覺也給洗得白泡泡的。

月珠接過內衣，摸摸果然是半乾的，「不管它，穿上去一下也乾了。」便當面換起衣裳來。碧娟已經學會視而不見，她自己每次都是避在門後更衣。

「哇！這樣晚啦。」月珠看了一下時間，這才緊張起來。「幫我找一下車票好不？放在桌上的款。」

碧娟匆匆夾了頭髮要走，只得回頭來找車票。桌子小小一張三合板做成，堆著大瓶小瓶清潔霜，潤絲精，檸檬乳液，口紅用過了扔在那裡沒套上，梳子沾滿頭髮也沒清理，一根根髮絲縱橫伸張，到處惹灰塵。屋裡就這一張桌子，又叫月珠買的那些《女性》、《新女性》、《藍帶》、《婦女生活》給佔得滿滿，碧娟平常唸書只好趴在舖上，行軍牀下面懸空的，寫字都用不上勁兒，唸唸就睡著了，一覺到天亮，只有利用當班的空檔來唸功課。「車票沒有啊？」

「看看那件紅裙子袋內有沒——拜託，你月珠姐不赴啦！」

牀底下的塑膠面盆內，月珠昨天換下來的衣裙還沒洗，碧娟翻一翻，找出了公車票，摺皺不堪，「放桌上哦。」

月珠新換一件長袖襯衫，紅色底子，撒著黑色小點點。那領子一邊翹起來，擋著腮部，月珠湊著桌上一面鏡子拂了老半天，還是不聽話，氣得鎖著眉跺腳，嘴上卻向碧娟道了聲：「Thank you……」

「No Q」碧娟回道不謝，劈里趴啦跑下樓，一邊叫：「月珠姐你卡緊點，要不赴啦……」

韋克力總比別人早兩班車上學，晚兩班車放學，錯過擠人的時間，給自己方便，他不要別人看出他的狼狽相。

香檳西點麵包店，廊前搭著橘紅色白色條紋相間的帆布棚。紅磚道上隔植著木棉，平時禿枒枒的，清明前後的豔陽天裡，忽然在光禿禿的枝幹上，開出一朵朵碗大的花，金黃金黃，迎著碧澄澄的天。他早晨都在這一站上車。

公車開著，碧娟遠遠望見那塊帆布棚，風裡鼓得飽飽的，心上便一陣緊。

「嘿。」車門還沒拉開，碧娟從窗口就先打了招呼。

「嗨——」韋克力登上車，讓碧娟服侍他坐好。不知是羞，還是使了力登車，他安頓下來時候，臉總是要漲紅一陣，慢慢才消褪去。

天是涼了，韋克力的卡其制服外加了一件藏青色夾克，上車時，碧娟聞到一股樟腦味，淡淡的、澀澀的，今天才從衣箱裡翻出來的啊。單是多了這麼一件夾克，這麼一股味道，碧娟便覺得與他有些陌生起來，也許是新鮮感，總之叫她怯怯的。

韋克力馬上注意到碧娟仍然只穿著短袖襯衣，「怎麼不加衣服？冷死了。」

「不會。」碧娟搖搖頭笑，十分燦爛。她向來能抗寒，嚴冬裡一件毛衣就了。

「怎麼行，你這樣會感冒。」

「眞的不要緊，不要緊。」

「不行，你這樣子。我都加了衣服——」他低頭看看自己身上的夾克，像是沉思了一下，到底還不至於把外套脫下，給她披上。只好說：「這一趟回去，趕快向別人借衣服穿。」

「沒關係，不會冷的。」

「不行，這趟回去就加件衣服。等你感覺冷了，已經就感冒了……」他幾乎帶著命令的語氣了。

碧娟簡直要哭出來。風從車窗迎面灌進來，將她短髮吹得飛直，眉眼彷彿都吊梢上去。她覺得臉頰一直發燒，發燒，燒到兩鬢裡，頭髮也燃起來，一把煙火熊熊。

可是晨風颼颼的，打在她臉上，竟然有一種俊拔，帶著隱隱肅殺之氣，像一張男孩的面孔。

兩人都沒有再講話。碧娟是不能講的，怕一開口，就會哭起來。

「再見。」他下車時道了一聲。

碧娟慌亂的猛點了一陣頭，表示再見。從車後的玻璃窗看出去，他整一整拄架，一蹶一蹶步下安全島。車子駛遠了，只看到他青色的夾克給風一陣吹翻起來。

韋克力進了校門，一棟古老的紅磚大樓，有多少人寫過的「紅樓」，「紅樓迴響」，「三年一覺紅樓夢」。他也未能免俗的插上一腳，寫過類似紅樓，紅樓，撒了你一室的輕笑，我將拾起你的笑容，存放在衣袋裡，等那一天，那一天晴光白雨的日子，你的笑遍在光裡雨裡，還有天上的一道彩虹裡。他這才想起來，書包裡頭沈甸甸的，有五六本英文參考書，昨晚整理出來，特別要送給她的，竟忘得乾乾淨淨了。

這一晌，碧娟也不知幾次摘下夾子，整理那一頭吹亂的短髮。關上了車窗，是心躁的緣故，一會兒便悶得直冒虛汗，再打開窗子。這樣開來關去，車回到總站時，太陽已經刺刺的照在碎石子鋪的停車場上，站牌前擠滿了上班的人。

碧娟下了車，一陣風捲塵沙的追著她腳跟來，打得腿肚子刺痛，滿目盡是招牌，攤販的布棚和人的衣裙在風中劈劈拍拍的，擾得人心頭荒荒然。她一口氣跑到走廊下，站定了。廊外是花白耀眼的碎石子廣場，匆忙來去的人影車影，和那一片金風塵埃。廊內太陽照不到，只有陰風，掀起水門汀上的灰，打著旋轉。

進屋來見阿美還在喝茶吃飯團，看是碧娟，抱怨說：「煩死了，當這班車！把人擠癟！」

「當這班車？那你還在這裡吃茶，小張已經發動了。」

阿美頓時叫苦起來：「小張——我的媽呀！」小張的性子急躁，開車經常跟乘客吵架，尤其最怕碰到這種上下班時間，阿美邊跑邊回頭喊：「你不涼啊……」

「不會。」碧娟進屋來，一一和人家道過早安，至後面洗把臉，趁著這個空檔，到後街去吃了碗豆漿，燒餅夾油條。

清旺國中畢業，進一家餐廳做小厮，還是養父拜託了親戚的面子才輾轉找到的。

有一段日子不見，清旺忽然比她高了整整一個頭，嗓子也變了，兩人偶而在家裡碰面，都沒有話說。

清旺坐著站著是一刻不能穩住，兩手才插進褲口袋內，又拿出來，抱著胳膊肘，摸鼻子搔耳，百般不是。走起路來，像西部牛仔，也是不知把自己安放在哪裡才對。那樣高高的一個人立在她跟前，怎麼就這樣眉不清目不揚了呢。

碧娟拿了些參考書給他，要他閒時好好自修。清旺正眼不瞧一下，像是賭氣的說：「放在那邊就好……」

「不要忘記拿去哦。」碧娟不知什麼時候起，就這樣跟他客客氣氣起來。

她還想和清旺多講兩句話，其實也不知道要講什麼，總是不要清旺那樣一溜煙不見人影，吃飯時才遲遲從布簾子後面出來，一屁股坐下，撞了八仙桌把湯潑了好些出來。然後只管一隻腳架在長板凳上，將整個身子湊到桌面上去就碗，稀里嚕嚕埋頭扒飯。

養父看看搖頭嘆氣。養母很生氣，清旺這樣的丟她面子，便喝一聲：「旺仔！」

清旺抬眼望了望，懶洋洋的把腿放下來，照舊軟軟塌塌的坐在那裡。

碧娟吃著飯，頭埋得低低的，臉頰一直發燙，替清旺感到非常羞恥。

後來清旺在店裡偷了人家六百塊，花也花掉了。碧娟從親戚那兒一聽到，向月珠借了錢，便急急趕去。

她在巷子內轉來轉去，半天找不到這樣一家店面，攔住了一個高中生問，原來就在眼前。兩棟高樓之間夾著一片平房，隔花牆望去，亮著檸檬黃的燈，還是日式建築。一棵苦楝樹種在牆邊，枝葉漫漫，溢出牆外來。仔細一看，紅漆大門邊，果然有張半人高的招牌，「成都川菜館」。

碧娟很是驚訝怎麼這樣的地方，難怪剛才一路仰著頭找過去都尋不著，可是也該是家日本料理店呀。

她走到門廊下，招牌白底紅字，「川」字正好與她眼齊。門上貼著一方形白色塑膠板，湊前去看，寫了些黑字：營業時間，上午十一時至下午一時，下午五時至晚上八時。現在已過營業時間。她在門口徘徊了一陣子，扳開信箱的垂蓋往裡瞧瞧，日式窗子拉上了簾子，燈光一小片落在窗前泥地上，屋裡靜靜的，彷彿有著人影來去走動。這些在苦楝樹的遮蔭之下，疏疏離離，像是很遙遠，帶著不可近的神秘。碧娟輕輕探了一下門，沒想到門竟忽溜的開了，她一驚，趕緊退出門檻，把門帶回來，深吸一口氣，舉手按了電鈴。

先是她頭上的門燈吋一亮，碧娟整個人暴露在水銀燈下，又是駭一跳。看看自己的A字裙，剪裁頗不合身，緊緊的綳著肚子。裙攏又僵又挺，向外輻射，好像硬紙板裁成的錐形筒。裙子底下兩隻腳，兩個大膝蓋骨，她從沒有一刻像現在覺得，自己有這麼一對醜短的東西。

拖鞋在門內一路趿著過來，門一拉開，是個五短身材的男人。男人打量了她一眼，知道不是顧客，並沒有請她進來的意思，擋在門口問：「你是——」

「我是，我是，楊清旺的姐姐……」

「噉──虧你還來了。」男人重新再估量她一眼，「進來罷。」便反身領路進去了。

一條水泥路直通到棚架底下，兩三個石階上去接著一扇門，那玻璃門式樣總算帶些餐廳味道了。碧娟跟前去時，撞到靠牆一輛摩托車，正好在小腿骨上，痛徹肺腑。

男人指指椅子示意她坐下，「你等著這兒。」便轉身去了。

屋內日式格局經過一番裝潢，去了榻榻米，木板上擺著椅子，四方形雙人餐桌，正方形四人餐桌和八仙桌，桌上長頸瓷瓶插著玫瑰花，塑膠的。隔紙門外一條走廊，也都置了桌椅，剛才從那裡走進來，木板地是架空的，踏得空空響，回音在她心上擴大，這房子變得像一座荒廢的大穀倉，麻雀從破損了的天窗飛進來，飛出去，嘰嘰喳喳噪叫著。走廊的玻璃長窗，外面黑沉沉的一切，彷彿懸吊了蘭花之類的盆栽，是那種後花園的陰涼潮濕，也許有一座蓮花小池。這邊的一切，桌椅、玫瑰、紙門，和天花板的裝飾燈，都清清楚楚映在長窗漆黑裡，還有她的人，幽幽的坐在一張椅子上。

走廊那頭一陣腳步聲，碧娟趕快起身迎出去，卻是清旺，下了工，換上運動衫，白襯衣搭在肩上，正要出門。

清旺回頭一看，也驚住了，竟然粗聲喝道：「妳來做甚！」

碧娟一時簡直說不出話，氣得張口結舌，淚水一下子湧上來，眼眶裡打著急轉。

這時候裡面出來一個婦人，冷冷的給清旺一句：「你先不要走。」然後轉臉和碧娟說：「這邊來。」便選了一張桌子對面坐下。

碧娟垂首坐著，眼淚撲簌簌的落下，又沒有帶手絹，用手背去擦，越擦越流不停。婦人隔得遠遠的安慰她：「別哭，別哭，有話好好說，哭沒有用啊……」一邊進去拿了幾張衛生紙給她。好一會，碧娟才擦乾淨淚水，斂容端坐，從手提袋裡掏出一個信封，遞過去：「這個是——」婦人只把封套往桌旁一擱，像是完全不在意那個，隔著桌面湊過來和她說：「妳今天看了也知道，這片店，我們不靠它過活的。知道地方來的，是些老顧客，平常過路人誰要進來呢。這館子，是要開不開反正那個樣兒，明天我就關門了也說不定——不靠它賺錢嘛。」老板娘的眉毛都剃掉了，畫著褐色的，細細彎彎的柳葉眉。皮膚不必擦粉就是很白的，頭髮染得太過火，梳成貴妃髻。她緩口氣，一個轉折：「所以，妳知道，橫豎我們忙些，不如少個人。」

碧娟十分羞慚，臉通紅著。

「妳知道，我們還不是搭了親戚們的面子，要不，爲這事早也該把他辭掉了。端飯端菜，誰都能做啊，他來時連這些還要教的，我都不必說給妳聽了——妳父親好不容易替他找到的事，包他兩頓吃的，其他我們也不虧待他，這就該好好做才是，妳說是不是？」

「……」碧娟坐在那裡，望著自己的小腿，腿骨當中一塊紅紫的瘀血。

以後，老板娘又說了許多，碧娟沒有聽在心上，想著那年兩人上後山採四季果，拿到街上賣。四季果是紅紫的硬殼，長在蔓生的葛藤上，蟬聲一鳴的時候，就可以摘了。清旺一仰頭，當額給一條綠精精的蛇啄了一口，一會兒臉腫得有南瓜大。她半扶半馱拖下山來。一路汗水眼淚滂沱得滿面。清旺起先還安慰了她兩句：「阿姊，不要哭……我不要緊……」說說就口齒不清了。

家裡請了道士來，符咒沾在劍梢，火盆裡焚化了，黑煙和紙灰忽忽旋至半空中，飄散而去。清旺躺在那裡，滿頭敷著草藥，全身腫脹，眼睛變成兩道細縫，深陷在一塊發酵的麵團裡似的。碧娟主張送到醫院去，也沒有人聽她，後來她哭著向導師討主意，導師即刻雇了計程車，繞路上山，車子再上不去了，換成步行，好說歹說把清旺送到醫院裡，打了綜合血清，這條命才算又撿回來。

「就再用他一段時間看看罷。」老板娘終於說了這一句，碧娟急忙道聲謝謝。

「我看妳也是個老實的孩子——」老板娘離開位子起身，封袋仍然擺在桌邊，不曾動它，環著她肩膀下到走廊上，「怎麼弟弟就這樣……妳做姊姊的要好好管他才是。」

碧娟給她這麼摟著肩走，感到自己非常龐大而笨拙，還有裙子，跟裙子底下兩隻腳，兩個膝蓋骨。

一出門，清旺氣急敗壞的，厲聲說：「我的事妳免管！」

從那次蛇咬之後，清旺原來雙眼皮的眼睛，變成了一單一雙，單的那隻總好像瞌睡才醒。碧娟這時候連氣憤都沒有了，這樣難堪的場面，她只想從清旺面前立刻消失掉。

「我不稀罕妳的錢——我會還妳……」清旺有些困難的說了這話，掉頭就走。襯衫搭在肩上，一搖一晃的八字步，轉出了巷子。

路邊一棟公寓房子，碧娟在那面牆壁靠了好一會。巷子兩旁的樓房頂入天際，夾著一塊方天，鬱黑的。她這樣仰臉望著，覺得天好遠好遠，樓好高好高，那個竹影下青衿白衣的人，跟她這一生有著什麼樣的關係，她簡直不能往下想。牆壁整片塗著瀝青，白天吸熱，現在熱還沒有盡散，牆抵在她背上微溫的。

碧娟回了生母家一趟。

生母家跟他們同住一個山窪裡，放學回家的山路上，一條岔路進去，兩邊密密的相思林，相思林裡雜一片茅草，葉條長長，一不當心，就會給它割傷了。從前常有人來山裡收割茅草，近年來這種燃料不吃香了，茅草長得有人一般高。草葉上攀著一些葛生植物，細薄的莖，水綠色的小葉，有的一直爬到了相思樹梢，可是從來不見它們開過花。彎彎曲曲好長的路，前面忽然變成一片蓮霧樹，橘子樹，進去些，疏疏落落的芭樂樹，庭前一塊黃泥場圃，曬著稻穀，幾隻雞在場邊尋穀子吃。

母親總不要她往這裡跑，碧娟也懂得。一年一度做拜拜的時候，養母才叫她送隻白斬雞過來，還有半籃筐紅龜。母親也給她包袱裡包了一塊醃豬肝什麼的，算做回禮。

這次回去，母親早聽說了這事，因爲疼她的緣故，反而變得待她很淡。那定定的看著她的眼神，有著傷痛，和更多的冷淡，像是說：「妳怎麼弄的？到今天這種地步？」

碧娟也不跟母親說這些事。母親在竈前生火，火光映在臉上，一明一滅的跳躍不定。她蹲在一旁送木柴。生完了火，對面坐著小木凳摘菜，談的都是親戚們之間的日常。一隻烏骨雞跑進來，啄菜吃，吃著一邊拉屎。

母親切好一盤齊整的水煮空心菜，澆了醬油，放進碗櫥裡，遞給她一夾噹噹。

門外天光還亮得很，小姪子拿著一根細竹棒，蹲在泥地上玩，畫了一個大圈圈，一個小圈圈。一隊鴨子拽呀拽呀經過旁邊，哦——哦叫著。姪子扔下竹棒，追鴨子去了，一時間滿場子嘰呱呱紛亂一片。母親站到門口喝一聲：「坤仔！」

碧娟嘴裡嚼著菜筋，胸口一陣抽痛，眼淚就緩緩的流了下來。

母親看見也不管她，舀了水洗菜，水聲淅瀝淅瀝，外面還有零星的幾聲鴨叫。彷彿聽見母親和她說：「妳要一個理站得住，就不怕他們。」

她靜靜的哭過，感覺心上乾淨了許多，起來到門邊站站。天光落在泥地上，地上一個大圈圈，一個小圈圈，和一枝小竹棒。「坤仔，過來……阿姑買的糖好吃不？」

「好吃。」

「好吃明天再買給坤仔好不？」

「好。」

碧娟笑了笑，轉身進來收拾碗筷吃飯。遠遠的山裡，有一聲聲尖拔的鳥鳴，叫著：吱咕嘍，吱咕嘍……

今天在站裡，已經好些同事問碧娟：「不涼啊！」她都是笑著搖頭：「不會。」可是過了中午，老萬推門進屋，帶了一股涼氣颼颼進來，叫她連打幾個噴嚏，喉嚨癢癢的。

「這個小丫頭，還要逞能呢。涼到了罷。」老萬的大嗓門就喊開來。

「不是，不——」碧娟正要分辯，又連連兩個噴嚏。

「不──是?你看看，這還不是咧?」

老萬替她倒了一杯熱茶來，又要將身上的夾克脫下來給她披著，碧娟怎麼樣也辭謝了。

她從小在山裡長大，好空氣好水質，養得她兩頰紅撲撲的，眼睛琥珀色，清潔而坦白。這一段時間的半工半讀，氣色不像從前那麼好了。韋克力要她加一件外衣，光這已是一樁心事，存在心上想了一天。下午當班時候，算算時間是碰不見他的，也就照樣頂著光膀子上車。哪裡曉得韋克力居然一拐杖攔住了車門，登上車來。

碧娟當下一驚，已覺得對他非常抱歉，偏偏口中含的髮卡又落到他皮鞋上，奶黃色的雞心形襯著那褐色的鞋面。她想著想著，車票洞又數錯了，車窗緊閉，悶得她昏昏沉沉，鼻尖直冒著冷。

韋克力看她並沒有加衣服，這倒不好再提起來，有些失望是真的。他想起書包裡的英文參考書，振作了一下身子，轉過頭來說：「我有些書不用了送給妳。」便把書遞過去。

碧娟搶前一步接了書，直說：「不好意思，眞不好意思……」

「沒關係，反正不用了。昨天整理書架，書太多了，堆得亂七八糟。反正不用了，白白放那邊還不是白放……就拿來給妳……」車子行駛中，講話頗費力，他又要一邊攔著那兩支拐架，一下子臉腮就泛起了紅暈。

碧娟也不管聽得清聽不清，一逕努力的點著頭。

兩人都不講話了。韋克力望向窗外，安全島中飛馳而過的大王椰，秋風翻起它們的大葉子，朝一個方向吹去，好像急急趕赴一個盟約，有此去不回的決絕之勢。

車子來到一站，嘻嘻哈哈湧上一群小伙子，先上的佔了位子，腿岔得老開坐著，直伸到車當央，點起菸來抽。

「旺仔！」碧娟驚呼一聲。

清旺一抬眼，也愣住了，然後便摔摔搭搭登上車來，一屁股坐到他們當中。

碧娟還朝他望著，沒注意到最後一個上車的正提高了喉嚨說：「小姐，快點哪，五個洞——」他們一夥人轟的笑起來，清旺笑得最響。

她沒弄懂人家笑什麼，心中慌著，手底下咔咔咔就剪了六張車票。

這個留嬉皮頭的索性靠著門邊的鐵條欄，一腳立在車階下，一腳踏在車階上，叫：「喂，我說五個洞嗳——你們瞧，她還多要咱們一個洞。」他們又是一陣大笑。

「對不起，眞對不起。我補給你……」碧娟低下頭去在提袋裡摸出兩塊五。

「你們聽見沒？這位小姐說，要補我——一個。」一邊接過銅板，就勢摸了她一把手心。

碧娟也不是第一次遇見這種無賴，全不睬他，只拿眼睛牢牢盯住清旺。清旺避開她的眼神，夥在大夥裡面嬉笑。

嬉皮頭見她沒有反應，順著碧娟的眼光望去，喊開來：「嘿，阿旺，這馬子認識你？」

幾人都嬉皮笑臉的望向清旺。清旺聳聳肩，一副豪邁的口氣說：「她認識我？我可不認識她哦。」清旺的閩南國語馬上又引起一番爆笑嘲弄。他縮回位子裡，難堪的笑著。

車廂裡漫著一片濃濁的菸味，已有乘客很不滿意了。對排坐的一位，砰的將車窗打開，一股涼風灌進來，把煙霧吹散了去。

其中一個小個子說：「人家不高興我們抽菸啦……」左右顧盼著，看要不要熄掉菸蒂。

「笑──話。老子抽菸誰管得著！」那人幾乎是半臥在座位上，朝車頂噴了一口煙圈，抖著兩腿。

後來上的乘客都站在後面，駐足觀望。車裡安靜了一會。

嬉皮頭仍然閒閒的倚在那裡，上下打量著碧娟，回頭和他們笑：「這小姐有兩下子喲……」跟著又轉向碧娟：「妳的兩根夾子──」換了閩南腔調：「眞讚喔。」

「你們放客氣點！」聲音就在嬉皮頭的後面。

眾人吃一驚，看向韋克力。嬉皮頭轉過身一看，磔磔怪笑起來，湊近椅背去端詳了一番。暗紅色的皮椅套，上面一塊方形豔藍塑膠布，正黃色的大字寫著「博愛座」。「咦？這是什麼？噢，博──愛──座！」

韋克力掙著站起來沒成，跌回位子上。

乘客譁然起來。碧娟急急的按著電鈴。老萬搞不清後面鬧些什麼，可是早也看那幾人不順眼，駛到一站上，熄掉引擎，從駕駛座裡跳出來。

「他們欺負人！」碧娟尖著嗓子叫。

老萬一步跨到車中央，「操他媽的，你們要造反……」

嬉皮頭也逼上前來，後頭簇擁著那一票小伙子，吼著：「怎樣？就是要造反怎樣──」

「怎樣！我揍你你造反！」老萬掄拳而來，叫乘客們一把拖住，勸道：「那個瘋狗一個的，你還跟他鬥？」

「幹你媽的，你母狗！」嬉皮頭又逼前一步，給他夥伴們拉回來：「算了算了，饒他一馬。」

嬉皮頭一脫身，挺前去：「老子也是你揍的？有種過來，來呀！」

乘客們群起公憤，幾個年輕人擋上來：「你要討揍！」旁邊避著的也叫囂著：「這小子什麼東西嘛什麼東西！」

老萬被攔在另一邊，得了助勢，乾脆喊：「你們都給我滾下車去！滾！」

嬉皮頭原已氣衰的，這一撩，又炸開來：

「他媽的車子是你的？老子可是花錢買票上來，滾？你他媽的憑什麼叫我滾？憑什麼？」

「老萬，我去叫警察！」碧娟一聲大喝，又尖又抖，劃破車頂。

嬉皮頭先訖笑起來：「哈，叫警察？警察？」四顧望了望他的同伴，幾人還在猶豫待變中，他已坐回位子上，搖搖頭，揉著鼻子笑。

這一群傢伙顯然都鬆了一口氣，涎著臉皮紛紛坐下去，「就是嘛，叫警察！笑話。」

老萬暴跳著喊：「操他媽的當我不敢叫？楊碧娟，去，下去叫給他們看。我萬某人守在這，一個也別想逃！」

「逃？」嬉皮頭一聲大笑，接著臉色陡然一變，「呸！你什麼玩意兒，守——我們？」

老萬這還受得了，要衝過來，硬是給幾個男乘客死拖活拉連著喝斥才攔住，擁回駕駛台上，便在台上大罵起來。

「好啦好啦。你這又要怎樣?論打還打不過人家呢。」乘客勸著。

「操他媽的誰說我打不過他們——」

一個中年男人一旁冷冷的打斷他:「哎,哎,你們要打架開完了車找地方打好不好。我們還有事欸。」

車子開著,速度之快,外面的大街市在風裡車速裡狂飛而過,窗子和車身顛得擦擦響,不時冒出老萬一兩句毫無意義的詛咒。

車內出奇安靜,乘客們臉上有一種奇異的表情,焦慮當中透著興奮。一個急轉彎過去,人簡直要給潑出廂外了,天空樹影好像整個傾斜了半邊去。誰的便當盒一下滑出來,鏘的散在車中央,滾出半塊吃剩的饅頭,直從車尾滾到車前。

一個小學生先咧開嘴笑,那一排小伙子跟著也竊笑起來,有位婦人掏出手帕,點點額心、鼻尖,噓口氣嘆道:「這司機瘋了是不是,要送死啊……」

韋克力一直垂頭坐著,到站時,碧娟迎上來幫他一把,他微微的擋了開來,自顧拄下車階,沒有說一句話。

碧娟回首望去,看他過了馬路。電桿電線頂著蒼藍的天空,秋風吹得天邊的雲疾疾行走。他的藏青色夾克,有著澀澀的樟腦香,越來越遠,越來越遠,一個眨眼,就已沉入了沸沸的市塵行人中。碧娟將額頭抵著車窗,狠狠的抵著,要把自己永遠嵌入那片玻璃裡。她感到寒氣一陣凜凜的，背脊跟手心卻悠悠的出了一汪汗水。

那晚她下班回屋子，就病了，鼻塞頭暈，渾身痠疼，昏睡在牀架上。房東說過是不准插電，可是他們私藏了一口小電爐，背著房東經常煮消夜，每次都是碧娟張羅好了兩人吃。今天月珠看她真是病的厲害，總算也從臥舖爬起來，把鍋子刷了，煮了薑湯。

月珠成天唸唸叨叨害怕發胖，每頓飯只吃半碗，肉也不敢吃，裙腰稍稍一緊，便呼天搶地的哀叫著。可是她吃零食，毫無忌憚的吃。手提袋裡經常一包蠶豆，一包山楂片，得空放兩顆在嘴裡嚼。實在尋摸不到東西吃了，就見她抱著奶粉罐，看一頁畫報，舀一杓在嘴裡吃，一下吃掉半罐奶粉，可又喪著臉呼叫起來。現在她在湯裡加過糖，蓋上糖罐之前，拿手指沾了好些吃，嘖嘖品味。

外面下著細雨。窗底下一塊塑膠瓦，簷上落下的水，打在上面滴滴搭搭響，忽遠忽近，竟是一支不成調的小歌。

薑湯煮得差不多了，噗噗嘟嘟打響，小屋內飄著一片暖暖的薑香，像嚴冬季節裡溫在火爐旁邊，窗外的風雪儘管滾著天吹，滾著地吹，可是這兒爐中的炭火，紅醞醞的火星子，一明一暗，只有老祖母的故事。

有人輕輕的叩門，月珠依稀聽見了，但又似乎只是雨點和小鍋打響的聲音。隔好一陣子，才又叩起來。月珠頂著一頭髮捲，過去開了門。

一個男孩立在閣樓門口，背後是大市鎮上空黑沉沉的天氣，屋內日光燈照在他臉上，慘白的，頭髮都濕了，一條條貼在額上，滿臉雨水珠子，一隻眼睛大，一隻眼睛小，在燈光照耀下，眨巴眨巴的。「楊碧娟住在這裡？」

「是，她在睡覺。」

他朝屋裡探了探頭，一條尼龍繩橫在屋當中，晾著衣物。

月珠發現他在淋雨中，想嚷他進屋來，但屋子實在太小，只好問：「你找阿娟有什麼事情？」

「哦？」他站在那裡，要走不走的樣子。

「你是阿娟的朋友？」

「是。噢，不是，不是，不是朋友……」他爲難的搔頭抓耳，拿手揩著雨水，半天才嚅嚅說出：「我是清旺。」

月珠一聽，親熱的叫進來：「啊，清旺，進來進來，你阿姐生病啦。」

清旺正遲疑著要不要進去，聽見碧娟在屋裡呻吟了一聲，便忽然有懼色，急急的拒絕了月珠：「免啦，不進去啦……我看一看她住的地方……沒有事……」他不知所云的謝了月珠一番，就下樓去了，不管月珠在後面喊著。

碧娟睡得很不穩，彷彿聽見有人講話，睜開眼問：「什麼人？」結果只是沙啞的一些喉音，不成聲。她體內像燒了一把火，想起來喝杯水，可是怎麼也動彈不了。小屋裡的一切東西都縮小下去，隱退得很遙遠，只有那盞日光燈，一直膨大、膨大，化成了一片白糊糊的光暈，緩緩的旋轉，壓迫得她要窒息了……一張臉從那裡頭逼近了來，喊她，搖她，碧娟這才回過氣來，醒了。

「水……」

月珠連連給她倒了三杯水才止住燒渴。「阿娟，剛才妳弟弟來。」

碧娟一震，驚問：「他來做甚？」

「不知道……」月珠一一詳細說了，她是知道碧娟有個弟弟，可是今天看了完全不像，心裡又有些奇怪他們的姊弟關係。「你們吵架了是不？」

碧娟正想著什麼，並沒聽見她的問話。

「妳跟妳弟弟一點不像。」月珠過去盛薑湯，一邊品論起清旺的長相，才那一下的照面，她倒把人家瞧得很清楚。

碧娟呆呆的捧著塑膠碗，頻頻自語著：「他來做甚……」

月珠臥回牀舖上，盛了一碗擺在地上，看一段小說，起身喝它半口，雖是苦著臉叫難吃，也喝了好些下去。

窗外的雨落著，碧娟想起從前和清旺偕伴上下學。夏季裡常常忽然來的一陣大雨水，洗得天空清清涼涼，這時候什麼小東西都跑出山林來了。樹幹上爬的蝸牛，鬚鬚好像電晶體收音機天線。路上慌慌張張縱橫來去的黑螞蟻，還有小蜻蜓，透明的薄翅，有的是尾尖一點豔藍，或者朱紅，金黃，紫青，漫天漫草飛著。

清旺一路上忙死了，不是去惹金龜子，就是去搗螞蟻窩，追蜻蜓跑。碧娟總要連催帶罵的走一段等一段。清旺趕上她，說：「阿姊，老師教我們一個字，王先生白小姐坐在石頭上。阿姊知不？」

「王先生白小姐坐在石頭上……什麼字？」

清旺朗朗的童音笑著說：「王先生，白小姐，坐在石頭上，楊碧娟的碧嚒。」

她一聽自己的名字這樣響亮的被喊出來，在山裡傳開，一層一層的梯田遠去，直到山邊那頭，心上慌慌的，紅了臉也笑起來。

「阿姊，聽，」清旺不知什麼時候跑到畦畔上，回頭叫：「田在吃水。」

靜靜的聽聽，果眞是旱天之後，如降甘霖，一片稻秧來不及的大口大口的喝著。

雨後的日光乾淨的照在田上草上樹上。小蜻蜓在光裡遍空紛飛，一閃一逝。碧娟眼睛隨著一隻藍尾的飛著，追蹤追蹤，忽的消失了，只見禾苗青青，田埂上立著清旺一個瘦小的人，頭上戴著橘黃色鴨舌帽，卡其布短褲，白上衣，襯著藏青的小翻領。

碧娟放下喝剩的半碗薑湯，朦朧的睡去。「落雨了是不……」

「唔。落好久啦。」月珠又跟她聊了半天，發現碧娟已經熟睡中，無趣的翻身起來，將地上的碗捧了一口氣喝完，皺著眉嘀咕一聲：「有夠壞吃。」

雨繼續的下著，落在塑膠瓦上，是一支秋天的小歌，唱在每個人的現世裡——唱不完此生此世的多少憂患啊。

民國六六、六、六、淡江

子夜歌

那年夏天，我們家才來一隻蛙，金色的蛙，有好長好長的背。夏天的晚上總是蛙叫，在月光底下遠遠近近的叫。可是有一隻特別的，好像就貼在我們的耳邊，「呱——哦？呱哦。」每次都是這樣的兩聲。

我小的時候像一隻蛙。穿著開襠褲，籮筐腿又彎又短，眼睛小而黑，完全沒有眼白似的。人家到我這樣大的年紀，走路早就會了，說話也說得好清楚。可是我的籮筐腿只能顛顛倒倒的扶著竹籬笆走，在泥巴地上留下兩行歪歪斜斜的小腳印。走到門邊，微弱的搖著籬笆門，一聲一聲的喊：「開開門。開開門。」我講的話只有媽媽才聽得懂。

那年夏天，我們去蘭陽平原玩，撿到兩隻剛剛孵出來的小雞，頭上還頂著蛋殼片片。蘭陽平原在好遠好遠的山那一邊，一個山洞過了又一個，每個人的臉都被燻得烏烏的。蘭陽平原有很大的養雞場，蓋得像四層樓公寓一樣。晚上睡覺很靜的時候，聽見遠遠的地方，沒曾休止的吱吱喳喳的聲音，好像一座熱鬧的大市場。我跟哥哥姊姊睡一起，把姊姊推醒了問她是什麼聲音。姊姊迷迷糊糊的聽一聽，說：「沒有啊？」夜裡頭靜得像姊姊練毛筆字用的墨汁，那些吵鬧隔著厚厚的墨黑傳來，是這樣的清楚，怎麼一連好幾夜只有我一個人聽見呢？我睜大了眼睛想聽出是什東西，一會就又睡著了。在夢裡看見黑幕的外面，是白天，有大大的太陽照著，熱得地面蒸出一層層白煙。很多人在地上搭棚子賣水果、橘子、香蕉、葡萄，和嘴巴很長的陶器水壺。他們都穿著阿拉伯人的衣服，臉上蒙著白布，比手劃腳的講價錢。棚子下被水果的顏色映得紅紅紫紫的，連他們的白衣服也變成橘子色了。還有音樂，很小聲，快要被人聲蓋住了，是吹蛇的笛子聲。後來媽媽告訴我那是養雞場的雞兒們在講話。我曉得了我們睡覺的時候，黑夜外面的人是醒著的，他們在賣水果。

蘭陽平原的海岸很長，映在火車車門的玻璃裡，卻是小小的一截。龜山島在玻璃窗子裡跳來跳去，一會看見，一會又看不見。可是我們把兩隻小雞帶回家來了。一隻叫做阿基，一隻叫做米德，養在生力麵的箱子裡。阿基不久就死了，我們把牠埋在後院的木瓜樹下，土堆上插著一枝冰棒棍。木瓜樹長出又黃又大的木瓜，我們說這裡有阿基的靈魂，都非常寶貴的吃著。米德後來就長大了，每天幫我們生一個蛋。

我愛憑空的感嘆一聲：「那年夏天……」一生裡的那個夏天，我好像才忽然明白了一些事情。不僅是因爲我看到了蓮花上那個星星的孩兒。

那年夏天。

眷村的小孩不知道爲什麼都那麼的多。一進村子大門，滿眼是小孩子跑來跑去，叫喊著。大馬路上粉筆畫的紅線白線，玩過五關斬六將、壘球、跳橡皮筋、一二三木頭人。腳踏車從玩耍的人群裡，吱吱呀呀的躲著閃著騎過去，行人撩開橡皮筋從底下穿過。大馬路旁邊種著苦楝樹和相思樹，相思樹上垂下一仙一仙的小毛毛蟲，在風裡盪來盪去，有時候落到人家的頭髮上。

杜媽媽家有七個女生，禮拜天杜伯伯常常帶她們去動物園或兒童樂園玩。她們穿一樣的格子背心裙白襯衫，一樣的白襪子黑皮鞋，紮一樣的長辮子。杜伯伯一隻手牽著六小妹，一隻手抱著小招弟，浩浩蕩蕩的走過村裡的大馬路。大家見了杜伯伯總是笑嘻嘻的說：「七仙女呵。好福氣啊杜先生。」每天早晨，姐姐去等她們上學。杜奶奶坐在院子裡給她們梳頭，有的時候梳麻花，有的時候梳鳳仙頭，也有的時候梳馬尾巴。她們好神氣的甩著馬尾巴上學去。有一天杜奶奶身體不舒服，結果四個姐姐都是披著長長頭髮去學校。媽媽很忙，沒有時間幫我們整理頭髮，所以姐姐的頭髮短得到了耳朵上面，脖子後面刮得青青的，男生都叫那是馬桶蓋。我的還只是又稀又薄，沒有長成的一些黃毛毛。

我們有一張全家福照片。爸爸穿著軍服站在第一個，肩上的兩顆梅花亮晶晶。媽媽站第二個，穿旗袍。雖然那個照像館的叔叔一直呵呵的笑著說：「靠近點……害臊什麼嘛王太太！噯，靠近點……」可是爸爸和媽媽仍是隔得好開好開。再來是大哥哥，大姐姐，二哥哥，小哥，和我，這樣一行梯階的排下來。我站在那兒，胸前別著一塊手帕，嘴巴張得老開，籮筐腿彎彎短短的，眼睛跟兩隻蝌蚪一樣。照片洗出來，就已經泛黃了，像是爸爸年輕時候在大陸上的拍照。我知道眷村的每一家，都會有一張這樣梯階式的，老老黃黃的全家福照片。眷村的小孩一個一個的生出來，然後在相片上排隊。我排在最後，像一隻蝌蚪，也像一個休止符。

眷村裡孩子少的人家和別人家就不一樣了。丁寶寶他爸爸是上校，長得高高胖胖，有雙層下巴，已經退役了，在做股票的生意。他家不像我們是用竹籬笆圍成的院子，在籬笆角角擺著雞籠養雞，壞學生只要把竹片片扒開一點，就可以伸手進來拔雞毛做毽子玩。丁寶寶家是紅磚圍成的高牆，上面插著亮閃閃的碎玻璃，一扇紅色大門緊緊的關著，有時才看見丁媽媽衣服很整齊的開門出來倒垃圾，倒完回去，紅門就輕輕的關上了。我們只能看見從牆頭上整個覆蓋下來的九重葛，綠得不得了。春天時候，菱形紅花的花串沉甸甸的垂滿了牆頭，我們叫它鈴鐺花，採下來玩家家酒，都是把花瓣搗成汁一樣，紫紅色的汁裝在瓦片上，當做葡萄酒。

二哥哥和丁寶寶一班，說丁媽媽常常去班上送東西給寶寶。下一點點毛毛雨根本沒關係要送雨衣，天上忽然颳起風來也要送厚衣服。丁寶寶看見丁媽媽來了，在位子上動來動去不安心上課。一下課就跑出去向丁媽媽跺腳，紅著臉罵丁媽媽：「我叫你不要來，叫你不要來嘛！」他毛衣也不要穿，一逕朝外推著丁媽媽：「你回去！回去……」丁媽媽很生氣，拿著毛衣站在那裡不知道怎麼辦。後來丁媽媽把衣服交給他們老師，請老師要丁寶寶穿上。丁寶寶跟我們一塊玩總是怕把衣服玩髒了，所以玩一玩就站在電線桿下看人家玩。他身上永遠有一股痱子粉的香味，有時候靠在紅門上啃大蘋果，啃完把核一丟就進門去了。

還有是我們家後對門的小金，她家有一座小化妝枱，玻璃板下面壓滿了照片，卻沒有一張是全家的。小金指著一張戴軍帽的人頭說：「這是我爸爸。」那裡湮了一大塌黃漬，看不清楚，我跟姐姐湊近去貼著枱子看。小金爸爸的臉好瘦，眼睛小，鼻子小，嘴巴也小，還尖尖的；脖子很細，頭上的帽子像一朵大香菇。我們很驚奇，從來不曉得小金爸爸長的是這個樣子：「小金你一點都不像你爸爸。」

「當然不像……」小金靠在化妝枱旁邊，老老的笑了一聲。其實她有一張和她爸爸一樣瘦白的小臉，只是小金的眼睛很大，深深黑黑的，藏在亂蓬蓬的劉海後面。她的頭髮到肩上那樣長，可是金媽媽從不幫她梳頭，小金就只好披著一肩結成條的髒頭髮。她常常是頭垂得低低的，眼睛在頭髮裡看人。

小金又指著一張半身的相片說：「這是我爸跟我媽結婚時候照的。」

我和姐姐又趴到枱子上看。玻璃板從這個角角到那個角角有一條很長的裂縫，像閃電在天空打過去一道白光，正好穿過金媽媽的眼睛、鼻子、和金伯伯的脖子。金媽媽錫半個身子斜靠在金伯伯的肩上，眼睛和小金一樣的大，眼珠珠裡像長滿了高高莽莽的野草，在太陽跟風底下，吹得搖閃閃的。金媽媽的嘴巴一定塗了口紅，看起來也是很大、很亮。照片上覺得都是金媽媽的人，小金爸爸被擠在線邊邊，一不當心就要跌出相片來了。姊姊擡起頭問：「你媽媽怎麼沒穿新娘服？」

「他們沒錢。」

姊姊又問：「你爸爸怎麼都不在家？」

「我爸爸在台中，很久才回來一次。回來的時候都是晚上，提著一個大包包，從包包裡拿出太陽餅給我吃。可是我爸一回家就跟我媽吵架，還摔東西，你看——」小金指指化妝枱上的大鏡子，當中不知道是什麼東西摔上去的，從一個圓心四散出去震得都是裂紋。「茶也被我爸打翻了，水一直流到玻璃下面。我媽坐在牀上說：神經病！神經病！」小金還是抱著胳膊肘靠在枱子旁邊，臉上也沒有表情，好像在說別人家的事情。「然後我爸把我媽的化妝品稀哩嘩啦的統統扔到地上。我媽就叫起來：你發瘋了！摔我東西！老娘也是給你摔的！然後我媽就跳上去抓我爸的臉，我爸的臉都抓流血了。第二天天還不亮，我爸就回台中去了。」

我跟姊姊聽著，都「哦？」了一聲，再趴回枱子上看金媽媽。玻璃裂痕把金媽媽的臉曲曲的割開了，越看越是抓不住金媽媽的長相。我一點都不懂得小金說的是什麼意思，想姊姊也不懂。但我們眞的很喜歡聽小金說話，聽她說話我總是有些害怕得要發抖。就像她家的屋子一樣，常常黃昏天都黑了還不開燈，電鍋也是冷冷的不會打響。我在院子裡隔著竹籬笆看她家，就要害怕起來。金媽媽很少在家，小金沒有人做飯給她，媽媽就喊她過來我們家吃，幫我們洗頭髮的時候，也會順幫小金洗。

媽媽每天都在客廳裡繡毛衣，繡完了一批又去向陳媽媽家換新的來繡。家裡沙發上、牀鋪上、電視機上，到處堆著一捆捆的白毛衣，和一打一打藍色的、紅色的毛線。晚上要睡覺了，才把牀鋪上的毛衣毛線挪到牆邊去，哥哥姊姊都不要睡那裡，只好我睡。那長長的夏天晚上眞是熱啊，有毛衣毛毛扎人的刺熱，和一股沉重笨厚的毛衣味道。有時候我陪姊姊把繡好的毛衣送到陳媽媽家，毛衣高高的一疊，像是捧一頂山一樣。我常常看媽媽繡毛衣，一根又粗又大的針在我的面前穿上穿下，一會就在毛衣上穿出一條粗的紅槓槓，一條細的藍槓槓，然後再一條細的紅槓槓。上午的陽光慢慢照進客廳裡，媽媽抹著汗，把繡框移到後面放米缸碗廚的房間繡，等到下午的陽光從紗門上篩進來，媽媽再搬回客廳來繡。一件繡完了又一件。我問媽媽爲什麼毛衣永遠繡不完呢？事情總應該會有停止的時候，好像全家福照片上，我是那個休止符。媽媽也不理我，塞給我一團紅毛線去玩，讓我自己向自己說話個不停。人家想到夏天，是和冰淇淋聯在一起的，但是我的夏天是厚厚的毛線衣。

小金從來不和大家一塊玩耍，她可以窩在沙發裡一天，就只是呆呆的看媽媽繡毛線衣。媽媽做閒了，望望小金，喊她過去幫她梳辮子，揀兩條紅毛線雜在辮子裡編，編完了打一個蝴蝶結。小金的亂頭髮一紮起來，臉一下子的大了，也亮了，變得好清好美。大家見了都說小金好好看哪。小金不笑的臉這時也輕輕的開了一開。

夏天快完的時候，媽媽忽然不繡毛衣了，換成做小天使。家裡到處都堆著一包包小天使袍子、金冠、銀棒棒，和眼睛鼻子嘴巴。小天使的身體是一個圓木棒，要給他穿上漂亮的袍子。有的天使穿粉紅色的袍子，有的穿天藍色的。媽媽在他們圓圓白白的臉上黏好眼睛、鼻子、嘴巴。我也要學著做，但我只會把他們的高鼻子黏歪了。每個小天使的睫毛都長長的垂著，我問媽媽爲什麼小天使們總是睡覺的呢？媽媽說因爲他跟我一樣是個瞌睡蟲，不睡到太陽曬屁股是不會起牀的。毛線衣沒有了，我還是睡在牆邊邊，牆壁冰涼的貼著臉跟肚皮，我覺得自己很像一隻壁虎。天使們一來，家裡整天飄著膠水甜甜軟軟的膩香。夢裡頭那些小天使都飛起來了，手裡的銀棒棒一點，變成滿天發亮的星星。星星是冰的，也是甜的，像冰糖那樣透明而甜。我伸手到蚊帳外，摘了一顆又一顆的星星吃。我小時候就已經知道當我們睡覺的時候，黑夜外面的人是醒著的。他們在賣水果。還有天使在飛。

我們每天晚上吃西瓜。西瓜切開有一蓬湃湃的水氣漫出來，沁得我們人都好像濕了。「呱——哦？呱哦。」又是這樣貼在耳朵邊兩聲。大家從瓜瓢裡抬起頭來，奇怪的望了望，很詫異。

小哥哥睁亮了眼睛叫：「這屋裡耶？」

我突然看見電視機底下一隻好大的蛙，趕快跑過去。小哥哥又叫起來：「哇塞，金的！金的！」

我們圍了一圈稀奇的看牠，牠卻只管眼睛半閉著睡覺，一點也不理睬我們。爸爸站在旁邊，拎著的西瓜皮一直淌水，滴到我的頸子裡，沿著背流下去，好涼。爸說：「恐怕是個成了精的喲……」

晚上我們要鎖門時，金蛙就一蹦一蹦沿著牆邊邊跳出門去，在黑黑的院子裡看不見了。停交通車的廣場外面是一塊大草地，大草地那裡有一個池塘，上面鋪著一片布袋蓮。原來池塘長著蓮葉開蓮花的，可是慢慢被布袋蓮肥肥的厚葉子一點一點霸佔了，現在只剩下西邊的角角還有蓮花葉子。也許金蛙是回到那個池塘去。我沉沉的在毛衣堆裡睡著了，聽見很遠很遠的地方，許多蛙叫中，有一聲我們頂熟的。我像是看到草色的池塘裡飄著一朵一朵桃紅色的大蓮花。在藍藍的天空銀河裡，一朵一朵的飄，飄呀，向西天去……

有一天，我在大馬路上玩，就看見金媽媽從西天那裡跌跌撞撞的跑過來。金媽媽的衣服從肩膀直裂到胸口，袖子也撕破了，掛在臂上，頭髮蓬得像要燒起來，一大綹披在臉上。金媽媽一手摀住臉，一手按住胸前的衣服，迎面過來，把我撞倒了。我爬起來，看見金媽媽的一隻拖板掉了，幫她撿起喊著：「金媽媽，你的孩孩……」金媽媽好像沒有聽見，從她家的巷子口轉進去了。

小金剛好在電線桿下，木木的看著金媽媽跑過來，跑過去了。我們不玩過五關了，圍住小金問她：「你媽幹嘛了？」

小金低著頭說：「不知道。」

交通車廣場上玩棒球的大男生圍著廖大也在七嘴八舌的吵著。靠廣場住的鄧媽媽他們都跑出來了，問東問西的。

阿五從廣場上叭達叭達的快跑回來，喘著氣說：「小金，你媽媽在市場被人打了——」

「我知道。」小金的眼睛在劉海後面擡起來，恨恨的瞪著人。

阿五又說：「廖大他說你媽，你媽在人家菜攤下面，跟挑磚的小工他們賭錢。後來一個女人和她哥哥跑來，抓住你媽就打。那女的罵你媽說——」

「我、知、道！」小金一背過身去，不理人了。

大家和阿五望了望，就散開去了，繼續玩過五關。阿五一面守關，一面跟沈小三還咬耳朵不曉得說些什麼。

我陪小金站在電線桿下面。電線桿很高，一直衝到藍色的天空裡；可是我是這樣矮小，狗狗們常常對著電線刺尿，我只能聞到一股酸酸的餿味。停車場外面的草地好大啊，和天空接在一起了。池塘的再過去那邊又是什麼地方呢？太陽很亮的時候，我在板凳上踮起腳遙遙的望向那方，看見一片樹林，一片稻田，一條石子小路彎彎曲曲的穿過稻田，再遠就是白白的煙和白白的天。晚上那裡是寶藍色和星星。我曉得那兒有一樣東西滿滿的，一直朝著我招手，有一天我總會奔去那裡，總會的。世界上的許多事情已經在那裡開始醞動了，金媽媽就是從那裡跑來的。雲端透出來的薄薄的金光，已告訴我什麼事情將要發生了……

電線桿旁邊有一棵苦楝樹，樹幹的縫縫裡會流出一些金黃色的黏水，黏水乾了，變成一滴滴眼淚形狀的金珠珠。小金靠到樹幹上，摳著上面的珠珠，摳一摳就哭起來。

我拉一拉小金的手，把拖板給她，說：「小金，薇薇陪你回家看媽媽好不好？」

「不。我不回去……」小用手背擦了一下眼淚。

孟呆衝過了第四關，一掌把我推開喝聲：「小鬼，讓開點！」我往後一個踉蹌，跌進陰溝裡，在髒泥巴水裡半天起不來。

姊姊罵了孟呆幾句，牽著我顛三倒四的走回家。媽媽才從小金家的門出來，兩手濕漉漉的，一見我這個樣子就罵下來。姊姊把我交給媽媽後，紗門砰的一聲，又跑出去玩過五關了。我跟媽媽說小金在哭，金媽媽在菜市場被人家打傷。媽媽狠狠的幫我脫著髒衣服，打我一個頭罵：「小孩子胡說些什麼！」衣服的領口好小，脫到嘴巴那裡就已經很難脫。媽媽更生氣了，用力的拔了幾次才拔出來，把我的耳朵拔得又熱又痛，我也嚶嚶的哭起來。

過了幾天，我在院子裡打蒼蠅給米德吃。以前米德小的時候，每天早晨我把牠從生力麵箱子裡抱出來餵穀子吃。牠最喜歡窩在我的手心裡，剛剛好一般的大小，吃吃穀子就瞌睡了，脖子從手掌上長長的垂下來。米德是從蘭陽平原養雞場的孵化器裡跑出來的，我們發現牠時，牠渾身鵝黃色的絨毛，頭上還頂著一塊蛋殼片片。爸爸說孵化雞養不活，阿基死了，但是米德已長出一點白色的翅膀尖尖，也會用爪子刨土，在番茄樹下刨出一個淺淺的小坑，孵在上面睡覺。我看著米德和番茄一天一天的長大，番茄慢慢的變黃變紅。杜媽媽家的七仙女也是一天天的竄高，穿一樣漂亮的衣服，紮一樣漂亮的髮型。六小妹還比我小一些，就可以跟哥哥他們去池塘抓魚，坐運黏土的小火車打黏土仗，玩過五關也不會還沒衝關就踩到線死了。爲什麼我長得這麼慢呢？我的頭髮又稀又少，額頭上有兩道老老的皺紋，短短彎彎的籮筐腿，平地裡走路也會成天摔跤。別人都以爲我是個男生。我大概只有打蒼蠅打得很好，拍一聲，米德嘰——鳩鳩的撲著小翅膀跑來，一啄吃下去了。

金媽媽從屋裡端著一鍋剩湯出來倒。他們那一排的後門只有小金家沒有圍竹籬笆，舊舊綠綠的眷村門一打開，外面就是長著霸王草和蒲公英，還有番茄樹，可是小金家的番茄只開淡淡的小黃花，從不會像我們家的結番茄。她家紗窗前也有一棵木瓜，樹的下面是一個不要的油漆桶，媽媽他們都把餿飯餿水倒在裡頭，農家老百姓到時候就會挑著桶子來收；野狗也常常趴在油漆桶上找東西吃。

我們玩官兵捉強盜，喜歡躲在這塊凹凹裡，因爲對面就是我們家，比較安全的感覺。我拉著小哥哥的衣服跑進來，被草裡藏的碎磚塊絆了一跤。小哥哥氣死了，摔開我的手，吼著：「你怎麼那麼討厭，討厭，討厭死了！你不要跟我行不行！」

官兵已經出動了，大馬路上拖鞋劈哩叭啦的跑來跑去，嚇得我只管死命拉住小哥哥的褲腰不管。四周好黑好靜，木瓜樹的大葉子在風吹起來的時候，刷刷刷響。番茄樹在我的臉旁搔來搔去，一股尖尖的酸味。我躲在小哥哥身後，望見我們家密密的竹籬笆影子裡，有黃黃的燈光照著院子。爸爸在聽收音機唱平劇，一串板子得、得得得打得又急又脆，小金家的綠門忽然打開，潑出一盆水，嚇了我們一跳，回頭一看，黑黑的，只見兩雙眼睛亮水水的好可怕。頭髮又蓬又亂，髮梢梢上透著不知哪裡照來的，薄薄濛濛的煙藍。是金媽媽。門一下就關回去了。馬路上不知孟呆抓到誰在叫：「抓到了。抓到了。」我有點發抖著，拉小哥哥的腰帶說：「哥，尿尿……」

拖鞋聲從巷口進來了，小哥哥一把推開我，跑出去。我還來不及站好，孟呆就已經衝過來，五個指頭一下抓住我叫：「抓到了！」

我哇的哭起來，亂喊：「沒有玩，我沒有玩，我沒有玩嘛……」

孟呆罵一聲：「好哭鬼。」就去追小哥哥了。我顛顛倒倒的走到籬笆前，搖著門哭：「媽——開開門。開開門。」

媽媽問我怎麼了，我也不知道，只是抽抽答答的哭了好一陣。爸爸把水缸裡放涼的西瓜拿出來切，先切了一片給我吃。媽媽到門口去喊：「大國，小薔——回家吃西瓜……」一會哥哥姊姊們都跑回來，紗門給摔得乒乒乓乓響。孟呆他們在大馬路上數著：「一。二。三。四。……」哥哥他們埋頭嚕嚕的吃著西瓜，全不理媽媽的數落他們亂摔紗門。外面還沒數到十，哥哥他們西瓜就吃完了，又像風一樣呼啦的撞開紗門出去玩了。

金媽媽把剩湯倒進油漆桶裡，拎著鍋子站在木瓜樹下，想什麼似的。我隔著竹籬笆喊一喊：「金媽媽。」

金媽媽轉頭看到我，笑笑的說：「小薇打蒼蠅啊？」

「咯咯雞吃蒼蠅。」

正好媽媽走出來淘米，也笑著打招呼說：「金太今兒個也煮飯吃了。」

「嗳，嗳……」金媽媽的臉紅了一紅。「小金很刁嘴哪——這個也不吃，那個也不吃，我要怎麼伺候她喔！」金媽媽的聲音很高，很尖，飄飄的，一個人說話像是很多人在說。腔調和我們大家也都不太一樣。「孩子一個人沒伴罷。來我這兒人多，倒是什麼都吃呢。」

「唉，王太太你是好人——」

「什麼好人啊！折人壽了。不過是鄰居們相互照應照應罷了。」

「小金這個丫頭怪里怪氣的，只有你們家還會給她飯吃哦……小薇也和她玩得蠻好，我啊，拿她是沒有辦法嘍……」

媽媽走到籬笆門那裡揀米，聲音放低了說：「眞個兒的金太，前兩天我也勸過你了……爲了小金，還有金先生在外頭掙錢辛苦，你做人也要存個心思起來……」

「是啊。我知道……」

我望著金媽媽，她今天把頭髮梳得很整齊，用夾子夾好了，在耳朵下面彎出來一鉤捲捲的小髮。金媽媽的臉頰上還有被人打成一塊青青的沒有褪掉，不知道是不是因爲映著亮亮的天光，那臉看起來忽然好年輕，好乾淨。像是颱風夜裡颳過去，早晨媽媽一打開窗子，涼風吹進來，有些濕濕的小樹枝和碎葉子沾在紗窗上。我高興的叫：「媽，春天來了。」金媽媽眼睛裡高高莽莽搖閃的野草，現在也被颱風吹得彎彎的，吹得涼涼綠綠的。金媽媽拎著鍋子聽媽媽講話，好像是媽媽的一個小妹妹，玩耍玩得不要回家了，在挨大人罵。她怎麼會是小金媽媽呢？

我和姊姊去小金家，小金從來不玩家家酒，也不會拿被單來扮古裝美人玩。她總是翻金媽媽的衣櫃、抽屜、和化妝枱。翻出舊照片、項鍊、別針、耳環、鈕釦、粉紅的紗巾給我們看，轉開一個一個用過的口紅聞一聞。也讓我們穿高跟鞋，小小的腳丫套在大大的鞋殼裡，在地上站一站。小金拿出一串很奇怪的項鍊，說：「這是我媽以前當山地人時候戴的。」

「哦？」我和姊姊對小金的每一句話都是覺得這樣稀奇。

「我爸在花蓮認識我媽，就把我媽買回來了。」

姊姊問：「你怎麼知道呢？」小金想了一想，說：「我就是知道呀。」

我和姐姐喜歡在金媽媽的彈簧牀上跳來跳去，我們家都是硬硬的榻榻米，不能彈著玩。金媽媽的屋子很黑，化妝枱上有裂紋的鏡子，照著我跟姐姐兩個影子在彈簧上一高一低的跳。

小金不跳，只是在旁邊看著我們，看一看，就去找東西出來吃。小金愛把水果放在米缸裡，米很少的時候，我和姐姐趴在米缸旁邊，看小金站在小板凳上，整個人彎進缸裡拿。米有一種老的味道，缸貼著我的肚子很涼，我覺得自己像一隻青蛙，一隻壁虎。小金則像是米缸裡的人，我聽她說我聽不懂的話，老是忍不住會微微的發抖。小金啃著芭拉，也給我跟姐姐咬幾口，說：「我媽男朋友每次都會帶芭拉給我吃。」

「你媽有男朋友啊？」

「他一來就跟我媽在門後面親嘴。」

我們回去跟媽媽說，媽媽狠狠的罵了我們一頓，叫我們不準出去亂說。我平常在院子裡打蒼蠅，看小金家沒有圍籬笆的後門，長著霸王草，野番茄，和蒲公英，野狗趴在餿水桶上吃東西，黃昏的時候屋裡都不點燈。眞是可怕。

可是現在的金媽媽拎著鍋子站在那裡，木瓜樹的影子在草上搖來搖去，太陽光照著餿水桶，有一些大黃蜂在桶子上繞著木瓜樹嗡嗡的飛，綠色的眷村門開在一邊。金媽媽還是我一直知道的，那天從西天跑過來的金媽媽啊。

「王太太，開晚會你們家有沒節目呀？」金媽媽推開紗門進去的時候，回頭來問。

「誰去喲。那口兒的兩段平劇還能上台，丟人現眼！怎麼，王太要上去？」

「沒有啊……」金媽媽進去了，在廚房裡刷鍋子。

我仰頭問：「媽，什麼是晚會？」

媽媽也不理我，轉身進房子去洗米了。

晚會那一天，村裡的人好早就吃飯了，傍晚的陽光，從紗門上篩進來，我們坐在裡面吃飯，吃得滿身大汗，頭髮都濕了。筍子湯冒著的白煙沿著夕陽光捲捲的飄出紗門去，院子裡地上的光還是很刺人眼睛。外面好靜啊，小孩子都跑回家吃飯了，只聽見碗盤瓢羹郎郎相撞擊的聲音。

媽媽也不做小天使了，吃過飯就幫我們洗好澡，叫我們趕快搬凳子去停車場佔位子。

大馬路上好多人匆忙的跑來跑去，畫著黑黑的眼睛，塗著厚厚的嘴巴，都是鄰居的姐姐媽媽們，可是全不認得了。有的用黑毛線編成假辮子，一直垂到腰下，繫著大大的蝴蝶。有的戴著金紙做成的皇冠。有的披著三花牀單扮古裝人。最漂亮的是麗娟、慧中、姍姍姐姐他們了，他們學校開運動會的時候跳山地舞，穿眞正的山地衣服，紅色亮亮的緞子貼著黑邊邊，頭上綁的布條縫著金片片銀片片，一動一閃的，手上和腳上都戴了鈴鐺，在馬路上一堆人低著頭赤著腳跑過去，嘩啦嘩啦的響，我都看傻住了。杜媽媽家的七仙女，又是穿著格子背心裙和白襯衫出來，紮著鳳仙頭，上面插了一朵粉紅色的紙花。他們要去唱〈茉莉花〉。六小妹跑來問我：「薇薇，你有沒上臺？」我搖搖頭，看著她臉上塗著兩朵胭脂紅紅的，眞是漂亮。

交通車廣場上，搭了一個臺子，已經好多小孩在佔位子，還有幾個爺爺奶奶靠在籐椅上搖扇子，ㄚㄚ他們繞著椅子玩捉迷藏。臺子向西邊，上面有一條大紅布，貼的一些些金字我不認得，天邊的晚霞照過來，變成一朵一朵亮晃晃的金光，飄浮在紅布上。臺子現在空蕩蕩的，也是浮在晚霞金濛濛的灰塵裡。老江忽然從灰塵和霞光裡冒出來，我們小孩都高興的拍手叫：「開始囉。開始囉。」老江只是走到臺子前拉一拉電線，向麥克風敲敲，對準了吹兩聲：「呼，呼。」聲音擴的好大好大從我們後面傳來，回頭看看，相思樹的枝幹上綁著一個大喇叭，我們又拍手歡呼起來。

老江弄好了，從臺上跳下來，回身望一望，好像很滿意了，然後掏出菸來抽。哥哥他們都圍上去纏老江，「什麼時候才開始嘛老江？」

「急啥個鳥？早咧。」

沈小三在背後攀住老江的脖子要往上爬，老江被勒得仰著身子吼：「哪個王八羔子，討揍是！」

小三邊爬邊叫：「老江，我要扛嘛好不好？」

「扛你個王八羔子！勒著俺們脖子，叫老江怎麼扛嗯？」

小三放下來了，阿華又扯住老江的手臂撒賴：「給我抽一口菸嘛，老江。」

老江把菸塞給阿華，又蹲下身去，小三就跨到老江的肩膀上，給老江扛著繞了臺子一圈回來，阿華吸一口菸就把喉嚨嗆住了，老江好高興的哈哈大笑：「小王八羔子，自作自孽嘛！」

老江最會耍人玩了。我們家請客的時候，一定要我也參加他們大人喝酒。我喝過酒——那是拿筷子沾一沾放在嘴裡舔舔就好了。可是老江要我用杯子敬他們大人喝酒，結果喝得我坐在門檻上依依呀呀唱歌唱個不停。唱完了笑，笑著又唱。唱的寶藍色的天空下起星星雨來，滿天滿地都是銀銀碎碎的星星。媽媽把我抱去洗澡，我還在澡盆裡揮舞著手腳唱個不停。澡盆裡的水是閃閃的銀河，被我濺出來的銀河水打在媽媽的裙子上，也成了一顆一顆的星星。後來我睡著了，看見許多星星裡走出來一個小孩兒，穿著桃紅色的古裝服，頭上紮著兩根沖天辮子。他和我說了一些什麼話我完全聽不懂的。星星雨一直下著，把那孩兒慢慢的遮住了，天上現出一道長長的彩虹。我從小就曉得了當我們睡著的時候，黑夜外面的人是醒著的，他們在賣水果。天使在飛。還有那桃紅色的小孩兒跟我有誓言。

村長把老江叫去了。阿華他們小男生就在廣場和大馬路接頭的地方玩棒球。棒球不是用棒子打的，球也只是一個小小的花皮球，投手把球在地上滾過來，打擊的人蹲在地上，用手掌打球。要廖大那些大男生才能到大草地上打眞正的棒球。

全壘打，是孟呆打的。「紅波浪！」我們都拍手叫起來。球飛高了一些些，落在丁寶寶家的紅牆裡。大家望望那座高牆，和牆上覆蓋下來濃濃的九重葛，伸了伸舌頭。

孟呆跑回本壘，拍拍胸脯說：「不怕，看本老爺的。」他走到紅門的前面按電鈴，電鈴「吱——」的響起來，我忽然替孟呆很緊張。像是娃娃書裡「傑克與豌豆」的故事：豌豆苗長出來，一直長高，長高，穿過白白的雲層到了天上，有一座高大得不得了的城門，小傑克去敲門，一個會吃人的巨人出來開門，可是傑克太小了巨人看不到他，他就乘機溜進去了。我聽著這故事很可怕呀，那巨人的腳那麼大那麼大，踏在地上飛起來的一點點薄灰塵，就可以把小傑克埋掉了。

門打開來，丁伯伯岔著兩腿站在門口。孟呆說皮球掉到他們院子裡了，丁伯伯叫他自己進去找。孟呆就像小傑克一樣，從巨人的鞋子邊邊跑進城堡去。我們在外頭等他，看著丁伯伯的雙層下巴，以爲孟呆是永遠不可能出來的了。我從丁伯伯的兩腿中間一直看進他家的紗門裡面，他們家像是太乾淨了，客廳的磨石子地上映著一股涼涼的青光。沙發是涼的，牆是涼的，牆上的畫是涼的，丁寶寶身上的天工痱子粉也是涼的。他們不會像我們，是坐在夕陽光裡面吃飯，吃的滿身大汗。丁伯伯是那個大巨人，每天晚上坐在桌子前面，等金雞生金雞蛋。

「這裡！」孟呆在院子叫一聲，過了一會見他高高的舉著皮球，好得意的跑出來。還沒有等丁伯伯把門關好，就呼喊起來：「哇塞，寶寶家玫瑰花之大的！不是蓋！」孟呆扎著手掌在我們的鼻子跟前晃動：「這麼大，這麼大，就像我的臉這麼大！不是蓋的，根這樣粗……」

晚會開始的時候，月亮已經出來了，廣場外面的蛙聲一直叫到圓圓白白的月亮裡頭。我看到東邊的天上有一顆很明很明的星星。

臺子好亮，我坐在小板凳上仰頭望著，有的跳舞，有的唱歌，也有說相聲，演雙簧的，但我不太懂得他們在做什麼。只看見每個人的腿都是那麼長，下巴都是那麼胖，燈光照在他們的臉上，像月亮那樣是銀白色的圓團團。臺子前面唱歌跳舞，後面的布幔不停的有人伸出一個腦袋來，嘴巴通紅的，眼圈烏黑的，張一張頭又縮回去了；布幔的下面不停的有好多隻腳慌忙的跑過來跑過去。梁山伯和祝英台披著牀單，從臺子的兩邊一邊唱一邊搖到臺子中央，祝英台把手裡的扇子往梁山伯的頭上一戳，唱：「你是個大笨牛啊，大笨牛……」大人他們在我的四周響起一陣鼓掌，一陣笑，我傻傻的張大了嘴看，真是不懂這些是在幹嘛？

老江把臺子旁邊掛著的紅紙撕掉一張，上面的黑字告訴我們是換杜媽媽的七仙女上臺了。它們一個一個走到臺子前面，打扮得一模一樣，好像媽媽做的小天使，在一樣的圓臉上黏上一樣的眼睛鼻子嘴巴。小天使的眼睛都是閉上的，垂著長長的睫毛。

六小妹走出來，後面牽著不大會走路的招弟，招弟忽然撒賴起來，不肯出台來。六小妹拚命的拉她，招弟乾脆就蹲在地上，回頭直叫：「媽，媽……」

杜媽媽在布幔後面露出半個身子，哄著招弟，一會兒聽見一聲：「乖，招弟。乖。」弄了半天，招弟還是不肯聽話，杜媽媽很生氣，罵了一句，招弟就在臺上像喇叭一樣哇哇的哭了。

最後只好是六仙女唱〈茉莉花〉。他們一開始唱音就起低了，也沒有風琴幫他們彈，越唱越低，完的時候「茉莉花呀茉莉花」簡直都聽不到了，只聽見大草地的青蛙嘩嘩嘩的在叫。可是大人們還是給六仙女鼓掌鼓得很響。

後來我的脖子實在太痠，就擠出來跟ㄚㄚ他們在樹底下玩丟手帕，頭頂上就是那隻大喇叭，嗤嗤嗤的爆響著，像是在放半潮的鞭炮。臺上的亮光照不到這裡，月亮光射下的樹影碎碎的，有著淡淡的藍煙。今天晚上的星星很多，寶藍色的天空和大草地的池塘那邊連在一起了。東邊天上那一顆最亮的星星，閃著不一樣的光，它跟我是認識的，我一定是在哪裡曾經見過它。一定一定的，我知道。雲端上透出來的薄薄的金光，早已告訴我什麼事情就要發生了……

忽然，大人他們鬨起來，我回過頭去，見到臺子上有一個人，穿著發亮的綠色旗袍，很緊很緊的綁在身上。她的眼皮上抹著藍藍的眼膏，和眼睛一塊吊吊翹翹的抹進髮梢梢裡頭。頭髮少的那一邊插了一朵好大的玫瑰花，和她臉一樣大的玫瑰花。那眼睛裡是太陽光下搖閃著的高高莽莽的野草。是金媽媽。

臺子底下的頭影轟轟轟的動來動去。金媽媽拿著麥克風說：「各位觀眾，我現在要唱兩首歌，一首是〈相思河畔〉，一首是山地歌。這首山地歌也是一首情歌，它是敘述一位男孩，在一個月亮很好的夜晚，想起了她美麗的情人，站在高崗上向月亮唱的歌……」金媽媽的人在臺上，和我們不太一樣的腔調卻在頭上的大喇叭裡爆炸出來，好像聲音不是從金媽媽那裡來的，是從天頂灌下來的。

金媽媽才唱了一句收音機裡天天放的：「自從相思河畔別了你──」黑鴉鴉的人影裡突然冒出一個頭要擠出來。是丁寶寶的聲音在叫：「爲什麼我不能看嚥……你回家我不回！我要看，要看，偏要看！」

丁媽媽不吭不響的扭著寶寶在位子當中趺趺撞撞的擠著，臺子下面亂糟糟的。可是金媽媽還是繼續的唱著：「我要輕輕的告訴你……」聲音發抖得很厲害。身體在臺上一搖一擺的，綠色的旗袍散著濛濛的綠光，肩膀和手臂露在燈光下面，也是發著白白皮膚色的光，圓團團，團團圓。

丁媽媽不知道爲什麼這樣生氣，連寶寶叫一叫也不敢叫了，給丁媽媽拖著擠出來，經過我們旁邊。丁媽媽一手拽著凳子，喘著大氣，平常梳得很整齊的頭髮都鬆了，一綹擋在眼睛前面。按了電鈴，丁伯伯來開門，丁媽媽一把把寶寶推進去，關上紅門的時候罵了一聲什麼我不懂的。他們家客廳裡的日光燈，從紅門底下流出來一些，是磨石子地上那種好冷好冷的青光。

我仰頭一望，東邊天上那顆星星劃過長長的天空落在大草地的池塘那裡，濺起一蓬亮晶晶的碎片片。

我拍手叫起來：「媽，看──」可是媽媽坐在黑黑的人頭裡。「丫丫，你們看我的星星掉下來了！」

丫丫他們望一望天空說：「沒有啊？」

「有嘛，有嘛。掉在塘塘裡……」我拔腿就跑向大草地。我要趕快去看我的星星。

草地的草好高啊，漫到了膝蓋上面，露水濕濕的打在腳上和腿上。螢火蟲越來越多了，在長長的草上飄來飄去，也有的飄到我的頭上來。跑著跑，天上的月亮也在跑，我快它也快，我慢它也慢，停下來的時候，月亮裡頭有什麼東西很快的在翻轉著，像是向著我一直的降下來，可是睜眼一看，它仍然是好好的在高高遠遠的天上呀。我的籮筐腿用力的跑著，跑得顛顛倒倒的，怎麼池塘可就是跑不到呢？草裡的小石頭把我絆了一跤，跌在草堆裡。沾得臉上都是露水和草汁子。頭才抬起來還看不清楚，就聞到了一股濃濃的甜香——呵，天上的月亮，塘裡的月亮，螢火蟲是好多的小星星帶了翅膀飛下來，映得水上比天上有更多的星星流來流去。池塘西邊的那個角角，蓮葉開出來了一朵大蓮花，蓮花上是一個桃紅色古裝衣服的小孩兒，頭上紮著兩根沖天辮子，吊梢眼烏烏長長，像紙張剪出來的。她看見我，就從布袋蓮肥肥的厚葉上走過來。青蛙的叫聲在這裡反而聽不見了，只有那個我最熟悉的「呱——哦？呱哦。」

星星的孩兒朝我的後面指指，我回頭去看，遠遠的廣場上，一個方方的臺子很亮，金媽媽在臺上唱歌，一扭一扭的。她藍藍的眼睛插進兩邊的頭髮裡，耳邊的玫瑰花和她的臉一樣大，那眼眶黑珠珠裡是高高莽莽的野草，搖閃不停。廣場兩邊有一群小人影，是丫丫他們，繞著圓圈圈在玩荷花開。荷花，荷花幾月開？一月開。一月不開幾月開？二月開。二月不開幾月開……細細清清的聲音在大草地上飄飄的盪開來，還有大喇叭傳出來的金媽媽的山地歌：「那魯哇伊呀那魯哇……」

……七月不開幾月開？八月整整開！圓圈圈一下子四散開來了，當中跑出一個做鬼的人來抓人。八月整整開！那是星星的孩兒在黑夜的外面跟我說的話呀。那是我們的誓言呀。八月整整開——星星要開，月亮要開，西天也要開。金媽媽從西天那裡跑出來。

我好像和星星的孩兒在草地上沉沉的睡著了，夜晚的露水越來越重，天空又下起星星雨來。當我懵懵懂懂睜開眼睛的時候，寶藍色的天空裡是媽媽，爸爸，和老江的臉。晚會演完了，媽媽找不著我，一聽ㄚㄚ他們說我一個人跑到池塘這裡來，都快急死了。媽媽把我抱起來，按在她的肩頭，又是哭又是笑又是罵：「該死哦！該死哦……」我伏在媽媽溫軟的身上，模糊的一直問著：「媽媽，我的星星呢？」蛙叫離我很遠了，大人的腳步聲踏在濕濕的草地上。

那年夏天。那年夏天，我比哥哥姊姊他們知道了什麼。因為，因為星星的孩兒從天上下來了，以後我們在的地方要起來許多事情。彩虹橫在天空中，荷花八月整整開，世界也要整整的開了，開了呀。

民國六六、九、二十、淡江

春風吹又生

天氣很好的時候，你彎過小小的牧羊橋，大概都會見到柯立元和他的學生，圍坐在綠得發亮的草坪上。

先是很遠的，從低低的樹蔭裡，你望見那一點紫紅色的小帽，就是他了。他打禪似的盤坐在地上，腳上一雙涼鞋，半短褲，功夫裝。頭上一頂蘇格蘭呢的帽子斜斜的覆著，是紅底深藍粗格子，遠看成了紫紅。你並不想打斷他的課程，只是帶著一抹懂得了並且寬容了的笑意，安靜的走過草坪旁邊的石板路。他卻忽然從談話裡揚起頭來，隔著草地喊一聲：「哈囉，小楊，a good day。」學生的臉都轉過來含笑的望著你，你也朗朗的回他一聲招呼，有些窘，急急的加快了腳步走過去。這是一個好天氣，而你一大早就碰見了柯立元，他的功夫裝和蘇格蘭呢小帽令你不安，可是這種不安，因爲他的歸國學人，他的年輕，他的熱心，對之你也覺得就是這樣了罷。畢竟這是一個陽光普照的好日子。

柯立元大學的時候，綽號叫做butterfly，果眞像一隻蝴蝶，披著彩衣歡樂的追逐春天，他是追逐藝術。只是生來並沒有創作的天份，好歹當位藝術愛好者也是不錯的，因此大學四年，他大概都奔波於各種畫展、演講、座談會、音樂會、現代舞發表會。會上發問的總是他，壓壓的聽眾裡，立著一個青年，頭髮理得很短，根根倒豎，罩著頂冠似的，方臉、方眼鏡，像那種年齡所有的男生，都有些髫扎扎的面目模糊。可是後來講起來，大家對他也都還存印象，因爲身上那件印花料子襯衫，好像聽說他家很有錢，父親在南洋經商，衣衫多從那裡帶回來，butterfly 的綽號便是這麼給叫起來的。這樣的花襯衫，底下卻穿了雙白布鞋，布鞋穿著向來又是顯矮，顯土氣，這一副打扮，眞個十分搶眼。會後，他擠到前面來，追著演講者，介紹自己，潮濕的手心和人家握手，一直送上了計程車。藝術的圈子進不去，他在圈子邊邊搖旗吶喊助陣，日子久了，人人也彷佛知道有這麼一位熱心上進的年輕人，後來他果眞成了藝術界和非藝術界之間跑腿的，交涉著兩邊繁冗的公事私事。演講座談會，他陪著人家計程車來，計程車回去，也進人家屋裡坐一坐，出門時夜已深了，街燈拖著長長的人影，黑藍的天空星星亮著，他非常愉快，吹起口哨踏大步的走，帆布袋掛在肩上，來去晃盪，裡頭有親筆簽名贈書，一下沒一下的打在他的腰骨上，像隨時提醒著他的成就感。

「做，就是做，你懂嗎，就是不停的做……」柯立元出國兩年，此番回來，論調和他的裝束一樣，完全變了。「你知道，藝術是什麼東西？象牙塔！是他媽的封建產物！我告訴你，生活，只有生活，你懂嗎，只有，生，活，才是眞的。走出來，我們要關懷大眾，深入社會。走出來，知道嗎，走出來，廣大的群眾需要我們，我們的關心，我們的同情！」

他蓄起了很長的鬢角，幾乎伸展到下巴來，頭髮長，鬍子也少刮。和你講話時，熱切之中帶著隱隱的恫嚇，你若敢不同意他，就簡直是落伍。他的目光煥散而焦灼，極力在說服你，其實像是力圖說服自己，因爲也害怕落伍。你覺得他想要把自己全部燃燒了，但只是潮濕的木材投入火中，火焰裹著嗆人的白煙，弄得你也燥熱起來。

可是，今天青年要的也僅是這一點熱罷。很像家庭版上新派的婚姻指南，每天提供一些小小的突破，在你的生活四周，零散的鞭炮似的，隨處炸一下；但只可以是這樣小小的一炸，稍稍大了都不可以。柯立元帶來的是熱，雜著灰雜著煙的熱，在校園裡很快的燒將起來，那一頂紫紅蘇格蘭呢小帽，像火種一樣，哪裡有它，哪裡熱鬧。

「我告訴你，誰管它漂亮的文體！說你的故事，把文體交給魔鬼。我們不要文學，我們要生活！」

生活，只有生活，因此柯立元從前所追逐的一群藝術家，現在忽然都成了他沙龍裡的笑話。「你知道，」從咖啡杯裡抬起頭來，「他們那批，」他點著菸的指頭，漫空劃了一道手勢，表示不屑，「你知道，那批，習慣於玩賞藝術品的知識份子……」他拿手肘撞了撞你，一副狎暱的樣子，四周的學生都曖昧的笑起來，彷佛完全懂得了他這句話的一切暗示，你只好附和著上去也笑得陰陰的。可是方才他拿手肘撞你的地方，像是慢慢生出了霉灰，一種失敗的感覺，在心頭涼涼升起。這裡是六七個榻榻米大的房間，幾乎都叫地板上一大幅彈簧墊子佔了，餘下的空間只夠放著一面書桌，兩張籐椅，書架上塞滿了書，大部份是黑人文學研究。這樣一間宿舍，他很少上鎖，學生自由的來來去去，一打開門，落眼總是彈簧墊上橫七豎八的人影，你一坐上去，彈簧墊整個就地陷東南的傾了過來，大家要雞貓喊叫好一會，才又平衡了回去。門口是經常交通堵塞，出去的蹲在地上，設法找出自己的鞋子，進來的守著門檻等候，見無數的鞋子，張著一口黑洞洞的嘴巴，不免十分心驚。外面的光線和天氣給厚厚的窗簾隔開了，屋裡永遠是黃昏的時候，半暗半明，角落點著一盞立燈。學生許多彼此並不認識，也不熱心去認識，來了，去了，好像一塊塊剪影，只有黑色的輪廓。你來到這裡，談話、辯論、擊節而歌，融入一團熱烈的空氣中，逐漸沒有了自己，你甚至是喜歡這種氣氛的；即使失敗的感覺，也有著一種頹廢的美。

Black，是柯立元現在的綽號，因爲他差不多是位黑學專家了。其實他原來學的也不是黑人的東西，在美國南方一個鎮上窩了三年，黑不黑的也半黑了，竟不曉得忽然時來運轉，從卡特提倡人權之後，一時大家紛紛都找起自己的根來，水漲船高，他便跟著黑人一塊上來了。

「我告訴你。人，人，都有權利，你知道，權，利，爲他的處境鳴不平。我們，知識份子，擺脫一切士大夫的自命清高，一起來，走進社會！大眾的處境，我們，要讓報紙登出來，電視播出來——你懂嗎，做，就是實實在在的做……沒有藝術，沒有文學，沒有一切的清談！」

他濕熱的手握住你，非常痛苦的，像是恨不得把身上的血液，一點一滴完全輸送給你。你隔著眼鏡望進他的瞳仁裡，有你自己，好像風中的兩顆火苗，拍拍的搧著，隨時都會噗——熄了，如果能夠，你眞是想用雙手去呵護著它。

「你看看，士大夫的象牙塔是怎麼樣的。月落烏啼霜滿天，江楓漁火對愁眠——我的天，漁火，你知道，這漁火是什麼？漁民捕魚點的燈哪！你想到他的艱苦嗎？想到他們必須晚上出來工作，換一口飯吃，而你這時候在睡覺！在sentimental！王維，王維他又是個什麼東西，獨坐幽篁裡，彈琴復長嘯，這是多少勞苦大眾服侍出來的閒情。我跟你打賭，他這種有閒階級，如果連三餐都混不飽肚子，還有心情去彈琴長嘯！」

學校的環境很好，遠處有山，山映在水裡都活了。西望過去，江水和大海連成一片，再遠，海面接著雲天，只是這些與柯立元都無緣罷。他帶著學生到鎮上攝影，小鎮原來是繁榮的漁村，現在沒落了，自從學校成立以後，以山丘為中心，新的建築紛紛成立起來，但是浪漫的地方還是西區的老鎮。加上洪通和陳達一陣風的吹來，這裡忽然也湧入了一股新空氣，巷子裡正在玩耍的小孩，都停下來，張著黃蒼蒼的小臉，注視這一群逛進來的陌生人。孩子光著赤膊，細而長的四肢，不成比例的大頭，肋骨一根根綳在扁薄的胸前。

柯立元插腰立在天井中間，環視著四周，小吳端起相機逕自獵影去了。兩邊的房子只有一個半人高，屋瓦上覆著青苔厚厚的，一簇簇小草雜生，間或一株有葉有枝比較醒目的，是番茄樹，開著淡黃小花。門檻有腿肚子高，攀進攀出盡是些吃奶年紀的小傢伙。門簷下有懸著斗大葫蘆瓢的，置放著石磨、籮筐的，老人蹲坐在矮凳上，搭著深而長的皺紋，手底下剝了一扁籃筐的花生。屋內幽黑也難看出什麼，卻是一架電視機正在開著，水銀藍閃跳的光影照明了屋裡一些擺設，幾個人頭傻張著嘴巴看得出神，歌仔戲的哭腔和鑼鼓點子，辣烈烈的直砸出屋外來，把午後的陽光砸碎了，撒得一巷子十分喧騰。小吳把這些從特殊的角度，一一都攝入了相機。

巷子這頭一塊天井，壓水機旁一個丁點小的女孩，紮著黃毛小辮兒，才手指那麼長短，辮尾用橡皮筋綑了一圈又一圈，仍是綑不住，一邊已經散亂得差不多，只藕斷絲連還墜著團橡皮筋疙瘩。她立在那裡腆著肚皮望向柯立元，黧黑的圓臉上沒有任何表情，手中捧著味全花瓜洋鐵罐盛著水，任水滴滴答答，把胸前衣服都濡濕了也不知道。柯立元招呼小吳：「喂，給她一張特寫怎麼樣？」

小吳過來勘察一會兒，拍拍壓水機，有了主意，說：「叫她來打水，照一張。」

「好！」擊掌喝彩一聲，「我現在就有個題目，你們看好不好。聽清楚啦，是這樣的——」

爸爸、打、魚、去、了
媽媽又、生病了
我、雖然、年紀小
但是、還能、打、水、掏
米
照顧、小弟弟。

他覷起眼睛望著半空中，伸手出去，說一個字便比一下，像是已經看到白紙黑字印出的標題了。「怎麼樣？」

大家都說很好呀。你這時逛得汗津津的，有些渴了，也甚至補充一句贊揚：「簡單，明白，有力量，是走大眾路線的……」

柯立元蹲下身去，咧開嘴對小孩笑，見她胸前濕了一大片，便要替她把鐵罐子移開。孩子立刻把手藏到背後去，罐裡的水順勢潑了柯立元一身，他略略彈一彈，操著半生不熟的台語笑問道：「囝仔，你鬼歲？」

孩子的眼光落在柯立元膝上，不說話，她睫毛密直而長，雜著覆在額前稀疏的劉海，那黝黑的眼睛深深的，便像稻穗和稻葉，芒扎扎搖映在水田裡，忽然一陣風吹開，天光也映進來。

「三歲是？四歲……五歲……」柯立元耐心的數著指頭比劃。孩子只是不搭腔，眼睛一直盯著他膝蓋不曾離開，臉越發沉了下來。

你四面看去，鏗鏗鏘鏘通巷的歌仔戲像打鐵一樣砸著，把巷裡許多紅塵打淨了似的。兩排屋簷映在地上，孩子們停止了玩耍，一張張土頭灰臉，浮在陽光下和屋影裡，老人手底下一邊做活計，迷臉望著你們。那小女孩固執的沉默逐漸令空氣難堪起來，你恍惚覺得所做的這一切眞是十分可笑的。

巷裡忽然一聲尖拔的喝叫：「阿銀——你哪裡風梭去了！」是個女人站在門簷下，臉朝這邊，手遮著陽。

孩子聽見，丟了罐子，從柯立元邊竄出去，跑著一路嘰哩呱啦喊些什麼，叫人吃一驚；跑到跟前，那女人朝著孩子劈頭就打了幾下，罵什麼話也聽不清楚。孩子給牽進屋裡去。跨入門檻時，頭還撇過來望一下，深黑的眼睛，一張扁圓小臉仍是冗沉的。

柯立元兩手一攤，苦笑道：「這些人，太落伍啦……」轉而又重新振作起來，笑說：「呷冰，呷冰，老柯請客。」

大家就著壓水機打水沖了涼，然後呼嘯而去，經過紅毛城遺址，又拍攝了好些張。

照片洗出來，在柯立元一手贊助下，做了個專輯刊登在這期校刊上，總題命爲「生活是什麼樣子」。他捧著這一份成績，定定的望著你說：「這才是我們的起步，要做的太多了……你知道，永遠記住，用力敲鐘！大聲說話！永遠記住這一點。」

是的，用力敲鐘，大聲說話。他身先士卒，爲群眾的心聲做口舌，一時之間校園裡果然是「大鳴大放」，鬧了個震天響。他散盡家財，發動了山地服務隊的入山下鄉，照例攜帶著攝影機，把他所認爲落後的貧苦區一一報導出來。他發揚黑人文學，爲此努力尋出一個立論基礎：因爲你和他們一樣，都是有色的種族，都是被壓迫的一群。但是，所有的潮流和運動，都將像退去的浪潮一般，在灘上浮現的是，人要活下去，而活下去必須爲自己找出一個生存的理由。柯立元也只是有他的理由罷。

畢竟，這是一個陽光普照的好日子。你迎面見他顫巍巍的走來，捧著一本疊一本的磚頭書，上面一架錄音機。你笑著招呼：「小柯，上完課了？」

「噯，噯……」他困難的隔著書牆探出頭來笑。「喂，我弄到一捲錄音帶，棒極了——現在，恕不奉告。」然後朝你親膩的眨一眨眼：「怎麼樣，晚上過來聽聽？小吳他們都來。」

你也笑笑，望見那些書脊上的標題，打趣道：「Black，Black，小柯你要黑——死囉。」

「唉，這個——黑死也是甘心哪……」他走過去了，又艱難的掉過半個臉說：「晚上來聽啊。」

他的蘇格蘭呢小帽，功夫裝，半短褲，羅馬式涼鞋，漸漸走遠了，陽光在柏油路上拖著長長的身影，春暮已有一兩隻蟬聲遠遠的叫了。這樣的好天氣裡，你覺得沒有什麼事情不可以做的，也沒有什麼事情不可以被原諒的。

民國六七、六、十五、淡江

思想起

樓上冰果室都給他們包下了，一室的年輕氣盛，險不把屋頂給掀翻掉，底下的客人聽見上頭這樣大的動靜，都有些悚然變色，除非貓狗，人哪裡起得了這樣的騷動。

阿曹那杯百香果汁吸乾了，竟然發現杯底三根點過的火柴棒，顯然杯子沒有洗，阿曹向是唯恐天下不亂的，這下如何了得，領頭便鬨了起來。老凱教他將麥管上繫張紙片，斗大的字寫道：「老闆大人尊啓：承送來三根火柴，但你似乎是忘了菸罷。」連同玻璃杯，用牆邊那具升降機，咕嘰咕嘰的搖下樓去。

桌上另一頭小陳彈吉他，從健康寫實的校園歌曲唱到泡菜，姑娘酒窩，會唱不會唱的，都等著那一陣急弦如驟雨，和上去「笑笑，笑笑」，當中夾著黃蘊芝一個三十來歲婦人，打扮得如藍哥廣告上年輕女孩模樣，牛仔長褲，牛仔上衣，齊肩的埃及豔后頭。她自己並不坐一張凳子，挨著小陳坐椅的扶手，臀部幾乎就襯在小陳肩上，一陣仰笑起來要跌下去，給人攔腰一把撈了回來。靠窗的兩個促膝對談到現在，半暗的光影裡兩張側面都顯得很激動，之間一種汩汩的契合，將他們和身邊的喧譁隔開了似的。余剛轉臉望向窗外，正是荔枝上市，窗下沿街的攤販都賣的是，點著暈黃燈泡，映得那酡紅越發瀲灩欲流，直逼上臉來，要醉了。趙德春低著臉，偷眼望望余剛，好乾淨坦白的輪廓，隱隱透出一股英氣，照著街上閃滅不定的霓虹燈，令人不禁膽怯。

原來昨晚舉辦的一場露天民謠演唱，籃架推到一邊去的連體六個籃球場上鴉鴉的來了有千把人，連趙德春也暗暗吃驚，大學生從來是冷淡慣了的，這種盛況可算空前。演唱的主要角色是陳達老先生，前半場後半場兩番上陣，唱來有一小時之久，一把三弦抱在胸前，唱一句，撥一下，和著顫巍巍的尾音嗯——嗯——嗯——聽著像是在對誰發狠賭咒，眉毛擰成一塊兒。小陳阿曹一干人當然都出去唱了，近來是忽然一股風的興起群眾化、平民化，但凡有一副喉嚨的，沒有不可以登臺而歌，又都是些熟歌，也不必怎麼唱，馬上就有人應和上來，臺上臺下唱成一片不分彼此，圖的也就是半癡半醉的群眾氣氛。

趙德春是主辦人，看大家唱到了風頭處，便站出場中央說話，也不用麥克風，一字一句清晰的道：「我們，在這裡，民謠演唱，和，在，國父紀念館，聽音樂會，有什麼不同？」

一聲女音回道：「有蚊子。」

全場轟然大笑，趙德春也笑，眾目睽睽之下，閑閑的立著那兒，瘦高身材，一襲麻紗工夫裝，雖沒有風也覺得晃盪盪的，兩手反插在後面褲口袋裡，俛首低迴半晌，臉上的笑意在燈光陰影裡，有點不確定起來，眾人隨即也就住了笑聲。

他頓了頓，不緩不急的繼續說：「我們是中國人，爲什麼不唱自己的歌，要唱外國的？」未經麥克風過濾的嗓音特有一種本色，在這空曠的天頂下渺渺吹開去，場內的每一個人至少都聽進了心上。「我們寫自己的歌。我們唱自己的歌。」說完，麥克風裡小陳的聲音便帶領著唱起來，思啊想啊起……日頭啊要出來伊個滿天紅，枋寮過去是楓港啊，希望阿妹啊來疼痛啊，痛阿哥我是作田人啊……等聽眾席中逐漸有人哼將開來，麥克風又換成了婉轉的女音，伴著歌聲低低的解說著，要為陳達老先生籌募一筆款子，有如何如何的意義，邊講的當中，就有人傳起塑膠袋來。偌大一環籃球場，幾柱立燈交互輝映，照耀得一片水銀白，倒有幾分像是葛理翰佈道大會。

趙德春雜在人叢裡，注意到一個學生擲出一百塊鈔票，他過去拍拍那學生的肩膀，笑道：「不要剋扣了吃飯的錢。」

學生回頭一見是他，熱烈的喊一聲趙老師，臉卻登時脹得通紅，像是慚愧做得不該似的。

「哪一系的？沒見過你。」

「化工二。沒見過你。」

「余剛……余剛……」趙德春在口中喃喃咀嚼一番，並詳細告訴了自己的作息時間，要他隨時來聊天都可以。

第二天實驗才做完，余剛就登樓找上宿舍來，湊巧平日該到的一群都到了，大夥便殺去鎮上海吃海喝一頓，算是慶功宴，昨晚一番竟也募得了四萬多圓，也是出乎他們意料之外。

又不知鬧了多久，只覺街上塵囂逐漸黯去，剛才吃的冰叫晚風一吹，也微覺涼索索的。下樓來付帳，偏那老板很是個無趣人，咬定了火柴棒是他們的惡作劇，這樣一來阿曹怎麼肯甘休，抵著人家理論起來，先還有人勸，看看實在沒完沒了，想必也不至於嚴重，就都各自散去了。

趙德春和余剛簡直一見如故，走著還在講話，不知不覺上了山坡路，余剛才駐足笑說：「走過頭好遠了咧……」

「你宿舍是？這樣，今晚就到我那兒，有罐好茶我們泡來呷。」也不由分說的便挽了他走。

余剛還在遲疑，這才發覺趙德春旁邊一直跟了位女孩，趕緊欠身讓在一邊，紅著臉越發要辭謝掉。

女的搶在前朗聲道：「沒關係，我也住四維館，那，就小趙樓上。」說著眼波向趙一横。

趙德春見余剛俛首垂聽，想他畢竟是南部來的鄉村子弟，這些地方還是看得出來沒見過枱盤。「以爲你知道。黃蘊芝，中文系教元明戲曲——」

「黃老師……」

「得，得，什麼黃老師，沒的人汗毛直豎。我剛才就聽你趙老師趙老師的不順耳，叫他小趙就行。呸，趙——老師，你噁不噁心。」

余剛聽她一啐，驚得猛抬起臉來，見她頭仰著朝趙德春，才曉得不是對自己，心頭還只管卜卜的跳，沒想到黃蘊芝這樣年輕，大漢報導上常見她的文章，眞不像。冰果室裡她也在嗎，怎麼一點印象都沒有，又同道走了這一會兒，只不見她一句半句話，眞恐怕有失禮之處，他逕自忖度著，剩的這半段上坡路就靜靜的沒再講話。趙黃兩人偶爾幾句，都是些排演青年劇展的瑣瑣碎碎，坡陡走走氣喘起來，黃蘊芝罵了聲他媽的也就不再言語。三人走在一道，腳底下煤碴路踩得嘰價響，一旁綿延種的鳳凰木，藏著一盞盞水銀燈，樹影搖落地面，初夏依然是夜涼如水，只是坡度著實有些陡，走得汗津津的。

四維館周圍一片木麻黃和杉木，石塊間隔鋪成的小徑，穿過草地直達門口，趙德春的房間在二樓，門一推開，半室的月光皎皎，兩人脫口都叫好，適才外面走著路燈明亮，還不大覺得月色。趙德春扳了開關隨即又熄了，「就這樣，不開燈罷……」

燒上水，趙德春把自己摔在牀上攤成大字，好不舒服，余剛隨意挨著書桌坐下，只顧張望屋裡的擺設。東面牆上懸了一大幅什麼，塌塌爛爛的看不眞切，「漁網。」趙德春說，余剛才注意到網上還零星拴著一口葫蘆，空啤酒罐子，暖水瓶木塞，乾樹枒，和一片像是乳罩形狀的布條。西牆上月光照得發白，一長幅狂草，根本莫辨，「書法社社長給我寫的，待重頭收拾舊山河，朝天闕。」余剛哦了一聲，定睛望了好一會，仍然看不出起碼的字形來。他凡是望到什麼，正在奇怪，還沒有要問的意思，趙德春都替他道著了。月光裡他整個人漲滿的，眞是不勝歡喜，因爲趙老師，這屋裡的什麼都是好的，雖然許多不習慣，他也完全沒有意見。

書桌玻璃板下壓著幾幀照片，他俯身湊上去看，都是同樣一個女孩。「她唸淡江，國貿系——」趙德春正要說下去，門忽然開了，黃蘊芝進來就叫：「喲喲，之有情調的！」

余剛趕快起來讓坐，見她已換上睡衣，露肩露臂的，不知爲何還赤著腳丫，比剛才突然矮了一截似的。

「坐，坐。」她只擺擺手，示意他大可不必。「插頭壞了，借你的用……啊喲，水都開了也不知道拔——你水就給我些罷，省得燒了。」她自說自話著，邊就一屁股坐在牀沿上，翻下頭去，從牀底摸出一雙拖鞋，透明的塑膠皮鑲金邊，兩腳套了進去，隨後站起來，立在書架前背對著問：「黑罐的？」

趙德春仍是平躺牀上，兩臂枕在腦後，冷然答道：「黑罐的。」心想著這黃蘊芝今晚哪裡搞出這麼些名堂，好像兩人之間有什麼曖昧，分明是做給余剛看的，這倒好笑了，自己又幾時和她怎樣過，犯得著她這樣表演和他的關係不比尋常？別的不要緊，只怕余剛會如何想，弄不好壞了他的事情。

黃蘊芝將黑罐的茶泡了三杯，餘下灌在暖瓶裡，始終眼神都避著點，捧著一杯臨去時，到底眼角瞟了一下，正值趙德春望來，月光下燐燐閃過一道兇光，她背脊一懍，返身就走，像是為防衛的撇下一句：「你和，趙——老師，好好談罷。」可是說的這樣虛弱，全失了她慣有的鋒芒，話中所要暗示的什麼變得很多餘似的。

余剛隱隱感到她似乎當他是敵手呢，在她前面自己總顯得反應遲鈍，甚至常常搞不清楚她話是對誰而發。

「阿芝她啊，沒辦法的！我們太熟了……她，小陳，和魏胖——你知道罷，今年才從法國回來，開大眾傳播的，也住樓上，到我這裡就是蓋到三更半夜，都是阿芝早睏得懶貓一樣，趕她回去睡覺，拖鞋好好的穿在腳上，也會給她不知踢到什麼地方，一時又找不到，就那樣光腳板回去了……」趙德春說的亦是實情，卻怎麼講來理不直氣不壯，像為辯解什麼，說說也懊惱起來，

「唉，反正就是這麼回事——嘿嘿，說率性也眞率性……」

本來趙黃兩人大學時候是詩社老幹部，開會辦活動，幾乎天天見面，初時他還對人家癡癡呆呆一陣過，黃蘊芝仗著大他兩三歲，只把他當做弟弟的使喚來使喚去，大二時她和一個外文系男生好起來，大三就同居了，畢業那年才補行婚禮，婚後男的服預官，女的住婆家，依舊過她學生時代好吃好玩的日子，趙德春出國前一段時間經常和她一塊，也確實安過不良之心，但怎麼這時反而一點生不出那樣的情感了，索性便成了純粹的好朋友。臨行前正是盛夏炎炎，兩人天天去泡游泳池，白晝這麼長，過去的時光已是糊里糊塗，未來又難以預料，此刻那天空和池水的藍，藍得無瑕疵無邊際，使人煩膩發慌了，眞的是發慌，他望著身邊平臥在躺椅上的她說：「喂，我們來談戀愛好不好？」

她睁開眼睛，轉過臉來笑答：「好呀。」

「怎麼談？你說。」

她嘴唇噏一噏，吹來一個吻。

「這不算。你當眞敢K司？」

「笑話——」她甚至連環顧一下的猶豫也沒有，探過身來在腮邊就是嘖好大一聲，親完又躺回去，咯咯的笑。

他看她穿泳裝的身體笑得丘壑起伏，想總該有所感覺的罷，可是連這樣的也不能夠了。

但他們仍然一起玩樂，他拖她，她拖他，分明感到是在消耗時間，浪費青春，到那一天他登上了飛機，才突然覺得長久以來沒有這麼輕鬆過了。

她的這些行徑婆家自然無法容得，終於離了婚，生的一個女兒歸男方，自己也飛去美國走一遭。又見面了，異鄉逢故知當然高興，但他第一個感覺竟是怎麼這樣陰魂不散，況且他現在有了新的事情，多少要避著些，也幸得兩人住地開車要十來小時，倒是難得相見，隱約曉得她比從前愈加放浪了，先還和中國留學生，以後哪裡的都來。回國之後，又同在母校教課，看她老得這樣快，卻處處要做年輕女孩模樣，一陣天眞爛漫過了，臉上往往浮現出一種惶惑的茫然，看了也是叫人難受。他現在的人她不會不感覺到，但並不擔心，因爲太知道她了，一直她就是只愛自己，從前仰仗的還有青春，至今單變成貪婪的我要，我再要，此外是什麼都不關心的了。卻是今晚她衝著余剛這般異常起來，他倒要兀自警惕些才是。

隨著繼續談起淡江那女孩，叫林啓秀，一次假日鄉村民謠演唱會裡介紹認識的，趙德春自己沒覺什麼，倒是女孩對他一見傾心，一星期總要來他這裡兩趟，千里迢迢越過整個台北市。後來熟了，來就替他整理房間、洗衣裳，是個活潑單純的，和小陳他們很快也打成一片。「可是我還不想結婚，你知道，我們要做的事太多了，有時候想想，自己這個人不是自己的，是——社會的，大眾的，總要社會上的不平都改善了，才有自己的打算罷……」

余剛聽著口上不言，卻著實感動了，望向窗外，林間草地月色眞好。他素來有許多不滿，更是瞧不起大學生的那種日子，他覺得自己有太多的精力，想效忠於一樣什麼，一個人？一個運動？一個思想？一個主義？他也不明白，但絕不是這樣平平凡凡的過下去，而他是到了現在才遇到趙老師啊。他心裡感激，和衣躺在榻榻米上，仍然久久無法入睡，但夜實在深了，濃濃的露氣侵來，他沒有一刻比這時更感覺到，自己年輕的肌膚確實是生生活著的。隔室有人輕咳，黃蘊芝嗎？西牆上月光不知何時已經移開了，遠處壓壓一廓山影，不見山下的潮水，可是大江隔斷人語，天地之大，這時只有趙老師的一呼一吸拂著他耳際，眞是親到了極點。

然而來年秋初林啓秀一畢業，兩人便結婚了，依趙德春的一貫作風，沒有結婚典禮和筵席，朋友們郊遊到情人谷烤肉，算是一場儀式。

新娘那天薄施脂粉，還是家常打扮，卡其料白長褲，藍綠黃相間粗格子襯衫紮進腰裡，身量矯小，只與新郎齊肩高，腰身看來還像孩童的。她當然一切聽從趙德春，卻也不是沒有些許惆悵，畢竟終生一次，光那雪白的新娘服就不知憧憬了多久。今天是她的日子，她自然快樂，立在岸邊看人打水漂，衫影映落水中搖曳著，仍不能相信一生一次的就如此草草過去了。

新郎照舊是半截唐裝，瘦高個子，人群中首先望見他，氣色蒼白，削長一張臉卻顯得浮腫。他過來站在啓秀身邊好一會了，她只是怔怔的呆望著水面，「妳看什麼？」

她一驚，回臉燦然一笑：「大頭打水漂。」

「高不高興？」他環住她肩膀，低頭輕聲道。

「高興。」

這鏡頭怎麼逃得過眾人耳目，必鬧著兩個要親嘴，逼不過了，還是新娘大方，攀住新郎肩頭，往上一躍，新郎趁勢摟住她腰，這一吻就親在新郎的額中央。

黃蘊芝正領頭起鬨：「不算，要親就親嘴巴——」卻看新郎還儘管摟抱著新娘不放，啓秀兩腳懸空，見趙只仰面盯著她望，一雙臂膀緊緊紮住了掙脫不得，慌得直搗他肩低呼：「你，你這是幹什麼！」大家都笑起來，趙德春這才放了她，笑嘻嘻的，看她一跺腳背過身去向著河心，頭頂戴副牽牛花編成的冠，腕上指上也環有野花野草。

婚後新居在新店，趙德春卻是少回去，依舊住四維館，似乎比從前更加忙碌了，一間單身宿舍，學生進來出去，川流不息，完全沒有私人生活，結不結婚仍然差不多。

余剛現在是山地服務隊隊長，在他一手領導之下，頭年便得了社團績優獎，小陳負責樸毅社，女朋友茵茵在慈幼社，連同詩社、漢導社、和天使社，都統籌於趙德春手下。本來時勢研習社也和他們一塊，老凱走後換了社長，是走學校路線的，趙德春就說時研社已經給訓導處收買，再沒有可留戀處，遂與之決絕。這次漢導社聯絡了七八個社團辦座談會，每天中午輪流人在校園的通衢大道上，揮舞海報宣傳，標題是「談雙重國籍」，副題是「打倒牙刷主義」，「打倒腳踏兩隻船的機會主義者」。

今個輪到小陳在活動中心前站崗，久久不見他影子，余剛就近找了山服隊第二家家長榮仔代替，本來無事，偏偏小陳心虛，逢人便說當天下午他有重要考試，不得已才缺席的，可是很快又有另一番話傳開，說他中午根本就是和茵茵下山看電影，兩人頭靠頭的看到散場。其實原是當初阿曹追茵茵不到，心上對小陳老大不舒服，最近他兩人正打得火熱，許多集會都不見他們，小陳又醞釀要搬離風雨軒，社團工作也不如往常那麼熱心，旁人事做多了有怨氣，不平則鳴，阿曹便夥在當中借題發揮。

一晚上眾人不約而同又聚在風雨軒喝鮮奶，才從牧場現擠來的一罐。風雨軒取其「風雨如晦，雞鳴不已」之意，租的農家三合院，東廂男孩，西廂女孩，都住著他們這票學生。正廳前水泥曬穀場，不曬穀了打羽毛球或者乘涼聊天，一個雞籠，現在廢置不用，上面橫塊木板放些雜物，並一盆大棵蔥花。場前一溜檸檬樹，正好做天然屏障，樹籬外梯田層次下去，歷歷井然。東廂改建了比較寬敞，各人一間房，外加一廳磨石子地，可以席地而坐，大燈也不打開，只角落書桌上一盞枱燈點著，人頭都射在東面牆壁，影影綽綽。小潘弄支馬尼拉雪茄來，大家傳著抽，一大口洋磁漱口缸裝鮮奶，也是傳著喝。

小陳一對又不在，就有人揭竿起義，征討起他們來，說上次請台大心理學教授講演，教室早該申請好的，哪曉得臨時才發現和別人衝突，人家可是先登記的，只好我們改地方啊，海報都已經做出去，來不及通知，到的只有幹部們，小貓兩三隻，換過的教室又小又光線不好，眞是把樸毅社的聲名掃盡。還有註冊時候免費替男生剪頭髮，原先是因小陳的表叔開理髮店，講好來幫忙的，不然憑這些沒持過刀剪的，誰敢太歲頭上動土，消息早發出去啦，漢導還登了一則，誰知到時人影不見半個，急死了大家，小陳才來說他表叔沒法前來，要我們只好自己動手。天啊，誰敢？還幸虧珍芬頂下來，剪了十來個腦袋，又沒有剃刀，頸上的小毛用剪子貼著肉剪，總算混過去，可是幾個先剪的都埋怨，說剪得來狗啃一般，早曉得倒給錢也不幹的，這豈不又壞了我們面子。另外去年青年劇展負責的舞台佈景，帳目就始終不乾淨。

「那個不說，幾百年前的事。」小潘道：「像上學期我們展覽布拉哥油災，他向小趙拿的車馬費就好大一筆，金山野柳光跑一趟要這多錢？蓋仙！他說底片錢在內，也不要這麼多啊。」

珍芬也說：「眞受不了，那一陣，整天鰾住我講他的布拉哥——油污沾滿了及胸的雨鞋，一塊塊軟厚的黑污爬上了他們的衣襟、髮絲、臉頰，更不用說那雙手了，雙手的油污好像是在撥弄黑色的麵糰。哎，受不了，眞受不了！」

「還有呢，這一身油污使我整天無法上廁所，吃飯，連擤個鼻涕也不行。」

「油污使他們家長無法出海捕漁，因此也不再有能力送小孩子入學了。油污進了魚池，貶低了魚價，難道也漂進了幼稚園，影響到下一代的教育？呸，簡直噁心，」阿曹繼續說：「他那神氣，好像我們欠了漁民似的，他去拍照了，報導了，只有他對得起人家，我們都是漠視勞苦大眾的知識份子——可是，現在他呢？鬼個考試哦，看電影去！人家余剛沒事啦，要撥人去收你的爛攤子。」

「就是，上次我們討論歸國學人的公害，他和茵茵都沒來。」

阿曹又道：「他還要搬出去哩，嫌我們是電燈泡了。另築香巢，小兩口好親熱呀……」

余剛開始聽著就已心中不快，小潘那般人不是個好東西，只因報導布拉哥油輪事件，他們幫了些忙，名字卻沒能登在採訪專輯上，自此便生出許多事故來。他先還耐住性子由大家說去，自顧悶坐一旁，鮮奶跟雪茄幾次傳來都不吃，這時他實在忍不住發話了，「其實榮仔代替他一下沒什麼大不了，又沒有佔了我的事。他們兩個一起，不是也蠻好的，沒這麼嚴重吧。」

「你是說，輪到他的工作可以不做，跑去看電影，回來還騙人？」阿曹挑釁道。

「我並沒這意思。」

「那你是說，我們大家都在開會討論的時候，他們可以例外？」

此時余剛已氣得張口結舌，怒道：「你明明知道我不是這意思！」

阿曹雙手一攤，聳聳肩，「我怎麼知道了，又不是你肚裡的蛔蟲。」

余剛正恨阿曹居心險惡，一時不知拿什麼言語對應，可可的小陳和茵茵就回來了，大概沒有料到屋裡又是聚會，兩人愣在門廊下，想退去已經來不及，裡面諸人對他們也心虛，趕緊邀進來喝鮮奶，兩頭心中都有疙瘩的，反而顯得出奇熱絡。

幾天來茵茵已受夠了窩囊氣，回來路上才跟小陳為這事吵過一架，恨道這是個什麼集團！進來的人就像簽了賣身契，標榜著群眾一張王牌，周圍任何時候都是眼睛對你虎視眈眈，就怕你事做少了不說，又見不得你日子快樂一點，必要青著一副面孔如臨大敵，才稱了他心似的。偏碰著阿曹做人向是不留餘地，言談之間又不免帶刺兒起來，說什麼不能因私廢公，破壞團結云云，放在平常也就罷了，現在可正觸在霉頭上，茵茵也是個狠角色，當場就字正腔圓罵開來，小陳一邊怎麼攔她都沒用。

「曹家農，我替你們明講了罷！是我勾引陳季陶，是我拖他去看電影，是我不要他去舉海報，是啊，都是啊——這又怎樣了，有種大家敞開天窗說亮話，我就看不起只會背後咕咕嘰嘰的人。說穿了更滑稽，整天打個關懷大眾當時髦，比賽著誰比誰更鄉土，誰比誰更照了幾張煤礦工人像，名字更多上了幾次報。你事情多做了不行，人家要眼紅，那就少做罷，又給你白眼，最好是把大家集中了綑在一起，臉黑黑的，誰也不准岔出去。聚談，開會，檢討，誰不在場清算誰，沒完沒了，每次會完哪個心情不惡劣，我是早受夠了。看電影？我就是故意拖陳季陶去的你又能怎樣！」屋裡好一陣奇異的靜默，依稀聽見竹林裡幾聲鵝叫，余剛一口氣慦得有些痙攣起來，不知怎麼脖子就扭了筋，一時回轉不來。小潘想把話轉移開，但珍芬反又回到原題上，探呀探的也將自己的感覺說出，她覺得風雨軒住著也未免氣焰太逼人了，容不得一點私情似的。

與珍芬頂要好的蓉兒也附和上去，她是有幾回的確被刺傷了心，一次隨手寫的紙箋，大約有些對余剛傾慕之詞，趙德春來聊天時不知怎麼拾了去，當眾便做玩笑的唸出來，她見大家都是那樣開放爽蕩，也只有跟著強不以爲意的充大方。她生的膚色白皙，水汪汪一雙大眼睛，每禮拜三晚上參加針織社，這又成了他們笑話的把柄，趙德春尤其喜歡譏她，「我們那愛做夢的小姑娘哦，走出妳的象牙閨閣罷，睜開眼睛，看看這個社會，這些人群啊。」她做的許多小玩意他們都笑，不問一聲隨便拿走了也理所當然，一次才做好的繡花枕頭，自己都不捨得用，只是隨手捧出來看看，黃蘊芝來見到了讚好，就地便枕用起來，直嚷著送給她罷，隨即又說：「算了算了，給我要割妳的肉呢，還是留妳做嫁妝。」庭前的檸檬花她掐來夾課本，也被笑是溫情主義，多餘。反正動輒得咎，弄得她現在幾乎喪失自信。

如此話題一轉，就到了小趙阿芝身上來，余剛對茵茵一席話著實驚異，平常看不出她有這樣潑辣，一邊也考慮著她話中的意思。因爲大前天定量分析做得晚了，去趙老師那兒坐坐，旋開門一片漆黑，開了燈，找本書倚在牀上翻閱。不久聽見樓上有人下來，是魏胖的聲音，還有趙老師，停在樓梯半又說了些話，魏胖折回去了，一會兒房門打開，兩人都嚇一跳，「你來了……」趙德春的意外顯然超過程度，余剛方才吃一驚也全是因爲對方的反應。

當夜已經很晚，趙德春必要回新店家去，略做收拾的時候，突然逕自搖頭詫笑，喃喃自道語：「過火了，這樣做過火了……」

余剛抬眼望他，才注意到很蒼白的一個人，他只是在說給自己的影子聽？余剛心上忽生一抹失意的黯淡，好不蕭索，屋裡看去，難道只剩了漁網上一弧觸目的腥紅？想第一回來這兒，月色底下還猜著它該不眞是那個罷，次日醒來，照眼就是，三點式的上半截，拿它做裝飾還是頭次見識呢。

下山和趙老師共了一段路，忽聽他道：「想想我們光靠民歌和報導文學，做了太慢了會不會？」

他像是自己問著自己，但余剛仍然回道：「可是大家都盡力在做不是？」

久久，他忽笑又說：「而且，好好一首馬車夫之戀一改編，居然可以跳恰恰。」

「是啊，跟在夜總會的沒兩樣。」

「很多事情做到後來，質都變了……可是你沒有辦法，眞的沒辦法，只有走下去，是不是？」

趙老師轉臉望來，黑夜裡，但仍覺得面目青白，像一張溺斃的臉在隨水浮沉，有月光，可是臉感覺不到了。

余剛並不同意，「但我們有人，人可以再把它變回來。總會，總會有辦法的，只要我們有心，我們努力，一定可以的。」

「也許可以罷。誰曉得——至少有一半是由不得人，由不得。」隨著他又笑，「你還年輕，好好幹，前途無量……」

余剛很不喜歡這樣的談話，趙老師怎麼與他隔起來了，便也輕佻的回說：「無量還是無亮？」

兩人都哈哈大笑，卻是有些神經質的，送趙老師坐上野雞車後，他漫步回宿舍，心中鬱鬱不樂一直到今天，想著那晚的話，猶然在耳，究竟指的什麼事情，莫非也是關乎茵茵的牢騷之類？叫老師聽到灰心喪志了？

環顧風雨軒的人物，在學校也都是有風頭的，兩年來在趙老師率領下，的確帶動了相當的風潮，至少是擺脫了六十年代餘孽，老老實實幹起事情來。他帶的山地服務隊，寒假暑假去過台東和花蓮山區，這次的目標主要是爲今年地方公職人員選舉鋪路，教育他們懂得如何享用權利，如何發揮群體的力量，爲自己處境爭取平等福利，回來據說成績尙屬滿意，可是余剛並不樂觀，去年寒假一趟，他就發現，完全不同背景的兩個世界，當中差距竟有如此之大，恐怕永遠無法彌合，而其實問題在於一念之間，他們也是有自己的價値系統，如果不必強迫人家接受我們的生活方式呢？他這樣對趙老師提出，即刻被重重的責備了一番。

趙老師喝斥他萬不可以存這種個人主義的苟安念頭，這想法發展下去就又變成了虛無主義，實在危險，「好的東西，我們就不能獨善其身，要發揚出去，普及每個地方。」卻見他仍有不平之色，便說：「怎麼？你想打退堂鼓了是吧？」

「我在想，到底什麼叫好的東西，什麼叫不好的東西？」

趙老師發怒道：「不好的就是貧窮，落後，被壓迫，不公平，不民主——」

余剛又釘上去問：「那他們不感覺貧窮，落後，或被壓迫呢？」

「那是他們落伍，民智未開，一腦子的神權思想，正是我們要教育他們的地方。」

「可是老師平常說群眾路線是時代的必然趨勢，我們要和大眾學習，怎麼又要教育他們來了？」

「我們一方面和大眾走在一起，一方面也要會因勢利導，除非得到群眾的支持，我們不可能有力量。」趙老師沒有正面答他，隨即講到旁的事例去了。

要說風雨軒氣焰逼人，因為都叫趙德春豎起的意識形態整個鎮住了，變得成為一種禁忌，沒人敢對他反逆，連余剛也不能免，今天倒叫茵茵去觸犯了，那看起來崇高不可侵觸的圖騰，竟也彷彿渺小了似的，只不過因著一個人說出了眞話。

蓉兒忽又激動起來，攀住珍芬一邊咬耳朵，嘰噥些什麼，大家要她們講出來聽，珍芬抿嘴一笑說：「她講小趙樓上住的一個胖子很陰險。」

胖子？哪個胖子？倒沒多少人知道有這麼個誰，小陳眉飛色舞發話了，他是剛才茵茵的罵架居然引起眾人的共鳴，因此也有了面子，這會兒講話的神氣都不一樣了。「那姓魏的，共同選修開大眾傳播的嘛。就是那個，那個呀，常常穿夏威夷襯衫的嘛，戴金邊眼鏡，一圈啤酒大肚子，花花的傢伙。」

這一講才都有了印象，幾次盛會他也在場，難得一句話：人家看他是教授身份，就沒主動來搭理。「他啊——小角色嘛。怎麼陰險了？」幾個人問。

珍芬笑著又代替說了：「他眼睛看人，亂邪門的。」

大家反而笑話起蓉兒來，「是囉是囉，那魏胖子對我們蓉兒有意思囉，蓉兒看的可清楚哦……」把蓉兒恨的跟什麼似的，背過臉去不理他們了。

還有一個是黃蘊芝，每堂課拿古人開刀，做翻案文章。譬如閻惜姣，她也有她的衝突和矛盾和內心掙扎過程啊，又何嘗生來就是犯淫亂的，她不過是封建制度禮教下的犧牲品，而宋江那王八蛋，則是個不折不扣的男性自大狂，約莫阿芝是將身來比她，所以這樣義憤填膺。她的碩士論文便是批判陶淵明，其中重要論點是說陶潛脫離現實，堂堂一個男子漢竟然毫無謀生伎倆，忍心叫妻女挨飢受凍，結論可見出，陶淵明是個生活上的失敗者，也是個徹底的男性沙文主義者。余剛覺得黃蘊芝始終和自己對立，時時像要警告他什麼似的，那天晚上首次見她，再見到是第二天中午四維館餐廳吃中飯，簡直呆住了，一樣的牛仔褲和埃及豔后頭，可是，可是怎麼這麼老，整張臉就只有看見兩泡鬆垂的眼袋，昨晚當她是女孩兒呢。他年輕男子的一種潔癖立刻感到不喜歡，像嗅到了腐物的氣味，但那上面殘留的一丁點生意掙扎著透出，有時會突來迴光反照，非常豔美，像漁網上的紅布，也叫他不敢逼視，總想要躲開去。

至於趙德春，阿曹頂會湊趣兒迎巧的，見勢頭移轉了，便改口領先說小話，「我看小趙蠻有問題，婚都結了也不回家，整天泡在四維館做什麼，我就不信關心大眾關心到這種程度，老婆也不要啦。」

一時倒無人搭腔，余剛翻身立起，橫越過眾人，到後面上洗手間，移動之際，人影亂紛紛投竄在天花板和四面牆上，眞是幢幢的，好像人之外另有一個世界，和這裡的完全一樣生活著，只是無聲無息。阿曹又自顧說了：「他跟阿芝樓上樓下住——你們不覺很，奇怪嗎？」

「你是說，他跟她，有問題？」茵茵道。

「難道沒有。」

小潘道：「怪不得他關心大眾咧。現在還來個什麼助選團，又有一陣子忙的了。」

「可是，她，她這麼老，怎麼會？」珍芬叫起來。

余剛冷笑道：「本來就不會！」原來他並沒有去後面，一直站在門邊聽，頸上還是斜斜的僵直著，格外一副嘔氣樣子。「趙老師爲我們大家做事，什麼都拿出來了，你們還要他怎樣。大家有眼睛的都看得清清楚楚，心裡有數，怎麼能這樣憑空亂講話！簡直，簡直——」他下流兩字還沒出口，忽然外頭哐啷——叭一響，什麼東西打翻了，隨即寂然無聲。

「誰！」阿曹奪門而出，張望半天才說：「葱花打破了……」鬆一口氣，聲調愉快的，像是說給自己聽，「操他媽的大概是貓。」

聚會至此已無多大意思，余剛便獨自離去了，路上想著日來的這些事情，眞是意興闌珊。行至山腰望下去，鎮上一片燈火璀璨，再遠，一大塌無際的藍黑，依稀幾點漁火，隱隱約約——那是漁民的，記住，他們捕來的魚還不夠維持三餐，他幾乎要嘲笑起自己來。已入深秋，頂著風走本是他向來喜愛的，讓風灌得衣襟鼓滿了，眞有一種悲愴，令人興起，要狠狠發它個好些天的獃病。但他現在只涼得直哆嗦，豎了豎衣領護住頸子，撒開步疾走，那漁民礦工農夫跟他又有什麼相干，好累人，他自己的煩惱都理不過來了，彎去「美而香」買半條吐司，回到住處，接獲一張電報，是堂祖過世，要他南下。

他明知這一陣助選之事走不開，考慮了一會兒，還是決定回家，即刻打點妥當，寫好兩封短信託人轉達，一封給趙德春，一封給第一家家長，都是簡單交代了事務。余剛此去一半是爲負氣，但也實在是疲倦了，南部的土壤和陽光竟成爲一種奢侈似的。他在火車上迷糊的睡睡醒醒，一縷曲調始終縈繞不去，像是兒時母親的歌，嬰仔依依睏，一眠大一寸，嬰仔依依惜，一眠大一尺，搖兒日落山，抱兒日落山，抱兒金金看……嬰仔依依睏……

余剛不曉得他離開僅僅一個星期，再回來的時候，外面的世界已又經過一番，不一樣了。

風雨軒的每一個都給邀去約談，不幾日消息便發佈出來，魏胖、趙德春，並另外五人，因勘亂時期從事顚覆活動，罪證確鑿而被扣押。

其中方某也是他們學校的，電機系三年級，天使社社員，素來雖是個偏激的，但沉默寡言，亦少與風雨軒諸人來往。他選舉期間在三重一帶助選，雜著海報跟宣傳單裡散發傳單，叫一漁販祕密檢舉了，他家中一位老母親，獨力撫養六個孩子成人，只有他是讀到大學，母親來看他痛哭流涕，他倒是安靜，也不說安慰的話，只家書上寫道做錯事了，對不起母親，現在在這裡吃的很好，睡的也好，一個月裡就重了四公斤，請母親放心，他將來出來重新做人，仍是有前途的。

趙德春的事情要早些，數百封恐嚇信發給外商，限期迅速撤離其在台灣所做經濟侵略之投資，否則即以流血行動報復，魏胖前年回國便負有任務，他們辦的幾次大場面，連同入山下鄉採集民俗，輯訪報導等等，原來都有來頭。

黃蘊芝是約談了一夜，回來迷迷笑道：「那些人，沒想到，倒挺客氣的。」她對這事似乎並不如何震驚，於趙德春始終不置一詞，他們之間這起碼的交情還有。她儘是一旁抽菸冷笑，看著阿曹一群臉兒黃黃的，無頭蒼蠅般撲來飛去的喧譁不已，看得煩了，才鼻子哼一聲：「你們窮嗆呼些什麼，一人做事一人當，該了的已了了，那林啓秀要像你們這樣滴啦啦沒有完，不早翹辮子了？比起她你們才有幾分啊，膽就嚇破了，把人笑死。」

她其實也驚心，不爲別的，他們年少的日子畢竟是一起渡過，至今弄得這一場，她雖無關係，卻忽覺歲月老大了，而她黃蘊芝竟然是兩手空空，什麼都不曾有過。舉目望去，灰藍的天空幾朵浮雲，檳榔樹枝枝拔入天際，哈，簡直叫人詫異，還有雲，和天空喲？她好像從來不知道的。小趙已經完了，她也等於是完了，可是，怎麼完得這麼慘，這樣慘。

余剛懷疑她總是在他面前，左一聲右一聲趙老師的譏諷著，莫非早就知道些什麼。自上次爭論之後，他已和風雨軒不合，今番事情發生，又整天聽阿曹臉紅脖粗的四處聒噪，「看罷，現在證明了，我不老早說他有問題，你們不信，關心大眾，我說不是白關心的，他錢都用我們身上了，用我們身上還有錢買房子？放屁！來頭大的很呢，我早說罷。」小陳茵茵一干都知受騙了，回想他從前一言一行，可不全都是陰謀，他們竟曾經天眞的風靡過，跑東跑西爲他拚了命似的，想來眞是寒心，個個都痛斥不已，茵茵當初因爲首先提出異議的，現在便有了講話的風頭。

說寒心，余剛該是受得最深，但他怎麼反有一股不平之氣，也不知從何而來，對誰而發，見他們那種議論紛紛的百種模樣，索性氣就發在上頭，與風雨軒再不往來，社團活動什麼都一概撤手不管，就只有晨昏不分，整天泡撞球場敲竿。冬雨綿綿不絕的下著，陰冷寒濕，彈子房裡門一關好歹不知天日，聖誕夜他就敲了個通宵，熬到天亮臉煞白煞白，像片鬼影飄出來，飄回寢室倒頭便睡，一覺醒來，陽光照得滿室耀眼，窗外一塊方天，乾乾淨淨的灰白色，遠處有輛垃圾車，〈少女的祈禱〉叮叮噹噹逐漸開近來，鄰巷一家自助餐廳炸排骨，噹啦的響，爆香撲鼻。放晴了嗎，他爬起來披好衣服，才發現整整睡了一天一夜，幾頓沒吃東西了。

隔天林啓秀找人轉告他下午去一下四維館，趙德春的書都送給他，已經整理綑包好了，等他去搬就行。

林啓秀打開門見是他，微微一笑，讓進來，指地上幾綑書堆道：「這些，都是。」

房間該搬的都搬得差不多，顯得很凌亂，屋子一下窄小了許多似的。余剛蹲下去略爲檢點，見書用黃褐尼龍繩捆得鬆搭搭的，每堆不過十幾本，零零落落好幾堆，顯然是啓秀親手紮的，女人力小使不上勁兒。他登時心中難受，不覺眉頭蹙了蹙。

啓秀抱歉說：「綁不好，很難弄吔。」

「很好，這樣很好……」余剛一張口，完全沙啞不成聲，只是個口形。

隨後啓秀又與他些東西，一幅狂草，就是那張「待重頭收拾舊山河朝天闕」。一方大理石鎮紙，是余剛花蓮買回來送趙老師的，現在仍交還他使用。一雙膠底球鞋，他上體育課穿很好的。一串風鈴和一把裁紙刀余剛喜歡，也送他，還有兩條西裝褲，「以後也穿不著了，你穿，褲管太長可以摺一摺。」啓秀——交代完畢，將這些用包袱繫好擺在一旁，又說：「另外，你那本《西方的沒落》在家裡，今天忘記帶來，以後再寄還好了。」

「噯，不用了，就放你們那邊——」

「不，一定要寄還，你趙老師這樣說過了。」

余剛聽著心一動，話到嘴邊還是吞了回去。啓秀比他們大不了兩歲，也只有余剛會拿她當師母看待，卻又不慣口頭上喊，不知怎麼稱呼好，都是語焉不詳的混混過去。啓秀對別人稱小趙，獨跟余剛才覺得可以撒嬌似的，老氣橫秋嘟著嘴巴稱「你趙老師」。入獄以來，趙德春就只放心不下余剛，啓秀見如此，愈發視余剛爲親人，又繼續說：「他要我告訴你，你還年輕，絕不可以灰心。他一步走錯了，恐怕一輩子挽回不了，你不要學他。你很聰明的，好好唸書，必定是前途無量。」啓秀很艱難的一句一句說完。

余剛聽了心中大慟，強忍好一會兒，才柔和的道：「趙老師，還好麼？」

啓秀眼眶一紅說：「你們對不起他……」便轉臉望向窗外，眼淚落下來。

窗外遠山橫臥，一廓灰青色，底下的江水闊闊渺渺平流去，小鎭籠罩在午後泛白的煙塵裡，天空淡青，也是白泛泛的。眞是那玻璃一隔，就此兩邊咫尺天涯了嗎？啓秀第一次去看他，對講機怯怯的拿起，才感到那頭的呼吸傳來，便忍不住哭了，她此番來原是不准自己哭的。趙德春坐在對面，無言相視，等她止住了淚，久久才說：「你瘦了……」

她又哭起來，手巾越擦好像越流不完。那人又說：「這裡，吃的很好，你放心……晚上很早就睡了，棉被很厚，我腳不是常睡不暖嗎，現在都好了……你怎麼不說話，來，說一句我聽聽，嗯？」

半天她抬起臉看他，哽咽道：「內衣褲和牙刷肥皀，我都幫你帶來了。還有，一罐扣肉跟筍湯，你喜歡的，早上才做好……」說著又流下淚來。

見她說話，他反而破顏笑了，當中一層玻璃隔著，兩人都有些恍惚。

他叫她不許流淚了，爲他要好好保重身體，把孩子生下來，明年夏天生產的時候，他不能陪在旁邊，但有媽媽和姊姊陪著也是一樣的。她嫁他不到半年，竟然逢此變故，是他的不對，但此後她不可憔悴了，因爲將來他終會出來，他們還有很長的日子要做夫妻。

啓秀噙住淚水，復向余剛道：「你趙老師從來沒有爲他自己打算過，爲來爲去還不都是大家的事，他就是太熱心了，才會這次被壞人乘機利用，落得這種下場。你們不是不曉得他的爲人，怎麼可以跟著外面亂說，對得起他平常待你們嗎？」

余剛給說得十分慚愧，雖然事實未必是如此，但她那種理直氣壯，使他覺得要對阿曹他們的非議負責。對的、錯的，此刻都由他一人來承當吧。

啓秀半倚著書桌和他講話，穿一件翻領粗織大毛衣，短髮梳攏好中分夾在兩邊，托出一張圓尖臉，蒼白得有些透明。余剛很想問她今後怎麼過生活，仍住在新店嗎，缺不缺錢用，還有老師在獄中又如何呢？但他只說：「這裡有沒我能幫的？」

啓秀眨巴眨巴四周看看，指著牆上的魚網說：「那個，我拿不下來。眞是，什麼破銅爛鐵也掛出來，不懂他什麼意思。」

余剛移張椅子過去，站在上面將網子扯了下來，連帶拴的些零零碎碎裹成一團，望望啓秀，她沒考慮一下便說：「扔這兒。」一口紙箱裝滿了廢物垃圾，便扔過去，又拿腳在上頭踹了踹，眼看那片觸目的腥紅一會兒便掩覆下去了。下課鈴響起來，大概是發生故障，忽然一疊聲的拔徹雲霄，像貼著耳膜敲的，好不驚人，他們同時望出去，大路上來往的學生都停下腳步，漫空張望，有的掩住兩耳，開大著嘴巴訝異，不過馬上就恢復了，又一切如常。這一下憑空來得莫名其妙，兩人相視笑了，啓秀說：「書這些你怎麼拿法，給我弄得東一堆西一堆的。」

「沒關係，等下找同學來就行。還是先幫，幫，師母的弄好……」他首次正經喊出師母來，竟然非常狼狽，一時間手足無措。

啓秀則像姊姊一樣，拍拍他的臂膀道：「要弄的都弄好了，你去找人來罷。」便半推著他到門口。

若是啓秀個子生得高些，該會是環著他的肩頭護出門來的了，余剛還不習慣之間這種新起的親意，便也順從她的意思，趕緊下樓去找同學。誰知才到半樓，卻見黃蘊芝登登登的步上樓梯，垂著臉。俯視的緣故，她兩頰叫半長髮削了去，一張方圓臉覆在齊眉的劉海下，變成倒三角形，眼影吊吊的插入兩鬢，反而特有一種魅艷。

「是你？」黃蘊芝也小吃一驚，「失縱啦，好久連個影兒也沒。」

「我來搬書，趙老師的。」

「林啓秀現在上面？」

「嗳。」

黃蘊芝也沒和他說話的意思，反身上了幾階，卻又喊住他，眼睛似笑非笑，一手扶著欄干。那側身立著的姿勢明明是戲劇化，有一刻余剛簡直就覺得她在蓄意勾引。好一會了，她才說：「我起先就看你一副死心眼，跟著他，滿腦子傻念頭，有這次教訓，以後你也知道該少管閒事了，老老實實做個學生，賠那麼多氣力幹嘛。」

余剛掉頭就走，踏出四維館，一股冷風撲面，穿過草地，他只管柏油路上疾疾狂走，也沒有目的，完全忘了爲什麼出來的。

有些人可以永遠站在潮流和運動之外超然，他知道他不行，他總是心上意氣難平，趙德春便笑過他是口單料鍋，一燒就熱。這回他的熱情整個是投錯了，要說灰心喪志當然都是，可是他不服氣，總不承認自己哪裡錯了，也並不認爲是被欺誑了，如果有什麼再能激起他的熱情，他依然會全部人的投身進去，毫無保留的。

他這樣癲癲狂狂的的胡亂走著，可又什麼時候走回了四維館門前來，儘著那兒呆愣。

「余剛。余剛——」

他仰臉一望，是啓秀在窗口喊，人隔著書桌，旁邊還站了黃蘊芝，兩臂抱在胸前，咧嘴笑著。紗窗灰撲撲的，陽光淡淡，兩人好像塵埃裡的影子。

「你同學呢？」啓秀問。

余剛這才想起來，愧笑道：「還沒找……現在就去，馬上來……」揮揮手拔腳趕快走了，草地上的小徑由石塊間隔鋪成，一步邁開兩個。

四維館餐廳正播送著陳達老先生的歌，遠遠飄去，思啊想啊起啊……貨船仔要過雲海天啊，看著海水金閃閃，少年欲得要出外看景致，看見大魚吃小魚啊……

輾轉徘徊的曲調，在耳邊呢呢喃喃，沒有開頭也沒有終結，像簷前的梅雨一直滴答到天明，眞是纏綿又令人苦惱的，一句句，一聲聲，都切切問在余剛的心底。他是用他眞實的情感做的假事嗎？這也許正是年輕可以被原諒的地方。而也是問在此時此地，許多人的心上的嗎？

民國六七、八、一五、景美

臘梅三弄

冷，眞是冷得不得了。

白天還颳了場大風，現在風也凍住了，天是一幅黛藍的冰原，映著地面乾乾淨淨的柏油大馬路。

頂熱鬧的公館街頭，聖誕夜的晚上比平常又是另外一番，可是這樣冷，連人叢車影裡的嘈嘈雜雜都是一份清嚴。一夥高中男女生，是參加舞會吧，一呼啦嘻笑怒罵過去，聲音盪在凝結的空氣中，像罐裡倒出的玻璃珠，晶盈的滾得一地。

廊柱下一張帆布小凳，梅儀不知坐了多久，疑心自己是不是凍成了透明人，很像一種透明熱帶魚，乍看之下，彷彿架著一葉魚骨游遊，好不駭人。她大概也只剩一縷魂魄，薄明微藍的，幽幽的從心底昇上來，呵口氣，變做一團白霧，淡了、散了。

是小戚印了三千張卡片，眼看節就要過了只賣出一半，拜託同學們幫忙去銷銷，梅儀給派到五百張，也興興頭頭擺起地攤來。她的人好像太大，攤子太小，頎長個子坐在矮凳上，格外顯得腳長手長，像是十五六歲成長中的男孩，身體和他的環境如此違逆。總是先看到她，一條大花彩圍巾連頭連脖子纏成一堆，當中露出兩隻眼睛，不由得人家停下腳步，這才看到跟前一方塑膠布，稀稀落落排著幾張紙片。「書簽？」

「不是。卡片罷——」梅儀拾了一張湊到眼前端詳，「書簽也可以呀……不知道，我朋友畫的，怪怪的是不是……」梅儀講話短舌頭，是唸成夕，知是機，朋友的朋是駢體文的駢。

那路人搭訕道：「你朋友畫的，不錯嘛。他是畫家囉？」

「喜歡畫就是了。」

「那你也喜歡畫囉？」

「我？」梅儀詫笑起來，「我讀國貿的。」

「國貿？很好很好，有出息。」那人翻翻揀揀一番，忽又說：「你朋友，男朋友？」

梅儀心想這人也是無聊，笑道：「我先生在美國。」

「你先生！嗳嗳，小姐你可是騙人哪！」

梅儀只是好笑。那人一喟三嘆的打量了好一會，終於下定決心走了似的，立起來道：「唉，我們留個地址怎麼樣——相逢何必曾相識，來來來，姓名、址址。」

梅儀也大方的接過紙筆，按在水泥柱上塗鴉的時候，姓還是梅姓，名字就順手寫了個圓圓，地址羅斯福路，幾段幾號亦都改頭換面了。

此人倒又熱心，「你這樣擺法不成的，諾，都給我，幫你排排。」便蹲在地上排列組合起來，行的、排的、三角形的。梅儀依樣畫葫蘆，偏他又還挑剔，一路排將過去，總把梅儀列好的又拆了重排，方才滿意了。道聲：「拜拜。後會有期。」

梅儀望著那男人走進人群裡，手上他留下的姓名地址，眞是不知從何說起，看也沒看，搓搓一團便扔了。

圓圓，她死黨中的死黨，小學六年同學，初中三年同校，高中分了家，大家又考到同校同系，同食同住同行，只差沒有同丈夫。今晚圓圓家派對，她那幫三教九流該都到齊了，梅儀是收攤之後再去。爲這事下午圓圓在電話裡又罵了她一通，她只管聽著，嗝嗝的笑，將聽筒略略移遠了，屋內都聽得出來的咆哮，竟像小犬的吠聲，老梁坐在籐椅上發愣，也漠漠的眼睛緩緩望了過來。

「圓圓。」那頭噶啷一聲摔了電話。她唸的是炎炎。「通宵舞會，晚上不回了。」

「喝，伊個小老三！肚皮都給我笑痛了……」老梁是一提到圓圓就年輕了二十歲，眼睛也活了回來。忽吊起小嗓唱道：「楊玉環今宵入夢裡——想當初你進宮之時——萬歲時——喏，你去同伊個講，欠老梁一記K司的忘記了沒有，這個地方……」他朝額心指指，隨即又大笑起來。

老梁是她房東，跟了總裁半輩子，總裁去世的時候，鎮日只不見他人影，夜深都睡了他人才回來，地板踩得吱呀呀響。潔明是睡死了不知，梅儀總是驚醒，有時長長的一聲嘆息，恍惚在院裡，她探出身子撥開窗簾一角，小小的池，修剪整齊的矮榕，假山假石，沒看到人，大概在廊下。庭園給刷上一層緋紅明滅，她微微有些驚詫，回過神才想起是隔壁兩層樓的咖啡廳，霓虹燈仍然在殷勤的閃燿著。

她起來過一回，陪老梁沙發上坐坐，爲他泡了一杯牛奶，對蘇打餅乾吃。清晨下牀走出房門，見茶几原封不動一杯牛奶，蘇打餅乾敞著玻璃紙袋口兒，嚇了一跳，老梁竟一夜未睡，嵌在褐皮沙發裡深深的，人癟了，乾了，整整瘦掉三觳。她和潔明折騰許久，才把他拖回房間牀上躺下，一睡就睡到第二天中午才會得醒了。

這以後，他也就慢慢好轉來。白天到區公所應個卯，下午三四點便回來了，院子裡種花，也去他那夥老光桿兒處串門子，喝凍頂烏龍茶，下圍棋。他好像有位青梅竹馬，姻緣未成，後來時局變動，大家都遷移此地，他的妻兒在那邊沒能出來，這位青梅竹馬倒又變成了乾妹妹。大概都是禮拜四吃過中飯，他乾妹妹來，兩人也少說話，那女的廚房裡燒小菜，他家鄉的，江浙口味，他就在廳前臨〈禮器碑〉，臨畢便兩人對酌淺斟。報歲蘭開時，他的話就多了，巴巴的拖住人家廊簷下賞花，從花怎麼植來的，怎麼照顧，怎樣長大，怎麼一分分結花姑朵。「花姑朵它弗要開呀，天天來看，天天弗開，儂道是惱弗惱壞人。疑，大前天，什麼辰光它就蓬一聲開出來哉！這個樣的，蓬一聲！儂講笑弗笑死人……」

圓圓來的時候，他就眞個的是心眼裡開花。圓圓一來，把六合八方的風景都給帶了進來，一人屋裡走走倒有十幾人似的，遍處是她的字正腔圓，像夏雨急烈的打在荷塘上，煙氣水氣暑氣全都打響了。他知道圓圓愛吃南棗糕和巧克力糖，就五斗櫃裡藏了很多，圓圓一進院子，還在玄關脫鞋子，他就臥室裡老遠唱道：「南棗糕哦，吃不吃？」

「吃！」

便聽見老梁一疊聲笑得不可收拾。可是他又最最吝嗇的了，好弄歹弄必要香一個才給吃，有時圓圓很大方，有時也一般吝嗇，那就看他老少倆兒歪纏胡混個沒底的了。都是圓圓贏的，她會蠻幹，伺機一手奪了來，擺出一副不勝其美的大嚼特嚼，老梁只好乾笑的分兒，恨道：「個小癟三，弗是東西！」

這會圓圓卻又跳到背後，抱著他頭親了一個後腦杓，呸一聲：「啊喲來，儂個地瓜頭餿氣，要洗咧！」

她是胡謅著老梁的鄉音，把個老梁又樂昏了眼，跌足笑道：「地瓜頭，難末地瓜頭搿來格，儂洗洗。」

「洗個頭，陰溝水都嫌髒了！」話沒說完，她卻已經叭一記敲在老梁腦殼上：「那，洗好了。」

「洗好了？這個叫做洗好了？好格，好格，儂湊來聞聞有餿氣咈？」

「唷，老梁的那股子餿勁兒呀，是黃河之水天上來，洗也洗不淨。」

「儂講也有個法子洗來好咈？」

圓圓蹦地跳到跟前，迷迷的笑。「法子是有的，就是——差那麼兩塊，兩塊南棗糕！」

老梁一揮手打去，圓圓早又跳得老遠了。他笑著罵著，一邊仍是起身進臥房拿吃的了，心甘情願的。

其實圓圓只是她的綽號，圓圓的小臉，圓圓的鼻尖，圓圓的眼睛，眼睛又特會張得亮大瞪人，瞪得人退避三尺。她身材嬌小，不是胖，是圓圓的，愛穿運動衫，衫前總是繡著笑嘻嘻的小象、小貓、小獅子，也是一團絨絨。整天就看她校舍的大樓滾上滾下，張三李四王二麻子哥，無人不識，無人不曉，班上幾個男生吃她不消，譏她是能得跟豆兒一樣，她就罵：「能得跟豆兒——一顆紅豆，我看你們都是發了相思病，呸。」

梅儀和她，從前總是出雙入對，一高一矮，一白一黑，一靜一動，簡直成了某種商標似的，可是梅儀三年級那年休學了一年，現在尚未畢業，圓圓已經在家進出口貿易做了半年多。梅圓圓，倒眞是個可愛的名字，圓得愈發不可收拾了。梅儀想著不覺好笑，明亡時候有個吳三桂和陳圓圓，好幾年前的連載小說，她天天等著讀，海虹的古裝美人插圖，恨不得都剪了下來貼在心口存一輩子。那段日子好遠好遠了，遠得像這天寒裡的街燈人影，都結成了薄薄的冰片，輕輕一觸，就碎了滿地，卻不知今天的這位梅圓圓是和誰呢，潔明嗎？太遠了，她不能想。怎麼能想，想起來整個人就像荷葉蓄滿了雨露，搖搖盪盪的，便要潑了出來，直潑到塘外的塘外，天涯地角，那個人，她眞恨。

此刻圓圓那裡不知鬧成什麼樣子了。她打量自己這樣長手長腳的坐在路邊，牛仔褲，呢大衣，絨線大圍巾，全身包得密密不透風，活是頭北極熊，不怪圓圓要罵她十三點。她想著圓圓暖融融的屋子，紅葉鮮奶油蛋糕，一杯熱茶，遲疑遲疑，也就收了卡片，摺好桌巾，裝進嬉皮袋裡，手提著帆布凳，一划一大步，踏著紅磚路走遠了。替小戚賣卡片本是好玩，乘興而來，乘興而去，一條街上都是聖誕歌聲，亮晃晃的櫥窗，映著亮晃晃的人，亮晃晃的寒冷，梅儀仍是快樂的。

門一拉開，圓圓聞聲從裡間趕著出來，明明是高興，卻怒睜圓眼，手插腰橫在梅儀面前叱道：「這時候來，怎麼，耍大牌？」今晚她穿了一襲拖地蝴蝶裝，全身交纏盤旋著鵝黃和鴨屎綠相雜錯的海藻、或珊瑚枝圖案，一股濃濃的南洋情調。

「噯呀，馬來西亞飛來的大蝴蝶！」梅儀扯著她袖子前前後後的看。是那個做船員的大阿哥送的，還是頭次亮相。

「飛你個頭，印度洋翹辮子了！怎麼樣，阿哥眞不是蓋的，硬是好看。」圓圓旋轉了一圈，做勢蝴蝶飛。

廳裡剛吃過蛋糕的樣子，燈火通明，落地長窗帷簾都拉上了，角落一棵半屋高的塑膠聖誕，妝點得一片玉樹瓊花。梅儀向眾人點頭笑笑算打過招呼，便逕去後頭泡茶喝，找著了杯子，找不著茶罐，有了茶葉，又不見了杯子，呆在那兒出了一會子神，圓圓已經給她端了茶和蛋糕來，萬分不甘願的，數落道：「算你小姐命好，小琳沒來，她那塊省給你了。再晚來一絲絲哦，吃我的唾沫都沒份。」

梅儀俛首笑著，撒嬌道：「這不就來了。」

「這不就來了！」圓圓嚕她一句，故意學她的把這唸成季。「怎麼，西北風喝飽啦？」

「來了哪些人？剛才都沒看清。」

圓圓猛然放低了聲音，道：「葉平那傢伙太不是東西！」把茶杯重重的一頓，潑了好些出來。「他不是上次向南西借了三萬塊。南西那三萬塊也不是她的，是問潘美美的婆婆借的，講好十一月一號還。當初她婆婆就不太情願，是潘美美一再做保才借來了的。誰知到了日期葉平說周轉不靈。我的天三萬塊，不是三千塊哪！潘美美那時保證過的，婆婆更不比自家人，她又難做人，又不好催，南西急死了。起先要債煩了，葉平還神氣呢，你看他死沒臉的說什麼話，他說，喂，你把我當成什麼人，那幾個錢我賴你不成！這死沒臉的，現在找他連影都不見。後來南西向我借錢，我氣得罵她拆爛污，葉平那人你可以借錢的呀。後來借她一萬，另兩萬不知她怎麼弄齊還了。周轉不靈，去他個大頭鬼，我太曉得了，他看準人家以前跟他有過一段好欺負——」

前面忽然誰哆聲的大嚷起來：「圓圓快來，你看他們壞……」

「三八阿花！」圓圓本不想理，愈發鬧得兇了，只好椅子一推，跑前頭去了。

圓圓前腳方走，何郁雯後腳就踏了進來，梅儀小吃一驚，連不給你有些想要避開的意思，她已經在圓桌對面生根固柢，一副準備談心道己的模樣了。梅儀和她對望笑笑，便埋頭品茶，只是不說話。何郁雯亦堅持不開腔，迷濛的眼睛凝視著桌上一叢白雛菊，眉毛一隻高挑，菱角唇一弧笑意似無若有，那姿態整個的就彷彿對這世界既嘲笑又寬容，又好像和你共一段人所不知的體己事，使得你們之間無聲勝有聲，一個眼神，一抹微笑，都足以勾起記憶中的某個片段，是這樣的超然，而又淒絕。梅儀豁地站起，推開椅子，轉身給茶加水，那動靜其實不大，可是在梅儀感覺，簡直得就是一件可恥的大櫥櫃！

那次和潔明散步到清水祖師廟，兩人坐在矮牆上，黃昏的低低的風走過，潔明很好的心境說：「以前和何郁雯來，她也坐你現在坐的地方，也是像你這樣，手撐著腰，脖子微微的仰。可是她髮長，快到腰這裡了，風吹來，好香啊。」

梅儀笑道：「後來你們怎麼不好了？她這麼漂亮，又和你都是會畫畫。」

「太累了。」潔明壞壞一笑，「你知道，那種文藝少女的氣息，累！」

梅儀放懷大笑，險些掉下牆。道：「我呢，累不累人？」

「比她更累。」

梅儀仍然笑，笑得逐漸微弱盪漾，不覺低了頭，說：「那趕快現在我就走了，省得惹你心煩。」

「煩得甘願，傻瓜。」潔明一握她手，晚風裡的木魚梵唱，她永遠永遠記在心底了。

可是何郁雯看不起人。她自始至終一直相信潔明是奉了兒女之命，不得已結婚的。她從前總爲矜持，防衛太多，現在才明白了自己的一種身份，原來她才是他的紅粉知己。雖然機緣錯過了，但也許反而好，她是揮一揮衣袖，不帶走一片雲彩，所以她寬大的原諒了梅儀的世俗，也以一種知己的默契諒解了潔明所做的一切。她把頭髮留得更長了，膚色愈蒼白了，人也更清瘦了。連圓圓都欣賞她，稱讚她那份冷冷淡淡的修長，高雅而具現代感，有味道。別人怎麼看她梅儀不管，對圓圓就不能遷就，兩人爲這爭過幾次，一次圓圓爭不過了，冷笑道：「潔明是你的了嘛，這樣小氣！」

梅儀一聽，駭呆了，半晌只說：「到頭來你是你，我是我，白交一場……」

圓圓亦聽不得此言，這樣好強的人，登時眼眶就紅了，心中兀自懊悔，只嘴上還死硬。兩人就很長的一段日子不見面，這期間偶而圓圓打電話來，都是算準她不在的時候，一面儘管和老梁南腔北調耍嘴皮，一面可都曲曲折折套了不少梅儀的近況。像春假小儀南下了一趟婆家，沒看那幼潔養得價格好哩，照片上握著小拳頭的神氣，和他媽一個樣。小儀早上起牀還是那德性，噴嚏連天，將個屋頂也要掀掉了，可憐前幾天又感冒一場，眼眶都給它黑掉了一圈。老梁又威脅利誘的數說圓圓沒良心，長久辰光不來看老梁，再不來哦，南棗糕全叫耗子吃啦，便又笑得斷了肚腸。

後來一回是梅儀接的電話，兩頭即刻就知道了，梅儀只在愣，到底是圓圓會轉寰，依舊那種挑釁的語氣道：「怎麼，蔡老大的課翹了！」

「頭痛，不想上……」梅儀也曉得有時圓圓掛電話來，存在心上一筆了。什麼蔡老大的課，她到現在還記不全課表。

「頭痛？出來看場電影就好啦。不跑遠，就你們門口，東南亞。我請客。」

梅儀忍住了笑，說：「什麼片子？」

圓圓早聽出了她的笑意，人就再沒個正經了，喳喳嚷叫了一番，梅儀打斷道：「這時候去，電影都演一半了。」

「演麼就給它演，我們盪盪棉屋，請你吃酒釀湯圓。」

「好，好，就二十分見。」

「愛惜分？」圓圓取笑她，兩人捧著電話開心的笑了好一陣。

圓圓一直是她的姐姐。潔明去國前也說：「有圓圓跟你一起，我放心多了。」機場送行時候，潔明好幾次望到圓圓，嘴邊的話始終未能出口，圓圓豈有不知，卻只是不領情的，只管東扯西岔，弄得一場送別空前熱鬧，全無半點離愁。潔明和梅儀夾在人堆裡火雜雜，朋友又多，兩個反而講不上一句半句。出境當口，是誰起鬨要潔明吻別，他一掃眼，梅儀卻被擠到另一頭去，跟前的何郁雯，早已淚流滿面，他就眼睛看著梅儀，摟過何郁雯腮上親了一記。大夥譁然，梅儀也夥在當中又鬧又鼓掌，很瘋了一回。

回頭出了機場，何郁雯哭得淚人兒一般，小琳他們擁簇著她安慰，梅儀看著眞是呆了，木木的跟在一邊，不知從何檢點起。突然圓圓發起脾氣，一言不發，繃著臉，登登登的逕自走得老遠，梅儀追上前去，正好車來，便跳上先走了。車上圓圓就拿個眼睛瞪得老大，久久，罵道：「這算哪門子！」

車子入了市區，高樓頂著天空，烈烈的陽光一忽兒遮去了，一忽兒又跌進來，梅儀清楚的感覺著光陰的倏陽倏陰，是這樣的恍惚不可捉摸，而又這樣切身，切身得像赤腳走在涼濕的軟泥上，一腳一個印。遠處天際有架飛機，她當潔明就在上頭，晴日無雲，太陽晃晃的射在海藍的廣告牌上，她像要瞌睡去了……一個急剎車，她歪在圓圓身上。當窗一蓬樟腦葉碧青碧青的，公寓一扇玻璃窗突然拉開，探出一張婦人詫異的臉孔。太清晰了，明明是個夢。梅儀掉下淚來，叭嗟叭嗟落在嬉皮袋上，圓圓遞過來化妝紙，她拭了又拭，剛剛止住，車子一晃動，又傾出了半筐來。潔明是走遠了，遠到天邊的天邊去了。

但是昨夜這樣眞，她現在只要雙手輕輕一合，就可撲住了，捧起來迎著天光，是一葉活生生的大鳳蝶，翅緣一環金粉，熠熠湮入陽光埃塵中。潔明憑空畫個圓，「那，太平洋。」畫條線，「內華達山。」一個點，「落山磯在這裡。」「台灣。台北。」點到她唇上來了，要朝下點去，「羅斯福路四段——」梅儀笑著抓住他手，兩人就那樣久久的，臉對臉的並排躺著，黑暗裡的眼睛格外水亮。

「什麼聲音？」潔明忽道。

「水龍頭壞了，關不緊。前天就這樣。」

「它在講話。」

梅儀支起耳朵，聽著聽著把臉埋進枕頭裡笑個不停。

潔明拉拉她，「別笑，聽它說什麼？它說，哎，小儀，小儀，我愛你。」

「見鬼。它說呢，沈潔明你少肉麻。」

「別吵。它還說，小儀眞可憐，老公沒有了。」

「早就沒有了，等現在！」

「那邊兩年，靠不住要花心哦。」

梅儀別過臉去，「花心何必到那邊，明早我就打電話叫何郁雯來。」

潔明索性就再強一句：「眞的，我變了，你怎麼？」

「我就另外嫁人。」

「嘖嘖，你這樣壞，我坐飛機撞山，叫你想我想一輩子想不完。」

半天不見聲響，潔明探頭望望，推推她也不動，將她臉扳過來，濕的。「哭了？唉呀，傻瓜……」

梅儀哭道：「你飛機撞山死了，你又有什麼好處，要這樣嘔人。就算你變心，我也不會再找別人。你媽不喜歡我，幼潔她當然不給我。從今以後你走你的陽關道，我就當從來沒認識過你，當認識你以前我就從來是一個人。你說的白素貞，許仙負了她，她也一筆勾消，從此誰都不欠誰……」

她這樣咬字不正講著大人的話，潔明是徹底感動了，只望進梅儀閃著淚光的眼睛裡去，很久，說：「才認識你的時候，你天天穿著軍訓服。第一次見你，你只曉得喝茶。穿著軍訓服……」

那天是和圓圓的一批建築系朋友去祖師廟喝茶，她早從圓圓口裡聽熟了沈潔明，這會兒圍著一張方桌品茶嗑瓜子，見他一直和一位叫做伊哥的講話，在桌上比劃著要橫橫豎豎的線，後來才知道伊哥原來就是老鷹，倒眞像是個印地安酋長。圓圓每天睡前趴在牀頭講沈潔明，結論不外是：「他啊，總之太花心。」但是看著他除了一身高個兒，也是副老實像，怎麼就把圓圓攪得神魂顚倒似的。

從廟裡出來，飄飄的下起雨，小鎭古老的街道，黑晶晶的泛著水光，映著兩邊人家暈黃燈火，像是一盞光影一段聊齋。潔明邀她倆去伊哥那裡看絹印版畫，伊哥的宿舍二樓臨河邊，當窗一段陽臺，迎面是觀音山江水，窗子開得敞闊而低，天熱都給卸了下來，貼窗一張長几，散著亂糟糟的設計圖。

伊哥哪裡搜購來的一把油紙傘，拿出來大家鑑賞。圓圓隨便看了看，說：「鹿港的老底兒，我看都給你們這一幫人挖空了罷。上次聽講有個老外，千方百計給他買到光緒年間的一雙三寸金蓮，當他祖宗牌位的供著寶貝呢。你們說好笑，如今可是這種人雨後春筍，越出越多了。」

梅儀聽著不好意思，閑步到陽臺看江上夜雨，隨後潔明亦出來，手上轤轤轉著紙傘柄。梅儀為沖淡方才的尷尬，指著屋裡說：「你朋友彈箏？」

潔明回臉一望，笑道：「憑伊哥那德行？她女朋友彈。就在窗口這裡，對著一波一波的潮水彈。有一天月亮很好，潮水一直漲到窗邊，浮出一隻金鯉魚，他自稱是龍王三太子，聞琴聲來，要女的嫁給他。」

「那女的怎樣說？」梅儀斜坐在石欄上，抿嘴笑。

「你是她怎麼說？」

「不行啊，她已經先和你朋友好了。」

「所以，她就說羅敷自有夫，我做我的人，你還是做你的魚，討位蝦公主吧。也許來世我投生做隻小螃蟹，我們再定姻緣。」

梅儀已經笑倒了，潔明卻話頭一轉，耍著傘柄道：「眞的，我向伊哥借這傘天天帶著，就希望哪天遇見一條白蛇。」

糟糟，他玩笑開到梅儀頭上了，梅儀遂道：「你拿傘打蛇！」

怎麼圓圓聽了去，屋裡就喊起來：「精彩！小儀做白蛇娘娘，我就是青蛇妹妹。喂，許仙，鄭重警告你，休動我姐姐一根汗毛，不然——吃我一劍！」她哪裡抓來的一把丁字尺，手腳之快，已跳上窗沿，照面就戳將來了。

梅儀聞言一懍，怎麼把人派給她了，抗議道：「圓圓你什麼意思！」

「反共義士。」

梅儀立即感覺到她語氣裡的酸味兒，不覺站直身子收了笑容，講的儘管仍是雨啊箏啊，已完全的是另一番疏淡了。

豈知以後圓圓當眞就以青蛇妹妹自居，又要撮合他們，又要偏心梅儀，又要敵視潔明，三人一起，是潔明全沒講話的餘地，只要他一發言就必然跟圓圓衝突，一點道理沒有的衝突，爲圖清靜，潔明便裝龜孫算了。圓圓也太強梁，早先梅儀總幫潔明，責怪圓圓，「你呀眞是插槓就擡！亂七八糟歪曲人家意思，好好講話一定要吵架，不講理嘛……」這當兒圓圓就不說話了，乜斜一隻眼睨她，滿臉譏誚的笑，瞧得她心虛起來，口齒不清了，一惱頓腳道：「你做麼這樣，詐笑，邪笑！」

「那，那，沈潔明，這人不打自招了。」

氣得梅儀搥他。「我什麼不打自招了，我什麼不打自招了……」

圓圓護著又笑又嚷：「我洗麼不打記跤了？你問我我問你啊。」

她倒眞要問問自己，怎麼糊里糊塗和潔明好起來的，太荒唐。她正經問過圓圓：「對沈潔明，你到底怎樣？」

圓圓說：「喜歡是眞喜歡。可是怎麼搞的見了面就吵，他不服我，我不服他，加在一起就成了個大地雷。有陣子我不是沒想過讓讓好了——辦不到呀。而且他太高，我太矮，得仰脖子講話，也，辦不到。」

梅儀笑道：「你又鬼扯。」

「他還有一點，太花心。」

梅儀亦不明白，這許多人裡他獨獨選擇了她，她只知自己笨拙，菜做不好，洗碗打破杯子，洗得前身整片濕透了，像才從水裡上來的。婆婆就是最最看她一無是處，一副碩長身子整天在屋裡磕三碰四，吊燈四周鑲的仿水晶墜子就給她撞落了幾串。她走路的樣子，不看旁人的，長長的、白白的人，一刬一大步，彷彿頂著一個世界，一個宇宙的風箱。那種漠漠不經意而至於純直的神情，她婆婆尤其不歡，本來也就是，這女的別事一概不會，就會奉承她兒子。婆婆與何郁雯一樣，都是最看她沒有款式的了。

潔明在的時候，她隨著也極少南下，去國之後，她分外想念著孩子，想得緊了，才硬著頭皮坐八九小時的火車晃盪過去。車過北回歸線，嘉南平原上有大片的甘蔗田，遠遠山腳下幾戶人家，種著高高的檳榔樹，她又會無緣無故快樂起來，把窗子整個推上去，讓大邋邋的疾風灌得人飽飽的，奢侈的叫份排骨便當，吃得一粒米飯不剩。

孩子跟著祖父母，母子連心，還是跟她親，婆婆就擺明了臉色：怎麼，你無功受祿？她表面上光是呆頭呆相，絕對不流一滴淚，蓄著蓄著回來的路途，哭它個天崩地裂。她發過幾千幾百個誓，對著窗外低遠的天空和青山，就當這孩子從來沒有過罷，生也好死也好，横竪路邊的一棵芭蕉秧子，他自開自謝了，何必再為一個不相干的牽腸掛肚。那孩子的爸，也早當他死在太平洋對岸了。她雖有娘家，父親早喪母親再嫁，和她不過一份淡淡，能供她唸到大學畢業已是天大的恩情。她和潔明結婚，只有母親拿出私房，打了一枚金戒給她，以後差不多就等於斷絕了。梅儀哭著哭著又很好笑起來，當眞是，來到世間二十幾年，到頭來依然素手空拳赤條條一人，不增加，不減少，只除了，一場荒唐。

眼前的何郁雯，忽地一揚長髮，直著下巴朝她問：「有信來麼，最近？」

梅儀心想你也未免太自信了，裝呆道：「誰？」

登時何郁雯就臉紅了。梅儀笑起來：「他呀？神氣得不得了。系主任之欣賞他的，只差沒有招做駙馬爺。」這是胡扯。

「唉，他的脾氣照樣不改……」何郁雯嘆口氣，十分知心婉轉的。

圓圓前面去了一趟又回來，捧著一小碟翠盈盈的凍菓，往桌上一放，斜插起腰，像個俏丫環，媚聲道：「猜這叫什麼？沅陵街口買的，就為它名字好聽。」不等人家猜，她就義大利式的誇張喊起來了：「寒天。寒天，誰想出的名字，我掐死他……」便一臂勒住了梅儀脖子朝後拽。

梅儀險不被她拖倒，叫道：「你掐我，我還有個名字更好呢。」

「說。」

「翡冷翠，好吧。」

圓圓鬆了手，「太濃了，綠得人牙齒森森的。」她一旁拉了椅子坐下，道：「剛才不是和你說葉平那傢伙不是東西，他看準了南西好欺負，想賴掉，誰曉得本姑娘厲害，幾通電話硬把他追蹤到。我說：喂，大舞棍，腳癢了，今晚通宵，治你腳癢怎樣？他說另有約了。我生氣說，好好，如今圓圓姑娘的面子請不動葉平啦，葉平有了新人忘了舊。他說我不過，答應兩邊趕場，先來這兒。一進門，迎面就是冤家路窄南西呀！笑死人，沒看那德性，眼睛倒插，兩隻耳朵吱吱的噴煙！差點笑死我，好容易才擺出個樣子，請他到鋼琴室裡一歇，恩威並施加上懷柔，逼他簽了份借據，我做的保人，這錢才是有個著落了。你現在去看他，電唱機那個角坐的，綠臉紅毛，餘煙嫋嫋的呢。」

三人笑得伏在桌上，梅儀道：「你做的保人，賬都算你了。」

「呸，他算我，算不過！吃軟怕硬，豆腐人一個，沒出息得很。」

梅儀笑停了，問道：「伊哥他們呢，沒請？」

「伊哥？他去什麼鳥禿坑和礦工們共甘苦啦，不是哪個雜誌都有他的報導。他反正也不會來，本人現在是他最熱衷批判的對象：買辦，加資產階級剝削者，加歐風美雨下的西洋文化尖兵。」圓圓抵抵梅儀道：「沈潔明不是跟他們同路的？脖子上吊架開麥拉，跑東跑西，十足一副日本觀光客。」

何郁雯道：「潔明倒是不一樣的。」

「是不一樣，」圓圓不知是嘲笑誰，「大花心一個。」

前廳又放起音樂，藍色慢四步，慵懶的調子，像甜蜜的黃昏，融化了太陽，一會兒夏夜已湮漫得四處。何郁雯的新任護花使者，悄無聲息來到身邊，邀她共舞一曲，兩人款款走進黑暗裡去了。

圓圓和梅儀對望一眼，淺淺笑了……

外面大馬路上一隊歌聲走近來，梅儀撥開窗簾，玻璃上照面是張黑幽幽的臉，臉的後面當空一盞盈黃吊燈，一環圓桌，桌上一盆雛菊。她吃一驚，探手摸摸，冰徹的，湊到玻璃上去望，才看見外頭街景，清清冷冷的夜空，燈火卻格外燦亮，一顆一顆撒在寒夜裡。一縱隊男女孩子唱著歌經過樓下，走得興頭，翻領大毛衣，夾克牛仔褲，長圍巾一走一飛，虎虎生風似的，是報佳音。

梅儀將視線微微收回半分來，眼前的就是幅蒙太奇，夜空下街市的燈火，當空一盞溜溜黃燈，幽幽的人臉，一列縱隊愉快的走過那張臉。她一時間看迷了，只怕瞬眼即逝，衝動得要伸手抓住它，永遠的握緊了。此刻此刻，她一直看穿了夜空最幽邃的深處，看到潔明從那深處浮現出來，彷彿井底昇起了一朵白蓮花。

她是認識了沈潔明，才認識了她自己。以前她只知自己笨，大大闊闊一個人，也不曉得是手腳生錯了，擱在哪裡總不合格。她的短舌頭，她的眼睛生得太分開，而潔明只選了她。她要感激誰呢，一遍遍的纏著問潔明：「你和我，是眞的，眞的麼？」潔明搓搓她頭笑，「傻瓜。」她問：「那我眼睛長得太開，圓圓說是草食動物，你看馬的眼睛就長在兩邊，很滑稽是不是？」「你這樣好，眼睛開是心胸大，所以小儀不吃醋的。」她又問爲什麼喜歡她，一次他說的是：

「喜歡你喝茶的樣子。」

梅儀笑起來，忽向圓圓道：「梅圓圓，這名字好聽？」

「神經病。」

「眞的，老梁說你還欠他一個K司——這裡。」

「個老三八！」圓圓想起來，搬張椅子從架上取下一盒東西。「雪片糕，香港的，不像這裡黏成一塊塊，猛搪牙，你說圓圓特別省給他老梁，知道老梁愛吃，一盒雪片糕夠抵一個K司了。下條快的我找葉平跳，今天夠他糗的了，你不跳？」

梅儀只會四步，還是老實坐這裡喝茶玩吧。像潔明講的，祖師廟裡喝茶，人家是品，她是牛飲，一杯完了又一杯，喝茶時那認眞的樣子，像一輩子就是喝茶這樁。潔明也陰險，只當他埋頭跟伊哥講話，竟什麼時候都給他看了去。

報佳音的歌聲遠去了，盪盪的餘音留在空曠的街道上，兩邊住家亮著燈，一方方窗口像是爲夜晚守著一份珍貴的什麼。老梁守著他自己的。何郁雯守著她自己的。

梅儀搗著熱茶，守著這扇窗，這片冷、冷得不得了的寒天的夜空。

民國六八、舊曆己未中秋、景美

五月晴

門一推開，是洲洲。模糊的一張白臉，嘴一咧，也不是笑：「我說你去跳樓了！」這才笑了起來。

屋裡的小霓，一本筆記簿攤得大大的，正在寫著，臉上淚痕狼藉。她似乎猜準了洲洲的必定會來，並不驚訝，只是不得不擡頭望洲洲一眼，也笑起來。「好呆……」

洲洲探過身來望望，拍一聲小霓闔上了筆記本，是眞的緊張不讓他看，把桌邊的書都給碰落了。

「已經看到啦。我恨，我恨——」

羞得小霓做勢要打他，洲洲就笑。或者有人的笑是笑在眼睛裡，藏在細細的魚尾紋梢，有的在唇角上，也有的就是整個的臉笑，而洲洲笑時一排整整齊齊的白牙齒，健康坦白的，可以去做黑人牙膏商標的。

可是小霓畢竟笑不下去了，忽然轉臉望向窗外。當窗的該是一株比人還高的美人蕉，黑天了看不見，也覺得一蓬影影綽綽，彷彿夏始春餘的節氣關不住，漫漫的要膨脹進來。眼看著小霓眼眶一紅，淚水又要滾落下來，卻手一指道：「好好笑，紗窗破了一個洞。剛剛還有老鼠從那裡跑出去……」眼淚就叭噠叭噠掉在地上。

洲洲光是大手大腳的愣站在那兒，微微驚訝於眼淚落在地上的聲音。這間原本就窄小的宿舍愈發的擁擠不堪了，小霓的情緒，他的亂亂的不知什麼樣的心思，充溢得屋子裡異常燥熱。馬路上一陣踢踢拉拉的拖鞋聲，雜著女孩男孩們的笑罵，因爲宿舍建在路基下面，竟像是從屋頂上踩著瓦片走過。遠處還有什麼嘈嘈的爭執，分明是很遠很遠的，又清晰似近在簷前，像日午花正影，小息片刻醒來的時候，廊下有人閑話，聲音的眞切而恍惚不知所以。洲洲這樣的迷糊了，倒也知道從架上抽出一疊衛生紙，端整的遞過去。

小霓費了好久的時間才把自己檢點好，歉意的笑笑：「肚子餓了，去吃豬蹄好不好？」洲洲總也有了說話的餘地，高興的道：「走，我請客。」孩子氣得差點沒去拉小霓的手。

「你請幹嘛，我請。這樣從台北跑來……」

「你才是從台北跑來。」洲洲是才有了講話的餘地，即刻就恢復了他常時的貧嘴。「我反正也是個回家——不跑自不跑，語出：不哭白不哭。」

當下挨小霓一記。洲洲上了對號鎖，兩人便登上階去。

宿舍是洲洲的，畢業考結束，也還不急著收拾，先回了趟台北，碰上星期天小霓翻譯社放假，少不得他們四人幫阿言，小霓，袁廝，洲洲，又是一場群居終日。但是近年袁廝新交了一位越南僑生，此番越戰眞是打得好不艱苦，見了他們，也就是報告不完的戰況如何如何，膠著的拉鋸戰，都把人給磨平了。阿言八月初上復興崗，最近和小霓更是不知牛了哪條筋，冷戰熱戰，這次又吵了一頓，轉眼不見了小霓，急得阿言什麼似的，灰心到極點，索性都推給洲洲去了。落得洲洲一人雖是不結盟國，亦隨在當中暴起暴跌，並不下於他們的狼狽。

十幾個石階轉折上去，一扇朽綠木門，卻不知設了這門有何用處，專是進進出出的叫人低下頭去免得磕著？門外即是大馬路，一棵鳳凰木長得十分的條達，這時正停著一輪清月。鳳凰木的枝葉細密而疏闊，那月兒則是清薄得微風飄來就要吹散了，散在夜空裡該是酸酸的檸檬香罷。然而空氣中什麼花的香味，濃郁得嗆人，還有霉乾菜碎肉的蒸香。吉它彈著〈禁忌的遊戲〉，錄音帶的女音起伏有致的英語：你介意我抽一枝香菸嗎？浴室外的煤氣燒著紅光轟轟的打響。突然竄起的一疊聲的鼓掌喝采，生日快樂……到處，到處都是嗶嗶剝剝開拆的聲音，便連那花氣一波一波，也彷彿都是嘆息。

兩人在門口站一站，怔怔的互望了一眼，有些危機似的。洲洲本能的朝月亮一指，底下卻一時沒有話。

還是女孩子會應變，小霓一把將他手拖下來，叱道：「月亮不可以指的。」就把那氣氛轉圜了。

「啊？」

「我媽說指月亮要掉耳朵的。」

「啊，掉耳朵？」那洲洲慌得一手去護耳朵。

小霓瞧在眼裡，忍不住頓地笑彎了腰。「你去擋它什麼用！」

洲洲一慌慌錯了，便愈發的朝下去演繹。「咦，當然有用呀。我昨天看報紙就看到一個瑞典小女孩，鼻子被她家牧羊犬咬掉了，是她媽媽用手一直按著那鼻子，按到醫院，才又縫回去的。不然一凝固，就沒用了……」

「哦，我知道了，洲洲的耳朵是麵糰做的，不能乾，乾了就黏不回去了。」

「是呀，是呀。我們家弟兄四人都是麵糰做的，所以我大哥眉目最清秀，二哥就差些了，我第三版更差，老四是盜印版。」

兩人已經笑倒在電線桿邊，洲洲還不放過，抓住了喘息的空隙又笑不成聲的道：「加個小妹，盜印節譯版……」

小霓沒聽清楚，湊前去巴巴的問了兩遍，會過意來，又好笑，又好氣，跺腳要打他，洲洲捧著肚子笑，半挨半躲，路口上兩個鬧得實在不像話。好一會停止了，小霓想起來，又要打他。

來到媽祖廟前，喝，這裡才恰恰是一天的開始呢。小霓也感染了那熱鬧的空氣，轉頭望著洲洲，笑嘻嘻的問：「你怎麼知道我來這兒了？」

「我不知道呀。」洲洲又重施他的縱橫家伎倆，打從阿言跟小霓好起來開始，他就一直介在當中，兩邊眉目傳情，別說呢，世界上再沒有比冤家之間的外交更要折衝潑辣的了。「言廝——」他說時呲牙撇嘴的模樣，彷彿那兩個字玷污了他的嘴巴，「叫我來的。」

小霓心中當然會要動一動，卻是鼻子哼一聲，「那你就來了？」

「不來言斷要去跳樓的。」

「他自己不來？」

洲洲笑怨道：「他來你也不見，反而惹你——起雞皮疙瘩。」

雞皮疙瘩是小霓的惡毒語，氣極了拿來傷阿言的，現在一聽才明白有多可怕，鼻子一酸，眼眶裡滾滾的淚水叭噠又滴了下來。遂轉而柔聲道：「下午我坐公路局來，過汐止那一段，太陽之好的，照在一大片一大片軟軟搖搖的草上。我就想，想一車子撞死算了！」

「好啊，一個跳樓，一個撞車，兩位可都是視死如歸哪。視死如歸，視如死歸，視歸如死，死不如生，生不如歸，不如歸去也哥哥。」

小霓睫毛上淚灑灑的橫他一眼，要笑的，「什麼呀什麼你！眞是一隻呱咕鳥。」

「嘎！」洲洲的一聲鳥叫。

廟前的場子正在做歌仔戲，擴音機出來的哭腔，大而破的把夜撕成兩半。他們就坐在廟口石獅前的小攤上，叫了兩碗鼎邊粧。不知演的什麼戲，只見兩個中年婦人扮成娃娃生氣對著麥克風吵架，吵吵忽然敲起沖頭啀凄啀凄，臺後奔出兩位正旦，大概是大娘二娘，各人護在自己孩子前面對吵起來。桃紅色衣裳的大娘吵不過，只氣得手指著二娘一疊聲的恨道：「你，你，你你……」一拂水袖，領著小孩進屋去了。孩子比她高半個頭，裡面穿著高領黑色緊身原子衫，外頭繫件閃金金水藍肚兜兒，底下一條肥褲子，比他娘還更有著一副婦人身材。

「那，看見沒有？」小霓扯扯洲洲詫笑道，是方才大娘伸手一指，腕上赫然一隻粗大的男用手錶。

洲洲是看傻了嘴，噤聲道：「看看，下面還有。」

大娘進了屋去，二娘倒又回過頭來罵，二娘的孩子顯然玲瓏得多，拉著媽媽的衣袖撒起嬌來，也不清楚他嗚嗚的哼些什麼，只見二娘從身上不知哪裡掏出十塊錢紅鈔，憤憤的塞過去，於是孩子蹦蹦跳跳的跟著母親進了後臺。又一陣大鑼哐得淒得淒得砸將下來，兩個小孩手牽手走到臺前。大娘的孩子笨，那樣的繫著圍兜，像許多成長中的孩子，衣裳總跟不上四肢發展的速度，袖短手長的立在那兒，礙人視聽。虧得二娘的小孩伶俐，會叫會笑會做鬼臉，逼得臺下的觀眾也開心，誰知這時他嘴巴一張，哇啦啦啦的竟唱起流行歌來，伴奏的十足還是夜總會的情調。大娘的孩子不會唱，慢慢隱沒去了，一會看他在臺口支著腰喝汽水。喝完三條歌，大娘二娘迤邐而出，孩子和好了，兩位做娘的也以賓主之禮相見，分別兩廂站定。臺上坐著的老生，該是孩子的爸、爲娘的先生了，拈著鬍鬚很滿意似的，待兩個孩子走上前來跪下行禮，便呵哈哈的笑了起來。於是一夥人急急的步下台去，鑼鈸打起，臺那頭又出來了位小生扮……

「註曰：或者所謂人生之別調。」洲洲作腔作勢的引了一句時下流行的文藝腔。

小霓湊個趣，「也是個人生如舞臺。」

「我只求扮好一個龍套的角色。」好像是《人生金丹》之類的小冊上錄來的名言。

「沒志氣！」

「沒志氣？」洲洲的眉毛抬一抬，是那種名媛兼交際花被侵犯時的格式化的表情，引得小霓噗哧笑了。「不是麼？你，跟言廝。三十年前的月亮早已沉下去，然而三十年前的戲還沒有完——」

小霓已經搶在前面追：「破折號——完，不，了。」

當下挨洲洲踢了一腳，且傾身一笑道：「你也這樣惡，啊？」很風情的疑問肯定句，卻也似眞似假，給兩人的一陣亂嚷嚷帶著付賬找錢時的分心，算是掩飾了過去。

「來，我們求個籤。」洲洲三兩步跳上階去，反身擺出一個迪斯可舞姿，是約翰屈伏特的宣傳照。又兀自不屑起來，欺過身去一臂斜斜枕著那尊石獅子，一副小人物的小小的得意和莊嚴，倒又成了默片時代的卓別林。

小霓看他眞是無藥可救了，只喊得了一聲：「洲——洲！」

進得廟來，當央一塊天井，陳設著許多盆景，倒也生得葳蕤，紅豔豔開著的各色海棠。繞過一株大葉海棠，一串串雞心形的小花甚是可愛，小霓喜歡書本裡夾花，蹲下身去就要採，洲洲道：「廟裡的花還採，當心手爛掉。」說時卻拉拉耳垂，意指掉耳朵的典故。

小霓蹲在地上，仰臉望望他，眼睛閃著狡黠的光輝，下頦一揚道：「就採。」

洲洲避開眼神，挪挪腳步替她遮住，佯作驚險的，聲音在肚子裡講話：「快呀，快呀，你採多少呀，給那禿驢看見了！」

小霓亦接過戲來，瞎緊張的直咕噥著，一會兒泠然的立起來，暗暗掀開大拇指露出一條縫，有半捧的紅花。

「嘖，好狠！」

「人家這是盜仙草。」

「嘎，嘎，嘎……」洲洲陡地一變嘴臉，振起兩臂做鶴狀。小霓逃，追到了壇前，小霓一站站定，俛首低聲直笑。洲洲也收了翅膀，站好，唸一聲：「善哉，南無阿彌陀佛。」

神壇上的媽祖娘娘，鍍金臉龐福篤篤的，卻有個尖下巴，登時顯得俏麗起來，或許是臉上泥金的光澤，總覺得那雙眼睛是用了銅質混合物的青液把眼梢描得長長的，像印度舞蹈裡的少女。爐裡的香煙嬝嬝繞繞，又重重疊疊隔著花果杯盞和大紅流蘇，媽祖娘娘端然而坐，彷彿有憂色，卻又只是認認眞眞的想著一件心事似的。小霓把花瓣交給洲洲捧著，拾起枱上的卜杯，細細合攏了默禱，那股正經的神氣像極了壇上的媽祖娘娘。

洲洲反而轉身來看盆景，心中卻是深刻的感覺著小霓幽靜的側臉，睫毛上亮亮的，隱約是淚光。跟前的這盆不知什麼草木，吊在竹架上，綠濛濛的葉絲絲兒直垂下來，如一泉瀑布，伸手去探探，不意給扎了一針。他恍惚聽見卜杯嗑嗒落在石板地上。還有歌仔戲的哭腔，夜市裡的一片吆喝，飄緲而清晰，像是層層的樹影裡遠遠流過一道溪水。他想去找那聲音的地方，爲什麼這樣的近了，而又好像永遠找不到呢？

「洲洲，」小霓回臉喊道：「你看我卜了三次都是一面！」

「誰叫你採花，人家不高興了嘛。」

「那怎辦？」

洲洲看她腆著肚子立在那裡，忽然氣弱，柔和的說：「再丟一次看看罷。」

小霓拾起來又卜，一正一反，就去搖了支籤出來。再卜，確是這籤不錯，便逕自去籤櫃照籤號開了抽屜，抽出張紙條，唸唸眉頭鎖起來。

洲洲湊過身來要看，小霓一團揉掉了，惱惱地笑道：「好爛的籤！不行，還要抽它一支。你不抽？」

「要啊，還不曉得求什麼。」

「不用求什麼啊。」小霓頑皮的閃閃眼睛，「她會和你講話的。」

兩人就並排在壇前，小霓仍是認眞的樣子，洲洲心頭過過，實在沒什麼可問的，便對空拜了三拜，朝地上擲去，卜杯跳了兩斛斗，一正一反。隨後小霓領了籤來，而有喜色，指給他看：「風起浪翻天，秦川舟不前，等待風浪靜，倏忽達家仙——我現在就是秦川舟不前，哈！」小霓仰臉一笑，那神采眞是俊。「你的呢？」

洲洲遞過去，小霓接來掃一眼，道：「怎麼也是風浪也是舟的！」

「辭窮了嘛。」

「你小心。」眼睛朝神壇一橫。遂又低下頭去唸道：「隨浪亦隨風，舟行縹緲中，絲綸常在手，魚水不相逢。魚水不相逢？你問的什麼呀？」

「我也不知道。」洲洲此時忽然覺得這籤是說的他和小霓。暗暗一份驚喜，自然不是爲的這句話，而是剎那間他看到了自己的私心，都覺意外，原來，原來他也是想要問的這個的呀，竟給壇上的那位點破了嗎？

小霓警覺的審察著洲洲，他眼裡稍縱即逝的一抹微笑沒有被逃過。小霓狡猾的笑起來：「還說不知道，你看你笑什麼？笑得這樣奸詐。一定是問你們班上的那位珊瑚是不是？」

洲洲笑而不答，只說：「可是也沒戲唱啦。喏，魚水不相逢。」

「你——這個人哪，就是要誰來潑盆冷水，消消一股子氣焰。嘖嘖！」

這樣親膩的語氣，洲洲亦驚心，乍乍的不慣，就用調侃小霓來遮掩，身子一傾，道：「啊，變成這個樣子了啊？」

他指的這個樣子，是包含了所有那種女子對於情人的複雜的感覺，歡喜到了極點要怨，往往只能說得一聲：「你這個人哪！」小霓即刻就懂得了他的取笑，臉紅了紅，還硬逞強道：「誰跟你變成這個樣子，誰又跟你變成這個樣子了又！」見洲洲光是笑，展著一排白牙齒，坦白而無辜，氣得頓腳不要睬他了。

然而走出廟來，小霓倒又不避嫌疑，平然道：「所以我說言玉青到頭來根本不懂人家嘛。他，他簡直太不負責了。」

洲洲聽了這話，塞默無言，心中好生的一份悵悵，幾乎要變酸了。兩人立在石階上，洲洲拿鞋尖去撮弄階上的一個小窟窿，小霓的牛仔褲沿底下露出一雙紅球鞋，穿得來十分的齊整有致。洲洲忽然覺得生氣似的，揚了揚頭，強笑道：「言玉青他不對也有的，可是怎樣都難稱你的意是不是……」

小霓凜凜的望他一眼，遂又看到對街去。街頭一溜的燈火通明，耀亮如春晝一般，來來去去的行人，像是完全燃燒了在一片白熱化的光影裡，那眉眼都成了京戲裡長長的吊梢，胭脂的兩腮夾著一抹瓊瑤鼻。人是戲裡的人，景是戲裡的景，歷歷的洲洲是洲洲，她是她，如何倒又不明白了？一方地攤上賣傘的，聚著好些人頭，傘販子是個年輕小伙子，五短身材，臉是往橫裡長的，以至兩隻眼睛太分開，彷彿生在太陽穴上，成了一頭小獸似的。他手上三四把傘交替玩舞著，撐開了，收了，又撐開了，支在空中打旋旋，叭的謝了，咔嚓一聲又開出一枝藍紫大花來，迅捷得好似千手觀音。那嘴巴更是沒有一刻停止過，一會兒人群散去，沒了對象，就朝著空中的傘喊話，見那邊來了顧客，又叫起來：「啊喲，別人賣傘喔，外面下大雨，裡頭下小雨，我的傘喔大家看，外面下大雨，裡頭出太陽──信不信你買回去就知道喔……」

小霓很好笑起來，道：「言玉青又想拋售我了！」

先是洲洲一征，隨即想起來典出何處，也大笑道：「你啊，你是湯手的洋山芋，我也領教不起。」

「可惡。」小霓踹他一腳，洲洲佯做痛狀，哈了腰金雞獨立的跳了一回。小霓嘆口長氣道：「那個時候什麼事都沒有，好好……」

洲洲要取笑她，就引《飄》裡衛希禮的話諷刺：「那古老美好黃金的年代。」

「我是說眞的。」

一聽她語氣間的冷淡，洲洲即刻也收斂了面容，碰個軟釘子上，心頭亂亂的懊惱著自己怎麼就差池了風頭。雖然還講著話，只是渙散。「那個時候你頭髮短短的。每次都紮著兩朵綹綹，紮得這麼高，像綿羊角角——不，像仙童。」

女孩子還是講到了她的容貌便格外有一種意識似的，即使小霓這樣不在意的，也忽然天眞了起來，雙手將兩鬢一束束得老高，眼睛閃閃的滿是頑皮的笑：「像這樣？」

洲洲胡亂應了些話，撒腿要走，小霓緊跟上來，並無覺察，仍然興致勃勃的道：「眞的吔，那時候我們四個，都沒有煩惱吔……洲洲，你說人爲什麼要長大嗎……」

不知爲何緣故洲洲一肚子無名火，也不搭腔，只管走路急急的，張望著路邊一戶戶的攤販。他怕有些要不認得小霓了。可是小霓跟著他，唏唏嗦嗦的身影像是哪裡都是她。天空很高很高，月亮正正的就在那兒，許是夜市的燈火太熱鬧了，只覺那月亮低低的宛若謫塵，停在媽祖廟的飛簷上，吊在担担麵的遮篷前，落在旭川河的石橋下，橋邊的水銀燈，是月亮，總要誤做也是盞燈。橋那一頭的港口，長排的倉棧的客運大廈，沉重巨大的屋影，像是黑天在這裡沉澱了。洲洲從來未像現在的這樣覺得荒涼，那夜市如春晝明迷的後面，彷彿有一個也許是人生的，也許是時代的，破而大的巨影。他怕要一回首，這世界就突然無聲無息的崩塌了。

洲洲兀然惡聲道：「今年九月我要去英國。」說完，他自己都駭了一跳。

「啊。」小霓呆了一呆。「沒聽你講過。昨天也沒聽你講起？」

「是我舅舅的公司……」但是這事還遙遠得很，只不過今年畢業，舅舅曾經寫信來，提起他的出路問題，他是佔了補充兵不必服兵役的便宜，只要有此打算，舅舅可以替他安排一切的。洲洲明明的這樣講假話，像是故意要侵犯一樁什麼，他似乎眼見月亮照著的這座國際碼頭，在他手底下紛紛的碎了，灰飛如煙滅。他只覺異常的痛快，痛快得眞是、悲楚。

小霓給他這麼一唐突，不免冤屈，即刻對洲洲起了敵對之心。她手插在牛仔褲後側口袋裡，頭低低的走路，眼角餘光感覺著洲洲的襯衫長袖鬆鬆的捲在肘彎處，夾街小攤上蒸騰的白煙，煙氣裡流離的光暈。許多事情，眼前的、過去的，一景景似流光裡飛逝的塵埃，她可也有一些抓在手中實實在在的東西嗎。小霓記得她和言玉青認識的那年，每個星期六下午約在圓山冰宮見面，溜冰完阿言摩托車送她回家，偶爾碰到落雨，阿言就替她招了計程車。她記得的，阿言總是攀在窗外，看她坐穩了，示意她將車門的壓扣按好，隨即叩聲窗玻璃，像是一句叮嚀，又像是在她腮上啄了一下。然後飛也似的返身跑去，騎上那輛奶油白的威士霸，緊緊尾隨著。

她坐在車裡，把方才搖上去的車窗搖下來，想探出臉去望望，就給撲面的雨水挫折了回來。一下雨，車內滿是座椅的塑膠皮蒸發出來的氣味，她一心高興，孩子氣的大口大口嗅著，又衝動得要和那司機講話，卻轉過身跪在座位上攀望。後車窗一片白濛濛的外面，兩行翠青的樟腦樹在水裡流去，無數輛車子好似一尾尾逆流的魚，其中一枚頂亮、頂近的，是小霓的魚兒啊。她用手指在窗上大大的英文字寫著：我愛你。那小魚見了竟忽剌一加速，游到她的窗邊來，危險極了。

她急得伸出頭喊：「回去，回去！不可以……」快快把窗子搖上去，再別理他了。

誰知她的小魚兒卻是要拋售她的呢。那回是大學放榜，她已經做了一年的新鮮人，言玉青邊談戀愛邊聯考，居然還給他考上和她同校的電機系，袁廝也成了她的學弟，歷史系。只有洲洲考到地處一隅的海洋學院航運管理。他們說要出關去探探洲洲的這一方化外之地，是颱風過了的第二天，地曠天清，白天就在海邊玩水，捉了一塑膠袋的小螃蟹，傍晚赤著腳，小霓是把涼鞋串在竹竿上，一路揹回市港來。在媽祖廟前大吃了一頓，便登上中正公園看夜景，直看到星沉海底，小霓早已睏倒在草坪上了。暑天夜裡還是涼意，阿言去拾了幾束颱風吹斷的油加利樹枝給她蓋著。三個男生當她是睡著了，講話就愈來越沒有遮攔，約莫都給她聽了去。講到她，阿言忽然笑起來，「這小鬼哦，之難追的！看看我拋售給誰？」

袁廝推他一把譏嘲道：「你捨得！」

洲洲也笑：「她啊，燙手的洋山芋，我們都領教不起。你貴人是藝高人膽大，佩服。」

小霓一一聽得明白，極力忍住了才沒有笑出來，待她醒來時，破曉的天空灰磁藍，好低好低的，像一頂帳子，伸手可以觸及，她翻身坐起，見三個男生都橫七豎八睡做了一堆，草坪原不甚大，只因今早的天空這樣低藍，草坪盡頭的一所涼亭，竟好像天涯地角。一夜涼得她整個人瘦伶伶的，想起夜裡他們的談話，她以為是做了一個夢，夢見退潮的時候，沙灘上一龜一貝的對話。小霓只覺不勝淒情，起來走到涼亭下憑欄。基隆港在雲靄底下還未醒來，一彎防波堤遠遠的直深入海中，大海是迷藍迷藍得渾茫，忽然一聲船笛，劃破了長空。什麼時候言玉青也傍到欄干邊來，一握她的手，低呼道：「可憐，這麼冰。」她仰臉望著他高高的身影，說：「你要拋售我呀……」

小霓眼前一陣矇朧，落下兩行清淚來。洲洲住了步子道：「這家炒螺肉最好。」才發現小霓不得不抬起頭來，汪汪的淚眼睜得杏圓，勇敢的迎上他的目光。顯然小霓並沒聽見他的話，她在逞強，在防衛著。洲洲心口被抽了一下，小霓對他認生了。

也不由分說，洲洲就先拉了把凳子坐下去，近乎是非常粗暴的。小霓亦坐了下去，只管偏著頭看人家炒螺肉，有意看得那樣專心，使得洲洲十分窘迫，便無的放矢，道：「英國就是沒有炒螺肉。」

小霓卻向老闆嬌嗔起來：「喂，多放一點那個好不好？」她指的是七層塔。

老闆大喝道：「好。」凌空便又抓了一把菜葉子撒進平鍋裡，嗤拉的一股子白煙騰起，殺殺殺的鏟了幾鏟，半空中劃兩筆油料，轟然一響，平鍋沖起幾道火舌，映得老闆削窄的棺材臉格外一種凶煞之氣。他朝跳動的火光裡又點了半勺酢醬，鏟兩鏟，攏做了一堆，盤子抵在鍋邊，刷的一掃兩掃就盛上了盤子，飛來，格登一聲落在他們桌上。

「你從來沒跟我們提起？」小霓責問道。

「也還不一定。而且，九月，早得很哪。」洲洲這才講了實話。

「還不是一樣，大家都各跑各的去了。最好我跟言玉青也斷掉算了。」小霓又觸到了傷心處，拿手指印一印潤濕的眼梢。

洲洲也是灰心，黯淡的說：「都是要散的。時候到了都要散……」

小霓聽得心驚，氣急道：「反正是場騙局。大騙局！」便丟了筷子，掩面哭起來。

一切變得是這樣的亂極了。小霓的皮鏤背袋從凳上滑落下來，雞心形的大葉海棠紅花撒了一地，洲洲彎下腰去揀，一頭磕在桌角上，倒又把枝筷子給碰落在地。一隻短毛土狗拖根長長的尼龍繩，桌凳底下鑽來嗅去的，叫繩子纏住了凳腳，拉得凳子嗤啦啦響，被老闆轟開了去。旁邊有誰經過他們的桌子，撞了洲洲的臂膀，洲洲怒得瞪眼過去，是三個漢子佔了隔壁一張小桌，手腳伸得老大，絲毫沒有歉意的，挑釁的也望過來，發現小霓在哭，三人猥瑣的笑做了一堆，又拍桌搥凳的喊著上啤酒來。

洲洲兇惡的回過頭來，見小霓肘撐在桌面摀著臉，因爲極力抑制住激動，那摀著臉的兩手翹著蘭花指，整個都枯直了，根根的有若乾薑一般。洲洲一陣痛心，差點沒有迸出淚來，卻換了雙筷子，一挾一挾的揀著辣椒炒蝸牛肉猛朝嘴裡送，辣得他嘴巴，心頭像燒了把烈火，直燒得他額上滲出汗來，眼眶亦水濕了。

他想起一次腳踏車載著小霓去買化糜子，他頂怕癢的，笑笑鬧鬧了大半天，才好容易讓小霓兩手搭在他腰上，搭得那樣輕，好像兩隻爪子。他騎騎就又笑起來道：「嗨，你的手——怎麼我是載隻小貓呀。」他眞是要恨起阿言了，換是他，他怎能夠讓他的女孩這樣在別人的面前流淚的啊。

他望著望著，小霓哭得憔悴，從前她向來不掉淚的。他多喜歡她頂強頂強的時候那種神采，言玉青的雪白夾克，寬寬大大的，肩縫落在臂上來，兩手閑閑的插在夾克裡，紅色的球鞋像是特別好的彈性，使人想到「春風得意馬蹄輕」的輕。她走走路，總是什麼也不爲的，忽然轉過臉來，望他們燦爛的一笑，那走路走得生風時的眉眼。或是站牌底下等車，好好的，忽然一掌劈到面前，駭人一跳，阿言就笑：「這，這是做什麼呀，你！」劈到他，他就一臂反擋回去，擺出副惡相罵道：「這個人，一骨子暴戾之氣。」還沒罵完，已經挨她踢了兩腳。小霓的手腳可眞狠，打人踢人都是眞的，會痛的。而如今他陪她陪到了這種地步，她仍然只是她自己，他竟不能讚一辭之力，不能的，打開始就從來沒有能夠的。洲洲的悲意，像是小霓，像是這個世界，大大的誑了他一場。

遠方傳來一聲笛鳴，屬於行業上的敏感，只有他聽得見，猜想也許是開往橫濱的那霸號。或者他當眞應該下個決心，一走了之，走得遠遠，遠遠的了罷。洲洲不覺也低垂了頭，筷子得得的敲著桌子，壓克力白灰桌面的底子，撒著淡灰青交錯的針網，彷彿分別的早晨，亂紛紛下著細雨，雨裡來去倉皇的行人車輛，模糊的湮開了，落在心上，一大塌一大塌的成了泥濘。這就是他待了四年的基隆港，雨中飄泊的人影，實在難得有像今天這樣的一個大好晴天。小霓說的，反正是個騙局。他媽的，眞是句好話，騙局。他要仰天大笑一聲，理一理衣襟，去了罷，就此去了罷……

「好呆。」小霓沙啞的聲音道，似是帶著短促的一笑。

洲洲茫然的抬起頭來，見小霓翻著背袋找衛生紙，臉上又還是笑容，又還是撲崩崩的淚痕，便從褲口袋掏出了手帕遞過去。

小霓接過來，濃重的鼻音道：「你還帶手帕的？」

「二百零一天，只有帶今天。新的，沒用過。」

小霓遲疑了一下，洲洲卻說：「沒關係，你用。專給你擦淚的。」兩人就笑了開來，可都是笑中隨時亦會變做了淚水流個不止。

「我姊夫也是，」小霓拭著眼睛道：「他去愛俄華兩年，想辣蘿蔔干和豆腐乳都快想瘋了。你也慘了，火腿煎蛋，契司烤麵包，哈，還有下午茶，下午茶呢？」

「所以你們要是夠朋友，逢年過節不說，起碼我生日時候，也航空寄箱味全花瓜怎麼樣。」

「眞是好遠，英國。好遠……」小霓長長的一口深呼吸，轉臉望向別處。賣糖裹棗子的攤上，一串串賊亮的醉紅，映在暈黃的燈泡下，像是那醉意無限的湮漫過來，溫柔得令人痛徹。

洲洲坐在對面，呆了半晌，才說：「吃吧。你要的七層塔，都是。」

「那個我最不要吃的。」小霓好像撒嬌，又好像嘲笑她自己的，幽幽的望過來，眼睛格外的亮而黑。「言玉青他們家，每次拿七層塔裹麵粉炸甜不辣，最難吃了。」

爲小霓這樣的神氣對他說話，洲洲心痛痛的，卻只是正經道：「斷的話，你們，痛苦的是言廝。你比他強，你會過得好好的。也許你是該自私一點——」

「可是，是他要拋售我的吔。」

「你曉得的，不是這樣。」洲洲冷淡的說。

小霓定定的看了看他，眼前的洲洲，蓬鬆的前髮覆著明闊的額際。爲什麼隔著一重山、一重海，隔得那樣的遠，那樣遠。小霓轉覺異常的落寞，低聲道：「我也不是你想的這樣強，你太高估了。」

天邊又傳來一聲汽笛，洲洲一驚，皇皇的望向街頭，像是頃刻之間都嘈嘈雜雜了起來，生離死別就迫在眉梢，來不及的叮嚀，來不及的手勢，來不及的眼神，掩覆在煙塵喧囂的人海裡。洲洲道：「沒想到我們都這樣的經不起。」只覺不是對小霓講的，卻是說給他這個活了二十幾年的軀體聽。

「經不起？」小霓抬起眼簾，望著他。

「經不起時間，長大……」

小霓聽了，腦中轟然一響，悠悠的出了身冷汗，人反而是出奇的澄淨了下來。也許是第一次，第一次洲洲這樣的說了重話，第一次她覺得了他的強大，和無情。陪她陪到了這種地步，洲洲已經發出警告了，她怕，她怕洲洲要不喜歡她了呢。

有一種氣氛，緩緩籠罩下來，好像透明的隔音玻璃，把洲洲和小霓與四周一切一切的喧鬧都隔離了。夜市的燈火，煙氣，首飾攤上閃金金輝映的光澤，荔枝豔瀲瀲的紅，愛玉冰水盈盈的鵝黃，楚楚的一樁是一樁，而又宛若所有這些全部燃熾盡了，成爲一片迷離的白光，令人暈眩，卻又極爲清醒的。

多少小霓也是一半感情太奢侈，縱容得自己都糊塗掉了，這當兒她可也忽然頓了一頓，停下腳步來看看她自己。櫥窗裡是琳瑯滿目的舶來品，錫製的印度項圈手環，檀香木彫的拇指大的小象，日本藝伎撐著一把油紙傘，西陣織，京扇子的黑絹扇面撒著銀花櫻花瓣，雲紋織錦香袋，瑪莉冠口紅，雀諾牌香水……小霓拍拍窗玻璃，指給洲洲看，「那，七寶燒，我也有一個。」洲洲湊上來觀看，是支別針。小霓又道：「我的是景泰藍的那種藍底子，正中一朵緋色牡丹花。」

洲洲的心思全不在上頭，卻反而是分外認眞的端詳起來。小霓偶然發現櫥窗裡映著的她的一張幽暗的臉孔，盯著盯著出神了。

「買嗎？」

兩人一抬頭，見歐巴桑靠在門邊，滿臉的疲倦之色，手上理著一捲絲帶，便趕緊逃開了。走沒兩步，嘩啦、哐一聲巨響，像是正正砸在他們腳跟上，震得彈身一看，是家雜貨店打烊了，鐵捲門直攢到地上，那樣的兇暴不留情，駭得兩人呆了半天，驚氣不能動彈。但是那個中年夥計，只是緩緩掏出一串鑰匙，摸索的開了一支不成，又開一支，也不成，呑呑的再開了第三支，然後將摩托車推出廊外，遲鈍的跨上車座，一踩檔，噗噗噗的開走了，車尾的一朵小紅燈，逐漸匯入一片燈河之中。

洲洲轉身先走了，小霓隨在旁邊，看他去的方向是回去的路，也由他。經過紅眞如酒吧，海草綠的霓虹燈光打在柏油路上，明滅不定，嗚咽的藍調隱隱流瀉而出，門裡驀然撞出一男一女，男的是外國人，像匹阿拉伯馬的高大，女的幾乎只有他的腰圍高，打扮得像越南女人，一把黑溜溜的長髮直垂到腰下。碼頭的這種濃稠的情調，洲洲到現在還是不慣，尤其一下起雨來，雨光中流離的車燈街影漫天漫海都是，他就整個人的荒，荒到了底。此刻他實在是這一生也不知要從何想起。

夜風越拂越涼，小路兩邊一盞一盞的人家，有若無數的流螢從身邊滑過。市場的熱鬧，歌仔戲透過擴音機的轡烈亂暴的敲擊和嘶唱，像是從夜的天邊遙遙隱隱的傳來，過濾了微風裡月色臨照下的萬家燈戶，竟也成爲一種閭里陌巷的漁樵唱詠。是這樣眞眞實實的世界的，小霓感激著，轉臉想叫一聲洲洲，「你看，月亮。」幽明裡的洲洲的側影，這會兒卻是忽然令人膽怯起來，小霓避開了眼睛。坡路的轉角一株大鳳凰木，朽綠矮門，天空萬頃無雲，一輪皓月照徹，比先時又更高、更淨了。

洲洲道：「煤氣前兩天才修好，有熱水。」

「誰要洗。今天我也不睡覺了。」

「幹嘛？失眠哪。」

一聽他又恢復了平時的諷刺的語氣，小霓才放了心，眼睛一濕，極其溫婉的點點頭，道：「失眠了。月亮太好……」

洲洲輕蔑的笑一笑，返身登登的步下階梯去，一會兒聽他敲著隔壁阿高的房門說：「別上鎖，晚上回來跟你擠擠怎麼樣？」

阿高開了門，該又是那條齊膝牛仔短褲，沿邊刮著穗鬚鬚，一架吉它倚在肘下和人說話。

「你還上哪裡野去？」

「月亮太好。」洲洲進了他房中，「請客吧，拿你兩個。」

「做詩啊，月亮太好！嘖嘖。」阿高的聲音懶懶的拖得老長。

洲洲帶上了房門，叭叭的踏著狄斯可步子一直走了出來，閃現在階梯口，喊著：「接住。」就拋了一個芭樂上來，慌得小霓揚手接去，正正一掌就接住了。

「Good girl！」洲洲喝采一聲，便爲自己這般輕狂的口氣微微吃了一驚。但是也罷了。

放在平常，小霓才不會讓他白佔了的，這時候卻有些臉頰熱熱的，即刻低頭嗑了口鬆脆脆的芭樂。感覺著鳳凰木的葉影遍地都搖起來，清涼的月光裡，人亦化做了青澀澀的檸檬香。好像是，洲洲又返身離去了，在旋著對號鎖，門一推，開了燈，忽地大叫道：「老鼠！打死，打死你！」椅子絆倒了，筆筒刷拉的給撞翻了，隔壁的吉它淙淙淙的彈起來。

小霓只是很快樂的，嚷嚷的一級級跳下石階。「什麼花呀洲洲，香得這樣？嗆死人……」

那是一株栀子花。一潮一潮的花氣襲人，像是在醞釀著一個盛夏的來臨。

民國六九、舊曆庚申元宵、景美

剪春蘿

大清早，太陽已在半天空，卻是霧氣還稠稠未散，看來竟是一輪曉月。

曉月也是曬人的。三四月的天氣，早起仍涼，披著毛衣外套走這一短程，就也穿不住給脫了下來。女兒走在旁邊，穿著細高跟，比她更又高出一個頭了。

家祭九點鐘開始，她偕女兒先過來早餐，是農會倉庫旁的曠場，兩排擺了十桌，儀杖樂隊已佔了一半，漂白的制服釘著金鈕子，紫藥水色坎肩披撒著流蘇穗穗，一頂高帽也是藥紫色，頂上開出一蓬禾穗。

就挨著靈堂背後現搭的布棚主饋，大桶的白米飯，大盆的燉酸筍，大塊的白斬雞，從棚搭裡漫出蒸騰的炊煙水霧，更添了清晨的朦朧。其實是很喧譁的，但朦朧好像把聲音都給收進一張厚厚的大幔裡了，是場無聲黑白片，模糊的人影急趨來去，似夏天中午的睡夢，悠悠然出了一身的水汗。今兒個是李府的太夫人阮阿笋的出殯。

婉卿領著女兒盛了飯坐下。斜對面一位收拾得挺乾淨的婦人呼道：「婉卿表姐，女兒是罷，都這麼大了。表姐夫沒來嗎？」

「他們父子在那邊，等會和他阿公阿婆一齊來。你來好幾天啦？這次眞是辛苦你們了。」婉卿轉臉向女兒低語道：「大舅公底下，你正宏表舅媽。正宏他不是做外銷毛衣的嗎，上次給我們送了一大包，都你在穿不是。」

正宏表嫂望著他們笑，婉卿見女兒只是個靦腆，抱歉說：「白長個個子，秃嘴巴，不會叫人的。」

「女孩家這樣好，秀秀氣氣的。」

婉卿責備的望女兒一眼，卻見她忽然嗨嗨的呼喊起來，朝著那方直招手。是正熹捧著飯碗立在大木桶前，愣一愣，發現了，盛了飯就跑來旁邊坐下，多久時日不見，怎麼拔長得跟支旗竿兒似的。正熹喊一聲「婉卿表姐」算打過招呼，就撇在一邊，兩個年輕人只顧叨叨的絮聒個沒完。

婉卿兩婦人對望望苦笑。現在是下一代的世界了，她這做母親的居然沒被兒女視做老落伍，已是天大的感激。在世爲人，一臺戲，也不過哄得父母歡喜，子女遂意，就不枉此生一行了。她自己做女兒的時候，就何嘗一天稱心過，至今在先生孩子面前講起從前，仍是恨得淚簌簌的掉。那一段艱辛的歲月裡，到她結婚之後，都只爲還有一個外婆是頂頂心疼她的。如今母親已入耳順之年，諸位兒子看看，到底不如女兒的才是相契，在她跟前，就反活過了頭，與小孩般無二。而今外婆是過去了。靈堂遠側那株粄葉樹，大邋邋生得肆無忌憚，開著巴掌大沒款式的鵝黃色花，樹下幾隻母雞叮叮啄啄，往常是外婆放雞子的地方。

正熹倆話童年，講得高興了，握嘴格格的笑。婉卿蹙眉望過來，正熹解釋道：「我跟惠仙講那年西邊河游泳，好大堆牛糞漂來，我們直往下游趕，趕到——」

「好啦，惠仙。」婉卿制止女兒笑得要伏在桌上了，心想都大人了還這般小孩幼稚的，這正熹也是個沒顧忌，惹得在座都好笑起來。

正熹便斂了顏色，轉而道：「表姐夫還在國防部？」

「噯，總統府上班。」這是跟的母親的說法。從前那人在軍中電臺做事時候，母親逢人說起，都道是女婿在國防部，鄉親們聞知無有不畏敬三分，後來調到國防部，就說是總統府上班，他們還都當是舊時的金鑾殿上呢，更是添了敬重。

婉卿問他哪裡做事，正熹道在旅行社，便掏出名片遞了來，不忘也給正宏表嫂一張，很說了些客套，比方才和惠仙談笑時儼然又是別番。正熹昨夜沒睡，和女眷們裁製孝衣，他管打雜跑腿，隨時奉召，這會看他仍是神采奕奕的。

吃過早飯，婉卿領女兒進屋來，穿過幽長的弄堂的廚間直至後面，早擠滿了女眷，大舅母當門迎著，一執她手，道聲：「可憐哪……」就眼淚噠噠的落下，婉卿也流淚，惠仙一旁嚅嚅的喊了幾位舅婆。

天光潑了一半在窗前水泥地上，把屋裡分了陰陽。婉卿回視這間房，惠仙出生在這兒，本來榻榻米的大鋪，後來表弟正元結了婚還未分配到宿舍，就將此間翻修了，改過彈簧牀，置幾張沙發，窗外的走廊，走廊盡頭搭著柴房和豬舍，院子裡是外婆養雞鴨。八十幾的人，早兩年才聽了大家的勸，豬是不養了，雞鴨可怎麼也不肯放棄，逢年過節殺了，媳婦五家，女兒一家，外孫女一戶四口，定定皆各有一份。婉卿嗜雞翅，惠仙惠陵姐弟嗜肝肫，他們父親就愛雞爪下酒，外婆總都一一打點了，凡有人北上即託帶來。婉卿從小跟外婆長大，惠仙還是外婆接生的呢。她好記得的，記得外婆總起得早，先挑水把缸裝滿了，然後煮豬食，她睡在帳子裡，無意聽著隔壁廚房的動靜，很近，又很遠的，飄忽而又清晰。屋裡十分陰幽，窗外的陽光顯得格外明迷，簷前吊著一綑綑的蒜頭，外婆有時悉悉碎碎走過，傴僂的身影，銀花髻，像照相的底片，在迷迷的晨光灰塵裡，眨眨眼就要化做了金灰銀煙。忽然公雞一疊聲摑勒勒啼起來，遠遠、遠遠的前堂門口，有腳踏車吱呀呀的駛過，婉卿眼睛就濕了，任淚水靜靜滑過鬢邊。那時候她是年輕的妻呀。

「可憐呀，」大舅母執著婉卿手，拭淚道：「還跟細妹家一樣喜歡乾淨的唷。」

旁邊的桂香做證道：「婉卿在她知道，病成那樣，上廁所，拚命也要下牀自己來，後來下不得牀了，該是我們服侍的，阿婆每次擺在嘴上叨唸哦。我說，您老就不要掛念這些吧，該的嘛，媳婦，孫女，不叫他們做難道您還倒給洗腳不成！」

桂香在婉卿娘家做了一輩子，至今的年紀，也不會嫁人了，與婉卿姐妹相稱，喊婉卿的父親伯父。桂香又道：「每次伯父來打針，阿婆總囑咐千萬收拾好，幾次不放心的問：我身子可有怪味的？這屋裡，唉，病懨懨的一股霉氣，也是沒奈何的了。我說，阿婆您最清爽，最乾淨，最整齊，細妹家都比不得您，放心罷！就是這樣一個要體面的人呢。」

婉卿道：「眞是沒見過這樣乾乾淨淨的病人，一點不要麻煩人的。上次我回來，阿婆忽然轉好了，那樣的好心情，要我給她掌鏡，仔細梳了一個髻。我想是病轉好，就北上了，誰知過幾天就接到祥哥電話……」

大舅母道：「你阿婆四十守寡，她就一直梳的那髻。一次跟我說起，那時你阿公過去不久吧，你不知媽年輕時的頭髮多黑多亮，髮腳多密，二房三房都比不得她哩。好像有回是梳了個別樣的花式，二房就說媽有異心，媽就又梳回來了，還感謝人家呢，那以後再沒變過樣子了。」

就是上一回，婉卿恐有不及，一家人大老遠趕來，又不要外婆起疑，編了些話哄騙。

外婆的房間接前堂，跨過門檻，弄堂第一間即是，牀上帳子已撩起吊在兩邊，爲婉卿夫婦來。婉卿挨近牀邊喊聲外婆，眼睛就紅了，惠仙姐弟依次喊過阿太，他們父親最後俯身過去道：「阿婆，是季庭來了。」

見沒有反應，當是神智恍惚了，三舅母趴下身去，湊在外婆耳邊，略放開聲道：「季庭，季庭呀。媽最喜歡的婉卿哪，阿仙阿陵，都在您跟前……」

婉卿見此光景不住掉淚，又恐怕外婆知覺，略避在人後。外婆掀掀唇，三舅母已伏在身上聽明白了，道：「問你們吃過中飯了？」

四人齊聲說吃過了，婉卿道：「火車上吃的便當。」心想外婆倒是精神清楚，匆匆將自己整頓好，上前挨著牀沿，理一理被單，笑道：「阿婆的氣色好好。」

外婆的眼睛是笑了，清輝而澈，膚色格外的明淨，額際微汗，像才從睡眠裡浴罷了陽光和水歸來。外婆眼神移了一移，婉卿扭頭望去，是五斗櫃上一大包沙琪瑪，要他們拆了吃，三舅母道：「我來，我來。」便取了下來一人分一塊。

惠仙依依扭扭靠在母親身上，哄道：「阿太，我跟阿陵剛才在檳榔嬸婆那裡吃粄仔吔。就是從前阿太帶我們吃的那家，還是阿陵吃鹹粄，我甜粄，要阿太好了還帶我們去吃。」

惠陵也賣乖，說：「我吃了五碗鹹粄，看，阿太，吃得這麼大一個肚子。」

大家笑起來，婉卿拿毛巾絹子印印外婆額上的汗，道：「他們爺幾個，好想外婆做的烘肉呢。」

三舅母笑道：「嘖嘖，那種大肥肉，只有季庭才奈何得了！像我這胖子，光想到就要重三公斤哩。」

季庭因語言稍有隔閡，總是後來才笑。在那裡檢視牀的木料，道：「這牀好結實，撼都撼它不動。」

婉卿將季庭的話譯給外婆聽。復道：「五六十年了有。小時一直和阿婆睡的這牀，那時候站在牀上，還碰不到帳頂。」

惠仙說：「以前我跟阿陵玩神仙妖怪，拿驅蚊子的鬚鬚當拂塵，阿陵做妖怪，這樣一拂，他就死掉了，直幫幫的仆下，咚一大響，磕在牀這裡，哇哇大哭，阿太嚇壞了，罵我呢。後來帶我們去吃鳳梨，阿太記得不？」

季庭蹲在地上，要惠陵來看，指著牀腳牀檻的雕花，道：「這，最古的紋了？」考他，惠陵沒給難倒，忙不及說：「黼黻紋。」

父子倆興頭頭的研究著，低聲講著話，屋裡眞是涼靜幽深，前廳的老掛鐘得嗒得嗒搖擺著，微弱的風穿過弄堂，日子很長很長的，不知何時外婆已經睡著了，婉卿撩下帳子，幾人退出房外，堂前坐下，外頭的陽光乍乍的，石砂馬路一片銀粉，粄葉樹下一隻小花狗打盹，一個怔忡，像是人生已不知經過幾度滄桑了。

上班上學的回去後，婉卿留下，次日外婆十分好轉來，竟可以靠著棉被坐一會，喝著米湯，三日又更好了些，要婉卿爲她掌鏡梳頭，母親也在。外婆忽道：「這幾下夜裡，常有東西來敲我的牀檻，催得緊呢。」

母親聞言變色，說：「老鼠啦，昨天我還見到一隻沿著牆根溜竄去。」

外婆忽道：「你爸那老猴仔，逢年過節我都餵他，從未短減過他的，好歹也保佑我才是。」

婉卿道：「阿婆現在不是好了麼，頭髮梳起來，眞派頭的呢。」

「我曉得往年都是我自個殺的鴨仔，燎的豬肉，這回外面買來的餵他，老猴仔不受用。」外婆這不知已叨唸了幾次，果然又提起來，說：「阿瑛子他們不讓我做呀。我教他們鴨仔的頭頸定規要扶正了，他們做不來的我明白，也叫我做呀。那樣隻喪氣的鴨仔供神明，是我都不樂去吃哦。」

母親道：「神明不過看的就是您這個誠心麼。」

外婆微哂，道：「你爸要我去那裡做飯他吃呢。」

「媽您說的什麼話……」母親先哭了起來。

弄堂的微風走過，帳子隱隱的波了波，快樂的，悲哀的，重重疊疊，一樁樁異常的明晰起來，卻都解脫仙化了，是雕在牀欄上的那些故事，呂洞賓三戲白牡丹，八仙過海各顯神通……大半個世紀過去了，這牀上、這屋裡的生死哀榮，而那些故事，傳了一代又一代，只是不老，只是不老的。

外婆撫著席子，柔弱的說：「我們李家子孫，雖不是什麼達官顯貴，卻都是忠實傳家，才有這等的和樂興旺。我也不曾白頭人送黑頭人，是天給的福氣，我亦福足了。」

婉卿道：「都是外婆一生的做人修來，帶契了我們子孫也都有份呢。」

外婆點頭道：「我生平做人，端的是要站在大路上，匹在屋犄角角裡那種，不合我脾氣。年前我替阿清嫂放利錢，上月利息不得閑去收，至今還未給她，我已吩咐阿瑛子，以後這事交她辦了。今生我可是乾淨來，乾淨去，再沒有憾欠的了……」

母親哭向婉卿道：「可憐呀，你阿婆何苦說這些！」

婉卿亦心中悽慘，想起廳前案桌上正元的來信，拆了還未唸，便去拿了進來，笑道：「正元今年回來給阿婆做八八大壽呢。阿婆我讀信你聽。」

外婆有些疲倦了，服侍著躺下，婉卿即坐在牀沿展信而讀。正元的信寄自賓州，講著那邊的初春雪融，小愛咪新長了一顆門牙，相片洗好隨後寄來，請祖母好好保重身體，他們一家三口祝壽團，暑假要飛回來賀壽的哩。外婆彷彿是睏著了，婉卿收了信，和母親輕手輕腳正放下帳子，忽聽外婆道：「還有阿足……」

「阿足？」婉卿望望母親，母親仍只管流淚不停。

外婆緩緩張開了眼，道：「她每年給我送一簍荔枝，婆家做農。」

母親啐道：「瘋子。」

「阿足姨？」婉卿微微一驚。

「每回都是把簍子門前一放，跑了，也不叫我，也不怕人偷去。」外婆微弱的笑起來，「我想著一直要謝謝她的。」

母親道：「瘋婆理她！」

婉卿問：「就是從前老街住時的阿足姨？」

母親道：「瘋婆一個，經常就在郵局門前十字路口交通指揮，桂香好幾次見她給老公一路拽著頭髮回去。」

婉卿記起來，阿足大她六七歲，十四就給送到茶室陪客，那時候和外婆住在老街，後鄰的便是。

有時外婆拜過祖先，找她過來吃菜飯，雞肉，只記得她白煞煞倒三角臉，稀薄的劉海下一雙驚疑的大眼睛，像是她全部的人就只剩那雙又黑又深的大眼睛。她教婉卿唱歌，細細薄薄就要斷了的歌聲，永遠唱的是〈支那之夜〉。她又會突然快樂的時候，把胭脂抹在婉卿的兩頰和嘴上，然後又突然的再也不說一句話，只剩下那雙大眼睛。

母女倆小聲議論著，外婆忽又說：「第二格櫃裡那件衫子，去時我要穿的……那些難看的壽衣什麼別給我穿知道……」說著話沒完，外婆已入睡夢久矣。堂前門外，一群小學生放學，吱吱喳喳頑耍著經過，誰去撩那粄葉樹下放食的雞，一疊聲亂翅撲飛夾著犬吠、吆喝、笑鬧，逐漸走遠了。過午的光陰只聽著掛鐘得嗒得嗒敲在空淨的小屋裡，閒夢已遠，而歲月正長。

衫子是新婚時外公做給外婆的，墨青軟緞繡織著雲頭梅竹暗紋，婉卿小時看外婆總要隔年捧出來，迎亮抖一抖，理在牀舖上，端詳了又端詳，再重新折疊一番收藏好。大舅母把這事對婉卿敘了一遍，桂香復向惠仙嘆道：「你阿太，唉，最疼的是你媽。」

三舅母交給惠仙一紮布匹，囑咐些話，婉卿儘管和眾人在憑弔中，也一邊冷耳聽得明白，一一記住了。外頭忽然一聲扭扭的嗩吶吹破，登時就像是天地洪荒，一切都沒了倚靠，好不叫人心驚。三舅母遞個眼色，大舅母向眾女眷道：「可以前面去了。」

婉卿一等來到前廳，因孝女不可在內屋穿換，只見門裡門外一片白漫漫雪浪如飛，穿衣，戴帽，麻苧束腰，都是新布漂漿的辛辣，爨眼刺鼻。牆拐角是惠陵父子，惶惶的立著那兒張望，婉卿從惠仙手上揀出一匹白布，一匹靛藍，人群中擠過去，厲聲道：「快點，穿上去。」

上午這會兒仍然靄氣氤氳，太陽卻到了頭當央，一棒鑼鳴，諸樂奏齊，眾族人已列好隊伍依次在靈堂前上香。婉卿是外孫女遵祖母喪，季庭同，都服的齊衰，唯季庭在孝帽上綴一方紅布。惠仙惠陵藍布代熟布，服的小功，是遵曾祖母喪。平日素無交往不知道，這時卻四面八方來的這許多孫男棣女，小兒中還有大紅孝衣的第五世玄孫，連婉卿都不能盡識，更別說那兩廂奔喪來的戚誼，世誼，寅誼，友誼，鄰誼等等的了。

婉卿扶著母親持香拜了三拜，自己也拜過，立在一邊發怔，見惠仙惠陵拜過，季庭拜，首先一鞠躬幾幾至地，二鞠躬都是如此。鐃鈸嗩吶蠻橫的，迴環的吹打著，把煙霧朦朧裡的太陽一點一點的，給擊打了出來，亮眩眩，熱辣辣，燒得人昏迷，而又楚楚的是分明。

季庭當是兼補他未服的祖母及父母之喪。婉卿這一位山東媳婦，壓根兒是不曉得公婆，不過年節的時候，夥著他們父子三人，在庭院裡燃起香朝西北遙拜。是外婆可憐他隻身飄零異鄉，常說當初來台祖也是這樣舉目無親的，況且客家祖先本籍河南，豫魯一家，因此加倍疼惜他。也是近年始輾轉得知，六六年那次，長兄慘死，父母先後病逝，他兄姐八人，零零落落，至今只有一位六姐還在。他們戴家剩他季庭一個小兄弟，可憐惠陵又老大不經事，不知哪一天回去老家了，公婆墳前，也受她這不孝的媳婦一拜三叩。

大太陽底下，靈棚高搭，族人紛紛上香畢，聚在棺柩四周，恰如訃文所列最後一行道的，「族繁不及備載」，眞是個白皓皓若壓地銀山般。鎖吶吹起，早有人引了孝子長男來到靈前，一匍伏，再匍伏，燒紙點香，酹酒三巡。五位孝子順次拜過，又唸罷祭文，一道士搭著錦爛繡衣，趿木屐，敲金磬，吟哦唸唱繞了靈柩三匝。後面隨著諸位孝子孝孫，領頭大舅父引幡，髮鬚都白了，走得蹣跚顛倒，而後停在棺前，俯身將榔上一隻長釘咬住，付與道士，引至壇前，交了靈牌旗幡，點香拜過，家祭畢。隨後來賓祭弔，只見人來人往，嗩吶一遍遍吹徹，太陽光照著粄葉樹的大黃花，照著白汪汪一片，耀眼暈眩。凡感情的，悲哀的，在這強烈的光照和樂聲的轡擊下，卻像煙氳一般都蒸散了，餘下的竟只是茫茫然似的。婉卿拿手遮了遮太陽，心想那粄葉樹的大花實在開得太潦草了。

到了時辰，移靈出殯，當口兒，眾族人都背轉了身去。婉卿心中默默唸道：「阿婆您也不必留戀了。仙界路上還長呢，好登程啦。」

眾人正在默禱之際，哪裡忽來的一個婦人，搖搖擺擺逕入靈棚裡去，揮舞著兩支香，在壇前就東西南北亂拜起來。

惠仙道：「媽，」扯扯婉卿衣角，婉卿方才抬起頭看見。那婦人亂拜一通後，走出棚子的陰影，陽光下一站，那眼睛，卻不是阿足姨！

焦黃的短髮，黑皮膚，四肢乾如柴薪，十足的是個棉越難民。唯有那雙眼睛，越發的大而深陷了，而且變得有些焦距不準似的，顯得爍爍不定，閃著詭異的光芒。她身上罩一件柿紅薄布裙衫，裡頭又另有一身花布衣裙，在底下露出一截，以爲是襯裙。兩條腰帶，一繫在腰上，一繫在肋骨下。她腆著肚皮挺直立在那裡，好像站在一座高峰上，無邊際的空曠的大風颳來，吹得頭髮飛直，吹得眉眼嘴巴都給淡了去。

靈柩已經移上花車，她倒提著香火扭擺過去，撫撫摸摸，給人喝了聲，退到樂班裡去，垂頭喪氣的坐在一張板凳上，兩臂直直的吊在腿間，像一個十分苦惱人的青春期的孩子。婉卿道：「阿足姨，我都不識她了。」

諸樂齊奏起來，出殯的隊伍緩緩移動了，一對對並走去，婉卿一轉眼掉頭找尋時，已不見了阿足，那張凳子推倒在地上。

小鎮便是一條縱貫公路從鎮上穿過，鎮頭至鎮尾，也就這條街來來去去，早已驚動了全鎮，都道是崇仁醫院邱先生的丈母娘過世了，老一輩則曉得老太夫人的身家做人，家家戶戶都擁到街上，一路浩浩蕩蕩行去，眞是傾鄉傾鎭一番嘈嘈熙熙的熱鬧。

經過市場，市場現在分了新舊。新市場是一所大廠房坐落，一樓販菜，二樓鎭公所剛剛舊址遷來，偌大的廳房，都是刺激的水泥油漆味。隔遠望去，窗裡只見空蕩蕩幾根水泥粗柱，妝點著藍底白字標語，和約莫是家庭計劃的宣傳海報。鎭公所只冷冷清清佔了大廳一角，用三夾板隔出的範圍，卻因新做人家，向來的官僚氣習也爲之一新，分外慈眉善目起來。也是因爲邱先生三十年行醫，德高望眾，平日又造福地方公益，鎭公所的同仁便合資訂製了一架花園，署的鎭公所的名，方才弔祭時已露過面，這會兒又火速給移來，新簇簇的立在街頭。

一般老店鋪還是地久天長的開在街兩邊，阿福哥的雜貨店，就是十年如一日，只有他鋪裡才買得到的乾豆角和福菜心，都是逢人北上時，外婆一並打點給捎去的。惠仙惠陵還記得阿福伯店裡那口盛紅糖的大缸，從前阿太買東西帶著他們，阿福伯總要姐弟倆自去缸裡抓些紅糖塊塊吃，惠陵還個兒小，是惠仙攀在缸上，伸手去掏，像撈井底的星星。有時候糖很少，惠仙就整個身子要倒栽在缸裡了，阿太忙過來抱下，罵道：「嘖嘖，小人家這樣拚吃，一生窮命呵！」阿福伯家廊柱上點了香，因爲去年阿福伯中風，店面給二媳婦管，這時卻央媳婦搬了籐椅坐在門前，端正致意。

桂香家門首放起一串鞭炮，馬路上的陽光和簷影，驀然掀起一陣陰風，煙藍硝塵裡，遍地爆竹屑好像落葉舞秋風，肅肅索索揚得半地高，纏在行走的衣襬間。票亭前檳榔的小攤，十幾年來依舊是那樣一方小玻璃櫥，擺香菸、檳榔，腳邊兩擔籮筐，一碗碗的粄仔。檳榔嬸亦老了，立在廊下柱子邊目送出殯的隊伍走過，柱上龜裂的木縫插著香。

行至崇仁橋，過橋即是老街迤邐而上，街後的丘陵三抹兩抹天青色，擦擦就會沒有了似的。長孫正欽同幾個兄弟已跪在橋頭，豎一支牌柱，匍伏叩謝，隨眾或歲辰相剋者，或非親屬，都紛紛離了出殯的行列。橋頭一棵大柳樹鄭校長家，嫩青的柳絲兒上爆竹高挑，乍看像一串迎春花。鄭校長親自點燃了，頃刻間就似柳樹開花，迸飛得橋上橋下一片硝煙火屑逐水流去。

婉卿走在橋上一剎那間有些恍惚，她像是看到很久很久以前，崇仁橋還是木橋的時候，她八九歲了，太平洋戰爭結束，父親自南洋遣返歸來，外婆把她還給母親。她卻是不認母親，跟定了外婆，每次送回家住不下幾天，又大老遠扭扭拐拐的跑回老街來了。那時節初春，外婆千哄百哄的送她回家，牽著她手過橋，她望見木頭空隙中流過橋下的水，激起一骨都一骨都的水花，真是清澈極了。她忽然覺得世界上外婆僅僅只是她一個人的啊。她靠到外婆身邊，緊緊的把臉貼在外婆牽著的手臂上，粗糙龜裂的手貼著她的頰，眞是親。她仰臉望向外婆，天是那樣的高藍，柳枝是那樣的翠碧，那就是她心中一個永遠不滅的景象……

而她走過了橋，一回首，好像就是這片刻的恍惚，一生便這樣的走了過來。她的父親母親，兄弟姐妹，她的丈夫，她的孩子，走在身旁，比她還高的，怎麼都要不認得了，這一場，一場什麼呢，她著實不明白。

婉卿忽見路上丟著一雙黃色塑膠拖鞋，不遠又一條腰帶，給多少人踩過去了。她認出那腰帶是阿足的，一念不忍，彎腰拾起來，連兩隻拖鞋，擺在人家廊下一墩廢了的石磨上，她想著剛才轉瞬不見了阿足，和推倒在地上的板凳，竟像是蟬蛻而去。從前阿足總愛斜斜的倚在門上，披吊著劉海，阿足背著光，成了一彎剪影，蓬鬆的頭髮暗暗生出一環薄金光影，幽冥裡只有她的眼睛燐燐的生光。

老街的坡路曲曲折折彎上去，大都翻蓋了房子，新舊雜陳，從前外婆榻榻米的日式房子，根本不見了，現在是座紅瓦水泥平房，廊下晾著一鋪蘿蔔乾，停輛摩托車。轉彎處城隍廟前，洪老太太也拄了龍頭拐杖出來，兩邊幫扶的是她孫媳。婉卿急要季庭注意，低呼道：「那，洪姑婆，外婆叫她妖精！」

季庭是聽說過的，望了兩眼，笑道：「妖精也經不得老。」

婉卿聽了，不悅道：「年輕時可眞是媚的你不曉得罷了。」

婉卿聽外婆說，從前做姑娘的時候，姐妹淘裡就是她最驕恣霸道，人又生得漂亮，叫姐妹們可把她恨死了。後來各嫁人了，她還是不安份，惹事生非，一段時間把外公亦撩撥的糊里糊塗，是外婆終於給惹惱了，當面狠斥了她一頓，她倒也當下就伏乖，一聲未吭。外婆講著講著很好笑起來，不禁仍然讚嘆她的美貌，道：「天生她這等人呵，合該我們都得賠上去，眞眞是妖精一個！」

一串珍珠藏在心底的深處，爛爛生輝。洪姑婆拄著杖，艱難的傾傾身子，算是一鞠躬。

婉卿心中惘惘若失，便把這不平之氣生在季庭頭上，道：「等我老了也經不得！」

季庭啞然失笑，道：「從何說起你這是！」

婉卿恨道：「你怎知道——」便眼眶一紅，卻說：「算啦。」

墳地坐落在一高坡上，俯瞰下去，綠野平疇，遠方一道溪水流過，是西邊河，再遠到了天邊，還見得著屋舍分佈，煙囪林立，是壩後工業區。太陽很大，而昏迷的煙嵐猶未散盡，一河谷的紅塵靄靄，這個世界眞像是溷溷的一個睡夢，夢裡和夢外，才一會眊醒，已過了千百年，這裡只是舊墳新墳，漫山吹搖的野芒，一波風來，翻起一浪爍爍的銀灰色。

從昨晚他們一家趕夜車回來，下了站，索索的夜風迎面一吹，遙遠盪漾來做法事的鈴聲和誦經的吟哦，婉卿心中一慘，暗唸道：「阿婆，我們回來了。」從昨晚至今天的這一番大事，婉卿覺得像是她的一生，都濃縮在這一天全部，全部給過完了。再開始，又是不論什麼樣的憑藉跟仰靠，都是沒有的了。

待走下山回家的路上，夾路長著金黃色野花，叫爛鼻子花，小時外婆禁止去採的，在陽光底下開得錦繡一般。馬路上的爆竹屑猶新，人家門口點著的香仍嬝繞，卻都是前身的事了。那一點依稀的記憶，只如三生石上仙人遺下的足跡，她想起來，都覺惘然。

後面正熹的跑天下駛來，刷的一刹車停下，裡頭坐的大舅公大舅母和母親。正熹探出頭，道：「還坐得下一人，誰來？婉卿表姐？還是表姊夫？」

季庭也推辭掉了，惠仙惠陵都怕和大人一塊拘束，亦你推我我推你，是正熹開口道：「惠仙就你來，陪你阿婆嘛。」惠仙只得上了車去。

婉卿道：「惠仙穿高跟鞋，回去怕也走不動的。」又敲敲車窗笑說：「等下阿太那裡吃中飯就見了哪。」

車子駛去了，柏油路上三三兩兩的走著人群。婉卿指給惠陵看，道：「那條路，通到西邊河去的。以前阿太帶我和你舅舅去採花生，採時候很好玩呀，採完他們就跑光了，幾袋的花生哦，這麼一袋一袋好大的，都是我和阿太挑回來的呢。」

季庭一旁道：「虧你媽還挑得動，現在怕也經不得的了。」

婉卿不搭理他，又指著田邊的小渠，道：「從前水很多的，我和阿太都在這裡洗衣服。頭上絲瓜棚，一條一條結的大絲瓜，炸彈一樣！」走走，又遙指道：「那邊的房子，原來種的是一大片的油菜，就是這個季節開花的時候——唉，現在你們也是看不到的了……」

然而她卻看見新插秧的水稻田，田埂上走著的一身柿紅色，赤著腳。碧青的秧苗，水田倒映著成籬的竹林，天光日影，和那一身觸目的紅色。婉卿不禁喊道：「阿足姨。」

阿足正一心一意的走著田埂路，忽然抬起頭望過來，婉卿覺得她是望到了自己，忍不住揚起手招動，幾乎衝動得要喊起來，「阿足姨，我呀，阿卿子呀！」

但是阿足似乎並沒有望見她。那燥黃的亂髮下，一雙長睫毛迎著烈烈的太陽光，眨著眨著，似迷惘，似回憶，似眼見往事若禾風吹動的陽光裡的埃塵，紛紛揚落了。婉卿登時已熱淚如傾。太陽是這樣的大，風滾著陽光嘩嘩的吹起來，而她只能是這樣揮一揮手，這樣走了過去，連回頭都不能，也不想再回頭了。

人家廊前的煮飯花一朵一朵都開開來了。

民國六九、七、三、景美

某年某月某一天

今春應國防部邀請參觀軍校，同行我、袁瓊瓊、蘇偉貞、趙衛民、張敘鷗，年輕意氣合在一處了，在復興崗看木蘭村時，老地主蘇偉貞說，有云、木蘭村的被子——不是蓋的。不知誰起的頭，這五人便自封自號為蓋幫，蓋幫幫主自然非袁瓊瓊莫屬。

到高雄時宿建國大飯店，我從開始便興頭頭的掇攛兩位男士帶我們去愛河岸邊開眼界，若女扮男裝五人遊仙窟那才好玩極了。就約定晚宴回來梳洗畢，樓下大廳見。下得樓來袁幫主正與一人攀扯，拉了我和蘇去，道：「來，見過我弟弟。」咦，難不成又是位幼年失散的？好說好說五百年前是一家，同姓罷了。才看一眼，心想：這男孩好秀美。

他家住台北，今來高雄統帥西餐廳駐唱一月，牛仔褲短夾克，一把吉它走天涯。幫主道：「我們給我弟弟捧場去。」三人即尾隨而去，霓虹燈裡穿街走巷過橋，南部三月已如初夏，這大高雄市怎麼時空不明了？我腳下一步一怔忡，彷彿目的地將是閣樓上的一位吉甫賽人，和他的水晶球。着眼一看，啊呀芝麻開門，身一轉，我被推進了此時此地一千零一夜的幻異裡。

像這樣的故事我還可以寫上一打，久已不寫了，今兒個重操舊業，純粹因為技癢。看官若歡喜聽彈詞，便看我這廂「說小書，一段情」。

三月十一日那年那天的，至少有兩人至今不忘，袁寶麒與李婕。

一早袁寶麒出了電梯，鑰匙交給櫃枱，就勢枱邊傾身一倚，手上的皮夾篤篤磕著枱沿，閑閑的心急，不是等著找錢呢就是候人下樓來，但是什麼都不是，他忽的站直了，走過去，皮夾一撥珠簾，低頭進了餐廳，老位子坐下。

李婕看得一清二楚，是他不錯的。欺他年少，便撇了同伴逕來對面，不邀自請的坐了下來，笑道：「袁，寶，麒？」

他並不驚訝，不是一次了，頷首亦笑。

「怎麼呀只你一人？另兩位呢？你們都是三人行的。」

「都服兵役了。」

「你是逃役啦？」

「我——左眼弱視，幾乎瞎了。」

李婕碰了個軟釘，心想這人厲害，但也未免太過從容了罷。「那你們合唱團就這樣散了？多可惜吶。」

「一點不可惜。終要散的，早散晚散，我不過圖的朋友們一場熱鬧，不當眞的。」

他說時好一派閑散，李婕有些給惹起了，笑道：「你多老了講這話，我就不信。」

他這才笑起來，露出一顆虎牙。正經把她望了一眼，年輕女孩兒。道：「怎麼住在這裡，來玩？」

「他們參觀訪問團，我哥哥臨時有事，我春假無聊頂他的名來，瞎混，不負責任的。昨晚在電梯裡看著是你。我喜歡你唱的流浪……」

袁寶麒淡淡說：「我現在統帥唱，一天三場，一點半，七點，九點五十分，你可以來聽。」

「好呀，我把我們蓋幫都拉去，來，我給你介紹，人家都是作家哦。」她轉身向別桌招招過來了三位，杯杯碟碟一並都移了來，滿滿的擠在他這張小方几上。李婕開心的說：「他就是袁寶麒沒有錯。」

一干女眷有知道有不知道的，李婕爲她們一一說起，每講到他的名字回臉朝他歉然一笑，他坐在那兒百般無奈，隨時報以搖頭嘆氣和譏諷的微笑。其中某專欄女士也沒等李婕的絮絮私語說完，下巴一揚道：「噯噯袁寶麒嗎，你，這唱的校園歌曲還是民歌我反正也分不清，你以爲民歌這今天的前途如何？」

袁寶麒欠欠身，恭謹得幾乎諷刺，說：「兩樣我都外行。」

「你都外行，我們成行外了！」眾人大笑。

李婕兩肘撐著桌面，半張臉搗在玻璃杯裡喝橙汁，趁這笑聲亂裡，定定的看了看他，他清黑的眼睛果然有些焦距迷離似的，要仔細才看得出來的。有一會兒他像是望過來停在她臉上，她雙眉逼在杯沿，把一隻眉緩緩挑得又高又厲：你望吧我是不怕的。可是不像，她疑心起來，順那目光微微側過頭去，好像頸背上有隻蚊子在叮她……不是的，根本不是，她轉回頭，臉紅了，惱惱的看過去，誰又講的一句俏皮話她沒聽清，他和人家笑在一處呢。

她怎肯承認，匆匆披掛上陣，胡亂道：「喂袁寶麒，平常你在旅館都做什麼？」他還笑著，「沒做什麼，吃了早餐，回房裡看報紙，睡個回籠覺，醒來就去賣唱了。」「今天呢，嘖嘖今天還睡！大好時光跟我們一塊參觀訪問去吧。」她這完全是逞一時口角贏人，一旦脫口，自己也覺荒誕。

不料餘人皆聞風響應，鬧得袁寶麒招架不住，無可奈何笑道：「可以嗎？可以就可以了。」她道：「好勉強——這是你運氣好，平常人要去還去不得哩。你現在要回房睡覺還來得及的。」便由他跟別人閑扯去，顧自把一份早點吃了個精光。

車子直駛海軍官校。沿途陽光將樹影打在窗上、臉上、身上，碎碎紛紛飛逝而過，他靜靜望著膝上一雙瘦長的手，抓不住呀，今晨的一切他什麼都抓不住。他敲著窗玻璃哼起歌來，驚喜的發現今天的音符一朵朵都穿上了各色鮮明的衣裳從他指間飛出窗外去！

她坐前座，忽然笑吟吟的翻過身來攀在椅背上，但顯然被駭了一跳，半晌說：「啊，你這樣像殺手，夏日殺手。」她指他的遮住半張臉的大墨鏡，襯得下巴格外稜角分明，一抹薄唇。

他亦不理，放慢節奏的一字字把歌詞唱出來：「看來我將永遠不會停止我的浪跡——」李婕和上去：「天涯……」

他隔鏡片見她雙手緊緊扣在椅背上，十根圓圓整整的小指甲，便伸出手去點一點：「斗瑞米法叟拉喜斗……」

李婕道：「袁寶麒你爸是做什麼的？」

「我爸在情報局。」

「啊，那你爸跟過戴笠？」

他不屑道：「何止跟過——我媽也在情報局。那時他們都在重慶。」

她暗暗吃驚，發覺他並不是外表的這樣閑淡沉著，他講到他父母親的小孩氣，不自禁都露了出來。便笑道：「你在家裡最小是不是？」

憑什麼他最小？他不搭腔，藉著墨鏡做屏障，只是看著她。李婕復挑撥道：「你爸媽放心你一人出來演唱，跑這麼遠，一人住旅館？」

「爲什麼不？我爸我媽才不管我咧，他們最開明了。」他果然不悅，說：「你不知道我爸書房哇塞，線裝書之多的！」

她深深一點頭：「噢，線裝書。」

他更不高興了，說：「我們兄弟三個，各的走各的，我爸都隨我們。像我，我喜歡唱歌。我大哥娶的是法國太太。」

「啊，法國太太。」

「爲什麼不？感情是不分國界的。」

「是，感情是不分國界的。你大哥做什麼？」

「我哥啊——」他嘆了口氣，道：「他搞建築。那，你看，遠遠那棟褐色大樓，叫帷幕牆，現到處都是，都是他們蓋的——其實，亂蓋一通。」

她越發識破了，忍住笑，道：「亂蓋一通？」

「是嘛，人家帷幕牆那是歐美寒帶國家，這樣設計好把太陽光引進房間來的，好了，台灣這種亞熱帶地區，蓋了才發現，怎麼辦呢？裝中央系統吧，浪費能源……」

他講著，見她眉毛一邊越挑越高，她的眼睛總是亮炯炯定住人不會避的。他無端懊躁起來，一怒，不說了。她卻敲著窗子嚷起來：「錨！喂，袁寶麒拋錨的錨吔！」校門口水泥高柱上架著一具鐵錨，他隨便望望，又恢復了原先那種無所謂的淡然。她冷眼瞧在心中。海軍官校到，兩人雜在參觀隊伍裡，誰亦不理誰，各幹營生去了。

待用過中飯，李婕想起一點半他有一場，人頭裡四處找他，他也正找過來。餐廳門口白花花的水泥地上映得人睜不開眼，四周往來奔走的白禮服的學生，千層雪，萬重浪，隔在兩端，她一手擱在額前擋著太陽，喊道：「你怎麼回去？」

他指指身邊一位女教官，「她有摩托車借我，兩點十五唱完還要騎回來。」

她高興道：「快回呀，趕不上人家鼓樂隊表演是你的事喲。」

他揮揮手，長腿長腳跑開了。

等他從走廊那廂走來，偏西的陽光下頭髮一蓬金霧，一走一搧，已經鼓樂隊柔道社輕音樂社全部表演完了。他一臉鐵青的壞心情，李婕見了想笑，「好好，趕來趕回。」

他差點沒罵出髒話，怒道：「摩托車市區裡轉，怎麼也轉不出，又不能扔掉，大太陽下曬死人，早知坐計程車算了。剛到門口又被人查半天才放進來！」

她看出他一點不能忍耐的脾氣，果然是么兒，而且約莫父母親年紀大時生的，一輩子還不曾受過這樣的挫折呢；瞧他太陽穴氣得筋都暴了。

他們被引進簡報室，校長最後致歡送詞。袁寶麒只不吭聲，李婕把自己的茶杯推過來，「袁寶麒你喝我的茶，喝了就不氣了。」

他管自賭氣，動也不動。她便把他的茶杯拿來，比比杯子的一半，「來，我陪你喝，這麼多，你也喝這麼多？」

他才破顏而笑，又搖頭嘆氣。李婕道：「男生要少嘆氣。你這也不算白來呀，看他們送的這個大理石花瓶蠻好嘛，你回旅館就把它擺出來，喜歡什麼花，玫瑰呢劍蘭呢我買給你……」這口氣說得兩人噗哧一笑。她望望他，說：「你的頭髮這麼長。」

他這回看著她，但是她找不到他的焦距，彷佛他看到的她是岔出身外的一個她，她不覺又要側過頭去找，像是回顧她自身的一線邊際上。卻說：「不會被取締吧，這麼長。可是袁寶麒你的髮質好吔，像嬰兒很細，很軟，很潤。你髮前面這樣，像女孩的額頭，而且是綠野香波洗過第二天的時候——」

他十分狼狽，勉強笑道：「怎麼說，綠野香波洗過第二天？」

「沒啊，就像你這樣的。多久剪一次？」

「我從沒上過理髮店你信不信？都是我媽幫我剪的頭髮。」

她抿嘴笑，「你媽幫你洗的頭呢。」

回到旅館的大廳，李婕當他面和一群朋友宣佈，九點半此時此地不見不散，捧袁寶麒的場去。等電梯的當口兒，她一個釘了一個，道：「我這兒可是有名單吶，到時候誰沒來的我就——」

眾人齊望著她笑。「我們的李小妹你就——？」

她一時失言，回頭朝倚著櫃枱的他一笑，卻指了枱上的電話：「我就打電話到你們房間一位一位催駕如何。」

「原來是這麼大本事哦。」

她也不進電梯，待人都上去了，轉過身來，見他低垂了頭，皮夾一下下的磕著枱面，道：「袁寶麒你不回房間，這兒磕著什麼？磕出錢來呀。」

他抬起頭，好像不高興。「我去打電動玩具。」看她臉一冷，轉身自走了，離門一步那兒，將皮夾伸出去一觸，兩邊門自動退開了，他一大步踏出，門闔上了。枯褐色的玻璃門外一走廊煙迷的斜陽浮沉，他側身朝日落的方向瞇著眼，等著。

她心上橫橫，隨走出來，道：「電動玩具最好別打，有輻射線。」

兩人走路。他說：「他們不願意去，你幹嘛趕鴨子上架。」

原來他在氣這個，她道：「這你大可不必。是我和他們的事——他們很願意去，跟你無關。」

他一臉訕訕的，索性來個不理人。她便說：「你也很奇怪，皮夾這樣一隻伶伶的拿著不會順手就掉了麼？爲什麼不收進口袋裡？」

他不吭聲，又碰到一架公用電話，照例順手在退幣口摸一把。道：「有時候會給你摸到錢的。」

「走運吶。」

他掉頭看她一眼，她倒並非譏誚的意思，兩人就笑了。李婕道：「袁寶麒你將來要做些什麼，還唱歌嗎，不可能唱一輩子的是不是？」

「不曉得。我喜歡唱，唱到我不想唱時就不唱了。」

「不唱了以後呢？」她不知道他這樣一個男孩，他的將來，他能夠做些什麼。

他像是從來不曾想過這個，眞的，從來不曾。但是這一位女孩眼睛裡的認眞的光芒，他感到惶然了。不唱了以後呢？是啊，他爲什麼沒有想到過？他想說他喜歡裝潢，畫畫，玩攝影，他也搞音響，一等一的音感提起來他自己都得意的。他還自製過一部八釐米的影片，講一個小男孩和風箏的故事，他想和她說這影片的配樂多麼好，鏡頭的佈置與轉接，與開頭和結束時的清淒……然而這時和她說這些彷彿很可笑，半晌他唯抱歉道：「哎，不曉得。」

頓時兩人只覺落寞。街道上荒荒的日影，荒荒的人來人去，她很想多給他一點的，他很想多得到她的一點的，可是不明白爲什麼都不能了。

他有些放棄的，索性去換了一把零錢來，道：「我打蜜蜂，最多打過四萬分。你玩過吧，打什麼？」

「我只玩過一種，叫瘋狂，一人爬高樓，不斷的拚命的爬——」

「那你們女生玩的。」他輕蔑的笑笑，將銅板交由她拿著，「你來看我的厲害。」

她且順從他，在旁邊放銅板，看他一心一意的打起來，打到第四個五塊錢了，他逐漸把他自己也給忘得一乾二淨，四周是電動玩具龐大的囂音，刺目的藍的紅的綠的螢光燈，而他的那種專心法，她偶而一眼瞥在心底，忽然悽惻，好生委屈的。她把剩下的兩個銅板朝那兒一擱，走了出來，虛得額上泛汗，靠著廊柱好一會方才回過神來，哀哀的又呆了半天。

路邊有個老婦守著一長方水槽，好些小孩圍在那兒用紙網捕金魚，她放步走去，立在一旁看小孩捕魚，有一陣看得出神了，眼前是粼粼的水波中一片閃動著的金的銀的小圓幣，給日落的斜暉一照，騰起半空金澄澄的水光，直逼上她臉邊來。她看見人煙囂囂裡他高出的半個頭，微聳的背影，她已知他多慌張了，喊一聲：「袁寶麒。」

他轉過身來，一臉的倉皇、迷惘、和無辜，叫她心噶登一沉沉到了底，招招手啞聲喊道：「在這裡，看魚。」

他傍到身邊來，兩人不說話，看魚。他整個人的難受和被折磨一點掩飾不住，她也難受，遂道：「打了多少分？我看你還是把那兩個五塊打完了吧。」

他人即刻虎的一暗。她亦知講錯了話，一股子惱恨，狠了心說：「我想回去了，六點鐘吃飯。」

他氣道：「隨便你。」

她駭呆了。笑道：「你七點鐘一場，現在還很可以去打蜜蜂打一回嘛。」才說完，自己就後悔不迭，見他氣得臉煞青，強忍了淚道：「吃過飯我和我們蓋幫去聽你唱歌。」

「你們不用來了！」

「我們來是我們來，不關你的事。」她不能再站在這裡受人欺負了，掉身便走，眼淚嘩嘩的直流下來。

袁寶麒完全不能明白了，他有的只是氣極的，爲什麼憑空他要多出了這麼多！走回去的路上，沿街櫥窗到處碰見他的身影，從他身上一圈圈不斷擴大出去的他。他的情緒，他的惶惑，他的第一次令他想到將來，令他發現他所做的這一切，包括唱歌，根本不値。最氣的是他完全不能懂得這一場亂子是怎麼一回事？他想從頭理起，理理線索又丟了，三番兩次只覺心力不繼，恨道：「他媽的打蜜蜂去！」但他一逕回到旅館房間，心想她晚上來聽歌不呢？如果不來怎麼辦？來了又如何？其實他袁寶麒爲什麼要在意她，他連她的名字還不知道的，彷彿叫什麼，李潔？

李婕他們提早到了。這統帥西餐廳，古古怪怪一彎樓梯折到地下去，裡面是阿拉伯神燈的，加上文藝復興時代的，歌德的，十八世紀法國的，一大綜藝體，外廳一座八仙桌配四張木雕雲頭太師椅。

臺上別人在唱，袁寶麒不知何處走出來招呼他們一溜坐下，那副從容不迫，還替人擦火點菸，總總是人前的他，她不承認的。兩人誰亦不理，她繁忙她的交情，他繁忙他的，半明半暗的燈影裡，她只覺得桌上他寬大的長袖一會兒給人遞菸灰缸，一會兒傳檸檬汁、冰淇淋，滿枱子都是他的人！他覺得她的笑聲特別的大，她竟然這樣開心！

輪到他登場時，他抬眼望她，她正與人家說話，待她倉促的看過來，他已掉頭而去了。第一條唱的是〈流浪〉。

她認識他是因著他的歌，但是現在那高高的臺上彈著吉它唱歌的人她卻不認識了。緋紅和水綠的燈光交織的閃在他臉上，他柔細的頭髮覆著前額，她要他撥開看的，果然是那種聰明的女孩兒才有的寬額。他坐在高凳上抱著吉它低吟緩唱的姿式，眞是好看的——但是都不是她認識的他了。她望望四周的人群，這樣一棟怪誕的屋子，臺上唱歌的他，委屈得落下了眼淚。

他今天唱得極不認眞而輕佻，連臺下的他們都感染了，鬧哄哄的打拍子，鼓掌，點唱。他感覺到一片喧嚷裡她的沉靜，像是眾生芸芸中的另外一個他在看著自己，就愈發的沒有正經了。他唱道：

Is there anybody going to listen to my story, all about the girl who came to stay。She's the kind of girl you want so much it makes you sorry, still you don't regret a single day…

想她必未聽得清這歌詞，也不是爲她唱的，哪裡作興這個，他倒是開了自己的大玩笑似的。唱完才道：「剛才這首歌是藍儂的〈女孩〉，他爲一個女孩所做的。我再唱一遍。」

也許是地方不對，時間不對，也許是總的一件什麼不對，她感到一切已是這樣的漠漠都錯過了。

後來他唱完歌，收拾好吉它和譜子，晃蕩蕩一人走下來，眾人鬧他，亂裡他忽然清楚的聽見：「袁寶麒你換了衣服吶。」

是她和他講話？他疑惑的望過去，見她笑道：「你這襯衫鬆鬆大大的袖子，像唐璜他們那時候，比劍決鬥的不是哦……」她講講和身邊的女伴講去了。

他慌慌的接道：「我媽去美國時買給我的。」

她挽著同伴朝他笑笑，那笑裡的冷淡使他難堪。眼看著她和他們收束收西的就要離去了，一種也不是悲哀、也不是痛苦，是酸酸楚楚的，一陣陣暗潮直漲上來。他垂了頭，兩臂架在椅背上，手中的皮夾一下下的磕著椅子，恍惚感覺到她的裙擺從眼前拂了過去，去吧，去吧，她干他的什麼，去得遠遠的吧。

然而她站在他的面前說：「袁寶麒你不回去？」

他搖頭又點頭，他只是定定的坐在椅子裡，啞聲道：「這裡還有事。」

「那——我們明天中午參觀完，就從岡山直接北上啦。」

半明裡他的眼睛，他的眼睛像是極遙遠的天際一顆微弱的星光，欲墜猶未墜，又像是那顆星光從她的鬢邊倏的滑過去，她待要回首去看，已消失在寶藍的無窮無極裡了。他仍是定坐不動的，只搖搖皮夾，道：「再見。」

「再見啦。」

李潔，李潔。很久之後，他想起她來，她的種種、種種，變成了一個湮開的、大的感覺——那天的天氣，陽光，顏色，氣味，和樂調，只有是屬於那天的。是從那天，他的世界才彷彿打開了一扇窗子。是後來，他才明白他是多麼的辜負了那一天。

故事說完了——一個大謊呢。

事實是、我們在統帥西餐廳各人叫了一杯冰淇淋，唱歌的這男孩，我一看看到了他的背後與我同時的所有的這一代的年輕人，我是不跟他們爲伍的，但我也有與之相同的某一點的，畢竟我是從他們當中成長出來的呀。聽著他的歌，那樣的場合與氣氛，徹底是現代都市人的，而我竟也淚濕衣襟。若要對之批評，我且放過這男孩，是男孩他的背後的這個時代呀！

我們從統帥出來時已十一點半，蘇偉貞恍然若有所失，她道不回旅館了，走愛河去可好。幫主道只要她肯走她就奉陪。我說我可管不到啦，回房睡大覺。電梯來時，唯蘇倚著櫃枱道：「你們先上，我這兒站站就來。」令我想起她小說裡的女主角，溫良纖細的章惜，但我也撇開她不管了。

蘇說這男孩好像神話裡的水仙花，是謫仙，專赴凡塵來騙騙人家感情，早早便又返回天界了。她又說男子的落拓最是讓女子著迷的。前兩日她在聯副發表的〈邱比特新記〉，也是寫的這麼一段男女邂逅，裡面的那女孩想要談一場沒有結果的戀愛。

現代社會裡的稍稍多出來的那一點點的餘情竟是這樣要捧在手裡呵護的了，其實不要也罷。韋莊有詞寫道：春日遊、杏花吹滿頭、陌上誰家年少、足風流、妾擬將身嫁與、一生休、縱被無情棄、不能羞。沒有結果的戀愛也可以是這樣的激烈，極致，和絕對啊。如今是連有結果的戀愛卻都可憐。

民國七十、五、七、景美

椰子結在棕櫚上

這是梁翰第三次住院。

昨午哥兒們一夥來探班，龍岡五虎依舊，只是他這二虎倒臥牀上，三虎攜伴參加，介紹時三虎道：「準母老虎是也。」

梁翰忙笑說：「哎呀，弟妹遠到，不曾親迎，恕罪。」

女孩紅了臉，一跺腳背過身朝著三虎面壁去了。三虎笑嘻嘻道：「你呢，女朋友可來探監送飯？」

梁翰說：「女，我懂。朋友，我懂。女朋友，當然懂，不過不太想懂。」

大虎說：「他老兄休妻啦。」

眾人大驚。梁翰說：「我叫我老婆來，就在這裡，叫她簽了離婚證書——夫嘛，天字出頭，她敢不從命？」

大虎立在牀尾，雙手抱胸冷笑著，其餘諸虎圍立牀邊極凝重的傻了。梁翰瞧在眼裡，又不是送終，向大家拱拱手道：「鼎惠懇辭，鼎惠懇辭。」

大虎說：「此人有種得很，各位等他二度離婚時再這麼哭喪了臉不遲。」

四虎話不離本行，搬出莊子鼓盆的故事來化解他，太正經了，被噪起而攻之。梁輸說：「老四不是在華華做AE好久了，怎麼還沒脫他當年的老子樁子柱子？」

四虎說：「我告訴你，生前爲惡多端，死後入阿鼻！」又變成了笑柄，招來大家一場罵，氣得他凳上一坐，悶不吭聲。

至於截肢後應當如何，有的建議裝鯨骨，嘿，重拍一部《白鯨記》吧。小虎建議安鋼管，內置暗箭飛鏢，走在紐約街頭，宵小喪膽。要不，就是鑄銅腿，來個黃山一腳平一波的威風。大虎說是都不必，由他空空晃盪去，街頭賣獎卷兼報紙可以爭取同情票。鬧鬧哄哄一下午，蘋果、西點、蘇打餅乾一傢伙吃得罄盡，光小虎就跑出去買了兩次香吉士。

疲倦的睡了一夜醒來，窗外下過雨的天空，聞得見青草的澀香似的，忽然令梁輸哀傷。棕櫚樹碧青的葉子在雨後的晴光裡愈發翠生生的了。

他想起二十三牀的邵，在醫院呆了兩年多，至今仍得每天提著尿罐走來走去，邵初住院時就睡在他現在的牀位，全身懸空吊起，只有頭部能做六十五度旋轉，對著這株棕櫚樹，樹頂每隔十五天竄出一根象牙白的新芽，眼看著它灑下成了一束大葉子，邵總共數了八次，身子才能動彈。這種以葉計日的發明，還是邵的前一位也是睡這張牀的病人告訴他的。

那棕櫚樹的翠綠，像他心上的一處舊傷，日來封得緊嚴，這會兒一下崩潰得不可收拾，碧溶溶的將他整個人溫柔痛楚的掩覆了。他看見流盪的綠影裡，母親的臉、與祖父的、父親的、琦琦的，交錯成一片天藍間雜灰青的繁複的水紋藻紋，今年流行波斯圖案衣料，伏在他胸前的散得一被單的長髮，和潑瀉垂地的大裙子，他幾乎要動搖了。可是出乎意外冷靜的他說：「好了，好了，起來。」

丹霞抬起頭，垂著兩行淚，親眼看見了梁輸的冷然，又是那個她觸不著、懂不得，完全陌生的、令她著慌的梁輸了。她坐直了身子，抱歉的笑了笑，像是說：很蠢是不？梁輸心中一痛，說：「妳妝要補補了。」

明明是諷刺，丹霞卻燦然一笑，半避過身，從皮包裡掏出粉盒，三描兩掃解決了，對鏡迅速的檢閱一遍，待轉過臉來，又仍是一張年輕明媚的臉容。梁輸有些看癡了去。

丹霞說：「你眞就這樣絕情。」

梁輸廢然撇過頭去，到了這個地步，她還是這樣她一貫用熟了的浮辭，她是隔著岸在打水飄，溜溜的水花從他眼前跳滑而過，簡直觸不著他。一直是這樣，像她的母親，母女倆兒似姐妹花漂亮得矜耀。

丹霞又說：「離開你，我，我怎麼過日子？」

梁輸溫和的說：「你很強，會過下去的，我一點不擔心。」

丹霞說：「那、那你怎麼辦？」

梁輸大笑：「那我更不擔心了。」

「你笑我……」丹霞撒嬌道。

梁輸嘆了口氣，不說什麼，看著她貼牀坐在凳上，連身圓裙直潑下來遮了凳子。丹霞說：「今年流行波斯圖案衣料，媽咪和我逛街選中的。連工帶料不到三千塊，我特爲穿來你看，好看麼？」

梁輸搓搓那料子，忽然下了決心，說：「就這樣算辦妥了，以後你也不用再來看我了。」丹霞聽了眼眶一紅，手絞著裙子只是依依。梁輸卻不留戀，說：「走吧，一會兒護士來餵我飯了。」

「也許明後天我再來看看你。」

梁輸輕蔑的笑笑，把臉望向窗外，感覺著牀邊那片天藍，謹慎的、遲遲的，如日影一般退去了，待他猛想起回頭時，早已空無一人。他知道她不會再來的，她也果然沒有再來過。

整樁事情，眞他媽的就是這樣混，混透了。

高中時候他們龍岡五虎，簡直的囂張至極，文有文才，武有武膽，儼然各校中一霸，卻說來好笑，一進了大學，皆各各收山從良了。只有他二虎，非但不覺悟，反而變本加厲，創下兩年不到便唸了三個學校的記錄。一個海洋學院唸了四天，理由是氣候潮濕不宜居住，於是退學。一個唸了整整一年，然後轉學，唸了半學期，天天跳舞，也記不得什麼場合認識的葉丹霞，五天兩人就結了婚。住的是學校附近租的套房，下學約齊了去吃自助餐，學生夫妻，又是一對佻撻個兒，羡死了人家。兩人也吵架，眞眞假假，吵吵合合，才一個月，他忽然對一切厭煩起來，退學不唸，當大頭兵去了。爲他餞行的舞會開到午夜十二點，背包一揹，應觀眾要求親了丹霞一記，掉頭奔下山去，赴趕夜車南下報到了。

服的役是海軍陸戰隊，公差當私差出，那天，後座載的菜斗阿三，沿路哇啦哇啦唱著色的歪歌。怎麼發生的——最後一個記憶是：藍色的天空，黃色的招牌、菸。然後很長的時間一段空白，其實不過幾秒間而已，但是那樣長，他到現在還不明白那一段完全的空白他在哪裡。再有記憶時，他在卡車輪胎下，人聲車聲沸沸揚揚的在好遙遠的一處，遙遠得是否在他今生的哪一處還可以找得到？他心想是死了，這是死了。但他看到了一塊菱形的明細的陽光裡飛著塵埃。然後看到了無數的鞋子和腳，觀潮如堵，居然沒有人拉他一把。

他叫起來：「菜斗！菜斗！」掙扎著鑽出來。

摩托車全毀，菜斗蹲在地上，惶惶的拾著散亂滿地的講義紙，黃癟的臉茫茫望他一眼，繼續拾。

他一拐一跳跳到車門邊，立在卡車司機座位邊，隔窗大罵聲：「你豬！」低頭朝下一望，差點沒暈過去。然後怎麼七亂八亂的就近送到某醫院急救，再送到了現在的這家軍醫院。

右膝骨以下全碎。第一回合，一位金絲邊眼鏡殺奔而來，後頭跟著十數名助手，眞眞氣勢驚人，哪知金絲邊掀開消毒巾一瞄，丟下一句：「快找整形。」轉身便走，就此定下了取皮補肉的戲碼。第二回合，住進醫院的頭一夜，楊總醫師操刀，先清除戰場，爲知道神經受損程度，不上麻藥。於是才正戲開鑼，以後八天，上午七點，下午八點，各換藥一次，每次半小時，鐵定衣被盡濕。動刀動剪的幾個少壯派醫生，回回煽動他道：「你叫嘛，叫嘛，沒關係。」顏大夫是德高望眾的穩健派，溫呑呑的分析給他聽：「神勇。所有病中，以肝膽最痛，再就是你這種撕皮扯肉，再就是生小娃娃。嘻，生小娃娃，小娃娃頂有意思。」

他不敢通知家裡，卻先上了報紙的社會版。他的小媽陳阿姨看到，跟他父親梁涵說：「這不會是我們家阿轍吧？」

梁涵向來不屑與女人為伍，鄙夷的冷笑一聲。是陳阿姨把報紙湊到臉前逼他看了，梁涵不得不起疑，卻翻過去看電影廣告。後來梁轍的母親亦得知消息，打電話來問梁涵，接的是陳阿姨，兩人一拍即合，電話裡共同先把梁涵數落了一頓。三人兩處急急趕到醫院來。

母親見到他就放聲哭起來。梁轍柔聲道：「媽，這裡還有別人呢。」

「放你娘的屁，我兒子要死了我管別人……」

梁轍笑說：「怎麼辦呢，摩托車撞卡車。死不了。」

「呸，你哦你有臉跟我說死說活，我還是你媽！不嚴重吧。」

梁轍說：「好好的，不嚴重。」

母親一聽又哭道：「好好的？臉白得像隻小鬼──你就是死硬派！」邊哭邊替他調整被褥枕頭，用手絹拭去他額上的虛汗。

他聞見手絹上細細的甜香。母親俯下身為他端整枕巾時溫暖飽滿的身體，忽叫他好生倦弱，眞是心甘情願一輩子就這樣柔順下去了。他一搭沒一搭的講著他怎麼出公差時，怎麼跟人家大車撞了，怎麼送到一家小醫院急救。那卡車司機也是嚇壞了，陪了兩夜兩天，彷彿叫火土還是水木，總之是五行把來排列組合之類的，就叫他阿木吧。梁翰恨他的陪侍在旁不肯離去，更恨他的那張臉——令人想到上有老母下有妻小。梁翰好言跟他講理：「喂阿木呀，你可以回家了。我這——沒什麼大不了的。兩車相撞嘛，不是你、就是我，是我也好處多多。第一、我身體比你好。第二、我沒老婆孩子。第三、我阿爹阿母都不用靠我。第四、我告訴你阿木，因公出差，醫藥費由軍方負擔，跟你沒關係。」

阿木極笨相的說：「我，我買給你什麼東西吃好不？」

梁翰說：「醫院門口斜對有家椰子汁，我喝椰子汁好了。」

阿木卻捧來兩顆大椰子，梁翰又笑又氣，惡聲道：「呵，呵，給我兩個炸彈來種不成？」

母親聽了恨恨說：「沒這麼便宜他！」

梁翰說：「媽，他算是有良心的。他要狠心些，腳底下這麼一下，嗯——的壓過去，你兒子現在就不在這兒了。」

母親斥道：「這張嘴巴，說的什麼爛賬話！」

梁翰嚇他母親：「那次在台中街上，他媽的計程車居然這樣迎面而來，媽，看你兒子多神——抓放離合器，油門一緊，前輪衝起，借道車頂——刷啦劈叭嗤格礎！憑這一手，當替身去了。媽啊，結果後輪該死不死，把那TAXI招牌這麼壓了一下，條伯伯他媽的是只看結果不重過程，沒別的，吊銷駕駛執照，從此就騎身份證啦……」

正說著話，梁涵和陳阿姨也趕來了。陳阿姨很客氣，帶來一盒澳洲梨，梁輸坐直了身，有禮的道聲謝，請母親找張椅子她坐。梁涵向來已習慣於反對一切，連他兒子的這場車禍他本能的也要反對，但這並非可以反對得的，所以打從進屋來，他便逕自走到窗邊，兩手抄在褲口袋裡，看著傍窗的那顆棕櫚樹，心中懊惱著為什麼會有這樣的一棵樹。梁涵轉過身，說：「我告訴你，騎那種東洋自殺車遲早要出事。」

梁輸很看穿了他的父親，從來不與之正面衝突，一派淡淡。前任梁太太掉過頭，射出兩道憤怒的火光，現任梁太太惶惑的極欲周旋其中，變成一張面目模糊。梁涵見狀心想，天啊為什麼這兩個不可理喻的女人！

前任梁太太冷笑道：「你們梁家管教的好兒子。」

這是罵到梁涵頭上了。梁涵不屑且不耐，憑窗遠眺，說：「這是個什麼樹，這裡一棵，那裡一棵，到處亂種。」

陳阿姨忙忙張望一下，陪笑說：「噯呀這都不識，椰子嘛，不就是大王椰。」

「哼，大王椰。」梁涵抗議。

梁輸諷笑說：「我們何不開一個椰子來吃？」

椰子結在棕櫚上。這世間沒有什麼是不可能發生的，梁輸想起小時祖父教他的兒歌，蘿蔔菜籽結牡丹。梁輸轉入骨科時，他這牀的病人還沒有到，他想告訴這位不曾謀面的人，窗外的那棵棕櫚樹，但他在枕上留的字條卻是：信心是比醫藥更有效的治療。這話他看了也要譏嘲的，權當是開了自己一個玩笑罷——王陽明格竹致知，他梁輸算哪門子？

這是梁輸第四度出院。

秦伯伯問他：「傷口會不會有抽痛的感覺呀？」

「有哇。」

「那是還在發炎。」

「秦伯伯您知道？」

「我？呃，秦伯伯也是醫生吶。」

梁涵一旁放冷箭道：「很是。中華民國獸醫證書第一號就是你秦伯伯。」

整形外科主治醫師說：「最好也只能做到這個地步了。」

骨科主任說：「六個月內，不可能動刀，三兩年內都不敢肯定。」

一般外科主任說：「你心理要有準備，可能一輩子就是這樣了。」

復健科說：「拖太久，垂足已固定，我們無能爲力。」

直腸外科主任——且慢，直腸又怎麼了？哦，原來是祖父的老鄉親，來探病的。

梁輸回到鄉下祖父家，家裡由三叔當家，做的是面霜生計，外銷菲律賓印尼等地。梁輸成天只混在女眷裡做面霜，要不就是當孩子王，玩牌下棋，講鬼故事。再不就是搬張小板凳坐在榕樹下，看螞蟻搬麵包屑，或是替祖父的一對十姐妹換水、洗澡、餵小米。

從小帶大梁輸的郭嫂，半輩子希望寄託在梁輸身上，這回更見他全沒了志氣的樣子，早已涼了半截，她向來不是伶俐的人，現在心上擱了段怨怒之意，更顯得是一副受氣相了。梁輸很可憐她十五歲就來他們梁家幫傭，至今未嫁，是打定主意蹲老梁家了，梁家也不當她是外人。郭嫂只一點不好，屢屢在梁輸面前詆謗他母親，梁輸根本不要跟她計較的，也幾次氣得臉都綠了。卻是郭嫂屢訓不詁，這日又把梁輸氣極了，飯也不吃，暑熱當陽的正午，腋下拄了拐杖立在院子當央自己罰站，憑他老幾都勸不動。這一招可把全家怔住了，但看太上老君他祖父怎麼處置？

梁老先生在門檻外站站，漫空望望天氣，看了一眼他這個長孫，仍進屋來，揚揚手向家小們道：「吃飯，吃飯，由他去。」

郭嫂也不上桌吃飯，蒙在廚房一角只顧狠狠的摘菜，一人越思越想越氣起來，適巧三嬸嬸走過，便一撒手立起，顫危危說：「他看我老了沒辦法是吧？這裡既不容我，難道也沒去的地方了？笑話！」轉身便奪門揚長而去。

梁輸也不知罰站了多久，逐漸覺得滑稽起來，明明是做戲嘛，哪裡就眞的生氣了，遂拄了拐木走回自己房裡，才跨進門內，登時眼前一黑，丟了拐木，頹然一倒倒在榻榻米上。無聲無盡的漆黑像黑洞一樣把他整個人吸了過去，他想到死，死是什麼呢？死是像這樣無邊無際無涯絕對寧靜的長長長長的黑暗嗎？他不能甘心的，他還這樣年輕，他的年輕姣好的身體，他不甘心。張開眼睛時，他看到頂上天花板的木紋，那迴環盪繞之勢，橫過去的這一道像銀河，那邊遠些淡些的、一群一群的是星雲，這邊則一圈圈的轉了進去，又旋盪開來，像墨藍的海流深深的直漲到銀河來……他不知是痛惜一椿什麼，眼睛一濕，也許是痛惜他自己。

琦琦捧著碗躡手躡腳進來，看他睡著了的樣子，折身要退回去，梁輸見她紮著兩隻牛角小辮，極力當心不要把碗潑了，那股子專誠稚拙的神氣，叫他好生不忍，他多愛戀這世上的一切呢。

梁輸微弱的喊道：「琦琦。」

「哥，我以為你睡覺了。」琦琦已走到門邊，又歪歪倒倒一步步走回來，立在牀邊，說：「是冰粉圓，好好吃喲。」

梁輸躺在榻榻米上不動，瞇著眼睛看她，琦琦長得完全不像陳阿姨，人家都說他們兄妹倆像極了。琦琦白裡泛紅的圓臉，唇角一抹弧線很俏皮，眼梢透著機伶伶的聰明不馴，這會兒嘟著個雙下巴，一股腦的正經樣子。梁輸說：「琦琦，哥哥要死了。」

琦琦說：「哥你不能死，你還沒有幫我做好風箏呀。現在一到傍晚，西邊河的風好大好大喲，人家阿彩咪的風箏昨天都放起來了。」

梁輸說：「哥以後也不能幫你做風箏，也不能幫你寫大楷，幫你做算術了。」

琦琦臉一沉，說：「那我也不希罕。那我也自己會做呀。」

梁輸笑起來，說：「你傻瓜一個。來，粉圓端來我吃。」

琦琦趴在牀沿，仰臉望他一匙匙的吃著，自言自語道：「哥你有鬍子吔。」便伸手來摸摸他下巴。又說：「哥你眼睛這裡好幾條皺紋。」忽然想起來，又隔著褲管輕輕觸著他的腳踝，說：「這樣，痛不痛。」

梁輸搖搖頭。她手底下又重了些，「這樣呢？」再重些，「還不痛呀？」

梁輸拍拍她肥幫，笑道：「不痛，不痛，小傻瓜一個。這碗擺到桌上去。」

琦琦把碗接過去放了，回頭一看他要站起來，忙去拾了拐木給他。梁輸說：「琦琦你把那勞什子哭喪棒丟到屋角去，看老哥從這兒走到那兒，怎麼樣？」

琦琦忙把它扔到一邊，朝它跺了兩腳，吐吐舌扮張惡臉。

梁輸立起身，拖一步停一步，口中吟道：「崆峒、以、杖法、聞名，但、那是、龍頭拐，不是、這根、哭喪棒……」

琦琦雖不懂得，也拍著手哈哈大笑起來。梁輸索性放開喉嚨，高唱起海軍陸戰隊隊歌，把琦琦笑得到在榻榻米上，滾做一堆。

梁輸說：「以後你每天陪哥來練腳力，哥跟你打賭，不出一星期，我們就能去西邊河跑風箏了。」

琦琦住了笑，說：「可是哥，人家下下禮拜一就要開學了，爸來接我回家。」

梁輸拍拍胸脯道：「這樣吧，下午我們就來做風箏，明天傍晚去放。」

琦琦倏地跳起來，英武的立在榻榻米上，敬個舉手禮，大聲說：「遵命。」便揮舞著拳頭，踏正步，啦啦的唱起不成調的海軍陸戰隊隊歌。

晚上吃過飯，天色尚明，梁老先生在院子裡澆花，梁輸守著一株曇花花苞端詳著。梁老先生忽拋來一句話，道：「你還是去阿秋家裡看看吧。」

梁輸說：「爺，七朵花苞，今晚都會開？」

梁老先生沒有搭腔，兀自嘩啦嘩啦的澆著自來水皮管。梁輸又端詳了一會兒花苞，進屋來找著了琦琦，同赴郭嫂家。

郭嫂家在平交道那邊，走一段小圳，過一片稻田，竹林圍住的一家磚房就是。琦琦沿路採著小花小草，梁輸拄著拐木，一跛一顛的走一程，等一程。郭嫂也不是沒有她的好處，比方她總將自己收拾得乾淨俐落，每把廚房的事做完了，倒杯茶坐在板凳上，端靜的喝著。梁輸想起從小父母離異，父親在台北一家工程公司任科長，他跟著祖父長大，一直是郭嫂照顧他平日起居。小時郭嫂帶著他睡；就經常跟他講母親怎麼不好，他最不要聽的，急不過了又會背過身去流眼淚，郭嫂就推他一把，說：「好了，我也不說了。你呀你就是死腦筋，我不過教你轉個彎，教你記著我這樣辛辛苦苦，哪一樣不是為了你。但凡你還記得我此好處，我就一旦怎麼了，也不是一場枉費。」說說自也哭起來。

到了郭嫂家，郭嫂正在廚間洗碗，家人忙忙的招呼他兄妹倆坐下，又端茶，又捧餅乾來哄琦琦吃，又問候了半天他這隻腳。郭老爹朝廚房喊了不只兩聲：「阿秋啊，東家少爺來啦。」挨不過了，郭嫂才冷著臉捧出一盤鳳梨來，勉強沾著凳子坐下。

梁輸笑向眾人道：「今晚家裡九朵曇花要開，別人不能來，阿嫂一定不可錯過。當然，別人能來的，我們也大大歡迎。」

一番說話的大家都笑。郭老爹頻頻點著頭，笑瞇瞇的望向郭嫂，說：「阿秋，這裡無事，你就回去了吧。」

郭嫂仍賭氣說：「等我把那籃花生剝完了再走不晚。」

梁輸說：「那好呀，我和琦琦幫忙剝，剝完了我們一齊回去。」

郭嫂很有了面子，心下一軟，自找了台階，說：「你哪裡會剝花生，等我再收拾收拾就走吧。」

記憶裡往事斷斷續續的連綴起來，三人一行走在回家的田埂上，舊曆十六月兒正圓，清清的映在水渠裡。此時梁輸只覺氣弱，弱得許許多多已遺忘了的事情不知不覺得又都浮現了出來。郭嫂馱伏著瞌睡懵懂的他走過這片稻田回家，春寒料峭，他給裹得嚴嚴密密的伏在郭嫂柔暖的背上。郭嫂彷彿在哭，他一盹醒來，說：「阿嫂，不哭。」又迷糊的盹了過去。那年的月兒也是今天這樣清清圓圓的，才插過秧，映在水田裡。郭嫂為什麼哭呢？他現在逐漸想起來，郭老爹站在走廊下，他給從暖香的瞌睡中抱出來，氣得撒賴不依，一張大布毯劈頭覆下來裹好他，七手八腳把他縛在郭嫂背上，是郭老爹過來掖了掖毯子，說：「我們不逼你，阿秋，自己好好想一想。」他在榻榻米炕上玩積木，郭老娘和郭嫂並坐在炕沿說話，郭嫂氣哭道：「他那把年紀，拖著兩個孩子——我好歹是你們郭家親生的女兒，你們、你們眞忍心！嫌我在家礙眼？我就從此不進這門一了百了！若不是還有阿輸他家供我容身，我早碰死了稱了你們大家的心！」他彷彿聽說郭嫂很年輕的時候喜愛過一個男人，那男的卻娶了別人。太遠太遠的以前了，他無從想像起那時候的郭嫂，而這就是她的一生，除了她自己，誰還記得？

梁輸喚道：「阿嫂，走得好熱，我們停一停。」便在路邊一疊木樁上坐下，一抬頭望見郭嫂看著他，她現在總是不時連自個兒亦不覺得，怔怔的看著他。梁轍忽覺深深的歉意，他是後來長大了，就很少想到她，他對她是向來連話都少說。

梁轍隨手摘下一枝竹葉遞給郭嫂，說：「公雞怎麼摺的？我都忘了。」

郭嫂惶然一笑，說：「小孩子玩意還摺它做什麼！」

梁轍喊道：「琦琦不要撲螢火蟲了，你過來阿嫂教你摺公雞。」

流螢在飛，遠遠近近樹影掩映的一叢叢燈火人家，已逝的時光如小圳流水映著明月，潺潺的從過去流來，潺潺的流過現在，流到遠方去了。梁轍幾個月後，已能上下樓梯健步如飛，聞機起舞，跳迪斯可綽綽有餘了。

而這是梁轍最後一次的住院。

與四十一牀的鄭，梁轍自謂是並列元老，麻姑三見滄海變桑田，光眼皮下來來去去就換了四任實習大夫。兩人聊起當年事，醫院待久了的最大好處就是熟，理法不外人情，人情不外面子，面子不外交情，交情不外朝夕相處，熟到都能自己動手換藥了，更不管她哪個護士小姐都來撩上一撩。從前陸銀蛋每天早上推藥車來後，就自顧自坐下看報紙，梁轍和鄭則戴上手套，拿紗布、碘酒、生理食鹽水，洗清擦拭，一次完成。後來愈加潛心醫道起來，終於拿起組織剪，自己來剪除腿上的芽肉組織。有位護士嬌小玲瓏他們喚做燕子，每被他的行徑嚇得嘖嘖稱奇，食指朝梁轍額上一戳，罵他：「你是天下最最冷酷無情的人。」

梁轍陰險的笑道：「我冷酷？我無情啊？」

燕子噌他：「你貧嘴。」

他又賴著燕子中午來餵他吃飯，每頓飯變盡了法子逗她，惹得人家哭笑不得，恨得罵：「好，好，這等滑頭，都報應到腿上了。」

還有位祖籍山東，姓郝的韓國華僑實習護士，橫圓的大臉盤，一抹單眼皮，梁輸喊她山東大嫚兒，派定了她的祖先是成吉思汗的後代，稱讚她的眼睛生得好，這樣大大的、好安靜端正的臉，怎麼不梳兩條麻花辮兒，那才眞成了北方大姑娘了。郝嫚兒幾次給她讚得紅了臉，靜澀中又仍是她那種閑閑的大方，慢聲慢氣和他談著她的故鄉濟州島的種種，談學校、談家人、談她的男朋友。梁輸望著她，每每聽迷了去，她柔細的手曾在他換藥痛極的時候，給了他很大的力量。她實習期滿臨去前，來跟他告別，互相留了地址，梁輸見她只快哭了，笑道：「郝嫚兒，我要報給你們院長把你開除了。」

她側側頭，不明白。梁輸說：「你這個不及格的護士吶。」

梁輸道：「臨別贈言，當護士第一不可流眼淚。」

給他一說，她就掉下了眼淚，又笑起來。「我實在不放心你。將來不管怎樣，都請你寫信告訴我治療的狀況好吧？」

梁輸和她拉拉手再見，說：「我有信心會醫好的，一定寫信告訴你。」

梁輸絕沒有料想到，檢查結果，竟是骨癌。

他不能相信，絕不能相信。身體上最大的痛苦他都過來了，他自信得很，太自信了，到頭來竟是一樁最大的諷刺，他比誰都恨。

母親來照料他，那時她哭，這回卻滴淚不落，她睜睜看著兒子幾天來一句話不說，亦正眼不看她一下，心上痛得淌血，和著淚往肚裡呑。方才梁轍才做完放射線治療，疲倦的睡著了，她洗了幾個杯碗回來，望見枕上他睡得深深的、蒼白的臉，心口一弱，幾要站不住。做母親的她好怨，她十月懷胎生下了他，還抱不到五歲大，就拋給人家沒爹疼沒娘愛，兒子好不容易長大，母子雖親，到底是別人家生，別人家養，今日落得個母子一場枉然，卻可憐他年紀輕輕憑什麼受這些苦來著?是命，是報應，都算到她頭上來呀，他哪裡懂得、受得的呢。

梁轍漸漸醒來時，恍惚聽見有人反覆的數著六七、六八、六九，似滴漏，似木魚，他尋著聲音找去，轉了又一巷又一弄，越轉越折越深越迷，嘎然消失了，他醒過來，見母親伏在牀沿盹著了，鬆蓬蓬的一盤髻。他想起當初隔壁有位腦部受傷的病人，只會說一句話：「我沒有錯，爲什麼要打我？」醫院對這種腦受傷的病人，一種治療方法是教他們從一數到一百，初入院時，那人已完全忘記如何數數了，梁轍最後一次聽到他口中的數字是到六十九。

還有三十六牀的余，跟他一樣，騎摩托車，右手受傷，第一次手術不知哪家蒙古大夫動的，竟致手臂麻木，後轉到這軍醫院，一個多月的檢查研究，且試著開了一次刀，終於因爲受傷太久，神經斷裂後已全部萎縮，不出院也是無益。出院前一天，幾個人買了水餃炒麵酸辣湯餞行，乾吃不過癮，竟在夜深人靜的午夜時分，划拳行酒令，擊盃而歌，隔牀的陳老先生是含著淚看他們年輕人的瘋狂，看著看著便倒頭蒙被飲泣起來。陳老先生患橡皮症，結婚很晚，膝下有一雙上小學的兒女。陳老先生一哭，余也不禁珠淚滾滾，一頓餞行宴吃得好不淒慘。這回可是聽說陳老先生經過一次近八小時的手術後，早已病癒出院，仍回去做他的區公所老陳了。

另有位江老先生，年已八十，中風、半身不遂、褥瘡、糖尿病，江老太太是半開放的小腳，不論颳風下雨，天天來醫院服侍。結婚五十年，少年夫妻老來伴，老先生熟睡時，老太太多坐在牀邊和他閑聊，多久多遠的往事，她竟一一記得這樣眞。梁輸記得有次換藥，她伸出手緊握住他，視他如孫兒吧。江老先生以八十高齡，患糖尿病的身體，居然治好了三個拳頭大的褥瘡傷口，不可不說是奇蹟。

二十八牀的溫頂可憐，比他還小兩歲，全身有百分之六十以上三級燒傷，且左眼燒傷了，溫有位女朋友天天來醫院照顧，這次他回醫院，溫已轉到眼科，是斯里蘭卡國際眼庫的受惠者，正接受眼角膜移植手術。梁輸在走廊上遇見溫的女朋友，兩人皆吃了一驚。他從前很不喜那女的每一副自命堅貞狀，幾番露出譏諷之意，那女的極厭他，驀地裡相逢，劈頭劈腦就說：「我們訂婚了，你不恭喜嗎？」

她很想說得輕鬆高興，不知爲何卻氣氛緊張。梁輸使壞，說：「哪個我們？我們是誰？」見女的臉色一變，才忙笑道：「小溫好大福氣，恭喜你們，等你們的喜酒吃。」女的亦問了問他的腿，顯然並不是關心，泛泛便錯身而過了。梁輸望著她堅毅單薄的背影，也不禁起了憐惜畏敬之心。

至於二十三牀的邵，經過全國泌尿科醫學大會的提出討論後，由骨科和泌尿科合作，已動完最後一次手術，終於扔掉導尿管，即可出院了。是邵告訴他的，以葉計日棕櫚樹。後來阿木攙太太來跟他叩頭，又買了個大椰子，阿木太太比阿木會說話多了，幾乎是唱的：「少年郎啊，我一生未見過你這等大好大善心人哪，媽祖保佑我們的救命恩人哪……」他媽的鬧劇嘛，他要仰天大笑幾聲，哈哈，哈哈……太史伯陽父詞曰：哭又笑，笑又哭，羊被鬼吞，馬逢犬逐，愼之愼之，檿弧箕箙。他梁轍在世不到三十年吶！他一醒來，母親隨即亦醒了，道：「喝點水吧。」

梁轍開口講話了，「倒不如那時候卡車撞死，一了百了，還省事！」

母親聞言，恨道：「你把我做媽的往哪裡放？你有良心沒你說這種話！」

梁轍怒道：「我本來是沒媽的。我根本生出來是幹嗎？」

當下梁轍挨了一巴掌。駭極了，反而像跟自己不相干，不氣、不恨、不怨，第一次梁轍跳出了事件之外，看到事件潮流裡載浮載沉的芸芸眾生。他這才見識到母親的辣手辣腳，像小時候一次母親發怒拿竹子抽他小腿，下手眞是又重又狠。爲什麼發那樣大的脾氣，他已不記得，但此刻他竟有些明白了似的，絲絲的幸災樂禍起來。他的母親多厲害，手底下三四家酒廊，經營得來漂漂亮亮好氣派。他翻過身去不理人，自知在做戲，聽見母親擤鼻子，化妝紙清甜的暗香盪漾一室，母親是不是在哭，他也撇開不管了。

後來父親陪祖父來看他，母親才忙過正坐在椅上歇息，回身一見，款款站起來，讓出地方給梁老先生。祖父向來跟他不多話，只不過看看他，像是就對一切放心了。梁老先生一直很相信這個長孫，相信什麼並不知道，彷彿梁老先生相信的是活了七十年來，這七十年的做人不曾欺騙過他，他便是這樣不爲什麼似的相信著梁轍。他跟兒子梁涵也幾乎無話，倒是和他這位從前的媳婦有話說。梁老先仍喊她的名字春芳，道：「酒廊好做？看你很旺相。」

春芳笑說：「難喲，如今這些小姐們不比以前啦，好多有錢人家的女兒，再不就是大學女生，氣質好得很，也不怎麼化妝，走出去人模人樣你根本不知道。」

梁老先生頷首微笑，說：「還是這樣能幹。」

春芳忙忙搖手謝道：「不行啦。這身體大大不如了，都怪我急性子，有些高血壓，就不能生氣，也不敢生氣啦。」

梁涵礙於父親跟前沒有他插嘴的餘地，自又在憑窗遠眺，聞聽李春芳那兒笑語晏晏，頗爲不屑，背著手窗前踱來踱去。梁轍看了暗笑，如果他是父親肚裡的應聲蟲，此刻他就會在腹內搖旗吶喊著：「虛僞，虛僞。女人你的名字是虛僞。」前任梁太太很被梁涵的踱方步干擾著，趁梁老先生不注意時，用眼睛狠狠的對著梁涵背後射了兩刀。梁轍一一看在心裡，幸災樂禍過頭了，不禁發出謬論：「爸，我決定不住院搬回家去了。」

梁涵一旋身站定，還未想到要反對，已滿身滿臉都是反對的氣氛，卻一時搜集不到理由，便「哼」一聲輕蔑的打發了。

母親道：「你瘋了你！」

梁轍舞動著雙拳表示英勇，輕佻的說：「意志嘛，我用意志來殺死可惡的癌細胞。難道放射線贏得過本人堅強有黨的意志力？」

梁涵冷笑道：「很好，你有意志力呀，你有意志力爲什麼不把那座山移到窗前來！」

梁翰見狀忍不住大笑，順著那手指的方向望去，果然遠處是青山白雲。他很詫訝，怎麼的這世界還是這樣平靜家常？他想要不平凡，不家常，他是與他全部的生命在力爭，比起這個，世上的一切都是這樣的渺小不足道。他不明白何以青山仍是那樣的青，白雲仍是那樣的白，一直以來沒事，他要的答案在哪裡？晴空裡的遠雲並不回答他。

母親告訴他就要結婚了。梁翰大約曉得是那位歐陽先生，做生意的，香港台北兩地跑，妻子幾年前病逝，三個孩子皆已各立門戶。母親和歐陽算來也有十數年了，到這時候才來結婚？梁翰笑說：「我一直沒見過他。」

母親說：「他人好的，很看重我。多年來我有事找他商量，沒有辦不成的，極可靠信得住。我跟他提到你，他說這孩子有種，有出息，等我們天母的房子裝潢好，我找你來家裡玩玩吃頓飯。他喜歡你，我比什麼都高興。」

梁翰笑笑不言，心中好酸。他總覺母親結婚是爲他做的，怕來不及了，要讓他看到他的母親，她是多能幹，多體面的呢。

早晨他悠悠醒轉來，水清清的一個人，看著窗外的簷角和天空。醫院的牆外，遙遠的有公車開過，喇叭聲，小販的吆喝，更遠些擴音機喳喳的在空中爆裂著，彷彿是小學校的朝會訓話。窗子底下一條碎石路，有人沙啦沙啦的走近來，走遠去……梁翰心想，原來是在著的，在著的。就是他不在世上了，仍是這樣的一個清晨，上班的、上學的，主婦出來買菜。他不在了，但是這個人世常在的呀。那時候的他將在哪裡？母親哭他，祖父也哭，父親是男人，不哭。葉丹霞與他七月夫妻，回想起來，像是一場花事開得錦爛不可收拾，任它飛了滿天，落了滿地，把緣因還給春光，誰知他的假意不是眞情？琦琦，哎，琦琦要哭死了。那時候的他將在——也許他像是在於琦琦的永永遠遠的想念裡，那樣一個西邊河放風箏的黃昏，河風曠遠的往天邊颳來，把他們的風箏送到天空，成了一粒黑點。無數盞的風箏在彩霞的紅暈裡給風吹得嗯嗯打哨。

那年梁轍二十五歲。陽曆七月七，銀河尚未渡。

民國七十、八、十六、景美

後記：寫出這一篇，要謝謝萬康仁，我們喊他史古。

傳說

出這本小說集時，大家聚在客廳裡幫忙取書名，也翻了《詩經》、《楚辭》、《古詩源》、《唐宋名家詞曲選》、《花間集》，這個那個一大堆，差不多要決定是「畫扇面」了，卻怕讓人誤會成是教畫扇子的書，那才眞是啼笑皆非了。結果取出來是完全不相干的兩個字：傳說。

好不好呢？我喜歡極了的。這裡先有一則傳說，是昨天我從吹起的秋風裡聽來的，講給大家聽好不好。

昨天從耕莘出來，秋天的下午，風吹吹心都紛紛碎了。人群裡走的走，散的散，我只是不想回家呀。急急的和人家說話，笑的明媚，顧盼的眼睛，揚揚頭髮，一旋身道聲再見——哎呀都知道在演戲，愛極了戲中人。

看到他，那就是他吧。千萬人中千萬個錯身而過的身影，此刻就是他吧。

他在門口牽了單車走來，正跨上去，我卻不捨得，不捨得的像是就要訣別了，今生的叮嚀來世的盟約都來不及了，我只能隔著金風迢迢遙遙如隔著流年似水銀漢無聲，惝恍已是百年身。我招手喊道：「盧非非，就去美加了？晚飯在外面吃嗎？騎車要小心。」

盧非非是他一貫的雲淡風輕，跨在車上，腳支著地，不言不語只是笑著，我喊一句他點一個頭，閒散得塵埃不生的。再見了盧非非。我曾經是與眾生芸芸中的一個人這樣的相許了，又這樣的永絕了。

坐上計程車，翻身攀在椅背上，車窗外是無聲的人潮車流，秋陽像金粉金沙掩埋的沉甸甸的寧靜，十字路口綠燈亮了，漫漫無息的車流湧上來，那麼多的車影裡有一輛是他騎在單車上，不知爲什麼就要淚濕了。忙忙的指給旁邊兩位景美的女同學看，如果我沒有記錯，她們是施映麗和張蕙麗，「快看，那個騎著單車的，他就是寫〈日光男孩〉的盧非易，我們叫他盧非非。他最好玩了，每次喊我爸爸媽媽，都把老師阿姨喊成了老鯊魚！」

傳說二、天衣妹妹的訂婚。

一大早天衣就到對面王媽媽家捲頭髮去了。我和天心起牀時稍嫌遲了，忙忙的彼此幫著穿旗袍，天心的水藍色藍得亮，我的是白綢桃紅兒花得清。天衣最後才換上長及腳踝的大紅織錦繡金線菊旗袍，就是個囍字。天衣垂著幾乎到腰際的長頭髮，一邊別了花，照著鏡子訝嘆：「天啊，怎麼成了呼啦舞女郎！」

女孩，女子，女郎，女人，婦人——丁亞民說的，天衣最是女郎。我想起趙元任作曲的〈海韻〉的歌詞：女郎？女郎？是在悄探試問，那一折一折高上去的音階，婉而清越，直到高處，他就不問了。笑了。

我和天心兩個做姐姐的完全無用，母親比我們更幼稚不行，平生第一遭，三人都比天衣還緊張。近中午時，親家公親家母和大哥哥大姐姐都來了，天氣是清綠的飄著牛毛細雨，放過鞭炮，炸得空氣新新的。門大開著，車子上搬下一箱箱一盒盒的聘禮、喜餅、喜酒，大紅大綠大金的，這眞的是了，眞的是天衣妹妹在世界上的榮華富貴了，眞的是出嫁了，叫人想不通似的，很奇怪。

一生裡一次，要刻骨銘心的一點一滴記下來，卻是這一天呀，這一天「金烏急、玉兔速」，眼看草草就要過去了，留不住、也挽不回，黃昏又下起傾盆大雨來，滿屋子的人影和笑聲繽紛迷離，燈火更明了，天衣新添了妝，長髮梳了起來，燈下別又是一番豔光照人，可是怎麼就都要過去了！不行的，絕對不行，故事不能這樣就完了——果然沒有完，大雨裡又開來了一部車子，進來的竟是盧非非。

那時候在平劇社盧非非唱的是老生，天衣演《法門寺》裡的宋巧姣時，盧非非扮她爸爸，後來改唱小生，演過《金玉奴》的莫稽，把大家笑了個死。再就是《貴妃醉酒》天衣扮楊貴妃，盧非非是裴力士，獻上太平酒。有日聽盧非非說：「今天下午坐在那張沙發上，忽然想起從前，好像沙發不是這麼放的，那時候這裡放著鋼琴。」

那時候他還是電子科的學生呢，現在都服完憲兵役了。

晚宴在長風萬里樓，盧非非笑說送天衣去。兩部車子，天衣坐了另一部，我和爸爸媽媽搭他的車。這一天他穿的襯衫，我看了說，噯噯盧非非哪裡跑來的一個馬來西亞僑生呀！他朝我燦然一笑，好瀟脫。

寶藍色的轎車我喜歡，大雨亂中一頭鑽了進去，車門砰一聲關上，那砰的一關眞是驚心動魄，多少少年的歲月呢，春衫薄、馬蹄輕，那砰的一聲都關在門外的大雨滂霈裡了！

我就坐在盧非非旁邊，告訴自己不要哭呀不要哭，就七雜八搭的一直在說話，說他會開車簡直不得了，不可思議，是個大奇蹟……爸爸在後座就發話了：「看看，有部車子就可獲取朱天文的芳心了。」唉，父親大人您不知，現在就是要我匹馬單騎走天涯也是絕不後悔呀。

雨是越下越大了，像潛艇在水裡開，流離的水光淋著滿街璀璨的燈火，淋得人心上一塌糊塗。窗上的雨刷來不及刷不完的心潮如湧，爲何不停止？窗玻璃上水氣濛朧，盧非非騰出一隻手，拿了塊毛巾去擦，我接過來，急急的幫他把整片玻璃擦得又淨又亮！

建國七十年十月八日凌晨，國慶閱兵預校。零時才過，月黑風高。我們在火車站下了計程車，走路到總統府前南二區，沿街佈的都是卡其黃制服的警察，這種氣氛太刺激了！

穿過地下道，出台北廣場騎樓下，欲轉走重慶南路，忽然看見巷子裡停著一輛大鋁車，原來是流動廁所，一干人指指點點笑話了一陣，便折身而走館前街——註曰：喂，喂，孔雀五七七報告，適才走過三八民眾一批，報告完畢。

最記得的是，預校結束了府前的五萬多人紛紛散去時，天際透著微藍，金碧輝煌的總統府，雙十牌樓，介壽路兩邊的小榕懸滿了紅紅綠綠的燈球，怎麼就覺得是那四個字了：國恩家慶。薄海歡騰，自己是裡面的一份，眞是心甘情願，可以爲之委婉盡忠到底。

介壽路上一萬名軍隊，閃亮的鋼盔和槍尖匯成一片爛爛的銀海，一聲解散令下，各自帶開，大街小巷遠遠近近揚起了軍歌，皮靴踏在大馬路上，沙沙沙沙，像潮退一樣。我們跟著一支步兵隊伍走，經過外交部、東城門，沿中正紀念堂牆外的紅磚路，走著走著，天漸漸的亮起來，隊伍轉進東門國小裡去了，再見啊國之干城。還沒有公車，我們便沿信義路一站一站的走下去，人越走越稀，天色越明，清晨的台北城就像潮水退盡後的沙灘，涼涼淨淨歷歷的，又是怎麼樣的一天呢？一路拾拾揀揀不完的心情，就連幾步一隔蹲在地上分派日報的形形色色的人，也要爲之留連不忍了。自古寂寞繁華皆有意，如今卻是十月的早晨在台北。

六十八年我和仙枝天心第一次去日本，蘭師來成田機場接我們，搭火車到上野，車上談起這期集刊上我的一篇小說〈思想起〉。蘭師說這篇反映現狀很寫實，可看出比起他們那一代的青年非常不同了。同樣是左傾思想，五四時候有那一個時代全中國的欣欣朝氣爲背景的，那時的青年都熱情、明亮、清純，他們喊著打倒舊禮教，標榜科學民主，研讀馬克斯恩格斯，是好比「用他們虛僞的言語唱他們眞實的歌」，他們縱然錯了，錯得有氣力、有鋒芒。寫在〈思想起〉裡的這一代，整個說來是時代的朝氣沒有了，搞左傾活動的這批人皆暗穢無光，又怎麼能興起一代風潮呢。就說裡面的趙德春，黃蘊芝，他們都做人乾燥。他們做了錯事，錯得沒有一點風頭，一點氣概。

蘭師講的是這個時代，我卻都來歸在自己身上，聽得心急眼跳，不知從何檢點起。大學四年，鄉土文學最熱潮的時候，大本營就在淡江，我自認是根本不拿他們當對手，也幾番被撩得火冒三丈，一氣就寫了〈春風吹又生〉和〈思想起〉。蘭師一語把我道破，當下慚愧自己的膽識不及。蘭師說文章與歷史的在著，還是因爲曾經在著的那些好的人好的物，給我們一個嚮往、想念，和最大的信實。〈思想起〉是余剛去看他師母那一段，女人在患難中格外有一種美，這就是眞的了。

是的，當年的時勢潮流都過去了，唯有眞正存在過的人與事入得了漁樵閑話，這或許便是傳說的本質了吧。開往上野的火車，時當仲春，窗外的山陵田園人家，是日本特有的秀麗清潤，蘭師坐對面，湛然如水，我想著做人乾燥的話，實在一語中的，心裡笑起來。

〈臘梅三弄〉本來叫做「探梅」，蘭師說很喜歡裡面的梅儀，對她發生了眞情。那沈潔明也好。都是眞實的人，連圓圓她們，是在這樣的人世裡，所以就連何郁雯也是好的了。因爲大家都是同在此世。現代人亦還有這樣的人生眞實不虛，蘭師說讀了想了很久，把來連到人世禮樂的再建上頭去了。

蘭師此言令我感激難當。感激蘭師的這樣爲著民國前程擔念的專誠，竟是到了「宿昔夢見之」的地步了。文章的確不是一宗技藝，漢文章的本質是「王風教化」，天啊我把它怎麼跟我的小說算在一塊兒！

仙枝說我寫〈青青子矜〉、〈思想起〉的時期，像是臨〈禮器碑〉，到了〈剪春蘿〉、〈某年某月某一天〉，和〈椰子結在棕櫚上〉，就是行草章草了。我聽了哈哈大笑。似乎我這小說越寫越散文化，索性這一篇傳說壓軸了。

六十九年再赴日本，這次趕上了櫻花開，蘭師有句，「十日櫻花開人世迢迢無窮之景」。那天我和仙枝天心隨蘭師到多摩川散步，堤邊連綿種著的櫻花正盛開，如走在初雲朝霞擁簇裡，不是夢呀，不是夢，蘭師正談著我日前航空剪寄的〈五月晴〉呢。蘭師說，〈五月晴〉看的當時全部承認，一路讀下來只覺是這樣的，還未有批評的語言，讀完若要來評它，則是要用創造的語言來評論，評的當時評論的語言才生出來。〈五月晴〉是名可名非常名。裡面的那女孩子好，那男孩洲洲也好。寫青春的煩惱未有名目，是如《詩經》裡的「子兮子兮，如此良人何！」亦是《牡丹亭》杜麗娘唱的「良辰美景奈何天！」青春的煩惱未有名目，還要有人來給它題名，最大的題名就是　國父孫先生創建的中華民國了。

〈某年某月某一天〉似乎也寫的這個，阿丁最喜歡這篇，我得知比什麼都高興，心想到底是他知道的。因爲這篇看起來極輕浮，馬三哥美其名謂之「舉重若輕」。而我想起也是看櫻花的時候蘭師說的，賈寶玉的戀愛的境界高極，眞極，是一個完全、極至，但是我們有跟他相似與不相似。今天我們是要打開一個新的天下，讓天下人都可以戀愛，有情人皆成眷屬，因爲在今天旳塑膠時代裡，賈寶玉是不能夠存在的。袁寶騏與李婕，我多麼想給他們一個最美好的世代呢，那時的陌上花間偶一相逢，亦世上千年。

涼風起兮天隕霜、
懷君子兮渺難望、
感予心兮多慷慨！

傳說裡的人物原都是凡塵中人，何以只有我們是這樣爲之意氣感激，爲之立說立傳，不惜傾國傾城。是你們，是我們，在中國，思君令人老。

《詩經》王風，「知我者，謂我心憂、不知我者、謂我何求、悠悠蒼天、此何人哉。」蘭師今已不在，我到底是爲求一樁什麼這樣中心搖搖如死如生呢？爲一個對民國前程的最大的誓願我們不要負約了好不好！

民國七十、十、十五、景美

朱天文作品出版年表

喬太守新記	小說集	1977 皇冠	
淡江記	散文集	1979 三三書坊	（1989 遠流）
傳說	小說集	1981 三三書坊	
小畢的故事	散文集	1983 三三書坊	（1989 遠流）
最想念的季節	小說集	1984 三三書坊	（1989 遠流）
三姊妹	散文合集	1985 皇冠	
炎夏之都	小說集	1987 時報．三三	（1989 遠流）（2001 上海文藝）
戀戀風塵	電影劇本	1987 三三書坊	（1989 遠流）
悲情城市	電影劇本	1989 遠流	（2001 上海文藝）
世紀末的華麗	小說集	1990 遠流	（1993 香港遠流）（1999 四川文藝）
朱天文電影小說集		1991 遠流	
下午茶話題	雜文合集	1992 麥田	
安安の夏休み	日譯小說集	1992 筑摩書坊	
戲夢人生	電影劇本	1993 麥田	
荒人手記	長篇小說	1994 時報	
好男好女	電影劇本	1995 麥田	
花憶前身	小說集	1996 麥田	
世紀末の華やぎ	日譯小說集	1997 紀伊國屋書店	
極上之夢	《海上花》電影全紀錄	1998 遠流	

Notes of a Desolate Man（英譯《荒人手記》）1999 Columbia University Press New York

千禧曼波	電影劇本	2001 麥田	
花憶前身	散文集	2001 上海文藝	

Anthologie de la Famille Chu（法譯《朱家選集》）2004 Christian Bourgois

畫眉記	小說集	2005 廣州花城	
最好的時光	電影作品集	2006 山東畫報	
荒人手記	日譯本	2006 國書刊行會	
巫言	長篇小說	2008 印刻	
劇照會說話	圖文集	2008 印刻	
朱天文作品集		2008 印刻	

INK PUBLISHING
朱天文作品集 1
傳說

作　　者　朱天文
總 編 輯　初安民
責任編輯　丁名慶
特約編輯　趙啟麟
美術編輯　吳苹苹　陳文德
校　　對　朱天文　趙啟麟　丁名慶

發 行 人　張書銘
出　　版　INK印刻文學生活雜誌出版有限公司
新北市中和區建一路249號8樓
電話：02-22281626
傳真：02-22281598
e-mail：ink.book@msa.hinet.net
網　　址　舒讀網http：//www.sudu.cc

法律顧問　巨鼎博達法律事務所
施竣中律師
總 代 理　成陽出版股份有限公司
電話：03-3589000（代表號）
傳真：03-3556521
郵政劃撥　19785090 印刻文學生活雜誌出版有限公司
印　　刷　海王印刷事業股份有限公司

港澳總經銷　泛華發行代理有限公司
地　　址　香港新界將軍澳工業邨駿昌街7號2樓
電　　話　(852) 2798 2220
傳　　真　(852) 2796 5471
網　　址　www.gccd.com.hk

出版日期　2008年2月　初版
2018年4月20日　初版四刷
ISBN　978-986-6873-56-0

定　　價　380元

國家圖書館出版品預行編目資料

傳說／朱天文著
--初版．--新北市中和區：INK印刻文學，2008.02
面；　公分．--（朱天文作品集；01）
ISBN　978-986-6873-56-0（平裝）
857.63　　96025525